La Famille De Beers

***

Les racines vénéneuses

Virginia C. Andrews®

La Famille De Beers

***

Les racines vénéneuses

ÉDITIONS FRANCE LOISIRS

Titre original : TWISTED ROOTS
Traduit de l'américain par Françoise Jamoul
Published by Pocket Books, a division of Simon & Schuster, Inc.,
New York.

Édition du Club France Loisirs,
avec l'autorisation des Éditions J'ai lu.

Éditions France Loisirs,
123, boulevard de Grenelle, Paris.
www.franceloisirs.com

ISBN : 2-7441-7872-1

Prologue

Histoire de Hannah

À cause de mon nom de famille, différent de celui de ma mère, j'ai toujours eu la bizarre impression d'avoir un bouton sur le nez. Au début, on essaie de le cacher ; puis, quand on s'aperçoit que ce n'est plus possible, on se persuade qu'on s'en moque et on fait comme si de rien n'était.

Je porte le nom de mon père, Eaton. Et ma mère, Willow, qui s'est remariée un an après ma naissance, porte celui de mon beau-père : Fuentes. Mon père, Thatcher Eaton, un brillant avocat de Palm Beach, n'a jamais consenti à ce que Miguel Fuentes m'adopte légalement, ce qui m'aurait permis de porter son nom. Et pourtant, papa aussi s'est remarié un an après ma naissance et il a eu des enfants. Des jumeaux qui ont maintenant quinze ans : Adrian et Cade.

L'ironie de cette situation, c'est que mes grands-parents paternels n'ont jamais rien voulu savoir de moi, et le reste de la famille Eaton non plus. Whitney, la sœur de papa, et ses enfants Quentin et Laurel, ne me considèrent pas comme quelqu'un de leur famille. Il m'est arrivé de voir mes grands-parents Eaton, ma tante Whitney, son mari Hans, mon cousin et ma cousine, mais toujours d'assez loin, et encore. Eux aussi m'ont vue, je le sais, mais ils n'ont jamais paru s'apercevoir de ma présence, et encore moins me reconnaître. Très vite, dès mon plus jeune âge en fait, j'ai découvert que les Eaton dressaient un véritable rempart autour d'eux. Ils agissaient comme les gardiens d'une forteresse à protéger de toute présence indésirable, et en particulier de la mienne.

Je ne me suis jamais trouvée seule avec papa. Adrian et Cade étaient toujours là aussi, et j'avoue que je n'éprouve pas une affection démesurée pour mes demi-frères, qui souffrent de snobisme aigu. Ils sont très beaux, je le reconnais, et aussi très bons élèves. Mais ils ne perdent pas une occasion de le rappeler à tout le monde, et à moi tout spécialement. Même si je suis tout aussi bonne élève qu'eux, ils essaient sans arrêt de me rabaisser en se vantant d'avoir beaucoup plus d'argent que moi, et aussi beaucoup plus d'amis. Ils ont dans leur salle de jeux un panneau réservé à tous leurs cartons d'invitations, qu'ils appellent leur « tableau mondain ». Ils adorent me le montrer, surtout quand il n'y reste pratiquement plus aucun espace libre.

La seconde femme de mon père, Danièle, est plutôt aimable et polie avec moi, mais j'ai toujours pensé qu'elle n'osait pas l'être davantage. Je sens qu'elle se retient de me sourire trop ouvertement, de m'inviter quand elle est tentée de le faire, et de me donner plus que le strict nécessaire. Peut-être pense-t-elle que mes frères seraient jaloux ? Quant à moi, je suis certaine qu'ils le seraient.

Danièle est très jolie, dans le genre femme enfant. Mon père l'a rencontrée au cours d'un voyage en France, où elle travaillait dans une agence de tourisme. Tout ce que je sais, c'est qu'ils ont eu une aventure éclair et qu'à peine mariée, elle était enceinte. Elle a toujours semblé dépassée par ses jumeaux, si débordants d'énergie et de malice, et toujours prêts à mettre le feu aux poudres. Je l'ai déjà surprise en train de les regarder d'un air étonné, comme si elle se demandait comment elle avait pu mettre au monde ces deux énergumènes.

Maman appelle Danièle la « femme-joujou » de papa. Elle affirme qu'il possède un bracelet à amulettes où sont accrochés des médaillons, les portraits de toutes ses anciennes « femmes-joujoux ». À l'exception du sien, naturellement. Je sais que c'est faux, et que maman ne le croit pas vraiment, mais elle aime dire des choses comme ça sur lui. Il existe entre eux une sorte de trêve précaire, et je marche en tremblant sur la corde raide qui va de l'un à l'autre. J'évite de dire à l'un des deux une chose aimable à propos de l'autre, de peur qu'il ou elle ne se fâche. Cela risquerait de briser la corde, alors je tomberais à terre et je les perdrais tous les deux.

Ma seule vraie famille, ce sont les Fuentes. Ils ne m'ont jamais donné l'impression que je n'étais pas des leurs. J'ai toujours fait partie de leurs réunions et de leurs fêtes, ils m'ont toujours incluse dans leur vie familiale et associée à ses événements. Je les appelle ma *bonne-famille,* un mot qui n'existe que dans mon dictionnaire personnel, avec quelques autres inventés pour mon usage privé. Quotient de snobisme (QS), par exemple, ainsi que *non-grandpa et non-grandma,* noms réservés à Bunny et Asher Eaton, les parents de mon père que je ne peux pas appeler Grandpa ou Grandma. Pour désigner ce que les Eaton sont pour moi, le mot le plus exact pourrait être *non-famille.*

J'ai réellement un peu de famille du côté de ma mère : son demi-frère Linden, mon oncle. Il vit du côté de Boca Raton, dans une résidence médicalisée que maman appelle un « foyer de transition ». Il a passé des années dans un environnement très surveillé, une clinique psychiatrique, et il n'est pas encore tout à fait prêt à vivre seul dans le monde extérieur. Maman n'aborde jamais ce sujet, mais elle n'a pas besoin d'en parler. Je sais, et elle sait que je le sais, qu'il ne sera jamais vraiment prêt pour cela. Il ne s'agit donc pas d'un lieu « de transition », pour Oncle Linden. C'est une impasse. Mais ses problèmes, pourtant si graves, n'empêchent pas mon oncle de m'aimer, ni moi de lui rendre son affection. En fait, nous nous adorons.

Mon père n'arrête pas de me mettre en garde contre Oncle Linden, et d'insister sur ce qu'il appelle sa folie. « C'est une chose qu'on a dans le sang, dans cette branche de ta famille, aime-t-il à me rappeler. C'est souterrain, comme les égouts, mais c'est là. » Quand il dit ça, je me demande toujours si je ne suis pas touchée par cette pollution mentale, moi aussi. En tout cas, ses parents, sa sœur et même ses enfants me traitent comme si je l'étais. Parfois, j'ai l'impression qu'Adrian et Cade me regardent comme si j'allais me mettre à dire n'importe quelles idioties, ou à enfoncer mon doigt dans une prise électrique. (Ils adoreraient ça !) Je sais qu'ils font exprès de me taquiner, de me choquer ou de me provoquer, dans l'espoir de me voir piquer une crise de folie. Je sens toujours chez eux cette hésitation à peine décelable, cet infime instant d'attente pendant qu'ils guettent ma réaction. J'essaie de les ignorer, mais quelquefois c'est aussi difficile que de ne pas remarquer le moustique qui vient de vous piquer.

Mon beau-père, Miguel, qui enseigne la psychologie et a même été le professeur de ma mère, m'a dit que c'était plutôt la famille Eaton qui souffrait de troubles mentaux. Je lui ai répondu que ça ne m'aidait pas beaucoup, parce que dans ce cas-là je pouvais très bien en avoir hérité, moi aussi.

— Je ne parle pas de cette sorte de problèmes-là, Hannah, mais de ceux qui sont spécifiques à Palm Beach. On ne peut pas en hériter. Pour contracter le mal il faut traîner dans les endroits où ce lierre empoisonné s'attache et, heureusement pour toi, ta mère te tient à distance de ces jardins-là.

Nous avons ri tous les deux, mais moi ce n'est pas l'idée que ma mère m'empêchait d'entrer dans cet univers-là qui m'a fait rire. C'est qu'on ne m'invitait jamais à y entrer. Quand je me promenais sur Worth Avenue avec maman, j'avais l'impression que nous étions invisibles. Les gens qui nous connaissaient semblaient terrifiés à l'idée de nous regarder, ne fût-ce qu'une fraction de seconde. Peut-être pensaient-ils qu'ils seraient changés en statues de sel, ou que s'ils nous souriaient, plus personne ne leur sourirait. C'était surtout flagrant dans les magasins les plus chics de Palm Beach, où les vendeurs et les vendeuses étaient aussi snobs que leurs clients. Ils nous faisaient souvent attendre aussi longtemps qu'ils le pouvaient, ou faisaient semblant de ne pas nous voir, jusqu'à ce que maman vienne se camper sous leur nez.

— Ce n'est pas du tout l'histoire du renard et des raisins, Hannah, aimait à dire Miguel. Le renard prétend que les raisins sont trop verts parce qu'il ne peut pas les attraper. Nous, ce n'est pas par dépit que nous évitons la société de Palm Beach. Ces gens-là sont de vrais cannibales, prêts à s'entre-dévorer au petit déjeuner.

J'aime vraiment beaucoup Miguel, autant et peut-être même plus que mon vrai père. Je sais que papa le croit, d'ailleurs. Chaque fois qu'il me voit porter quelque chose de neuf, surtout si c'est une bague ou un bracelet, j'ai droit à une réflexion.

— L'amant cubain de ta mère essaie encore d'acheter ton affection avec un bijou de pacotille, à ce que je vois !

— Ce n'est pas son amant, c'est son mari, et ce bijou n'est pas en toc, ai-je envie de répliquer... mais je m'en garde bien.

Si je défends trop vigoureusement Miguel, papa est encore plus certain d'avoir raison, et en général je fais comme si je n'avais rien entendu.

C'est presque toujours la même chose, quand je suis avec papa et maman. J'ai l'impression de patauger dans les sables mouvants de leur jalousie. Un regard critique, un mot ironique, voire une innocente question peuvent me précipiter dans les profondeurs de leurs marécages, pleins de monstres aux regards envieux.

Il vaut mieux ne rien dire du tout, et prendre l'air indifférent ou ennuyé. Chacun d'eux y voit une approbation de ma part à son point de vue, et c'est très bien comme ça. Qu'ils croient ce qu'ils veulent croire. Les petits silences sont comme des antimissiles, que j'utilise pour détourner de mon cœur tous les projectiles du malheur.

Mais aujourd'hui, pourtant, je pourrais ne pas y arriver. Aujourd'hui est l'un des jours les plus étranges, sinon le plus étrange de toute ma vie. Ma mère est psychothérapeute, spécialisée dans les problèmes des jeunes. Elle dit qu'elle aime les rencontrer à temps, avant que leurs difficultés psychologiques ou émotionnelles ne soient trop profondément enracinées. Elle pratique depuis plus de dix ans, elle est très connue et très estimée. Pendant tout ce temps, mon beau-père et elle ont différé le moment d'avoir un enfant ensemble, et juste après mon seizième anniversaire ils ont décidé d'en avoir un. Un peu plus de deux mois après, un soir à table, maman a annoncé qu'elle était enceinte. Je n'avais jamais rien entendu d'aussi surprenant, de toute ma vie. Ma mère, enceinte ? C'était tellement bizarre de penser qu'elle allait mettre un enfant au monde. Et dire que cela arrivait à des filles de mon âge, maintenant !

— Ton frère ou ta sœur pourrait très bien naître le jour de ton anniversaire, me fit-elle observer. Ce serait merveilleux, tu ne trouves pas ? Nous pourrions avoir chaque année une fête magnifique !

Je sais que maman essayait de s'imaginer mon enthousiasme, parce qu'elle n'avait eu ni frère ni sœur quand elle était petite. Mais pour moi, non, pas question. Ce ne serait pas merveilleux. Qui voudrait partager un jour si particulier avec quelqu'un d'autre ? J'étais désolée pour Adrian et Cade, qui étaient bien forcés de le faire puisqu'ils étaient jumeaux. Ce qui consolait Adrian, et le faisait jubiler, c'était d'être né deux bonnes minutes avant Cade. Cade se défendait par une explication de son cru. D'après lui, Adrian était sorti le premier parce que lui, Cade, l'avait chassé à coups de pied du ventre de leur mère.

— Je ne pouvais plus supporter ton odeur, déclarait-il en rugissant de rire.

— C'est exactement pour ça que je suis sorti le premier, ripostait Adrian. Tu puais trop !

On a du mal à croire qu'ils sont frères, même s'ils se ressemblent comme deux gouttes d'eau. Ils aiment tellement se chamailler, se rabaisser mutuellement. On ne peut pas s'empêcher d'imaginer leur naissance comme une course de vitesse. Cade sera toujours à la poursuite d'Adrian, qui conserve ses deux minutes d'avance. Mais au moins, quand ils se bagarrent ils ne se moquent pas de moi, c'est toujours ça. Si j'essaie de les empêcher de se faire du mal, je sais qu'ils vont se retourner contre moi. Et pour le moment, j'ai bien assez de problèmes comme ça.

Ce matin, c'est un grand remue-ménage qui m'a réveillée. Cris, claquements de portes, bruit de pas dans l'escalier et dans le hall. Et soudain, la voix altérée de Miguel :

— Nous allons à l'hôpital !

Quand j'ai ouvert ma porte, il m'a crié :

— Ta mère a perdu les eaux !

Je savais que la naissance arrivait presque un mois trop tôt, et je comprenais leur affolement. Cette grossesse tardive avait toujours inquiété maman. Elle avait respecté scrupuleusement les précautions recommandées, pris ses vitamines, suivi son régime, fait sa gymnastique... Et après tout ça, voilà qu'elle partait en catastrophe à l'hôpital pour y mettre au monde ce bébé qui serait, je le savais déjà, mon petit frère Claude, d'après le prénom de mon grand-père maternel. Le petit Claude n'avait pas encore ouvert les yeux, pas encore poussé son premier cri et pourtant, déjà, j'en étais jalouse. Plus jalouse que Cade ne l'était d'Adrian, et Adrian de Cade.

Claude porterait le même nom de famille que ma mère, lui. Ce serait un Fuentes et il ferait vraiment partie de cette famille, plus que moi. Il n'aurait jamais de non-grandma et de non-grandpa.

Il ne se sentirait jamais étranger dans la maison de son père. Il avait des tas de vrais parents qu'il pourrait appeler sa famille, pas sa bonne-famille. Il n'aurait pas besoin de petits silences pour se protéger du malheur, jamais peur de dire ce qu'il ne fallait pas devant son père ou sa mère. Il n'aurait jamais l'impression de vivre sur une île, totalement coupé de la société qui l'entourait. Bref, il n'aurait jamais à se demander qui il était.

Et moi, étendue sur mon lit et prêtant l'oreille à tout ce branle-bas, je n'éprouvais qu'un seul regret en ce jour si déroutant pour moi. Le regret le plus intense, le plus étrange qui soit, en fait.

Pourquoi étais-je née la première ? Pourquoi n'était-ce pas moi qui allais naître aujourd'hui ?

1

Trop tôt

J'étais trop jeune pour l'avoir connue, mais maman avait eu une nourrice dont elle parlait toujours avec tendresse. À l'entendre, cette femme avait été bien plus une mère pour elle que sa mère adoptive. Quand je pense à Grand-mère Grace, à maman et à moi, il m'arrive de trouver étrange que nous ayons eu toutes les trois un père ou une mère par alliance. Certaines personnes sont-elles destinées à être élevées ainsi ? Quand je pose la question à maman, elle répond qu'avec la fréquence actuelle des divorces, cela n'a rien d'exceptionnel pour un enfant d'avoir des beaux-parents.

— De nos jours, Hannah, les gens se marient et divorcent aussi facilement que les adolescents, à mon époque, sortaient ensemble et se quittaient.

Ce constat la rend amère, mais pour rien au monde elle ne l'avouerait. Les psychologues, comme Miguel et elle me le rappellent souvent, ne sont pas censés porter de jugements.

— Nous aidons les gens à prendre leurs décisions eux-mêmes, explique-t-elle. Nous ne leur imposons pas nos critères.

Elle a beau dire, je l'ai entendue bien des fois faire remarquer avec humeur que les vœux du mariage auraient besoin d'une mise à jour. D'après elle, il faudrait les rédiger sous une nouvelle formule. « Consentez-vous à prendre cette femme pour épouse et à la garder pour un moment, ou jusqu'à ce que vous en ayez assez ? »

Quelquefois, elle est si négative à propos des relations hommes-femmes que je me pose des questions. Trouverai-je un jour quelqu'un avec qui je pourrai être heureuse et passer le reste de ma vie ? Je commence à en douter. D'après ce qu'il m'a dit, et la façon dont il se comporte, Miguel n'en doute pas, c'est certain. Il semble parfaitement heureux et bien décidé à passer le reste de sa vie avec maman. Je n'ai jamais abordé le sujet avec elle, mais je crois qu'il l'aime plus qu'elle ne l'aime, en fait. Je sais qu'il la rend heureuse. Il la fait rire, et elle adore discuter avec lui, surtout quand il s'agit de psychologie. Mais parfois, et maintenant plus souvent que jamais, me semble-t-il, elle se montre très lointaine. Son regard se glace, elle contemple longuement l'océan, ou sort brusquement pour aller se promener seule.

Elle s'éclipse quand Miguel et moi nous y attendons le moins et déambule dans la maison à pas feutrés, comme un chat. Je l'ai déjà observée à son insu quand elle marchait sur la plage, d'un pas infiniment lent et fluide, comme du sable qui vous coule entre les doigts. Elle paraît oublier le temps, dans ces moments-là. Ses traits prennent une expression rêveuse, comme absente, et un sourire plein de douceur fleurit sur ses lèvres. On dirait qu'elle écoute des voix qu'elle est seule à entendre, se souvient d'un sourire, d'une caresse ou d'un baiser à jamais perdu. Qu'une chose merveilleuse lui a échappé des mains, il y a bien longtemps peut-être. Et qu'à présent, tout ce qu'elle peut faire, c'est d'en ressusciter le souvenir.

— Tous nos souvenirs sont comme des bulles,

Hannah, m'a-t-elle dit un jour. Ils s'envolent, ils éclatent. Et il ne te reste qu'à attendre l'occasion de les rappeler par la pensée, pour qu'à nouveau ils disparaissent. Tends la main pour les toucher, et ils se dissiperont. J'envie parfois les gens qui ont perdu la mémoire : leur passé ne les tourmente plus. J'envie même Linden, perdu dans un monde qu'il s'est créé.

J'ai horreur de l'entendre parler comme ça. C'est comme si elle voulait revenir en arrière, à un moment de sa vie où je n'étais pas née ; une période bien plus heureuse, si brève qu'elle ait pu être ; un temps béni auquel, si cela avait été possible, elle aurait tout donné pour retourner.

Comment peut-elle être malheureuse, ici ? Qui pourrait l'être ? Nous habitons une immense propriété, Joya del Mar. La maison est si vaste que les murs y renvoient l'écho de nos voix. Nous avons une piscine superbe, une plage privée avec un pavillon aussi grand qu'une villa, des terrasses et des jardins remplis de fleurs et de chemins secrets. Maman n'a pas à faire la moindre corvée ménagère. Nous avons une cuisinière, Mme Haber, et une bonne prénommée Lila, qui est chez nous depuis bientôt dix ans. Deux fois par semaine, une petite armée de jardiniers vient pomponner le parc.

Dans son métier, maman connaît une pleine réussite. Elle a ouvert un cabinet à West Palm Beach, pas très loin de mon lycée pilote. Les établissements de ce genre offrent un éventail de disciplines plus étendu que les autres, afin d'attirer les jeunes des quartiers défavorisés. Le mien, connu sous le nom d'École des arts A. W. Drefoos, est situé à West Palm Beach. On y enseigne entre autres la musique et le chant, et c'est parce que j'aime chanter que maman s'est arrangée pour m'y faire inscrire. Nous nous levons à la même heure et partons ensemble, ou alors c'est Miguel qui m'emmène.

C'est cette année qu'ils étaient censés m'acheter une voiture, pour que je puisse aller librement où je voulais, mais ils ne l'avaient pas encore fait. Ils estimaient que je devais d'abord me trouver un travail à temps partiel, afin de payer au moins l'essence et l'assurance.

— Gagne déjà de quoi payer l'assurance et tu auras ta voiture, m'avait promis maman.

Elle avait également promis de m'aider à trouver un job qui concorde avec mes horaires. Jc n'avais pas été ravie. Je m'étais demandé à haute voix, devant eux, si ce travail n'allait pas nuire à mon travail de classe, et Miguel avait bien ri.

— Ah bon ? Parce que te promener dans toute la région en voiture, ça ne va pas nuire à ton travail de classe, tu crois ?

C'est affreux ce que mes parents peuvent être réalistes ! Les parents des autres filles de mon âge ne sont pas comme ça, ils leur permettent au moins quelques fantaisies. Mais pour Miguel et maman, il est important que j'acquière un certain sens des valeurs. Un sens dont la communauté de Palm Beach est totalement dépourvue, soulignent-ils.

— Ici, les gens déclareraient la guerre pour un bol de caviar, ai-je entendu maman plaisanter.

Je comprends pourquoi elle n'aime pas la « bonne société » de Palm Beach. Ces gens se sont très mal comportés envers ma grand-mère maternelle, Grace Montgomery ; d'après maman, les troubles psychologiques de sa mère sont dus en grande partie à cela. Quant à moi, il m'arrive de penser que Palm Beach n'est pas réel. C'est un endroit trop parfait, trop scintillant, on se croirait devant un écran de télévision.

Quand nous traversons Flagler Bridge, le pont qui mène à West Palm Beach, maman dit que nous quittons le monde de l'illusion pour entrer dans la réalité.

— Ici, les riches sont plus riches que presque partout ailleurs, m'a-t-elle assuré. Il n'y a ni hôpitaux ni cimetières, à Palm Beach. La maladie, la misère et la mort n'y ont pas droit de cité. Ici, on ne se laisse jamais enfermer dans les difficultés de la vie : on les survole.

— Qu'y a-t-il de mal à ça ? lui ai-je demandé. Moi, ça me plairait plutôt.

— Ces gens finissent par ne plus supporter le moindre petit désagrément, voilà ce qui ne va pas. C'est parfois une bonne chose d'avoir un défi à relever, de se mesurer à la difficulté, de surmonter des frustrations et recourir à ses propres forces. Il faut s'endurcir l'âme, Hannah. Il faut devenir plus forte.

— Mais si on est assez riche pour ne jamais manquer de rien, qu'est-ce que ça peut bien faire ? ai-je répliqué.

Maman m'a jeté un regard sévère.

— Je crois entendre parler ton père, tiens !

Chaque fois qu'elle dit ça, ou quelque chose du même genre, j'ai l'impression de recevoir une gifle.

— Tu verras, a-t-elle ajouté. Un jour, tu comprendras, enfin je l'espère.

Devais-je espérer la même chose, moi aussi ? Pourquoi devrions-nous connaître par avance les tristes vérités qui nous attendent ? Un jour, j'avais posé la question à mon beau-père et il avait répondu :

— Parce que tu apprécieras davantage la beauté. Je crois que ta mère essaie de te faire comprendre, au sujet de ces gens, qu'ils ne sont pas seulement incapables de supporter les ennuis de l'existence, ou presque. Ils sont également moins capables d'apprécier pleinement la véritable beauté. Pour eux, le Taj Mahal n'est plus qu'un nom à cocher dans leur liste de lieux à visiter... juste pour pouvoir se vanter d'y être allés, si tu vois ce que je veux dire.

Je voyais, mais pour je ne sais quelle raison je ne voulais pas l'admettre trop vite. Quand maman et Miguel critiquaient la société de Palm Beach, je comprenais que leurs critiques visaient aussi mon père et sa famille. Et même si les Eaton me traitaient en étrangère, je ne pouvais pas m'empêcher de les considérer comme une part de moi-même, tout comme je faisais moi aussi partie d'eux. Je suis littéralement bourrée de sentiments contradictoires, et tiraillée entre eux. Ils s'entortillent et s'emmêlent en moi, comme un fil de téléphone qui transmettrait toutes sortes de communications à la fois. C'est dur à expliquer à quelqu'un qui ne mène pas la même vie, aussi je garde tout ça pour moi. Au lycée, je ne parle à personne de tous ces conflits de famille ni de mes sentiments, pas même à mes camarades de classe ou à mes amies.

Chez nous, les sentiments sont toujours sous contrôle, comme si une trop grosse charge émotive risquait de nous faire exploser. En fait, tout est sous contrôle à la maison. Nous ne sommes jamais trop heureux, jamais trop tristes. Nous avons des techniques pour éviter cela, et pour cause. Miguel et maman ne sont-ils pas experts en psychologie ?

Papa me recommande sans cesse de ne pas me comporter comme eux, sous peine de n'être jamais heureuse.

— Ne sois pas comme ta mère, Hannah, toujours en train de couper les cheveux en quatre. Oublie les *pourquoi* et les *comment,* et profite de la vie. Ta mère est comme une cuisinière qui, chaque fois qu'elle va au restaurant, fait appeler le chef pour connaître la composition et la préparation de chaque plat. Au lieu de se régaler, elle se fait tout expliquer en détail et finit par dire : « Si vous aviez fait ceci ou cela, ce plat aurait été encore meilleur. » Ne sois pas comme elle, Hannah, insiste-t-il. Profite de la vie.

Peut-être a-t-il raison. Et peut-être aussi... peut-être que je ne peux pas m'empêcher d'être ainsi moi-même ? Après tout, je suis la fille de ma mère, non ?

Ou ma mère est-elle en train d'oublier que je suis sa fille ? Est-ce pour cela qu'elle voudrait perdre la mémoire de certaines choses, comme je l'ai entendue si souvent le souhaiter ?

J'ai une autre crainte, bien plus insidieuse et plus sombre encore. J'ai peur de lui rappeler tellement mon père qu'elle ne puisse plus le supporter, et que ce soit la vraie raison qui lui ait fait désirer un autre enfant. Un enfant de Miguel.

Peut-être que mon imagination me joue des tours, ou que j'interprète tout de travers, mais depuis les derniers mois de sa grossesse j'ai l'impression qu'elle s'éloigne de moi. Elle a moins de temps pour parler de mes problèmes et de mes intérêts. Elle m'avait promis de m'aider à trouver un job, mais on dirait que ça lui est sorti de la tête, et à Miguel aussi. Elle s'occupe plus de ses patients, et des moyens d'assurer leur suivi médical pendant son congé de maternité, que de moi. Elle voulait s'arrêter de travailler le mois dernier, et pourtant elle n'a pas cessé de s'activer à prendre tout un tas de dispositions. Même nos trajets matinaux n'étaient plus les mêmes. Combien de fois lui ai-je dit ou demandé quelque chose, sans qu'elle paraisse m'entendre ? Elle était lointaine, absente, totalement accaparée par ses pensées ou ses propres soucis. Je finissais par souhaiter attraper un rhume pour rester à la maison, repliée sur moi-même et oubliée de tous.

Et pourtant le lycée, mes professeurs et certains de mes amis m'étaient plus précieux que jamais, à présent. Ils mettaient du soleil dans ma vie. Rester à la maison aurait été me punir sans raison, ou tout au moins sans que je l'aie mérité. En fait, certaines de mes amies étaient sincèrement désolées pour moi. Elles trouvaient que ce serait vraiment bizarre, à l'âge qu'elles avaient, si leur mère annonçait tout à coup qu'elle était enceinte.

— Je peux déjà te prédire ce qui t'attend, déclara Massy Hewlett avec autorité, en apprenant la nouvelle. Juste au moment où tu as plus de liberté pour mener ta vie sociale à ta guise, tu vas devenir la baby-sitter de la famille.

— Non, Massy. Mes parents ont déjà décidé d'engager une nourrice. Ma mère en avait une quand elle était petite, et moi aussi. Elle n'est pas restée longtemps parce que maman ne travaillait pas, mais maintenant qu'elle a son cabinet, elle en aura besoin.

— Ce ne sera pas la même chose, insista Massy. Les mères d'un certain âge sont beaucoup plus inquiètes pour leur bébé. Elles ont tendance à exagérer le moindre petit malaise. Avec elles, un simple éternuement devient une pneumonie.

Stacy Kreskin mit son grain de sel dans la conversation.

— Tu ne crois pas que la mère de Hannah est au courant de tout ça, Massy ? Elle est psychologue, je te rappelle. Ça ne se passera pas comme ça pour Hannah.

— On verra, rétorqua Massy, qui ne supportait pas la contradiction.

Pour elle, avoir raison était plus important que d'agir en bonne camarade. Il ne lui vint même pas à l'esprit qu'elle me faisait de la peine. D'ailleurs, même si elle y avait pensé, je ne crois pas qu'elle s'en serait souciée. Refusant la défaite, elle trouva instantanément autre chose à critiquer.

— Même si elle ne se retrouve pas baby-sitter, Hannah n'aura plus l'impression d'exister. Il y aura un nouveau roi, ou une nouvelle reine. Ça m'est arrivé, clama-t-elle, en réponse à nos regards sceptiques ou désapprobateurs. Ma petite sœur a presque huit ans de moins que moi, alors je sais de quoi je parle, non ? J'essaie de préparer Hannah à ce qui l'attend, c'est tout.

Réduit au silence, notre petit groupe se sépara et chacune partit de son côté. Je restai seule à réfléchir à la façon dont mon univers allait changer, avec la sensation d'être arrivée à la frontière de deux mondes. Celui de l'enfance avec ses besoins, celui des adultes avec ses responsabilités. Entre les deux, je me sentais vaciller. Allais-je pleurnicher sur les changements qui survenaient dans nos vies, ou m'adapter ?

Peut-être avais-je tort de m'inquiéter. Peut-être serais-je heureuse, finalement. Je serais plus indépendante. Mes réactions cesseraient d'être analysées à tout bout de champ. Ce serait plutôt une bonne chose d'être ignorée, non ? Ou bien aurais-je encore plus que jamais le sentiment d'être mal aimée ?

En proie à ce conflit intérieur, égarée dans le chaos de mes émotions, je me sentais partir à la dérive et m'enfoncer comme dans un marécage. Il fallait que j'affronte la situation, que je trouve le moyen de sortir de là. Maintenant. Le petit Claude était sur le point de faire son entrée dans la famille, et dans la maison. Il n'était plus temps de tergiverser. Que cela me plaise ou non, que je sois prête ou pas, c'était ainsi. Les choses arrivaient, il n'y avait pas moyen de les ignorer.

Il allait y avoir un autre enfant dans la maison. Un petit prince.

La princesse allait devoir lui céder la place.

⁂

Les rares fois où ni maman ni Miguel ne pouvaient me conduire au lycée, c'était notre jardinier en chef, Ricardo, qui m'emmenait dans sa camionnette. Malheureusement pour moi, ces occasions-là étaient rarissimes. Elles ne pouvaient pas me servir de prétexte pour réclamer une voiture avant d'avoir de quoi payer l'assurance. Depuis quelque temps, je m'en plaignais de plus en plus souvent.

— À quoi me sert mon permis, alors, si je ne conduis jamais ? Je vais me rouiller. Ne serait-ce que pour des raisons de sécurité, je devrais prendre le volant de temps en temps.

Mes jérémiades me valaient toujours les taquineries de Miguel. La dernière fois que je revins sur le sujet, il éclata de rire.

— Elle est bien bonne, celle-là ! Pour rendre les autoroutes plus sûres, nous devrions augmenter le nombre des adolescents au volant.

— Tu auras bientôt ta voiture, promit maman. Dès que je serai libérée des autres problèmes, je t'aiderai à trouver un emploi correct et Miguel cherchera une voiture qui te convienne. Bientôt, répéta-t-elle.

Bientôt. Mot détestable, dont les adultes – et surtout les parents –, se servaient comme d'un bouclier pour se protéger des réclamations. Il était très prometteur, mais suffisamment vague pour leur éviter de s'engager.

Il n'était pratiquement jamais arrivé que maman me permette de conduire sa voiture. Mais depuis quelque temps, elle tenait à la savoir au garage, disponible pour toute éventualité. Elle devenait nerveuse à l'idée de ne pas l'avoir sous la main en cas d'urgence. Si Miguel n'était pas là, Ricardo ou moi-même pourrions l'emmener où il le fallait.

Le matin où elle perdit les eaux, Miguel me demanda si je voulais les accompagner à l'hôpital pour y attendre la naissance de mon petit frère, mais je lui répondis que je ne pouvais pas. Que j'avais un examen d'anglais très important. Ce n'était pas vrai, mais je ne voulais pas aller à l'hôpital, et j'avais suffisamment entendu Miguel et maman discuter psychologie pour comprendre pourquoi. J'en voulais tellement au petit Claude que je lui refusais tout simplement le droit d'être là.

— Bon, très bien, soupira Miguel, visiblement déçu. Voilà ce qu'on va faire. Ricardo te conduira au lycée ce matin, et je viendrai te chercher si ta mère accouche dans la journée. À mon avis c'est très possible, même si normalement c'est pour dans un mois.

— Tu pourrais appeler le lycée de l'hôpital pour qu'on me prévienne, et j'irais à l'hôpital en voiture, suggérai-je.

De nouveau, le regard de Miguel trahit la déception.

— Ta mère est assez nerveuse comme ça, Hannah. Je ne tiens pas à ce qu'elle s'inquiète pour toi en ce moment.

— Pourquoi s'inquiéterait-elle ? Je conduis très bien.

Il me regarda sans répondre, ce qui était sa façon d'implorer ma compréhension.

— Bon, d'accord, répliquai-je avec humeur.

Le petit Claude n'avait pas encore poussé son premier cri, et déjà il m'empoisonnait l'existence. Je fus bien forcée d'avaler la pilule.

— Merci, dit Miguel.

Quand ils furent partis et que j'eus pris mon petit déjeuner, je montai dans la camionnette de Ricardo.

— Aujourd'hui vous devenez une grande sœur, constata-t-il avec un grand sourire. Vous devez être tout émue, je parie.

— Oui.

Je mentais, bien sûr. Je n'aimais pas révéler mes sentiments, surtout ceux dont je n'étais pas fière. Je m'en voulais de les éprouver, mais j'en voulais encore plus à ceux qui les avaient causés.

Ricardo se mit à parler de ses frères et sœurs. Il était l'aîné de sept enfants, mais qui se suivaient tous de près. Ils avaient beaucoup plus de choses en commun que moi et le petit Claude. Quand il serait assez grand pour discuter avec moi de choses intéressantes, je serais en faculté. Comment pourrais-je jamais le considérer comme un frère, ou même m'attacher à lui ?

Ricardo parlait toujours. Même avec son rythme musical et ses accents joyeux, sa voix devenait un ronron monotone à mes oreilles, un simple bruit de fond accompagnant mes pensées moroses. Je finis par l'interrompre :

— Vous pouvez conduire un peu plus vite, Ricardo ? J'ai peur d'être en retard.

— Si, si, acquiesça-t-il en accélérant.

Je fus tout étonnée quand il s'arrêta devant le lycée. Perdue dans mes rêveries, je n'avais absolument pas eu conscience du trajet parcouru. Je le remerciai, lui lançai un bref au revoir et sautai à terre.

Aucun de mes amis ne parut s'apercevoir de ma tristesse, et cela me fit réfléchir. Avais-je donc toujours l'air si malheureuse pour qu'ils ne remarquent rien ? Tout le monde semblait accoutumé à mon silence, à mes regards sombres et à mon manque d'énergie. Les filles papotaient avec excitation, comme à leur habitude, faisant valoir leurs nouveaux vêtements, leurs nouvelles coiffures, et colportant les derniers commérages sur les garçons. J'avais presque l'impression d'être enfermée dans un cocon qui me rendait invisible, inaudible, intouchable.

On finit quand même par s'apercevoir de mon existence quand Mme Margolis, la secrétaire du directeur, apparut à la porte de la classe et annonça que je devais m'absenter.

— Pour une occasion heureuse, ajouta-t-elle, incapable de garder la nouvelle pour elle.

Tous mes amis savaient à quoi s'en tenir et tous les visages pivotèrent vers moi, celui de Massy empreint de pitié. Je rassemblai rapidement mes livres et sortis en hâte, la tête basse et le cœur battant.

— Votre beau-père vous attend dans le hall, m'avertit Mme Margolis comme nous arrivions au bout du couloir. Félicitations, ajouta-t-elle en me quittant.

Debout près de la porte d'entrée, Miguel arborait un sourire éclatant de fierté.

— Je t'avais dit que ça se passerait vite. Le petit Claude est arrivé !

— Comment va maman ?

— Bien, mais...

Il laissa ce « mais » en suspens tandis que nous sortions et marchions vers sa voiture.

— Mais quoi ?

— Ton petit frère est un peu plus menu que nous

ne le pensions, à cause de cette naissance prématurée. Son poids est correct et il va bien. Mais par sécurité, les médecins préfèrent le garder un peu plus longtemps qu'il n'est habituel de le faire.

— Oh ! fis-je, prise dans une tempête de sentiments divers.

Une part de moi désirait que le bébé reste à l'hôpital pour toujours, mais une part plus grande encore se sentait triste pour maman, et pour Miguel.

— Naturellement ta mère s'inquiète, observa-t-il. Je crois que cela lui ferait du bien de te voir, et de t'entendre dire que le petit Claude est très beau. J'espère que tu comprends.

Je hochai la tête, mais je doutais de pouvoir tromper maman. Elle savait toujours quand je n'étais pas sincère. Mon père lui-même croyait qu'elle avait un véritable don de seconde vue, qu'elle était capable de percer tous les masques.

— Elle devrait travailler pour la CIA, raillait-il souvent.

À l'hôpital nous allâmes d'abord voir le petit Claude, comme le souhaitait Miguel. Son berceau paraissait dix fois trop grand pour lui. Je n'arrivais pas à croire qu'il fût si petit, ni que cette minuscule créature fût un être humain de la même espèce que moi. Sa tête n'était pas plus grosse qu'une pomme, ses pieds et ses mains auraient pu être ceux d'une poupée. Je me demandais s'il était bien réel. Il pleurait si fort que son visage avait pris la couleur d'une pomme mûre. Et bien qu'il n'eût que quelques heures d'existence, sa peau était toute plissée autour de ses poignets et sous ses yeux, comme celle d'un petit vieux. Je ne lui trouvais rien de beau, en fait, et j'en étais ravie. Comment pouvait-on faire tant d'histoires autour d'une petite chose pareille ?

Debout près de moi, Miguel regardait lui aussi à travers la vitre. Il s'extasia :

— Il est magnifique, non ?

— Oui, concédai-je. Mais tu as raison… il est vraiment petit.

— Il grandira vite. Dans quelques semaines, tu ne le reconnaîtras plus, tu verras. Il a mes cheveux, bien qu'il n'en ait pas beaucoup, pas vrai ?

— Ils ont trempé dans l'encre, plaisantai-je, comme le disait toujours Miguel lui-même quand j'étais petite, à propos de ses propres cheveux et de sa barbe.

Ma remarque lui fit plaisir.

— C'est juste, approuva-t-il en souriant. Bon, allons voir ta mère.

Je lui emboîtai le pas jusqu'à la chambre de maman.

Peut-être avais-je le don de seconde vue, moi aussi, car un coup d'œil me suffit pour comprendre : elle était folle d'angoisse.

— Tu l'as vu ? s'enquit-elle dès que j'eus passé la porte.

— Oui. Il est tout petit, mais il a les cheveux de Miguel, répondis-je précipitamment.

Miguel rit, mais maman conserva son expression soucieuse.

— J'ai observé toutes les règles. J'ai mangé ce qu'il fallait. Je n'ai pas fumé. C'est à peine si j'ai bu un verre de vin depuis huit mois. Ces vitamines, ajouta-t-elle à l'intention de Miguel. Nous aurions dû les faire analyser. Le gouvernement ne contrôle pas la qualité des vitamines, ni de la nourriture. Peut-être qu'elles ne valaient rien.

Miguel ferma les yeux, les rouvrit et dit avec douceur :

— Ce ne sont pas les vitamines, Willow, et cela ne sert à rien de vouloir à tout prix trouver une cause ou un coupable. L'enfant est là et tout ira bien, les médecins nous l'affirment.

Maman haussa les sourcils et le regarda avec cette expression que mon père détestait. Celle devant qui les menteurs et les fabulateurs ravalaient instantanément leurs paroles.

Il écarta les bras en un geste d'impuissance.

— Eh bien quoi ? Qu'y a-t-il ?

— On ne garde pas un bébé en observation aussi longtemps qu'ils veulent le garder, Miguel. Un prématuré est un prématuré. Ne me prends pas pour une idiote, je t'en prie.

— D'accord, d'accord. Mais tout ira très bien, tu verras.

— Je l'espère, dit-elle en se tournant vers moi, pour m'accorder enfin un sourire. Il est beau quand même, n'est-ce pas, Hannah ?

J'émis un petit bruit de gorge affirmatif, mais j'avais mon idée sur la question. Pour moi, un beau bébé ressemblait à ceux qu'on voit à la télévision, dans les publicités.

— Tu as un petit frère, finalement. J'aurais tant voulu avoir un frère ou une sœur. La plupart de mes amies avaient l'un ou l'autre, ou les deux. Et même s'ils se taquinaient ou se disputaient souvent, je savais qu'ils avaient au moins quelqu'un, une famille. Je suis désolée d'avoir attendu si longtemps pour te donner un frère, ma chérie. Mais tu seras plus âgée, plus sage et presque une mère pour lui.

— Quand il aura mon âge, j'aurai trente-quatre ans, maman. J'aurai probablement des enfants, moi aussi.

— C'est vrai, admit-elle, mais il sera très content

d'avoir des neveux et des nièces, tu verras. Si j'ai appris quelque chose en épousant Miguel, c'est combien il est merveilleux d'avoir une famille. Tu verras, répéta-t-elle.

Miguel se racla la gorge et annonça :

— Il faut que je me dépêche de retourner à l'université, pour cette réunion. C'est important. Je ne devrais pas en avoir pour plus d'une heure.

— Aucun problème, Miguel. Hannah peut rester un moment avec moi.

— Tu n'es pas fatiguée, maman ?

— Je somnolerai de temps en temps, j'imagine, mais je ne serai pas fâchée d'avoir de la compagnie. Si cela ne t'ennuie pas de rester un moment, naturellement.

— Bien sûr que non ! J'ai envie de rester, maman.

— Alors c'est parfait, dit Miguel en marchant vers la porte.

Sur le seuil il se retourna, élargit les épaules et bomba le torse, en une parodie de fierté paternelle. Cette mauvaise imitation d'Arnold Schwarzenegger nous fit rire, maman et moi, et il s'en alla tout content.

Je posai aussitôt la question qui m'importait le plus.

— Est-ce que tu voudras que Miguel aille chercher Oncle Linden, pour qu'il voie le bébé ?

— Non. Je crois préférable d'attendre que nous ayons ramené Claude à la maison. Alors nous irons chercher Linden, ou bien nous lui amènerons le bébé là-bas.

— Mais pourquoi ? répliquai-je un peu vivement. Il a le droit de sortir et de se déplacer. Nous l'emmenons au restaurant, de temps en temps. Pourquoi ne pourrait-il pas venir à la maternité ?

Maman grimaça comme si elle venait d'avaler du lait suri.

— L'amener dans un hôpital ne me paraît pas une bonne idée, Hannah. Il s'y sentirait mal. Il a trop de souvenirs pénibles liés à des cliniques et à ce genre d'endroits. Pourquoi lui imposer cela ?

— Mais nous le tenons à l'écart de tellement de choses, maman !

— Mais non, voyons.

— Mais si, m'obstinai-je.

Maman sourit.

— Personne ne défend Linden comme tu le fais, Hannah. C'est très gentil.

— Il n'a que nous, maman. Il n'a aucun lien de parenté avec Miguel, et tu es tellement prise par ton travail. Il dit toujours que tu ne viens plus le voir aussi souvent qu'avant.

Elle eut une moue dubitative.

— Il ne se souvient même pas de mes visites.

— Oh si, insistai-je encore.

— Très bien, ma chérie, je te crois. Ne te fais pas tant de souci pour ça. Oncle Linden ne sera exclu de rien du tout, je te le promets.

C'était toujours ça, mais je n'en avais pas fini.

— Pourquoi est-il toujours là-bas, au fait ? Il peint de très belles choses, les gens les achètent, il n'ennuie personne. Pourquoi ne vivrait-il pas chez nous ? La maison est bien assez grande, même avec un bébé en plus. Il y a des pièces qui sont condamnées depuis une éternité !

— Il est très bien là où il est, Hannah. Sa vie est parfaitement organisée, plus rien ne lui rappelle ses mauvais souvenirs, ceux qui sont la cause de sa maladie.

Je n'étais toujours pas convaincue.

— Tu m'as déjà dit ça souvent, maman, mais je ne comprends toujours pas ce que ça signifie. Quels mauvais souvenirs ? Et qu'y a-t-il chez nous qui risquerait de les lui rappeler ?

Elle ferma les yeux et laissa retomber sa tête sur l'oreiller. L'infirmière vint vérifier sa tension et voir si tout allait bien. Son expression révéla sa surprise quand maman me présenta à elle. De toute évidence, elle ne s'attendait pas à ce que maman ait une fille de mon âge. Un coup d'œil suffisait pour voir combien je lui ressemblais, d'ailleurs. On ne pouvait pas me prendre pour la fille de Miguel, dont elle aurait hérité en l'épousant. Nous avions le même nez, la même bouche. Mes yeux étaient du même bleu que ceux de mon père, mais j'avais les cheveux blond cuivré, comme ceux de maman. J'étais légèrement plus grande qu'elle, et j'avais le teint juste un peu plus foncé que le sien, avec une silhouette plus étoffée. J'avais toujours souhaité être plus menue, même si certaines de mes amies m'enviaient d'être aussi développée, ce qui d'après elles devait plaire aux garçons.

J'avais eu quelques flirts depuis la troisième, mais jamais rien d'assez sérieux pour avoir le cœur brisé quand la romance prenait fin. Aucun garçon ne m'avait inspiré un sentiment assez fort pour cela… du moins jusqu'à cette année.

Il s'appelait Heyden Reynolds, était nouveau venu dans notre école, et d'humeur on ne peut plus solitaire. Massy le trouvait bizarre, et expliquait cela par le fait qu'il avait une mère haïtienne et un père blanc, originaire de La Nouvelle-Orléans.

Son père était musicien dans un orchestre de jazz et voyageait beaucoup. Il avait une sœur de quatorze ans, Elisha, qui était inscrite dans un lycée municipal. Mais comme il écrivait des chansons et jouait de la musique, avec un réel talent, il avait été admis dans notre école pilote à son arrivée à West Palm Beach. Il arrivait tous les jours sur une vieille mobylette qui lui attirait les railleries quotidiennes des autres élèves, ce qui semblait le laisser totalement indifférent.

Je lui avais rarement parlé. Mais nous étions dans la même classe de chant et sa façon de me regarder, après les cours, me faisait courir des frissons sous la peau. Je le trouvais très beau avec son teint caramel, ses boucles noires, ses lèvres généreuses et ses yeux de jais. Il était aussi mince et aussi grand que Miguel. Il ne me paraissait pas bizarre parce qu'il gardait ses distances, au contraire. Je le trouvais mystérieux, et beaucoup plus intéressant que les autres garçons de notre école.

Dès que l'infirmière eut quitté la chambre, maman se retourna vers moi. Je ne m'attendais pas à ce qu'elle revienne sur le sujet d'Oncle Linden. Elle n'avait jamais aimé parler de lui, surtout avec moi, mais cette fois elle m'étonna.

— Ton oncle Linden a une relation amour-haine assez particulière avec Joya del Mar, Hannah, commença-t-elle. Quand tu étais petite, nous l'y avons amené souvent, mais il se mettait à trembler dès qu'il franchissait les grilles.

— Mais pourquoi, maman ?

— Tu sais que ma mère et lui ont vécu dans la maison de la plage, après que le beau-père de Grace a pratiquement ruiné ma grand-mère Jackie Lee. On logeait aussi quelques domestiques dans ce pavillon. Ce fut très dur et très triste pour Linden de devoir quitter la grande maison, pour emménager dans les quartiers du personnel. Il en éprouvait de l'amertume et en voulait beaucoup aux Eaton.

— Mais tu les as ramenés dans la grande maison et tu as payé toutes les dettes, maman, fis-je observer. Tu as tout arrangé.

Le sourire qu'elle ébauchait s'évapora.

— Tout arrangé, répéta-t-elle, comme si ces mots lui écorchaient la bouche. Pas vraiment, Hannah. Grâce à mon père, je disposais d'assez d'argent pour régler les dettes de ma mère, et nous permettre de retourner tous les trois dans la maison de maître, c'est vrai. Mais j'étais aussi une jeune fille impressionnable, assez sotte pour laisser ton père l'enjôler avec son charme et ses promesses. Ton oncle Linden, malgré ses problèmes et ses troubles mentaux, s'est montré plus sensé que moi. J'aurais dû l'écouter.

— S'il était aussi sensé que tu le dis, et que tu te préparais à être psychothérapeute, pourquoi s'est-il retrouvé dans une maison de santé ?

Maman prit une longue inspiration. Faisais-je preuve d'égoïsme en l'obligeant à parler, alors qu'elle était affaiblie et fatiguée par l'accouchement ? Je ne pouvais pas m'en empêcher. C'était comme si elle venait enfin d'ouvrir la porte d'une chambre secrète, dans laquelle j'avais toujours eu envie de jeter un coup d'œil.

— Tu sais que son beau-père, Kirby Scott, a séduit et fini par violer notre mère, poursuivit-elle. Linden a eu une éducation difficile et perturbée. Pendant son enfance, pour essayer de préserver la famille de la honte, on lui a fait croire que ma grand-mère Jackie Lee était sa mère. La découverte de la vérité, quand il avait quatorze ans, a été le facteur déclenchant de ses troubles maniaco-dépressifs. Il vivait dans un monde ténébreux, aux frontières de celui qui l'environnait. Les gens d'ici les ont toujours traités avec mépris, Mère et lui. Dès le début. Il avait l'impression d'être quelqu'un d'anormal, de différent, et il est devenu de plus en plus introverti. Après la mort de notre mère...

Maman soupira et reprit d'un ton attristé :

— Son état s'est sérieusement aggravé. Il voulait nous enfermer tous les deux à Joya del Mar, couper tout contact avec l'extérieur. Il faisait une dépression nerveuse, en fait. Tu comprends, maintenant, pourquoi la maison n'est pas le meilleur endroit pour lui.

» Tu peux le voir dans son art, Hannah. Les tableaux qu'il a peints là-bas sont beaucoup plus lumineux, paisibles et rayonnants que tout ce qu'il a peint ici. Tu es bien d'accord ?

Je fis signe que oui mais ne renonçai pas.

— Alors je voudrais que nous vendions Joya del Mar, et trouvions un autre endroit où il pourrait être heureux.

— Je ne sais pas si cela résoudrait ses problèmes, ma chérie. J'en doute fort.

Je sentais qu'il y avait encore beaucoup à découvrir, dans cette chambre sombre et close, mais maman ne semblait pas décidée à tout me dire.

— Quand je serai mariée, je m'arrangerai pour avoir une maison assez grande pour qu'il y vive aussi, déclarai-je avec chaleur.

— Peut-être le feras-tu, s'attendrit maman.

Puis elle ferma les yeux et murmura :

— Claude est vraiment beau, n'est-ce pas ? J'espère que tout ira bien pour lui et je prie pour cela. Prie aussi pour lui, ma chérie. Prie pour ton petit frère.

Je la regardai glisser dans le sommeil. Pendant quelque temps je restai là, d'humeur boudeuse, à écouter son souffle régulier. Puis je me levai et retournai à la pouponnière pour observer mon frère tout neuf, ce petit être dont la seule apparition comblait de joie Miguel et ma mère.

Contempler Claude me fit penser à Oncle Linden, venu au monde secrètement, n'ayant pratiquement rien su de sa mère jusqu'à ce qu'elle revienne de la clinique de mon grand-père. Les bébés sont-ils sensibles à la séparation ? Leur mère leur manque-t-elle, sans qu'ils sachent pourquoi ils se sentent si seuls ? Oncle Linden avait-il peur, la nuit, quand il pleurait et que c'était sa grand-mère qui le consolait, et non pas sa mère ?

Quelque chose fit frissonner le petit Claude qui se mit à hurler, en agitant frénétiquement ses poings minuscules. Personne ne parut s'en apercevoir. Je regardai autour de moi avec affolement, et finalement une infirmière s'approcha de lui. Elle le prit dans ses bras et l'y garda un moment, mais cela ne mit pas fin à ses hurlements. Il devint même tout rouge et j'eus presque envie de m'en prendre à l'infirmière. Qu'attendait-elle pour faire quelque chose ? Qu'il s'étouffe avec ses larmes ?

J'étais prête à taper sur la vitre et à lui crier ma question, mais elle sourit comme s'il n'y avait rien de grave et emporta Claude hors de la salle. Où l'emmenait-elle ? Je ne fus rassurée qu'en la voyant se diriger vers la chambre, de maman. J'attendis qu'elle passât près de moi pour m'informer :

— Qu'est-ce qu'il a ? Quelque chose ne va pas ?

— Mais non. Il a faim, voilà tout, lança-t-elle en entrant dans la chambre.

Je l'y suivis et elle réveilla maman, qui avait décidé de nourrir Claude au sein.

Rien ne pouvait mieux faire comprendre la place qu'avait prise le petit Claude dans la famille, et son statut de favori, que l'expression de maman pendant qu'il tétait. Ses traits rayonnaient d'une joie angélique. Elle ne m'avait jamais dit si elle m'avait allaitée.

Brusquement, il devint très important pour moi de le savoir.

— Il a très faim, constata-t-elle. C'est bon signe.

— Tu m'as donné le sein, à moi aussi ?

Maman leva les yeux et cessa de sourire.

— Eh bien... non, en fait. J'étais tellement perturbée, à cette époque-là. Ton père et moi nous étions séparés, je me sentais trahie. Malgré ce que tout le monde me disait, je ne pouvais pas m'empêcher de croire que je l'avais laissé gâcher ma vie.

— Alors tu ne voulais pas que je vienne au monde ?

— Oh si, bien sûr que si, mais je me sentais terriblement malheureuse. Ma mère venait de mourir, Linden n'allait pas bien du tout, comme je te l'ai déjà dit. Et je me retrouvais enceinte, avec un mari pour qui l'adultère n'avait pas plus d'importance qu'un ticket de parking !

» Mais dès que tu es arrivée, tout a changé. C'était comme si le soleil perçait enfin après la pluie.

— Alors pourquoi ne m'as-tu pas nourrie au sein, moi aussi ?

Elle hésita, jeta un regard sur Claude, releva les yeux sur moi et s'efforça de sourire. Les sourires forcés de maman vacillaient toujours entre le rire et les larmes.

— Je viens de te le dire, Hannah. Tout allait mal, je ne savais plus où j'en étais. Je n'avais que Miguel, en fait. Il fallait que je retombe sur mes pieds, et sans délai. J'ai essayé de rester à la maison avec toi le plus longtemps possible, mais à la fin il a fallu que je reprenne mes activités à l'extérieur. Tu avais une merveilleuse nourrice, Donna Castilla. Et Mme Davis, Dieu ait son âme, s'occupait de toi comme si tu avais été sa propre petite-fille. Au début, j'avais fort à faire pour servir d'arbitre entre elles, car chacune prétendait savoir mieux que l'autre ce qui était le mieux pour toi. Tu te souviens de tout ça ?

— Vaguement, oui.

— En tout cas, je suis heureuse de n'avoir pas gardé de nourrice aussi longtemps que l'a fait ma belle-mère, bien qu'Amou ait plutôt été une mère, pour moi. Toi au moins, tu as eu un beau-père qui t'a toujours aimée comme sa fille.

— Il aura deux enfants à aimer, maintenant.

Maman pouvait-elle deviner mes craintes dans ma voix ? Je pensais vraiment que Miguel aimerait Claude plus que moi, et je trouvais cela naturel. C'était son enfant à lui. Son fils.

Tout à coup, une question me vint aux lèvres :

— Ça ne te fait pas mal, maman ?

— Non. Et de toute façon, je tiens à faire ce qui est le mieux pour lui.

Alors pourquoi n'as-tu pas fait ce qui était le mieux pour moi ? fus-je tentée de demander. Mais je ne dis rien, je me contentai d'observer. Et un peu plus tard, quand l'infirmière vint rechercher Claude, j'allai acheter quelques magazines pour maman à la boutique de l'hôpital. Quand je regagnai la chambre, Miguel était là. Il arpentait la pièce en vitupérant à propos de sa réunion, inutile selon lui ; et maman l'écoutait, un petit sourire amusé au coin des lèvres.

— Parler, parler, parler, c'est tout ce qu'ils savent faire ! fulminait-il. Mais quand il faut agir, il n'y a plus personne.

— Ils ont peur, Miguel, ils ont besoin de réfléchir avant de se décider. Cela prend du temps.

— Mais justement, c'est le temps qui manque dans cette affaire. Oh, et puis tant pis ! J'y renonce, s'écria-t-il en s'effondrant dans le fauteuil.

Puis il leva les yeux et m'aperçut.

— N'épouse jamais un professeur, Hannah, sauf s'il est assez riche pour être indépendant.

— Je n'ai pas l'intention de me marier, répliquai-je.

— Ah bon ? Et pourquoi ça ?

— Je veux pouvoir mener librement ma carrière.

— Ta mère a réussi la sienne et elle est mariée, objecta-t-il en pointant le menton vers maman.

— Pour elle, c'est différent. Elle peut exercer sa profession en restant au même endroit. Moi, je devrai voyager, faire des tournées, participer à des spectacles. Je n'aurai pas de temps à consacrer à un mari, et encore moins à un enfant.

— Bien sûr que si, tu en auras. Tu verras.

— Non, je n'en aurai pas. Et certainement pas pour allaiter un enfant ! ajoutai-je en criant presque.

Totalement déconcerté, Miguel chercha le regard de maman.

— Ce n'est pas grave, Hannah, dit-elle d'un ton apaisant. D'ailleurs tu es trop jeune pour t'inquiéter de tout ça. Que m'as-tu apporté, au fait ? Montre-moi ça.

Je lui tendis les magazines et elle y jeta un regard.

— Parfait, merci. Et maintenant, filez tous les deux. À la maison !

Miguel se leva aussitôt.

— Tout de suite, acquiesça-t-il. Je reviendrai après le dîner.

Il se pencha vers maman, déposa un baiser sur ses lèvres, et je la vis s'illuminer quand il chuchota :

— Merci pour mon fils.

Je pivotai vers la porte, mais la voix de maman m'arrêta.

— Hannah ? appela-t-elle en me tendant les bras.

Je revins vers son lit, la laissai me serrer contre elle et m'embrasser sur la joue. Mais pas un instant je ne me départis de la moue boudeuse qui gonflait mes lèvres.

— Prends bien soin de Miguel, me recommanda-t-elle. Veille à ce qu'il ait un vrai dîner, au lieu d'aller manger sur le pouce dans une gargote, ajouta-t-elle en feignant d'être fâchée.

Miguel rit de bon cœur.

— Elle lit dans mon esprit, cette femme ! Pas étonnant que ce soit une si bonne thérapeute.

Si elle avait pu lire dans le mien...

Elle aurait su combien j'avais mal, comment ce mal semblait se propager dans tout mon corps, à tel point que ma démarche elle-même s'en ressentait.

Avant de quitter l'hôpital, Miguel insista pour s'arrêter à la pouponnière.

— Un dernier coup d'œil, plaida-t-il. Juste pour m'assurer qu'il est bien réel.

Le petit Claude dormait, satisfait, le ventre plein du lait de maman. Il n'était là que depuis quelques heures mais il avait déjà sa place dans cette famille, une place à part entière, celle que je n'avais jamais eue. Et que je n'aurais peut-être jamais.

2

Frères et sœurs

Subitement, l'attention de tous mes amis du lycée se focalisa sur moi. Ils me bombardèrent littéralement de questions quand je revins le lendemain matin. Puisque maman était à l'hôpital, j'avais eu le droit d'utiliser sa voiture. C'était une de ces rares journées grises, où la couche de brume qui montait de la mer s'épaississait d'heure en heure. Des nuages s'amoncelaient, enflaient, roulaient les uns sur les autres, de plus en plus sombres et tourmentés, déchirés, jusqu'à ce que le ciel explose en tonnerre et en éclairs. Finalement, une averse vint rafraîchir l'atmosphère. Le temps s'éclaircit. Mais dans mes pensées les nuages étaient toujours là, et les éclairs fulguraient toujours devant mes yeux.

Dès que j'eus mis le pied dans le hall, mes amies m'entourèrent, et leurs questions fusèrent comme un tir de barrage.

— Il pèse combien, ton petit frère ?

— Est-ce qu'il te ressemble ?

— De qui tient-il le plus ?

— Comment s'appelle-t-il ?

— Pourquoi l'ont-ils appelé Claude ?

— Est-ce que ta mère a déjà engagé la nurse ? s'enquit Massy, sur un ton lourd de sous-entendus.

Maman n'avait encore engagé personne, bien qu'elle

eût rencontré plusieurs candidates, et parcouru un nombre respectable de curriculums. C'est seulement au cours des dernières semaines qu'elle avait décidé d'attendre un peu.

— Je crois qu'il est important pour moi de rester à la maison pour le nourrir, avait-elle annoncé un soir, à table.

Sur le moment, je m'étais dit que Massy avait raison. Malgré tout son savoir en psychologie, maman semblait devoir être une mère du genre parano, finalement.

— Pas encore, dus-je admettre à contrecœur.

Massy triompha.

— Pas encore ? Je t'avais prévenue, plastronna-t-elle, avec une mine si satisfaite que j'en eus l'estomac révulsé. Je t'avais dit que ta mère deviendrait tellement parano qu'elle ne se fierait à personne, sauf à la famille.

— D'accord, tu me l'avais dit. Tu es tellement géniale, et nous sommes tous tellement idiots, dans ce lycée !

— Ne t'en prends pas à moi parce que j'ai eu raison, renvoya-t-elle du tac au tac.

Tous les regards convergèrent sur moi. J'avais le feu aux joues. J'étais déjà d'une humeur massacrante en arrivant, et voilà que Massy venait planter sa face bouffie de suffisance en plein sous mon nez. Je lui décochai un sourire glacé.

— Je ne suis pas fâchée contre toi parce que tu as raison, Massy. Je suis fâchée que tu y prennes tellement de plaisir, et que tu te serves de moi pour te venger de tes frustrations.

— Hein ? grogna-t-elle en reculant d'un pas, les joues si gonflées d'indignation qu'on ne voyait presque plus ses yeux. Quelles frustrations ? De quoi parles-tu ?

— De Raymond Humphrey que tu voudrais bien voir aux petits soins pour toi, seulement voilà. Il ne veut rien savoir.

J'avais parlé assez haut pour être entendue des garçons qui se trouvaient derrière nous, et dont Raymond faisait partie. La figure de Massy vira au bleu. Elle tourna vers les autres filles ses yeux noyés de larmes, haussa ses lourdes épaules, serra ses livres sur son ample poitrine et tourna les talons. De gros rires fusèrent derrière nous.

— C'était méchant, Hannah, me reprocha Brigitte Sklar. Elle nous avait dit cela en confidence. Nous nous faisons toutes confiance en ce qui concerne nos secrets les plus intimes.

— C'est de sa faute, me justifiai-je. C'est elle qui a commencé en cherchant à me blesser.

Je détestais avoir l'air de pleurnicher, mais c'était pourtant bel et bien ce que je faisais.

Tina Olsen prit la défense de Massy.

— Qu'est-ce qu'elle a dit de si terrible ? Elle essayait juste de te donner une idée de ce qui t'attendait.

— Tu n'aurais pas dû, insista Brigitte. Ce n'était pas loyal.

— La loyauté n'a rien à voir avec... avec quoi que ce soit ! C'est puéril de croire ça.

Sans répondre, Brigitte regarda les autres, puis la cloche sonna et nous nous dirigeâmes vers nos classes respectives. Au déjeuner, je fis bande à part. Toutes mes amies réconfortaient la pauvre Massy, qui se régalait de leurs attentions et me jetait des regards noirs. J'avais boudé pendant les deux derniers cours, et pendant l'interclasse, les autres avaient gardé leurs distances. Il suffisait de me voir pour deviner mon humeur, et comprendre que je ne souhaitais pas la compagnie. Je me trouvai un coin de table libre, et j'attaquai un sandwich au fromage comme si je n'avais pas mangé depuis deux jours.

— Tu as si faim que ça ? fit une voix derrière moi.

Je tournai la tête et rencontrai le regard de Heyden Reynolds.

— Non. Je ne sais même pas ce que je mange, en fait.

Il sourit et jeta un coup d'œil en direction de mes amies.

— Il y a de la bisbille au paradis, on dirait ?

— Drôle de paradis, grommelai-je, et son sourire s'élargit.

Lui, au moins, semblait apprécier ma compagnie.

— Je t'ai entendue chanter l'autre jour en classe, dit-il en se glissant sur la chaise qui faisait face à la mienne. Tu as une jolie voix, très bien timbrée.

— Tu trouves ?

— Oui, elle a du corps et de la résonance. Elle est riche et profonde, poursuivit-il à la manière d'un critique d'art. J'aime ta façon d'attaquer sur les basses, et d'amener au bon moment la mélodie dans les aigus. Avec un registre aussi étendu, tu as tout ce qu'il faut pour réussir.

Je ne pus que le dévisager, bouche bée. Il haussa les sourcils, intrigué par mon silence. Puis, voyant qu'il se prolongeait, il eut une petite grimace de dépit et se leva.

— Désolé, je ne voulais pas fourrer mon nez dans ta vie privée. Je me mêle de ce qui ne me regarde pas.

— Non ! m'écriai-je comme il s'apprêtait à partir.

Il s'immobilisa.

— Non ?

— Je veux dire… tu ne te mêles pas de… enfin si,

mais ça ne m'ennuie pas. Au contraire, ça me fait plaisir. Merci. Mêle-toi de ce que tu veux.

Son expression maussade fit place à un franc sourire. Il coula un regard bref en direction de mes amies, qui ne nous avaient pas quittés des yeux, et reprit sa place en face de moi.

— Alors, que se passe-t-il ? Pourquoi as-tu été mise à l'écart du poulailler, aujourd'hui ?

— On ne m'a pas mise à l'écart. C'est juste que... je ne suis pas d'humeur à supporter leurs inepties.

— Qui les supporterait ? railla-t-il. Et qu'est-ce qui t'a mise de cette humeur-là, si je ne fourre pas mon nez trop loin ?

— C'est... assez compliqué.

— Qu'est-ce qui ne l'est pas, tu peux me le dire ?

Il avait un léger accent, dû à l'influence de sa mère haïtienne, qui donnait à sa voix un ton musical absolument unique. Ses yeux brillants d'intelligence révélaient une maturité au-dessus de son âge, et qui se reflétait dans son maintien, sa démarche et sa façon de parler aux gens.

— Ma mère a accouché hier, annonçai-je, j'ai un petit frère. Il s'appelle Claude, c'était le prénom du père de maman.

— Tu n'as pas d'autres frères et sœurs ?

— J'ai deux demi-frères, des jumeaux, les fils de mon père. Mais ils nieraient toute parenté avec moi, si tu leur en parlais.

Heyden s'accota au dossier de sa chaise.

— Ta mère... c'est ta vraie mère ?

— Oui. Je sais ce que tu penses, et c'est ça qui rend les choses si compliquées.

— Et qu'est-ce que je pense ?

— Tu te demandes pourquoi ma mère a attendu si longtemps pour avoir un autre enfant.

Il ne dit ni oui ni non mais interrogea :

— Est-ce qu'elle vient juste de se remarier, ou quelque chose comme ça ?

— Non. Elle est remariée depuis seize ans.

— D'accord, je donne ma langue au chat. Pourquoi a-t-elle attendu si longtemps pour avoir cet enfant ?

— Pour ne pas interrompre sa carrière, j'imagine.

Il parut hésiter une fraction de seconde avant de demander :

— Et maintenant, elle veut bien ?

— Je n'en sais rien, avouai-je d'une voix tendue. (Je n'avais pas eu l'intention de montrer mon ennui, mais j'avais horreur d'être harcelée de questions.) Comme tu vois, les choses sont plutôt compliquées.

— Alors simplifie-les, déclara-t-il en se levant.

— Comment ?

Il ramassa vivement ses livres.

— Fais comme moi. Commence à penser un peu plus à toi-même. Cesse de te faire du souci à propos des autres et surtout...

Il lança un nouveau coup d'œil du côté de mes amies.

— Ne te tracasse pas au sujet de ce qu'elles pensent, acheva-t-il en s'en allant.

Je le suivis des yeux jusqu'à ce qu'il soit sorti, puis je reportai mon regard sur mes amies. Elles se remirent instantanément à caqueter, et je ne pus pas m'empêcher de sourire. On aurait vraiment dit des poules dans un poulailler.

Je revis plusieurs fois Heyden pendant les interclasses, ce jour-là. Il me souriait, mais sans s'arrêter pour échanger quelques mots avec moi. J'en fus vaguement déçue, et sentis s'alourdir le fardeau d'émotions négatives qui pesait sur moi depuis le matin. Quand la journée de classe s'acheva je n'avais plus qu'un désir : aller voir mon oncle Linden. Jamais son univers ne m'avait semblé aussi approprié pour m'y réfugier. J'aurais voulu déménager pour aller vivre avec lui.

Ni maman ni Miguel ne connaissaient la fréquence de mes visites à mon oncle. Chaque fois que j'avais l'occasion de conduire la voiture de maman, c'était le premier endroit où je pensais à me rendre. Ce n'était pas très loin, à peine deux kilomètres et demi par l'autoroute. Et rien, dans l'aspect des lieux où vivait Linden, ne laissait deviner qu'il s'agissait d'un établissement sous surveillance médicale. La résidence était une vaste maison à pignons, avec une spacieuse galerie à double niveau. Les découpures des pignons, tout comme les balustres des galeries et les volets, étaient d'un blanc immaculé, qui tranchait sur le ton chocolat des murs de bardeaux.

Stuart et Elizabeth Robinson, un couple charmant dans la cinquantaine, dirigeaient l'établissement dont ils étaient propriétaires. Ils n'hébergeaient pour le moment que quatre clients, comme on nommait ici les patients. Il y en avait eu jusqu'à six, à ma connaissance. Mais l'un était parti vivre dans sa famille, et un second, très âgé, était tombé malade et était mort à l'hôpital.

Oncle Linden avait à peine deux ans de plus que maman, mais il paraissait beaucoup plus vieux qu'elle. D'après maman, c'était sans doute un effet de sa dépression, et aussi des médicaments qu'il absorbait depuis tant d'années.

— Le mental a plus d'influence sur le corps qu'on ne le croit généralement, Hannah, m'avait-elle expliqué. Le stress, les troubles émotionnels, l'angoisse et la dépression entament sérieusement les ressources physiques.

En tout cas, l'oncle Linden était encore très beau. Malgré quelques traces de blanc, son épaisse chevelure avait gardé sa remarquable nuance blond de lin, un or pâle à reflets de bronze. Ses yeux brun foncé vous fixaient avec une telle intensité, quand vous lui parliez, qu'il donnait toujours l'impression de se concentrer sur vos paroles. En réalité, il se retirait souvent en lui-même pour suivre ses propres pensées, mais sans vous quitter du regard, et on ne s'apercevait de rien. Il m'avait fallu un certain temps pour m'en rendre compte, quand j'étais plus jeune. Il lui arrivait aussi de se laisser emporter par une idée, un souvenir, et alors son esprit s'évadait. Pour moi, c'était signe qu'il était temps de mettre fin à ma visite. Quand je l'embrassais sur la joue pour lui dire au revoir, mon baiser me valait un battement de paupières, un vague sourire, mais jamais rien de plus.

Ces derniers temps, toutefois, il semblait de moins en moins absent, surtout avec moi. Et je savais par Stuart et par Elizabeth, qui ne manquaient pas une occasion de me le répéter, combien Oncle Linden attendait impatiemment mes visites.

— Quand il n'est pas absorbé par sa peinture, il s'assied souvent sur la galerie pour surveiller la route. Je suis sûr qu'il vous guette, Hannah, m'avait dit Stuart.

Et il avait baissé la voix pour ajouter :

— On lit sa peur sur son visage. Sa peur de vous avoir manquée, ou que vous soyez venue et qu'il ne vous ait pas prêté assez d'attention. Je le sais, il me l'a souvent dit, avait affirmé Stuart en me tapotant la main. Il a besoin d'être rassuré, infiniment besoin. Je ne suis pas psychiatre, mais j'ai appris par expérience que les gens comme lui, les dépressifs, sont obsédés par la peur d'être abandonnés.

Cette seule supposition m'indigna.

— Je ne l'abandonnerai jamais ! Et si vous voulez le savoir, dès que j'en aurai la possibilité je le ferai sortir d'ici pour vivre avec moi.

— C'est très gentil de votre part, Hannah. Il a de la chance d'avoir une nièce comme vous, on voit que vous l'aimez.

Stuart ne parlait ainsi que pour me faire plaisir, mais c'était mal me connaître. Il ignorait tout de ma détermination et de ma loyauté, en ce moment plus fortes que jamais. Oncle Linden était toute la famille que j'avais, ma seule vraie famille en dehors de maman. Papa se plaçait dans une catégorie à part, avec ses enfants. J'avais renoncé à découvrir dans laquelle il me rangeait, selon sa vision des choses.

Aussi mince que sur les photos que nous avions de sa jeunesse, Oncle Linden portait toujours les cheveux mi-longs et s'habillait de manière décontractée. Il avait une préférence manifeste pour un certain coupe-vent, que je lui avais offert deux ans plus tôt pour son anniversaire. La plupart du temps, il portait des jeans et des sandales. Un de ses plus grands plaisirs était de se promener avec moi. Nous marchions le long des rues, observés d'un œil soupçonneux par les gardiens des riches demeures de la ville. Les gens savaient que la résidence était située au bas de la grand-rue, et je suis sûre qu'ils échafaudaient tout un tas d'histoires terrifiantes à son sujet. Elle devait leur donner des cauchemars. Je savais que les Robinson avaient rencontré toutes sortes de difficultés, depuis qu'ils avaient ouvert leur maison d'accueil. En ville, on continuait à redouter le voisinage de ceux que l'on appelait poliment : les handicapés mentaux. Leurs problèmes ne les empêchaient pas, toutefois, de se sentir indésirables. C'était pour moi une raison de plus – et la liste en était déjà longue – de vouloir ramener Oncle Linden à la maison.

Quand j'arrivai au foyer, ce jour-là, j'eus le plaisir de trouver Oncle Linden assis dans un rocking-chair, sur la galerie. En reconnaissant la voiture de maman, il cessa de se balancer. Il se leva dès que je fus sortie, vint s'accouder à la balustrade et m'appela, seulement ce ne fut pas mon nom qu'il prononça. Il m'appela Willow.

— C'est moi, Oncle Linden, rectifiai-je aussitôt.

Cela faisait un effet bizarre de le voir là, regardant au-delà de moi comme s'il ne me voyait pas, tel un aveugle cherchant à entendre ou à deviner ce qu'il aurait dû voir.

Je courus jusqu'aux marches de bois.

— C'est moi, Hannah ! m'écriai-je en m'avançant pour le serrer dans mes bras. Comment te sens-tu aujourd'hui ?

— Bien, dit-il d'un ton pensif, comme s'il devait réfléchir à la question. Oui, plutôt bien. Où est ta mère ?

— Elle est toujours à l'hôpital. Il se peut qu'elle vienne demain matin, cela dépendra de Claude.

Il se laissa tomber dans son rocking-chair, la mine consternée.

— À l'hôpital ? Mais qu'est-ce qu'elle a ?

Il ne m'était pas venu à l'esprit que ni Miguel ni maman n'avaient téléphoné à la résidence pour annoncer la nouvelle à Oncle Linden. Il savait depuis quelques mois que maman était enceinte. Je le lui avais dit et maman aussi, au cours de sa dernière visite, sept mois plus tôt. Elle ne s'était pas attardée sur le sujet, et je me souvenais que cela n'avait pas paru impressionner mon oncle, et le fait que cette grossesse fût si tardive non plus.

Peut-être comptaient-ils lui en parler aujourd'hui, tous les deux. Ils ignoraient tout de ma visite, et maman ne m'avait pas dit d'attendre qu'elle le prévienne, ni quoi que ce soit de ce genre. Mais elle me donnait toujours l'impression que je devais prendre toutes sortes de précautions avec Oncle Linden, et ne pas lui fournir d'informations sur notre vie de famille, s'il n'en avait pas demandé. Elle m'avait même fait tout un discours à ce sujet.

— Je sais que c'est difficile, et même impossible pour toi de t'en rendre compte, Hannah, mais il a été très sérieusement malade et il l'est encore. Alors avec lui, évite tout particulièrement d'évoquer le passé de la famille. S'il aborde la question devant toi, dis que tu ne sais rien et que tu ne tiens pas à parler de ça. Il comprendra et n'insistera pas.

» Je ne suis pas en train de dire que tu pourrais le rendre encore plus malade, ajouta-t-elle en voyant mon expression. Je ne veux pas que tu subisses la moindre contrainte, c'est tout.

— Cela ne m'est jamais arrivé, avais-je affirmé.

— Non, je te crois et j'en suis heureuse. Je sais que Linden aime beaucoup te voir, alors parle-lui de toi, du lycée, de tes leçons de musique, des choses comme ça. Il n'a aucun autre moyen d'être au courant de tout ça, tu sais. Alors c'est d'accord, tu as bien compris ?

Je fis signe que oui, même si je ne comprenais rien. Pourquoi notre passé familial était-il périlleux comme un champ de mines ? Je savais si peu de chose, de toute façon. Que craignait-elle que je dise ? Tout cela me rendait nerveuse.

Aussi, quand Oncle Linden commençait à tenir des propos décousus et à évoquer le passé, je l'interrompais net pour parler d'un événement récent. Quelquefois il mordait à l'hameçon et me posait des questions. Ou alors il se fermait comme une huître, prenait son air lointain et je savais qu'il entendait une autre voix, qu'il voyait un autre visage. Et qu'il était temps pour moi de le laisser seul.

Au début, quand j'avais commencé à aller voir Oncle Linden toute seule, maman exigeait de moi un compte rendu détaillé de ces visites. Elle voulait savoir de quoi nous avions parlé, quels sujets il avait souhaité aborder, comment il avait réagi à ce que je lui disais. Toutes ces choses que je mettais sur le compte d'un intérêt purement professionnel. Mais l'avant-dernière fois, en apprenant que mon oncle désirait faire mon portrait, elle était devenue si agitée, si inquiète même, qu'elle m'avait fait peur. À peine avais-je mentionné les intentions d'Oncle Linden qu'elle s'était écriée :

— Non, il n'en est pas question. N'y pense même pas !

J'en avais presque gémi de frustration.

— Mais pourquoi, maman ? Quel mal cela pourrait-il lui causer ?

J'étais si curieuse de voir comment il m'aurait représentée ! J'avais vu le portrait qu'il avait fait d'une résidente. Elle devait avoir au moins vingt ans de plus que lui, et pourtant elle paraissait beaucoup plus jeune. Par certains côtés, son visage rappelait même vaguement celui de maman.

— Il dit toujours que nous nous ressemblons tellement, toutes les deux, insistai-je. C'est sûrement cela qu'il a envie de peindre.

— Je te défends de poser pour lui, Hannah. Si tu ne m'obéis pas, je devrai prier les Robinson de ne plus te laisser voir ton oncle hors de ma présence.

J'en aurais pleuré.

— Je ne vois pas ce que ça aurait de si terrible, marmonnai-je.

Maman s'efforça de me l'expliquer.

— C'est un processus psychologique assez compliqué, Hannah. Faire le portrait d'une personne qui lui est très proche, le tien ou le mien par exemple, agit sur lui comme un catalyseur. Cela fait resurgir en lui certaines émotions liées à des problèmes profonds, et très graves. Tu ne comprendrais pas si j'entrais dans les détails. Il faut que tu me fasses confiance, Hannah. Je ne tiens pas à dire ou faire quoi que ce soit qui puisse te peiner ou te choquer. Si je te dis que j'agis pour ton bien et celui d'Oncle Linden, tu dois me croire, d'accord ? Tu me le promets ?

— D'accord, concédai-je d'une voix morne. Je te le promets.

Je n'abordai plus jamais la question, mais je n'étais plus aussi à l'aise avec Oncle Linden, maintenant. Je ne savais plus sur quel pied danser. Je détestais lui mentir, et quand il me demandait à nouveau de poser pour lui, je devais ruser. Je prétendais que j'avais trop de travail scolaire, ou telles et telles choses à faire à la maison. Déçu, il s'enfermait dans la bouderie et je m'en voulais à mort, mais qu'aurais-je pu faire d'autre ?

— Tu te souviens que maman était enceinte, Oncle Linden, lui rappelai-je ce jour-là. Elle a eu un garçon et lui a donné le prénom de son père, Claude. Il est né prématurément, et on va le garder en observation pendant une semaine, mais les médecins pensent que tout se passera bien. Je suis désolée que personne ne t'ait annoncé la nouvelle, mais je suis sûre que Miguel et maman ne voulaient pas t'inquiéter. Ils étaient très occupés, en plus, tu comprends.

Il hocha la tête d'un air entendu.

— Je lui avais dit ce qu'il fallait faire, pourtant. Ce qu'elle devait manger, quelles vitamines prendre, quelles règles suivre. Je lui avais conseillé de ne pas se fier aux médecins, et donné des livres à lire sur le sujet.

Des livres ? Qu'avait-il bien pu lui donner à lire ? Je n'avais jamais rien vu de tel à la maison. Et où se serait-il procuré tout cela ?

— Mais elle n'a rien écouté, n'est-ce pas ? reprit-il avec véhémence. Et maintenant, comme je le craignais, il y a un problème. Thatcher ! s'emporta-t-il, en crachant pratiquement le nom de mon père. Thatcher Eaton !

— Qu'a-t-il à voir dans tout cela, Oncle Linden ?

Il mordilla un instant le coin de sa lèvre et finit par grommeler :

— Rien. Il n'a strictement rien à voir là-dedans.

La brise avait fraîchi. Renversé dans son rocking-chair, Oncle Linden contempla les nuages qu'elle chassait vers l'horizon. Sur la pelouse, le drapeau américain mis en place par les Robinson claquait au vent avec un bruissement sonore, qui évoquait le frottement d'une allumette. Le son semblait hypnotiser Oncle Linden.

Je me hâtai de changer de sujet.

— Je travaille une nouvelle chanson pour le spectacle de variétés du lycée, annonçai-je.

Peine perdue. Oncle Linden m'échappait déjà, et je venais à peine d'arriver ! Je ne l'avais jamais vu aussi absent, aussi perdu, et cela me fit peur. Mon cœur s'affola et une note de panique perça dans ma voix.

— Tu m'as dit un jour que c'était la chanson préférée de ta mère, *La Vie en Rose,* et je la chante en français. Tu viendras au spectacle, n'est-ce pas, Oncle Linden ? Tu as dit que tu viendrais.

Il se balançait lentement à présent, absorbé dans ses pensées, les lèvres étroitement serrées. Ses paupières battaient rapidement. Il ne m'entendait plus.

— Oncle Linden ?

La porte d'entrée principale s'ouvrit devant Elizabeth Robinson, qui sourit en m'apercevant.

— Hannah, quel plaisir de vous voir ! Je venais simplement m'assurer que Linden n'avait besoin de rien. Comment allez-vous ? Comment va votre mère ?

— Elle a accouché hier, presque un mois avant terme.

— Oh ! Est-ce qu'elle va bien ?

— Oui.

— Et le bébé ?

— Il va bien aussi, mais il est très menu.

Elizabeth eut un sourire encourageant.

— Je suis sûre que tout s'arrangera. Si je me souviens bien, vous saviez déjà que ce serait un garçon, n'est-ce pas ?

— En effet. Ils l'ont appelé Claude, comme le père de maman.

Je débitai tout cela très vite, comme si je crachais quelque chose d'empoisonné. Elizabeth ne parut rien remarquer.

— Eh bien... transmettez nos félicitations à votre mère, je vous prie, ainsi qu'à votre beau-père. Vous entendez, Linden ? dit-elle en se tournant vers lui. Vous voilà devenu oncle pour la deuxième fois. Vous avez un petit neveu.

Oncle Linden continua de se balancer, le regard fixe, sans paraître l'avoir entendue. Elle comprit qu'il était plongé dans une de ses transes et demanda :

— Depuis combien de temps êtes-vous là, ma chérie ?

— Je viens d'arriver. Je lui ai annoncé la naissance de Claude, c'est tout.

Elle observa un instant mon oncle d'un air pensif et se retourna vers moi, la mine rassurante.

— Ne vous laissez pas impressionner par sa réaction, mon petit, ce n'est pas grave. Il va vraiment très bien, vous savez. Il travaille régulièrement et mange très bien, m'assura-t-elle.

Puis elle posa la main sur l'épaule de mon oncle et s'inclina légèrement vers lui.

— Vous êtes content d'apprendre ces bonnes nouvelles, Linden ? Vous avez un petit neveu, répéta-t-elle, espérant l'arracher aux pensées ou aux souvenirs parmi lesquels il semblait dériver.

Son regard conserva sa fixité aveugle.

— Il lui arrive parfois de s'isoler dans le silence, expliqua Elizabeth. Dans ces cas-là, il vaut mieux ne pas le forcer à vous écouter. Il reviendra parmi nous quand il sera prêt. Je suis sûre que votre prochaine visite se passera mieux, affirma-t-elle avant de s'adresser à nouveau à mon oncle. Linden, Hannah s'en va.

— Mais... je n'avais pas l'intention de m'en aller.

Avec un sourire complice, elle me désigna Oncle Linden du coin de l'œil.

— Je vais lui proposer de rentrer pour se reposer un peu avant le dîner, chuchota-t-elle. En général, c'est ce qui lui réussit le mieux. Linden ? Que diriez-vous d'aller faire une petite sieste ? Vous êtes d'accord ?

Il inclina lentement la tête.

— Oui, je suis fatigué. Très fatigué.

— Cela n'a rien d'étonnant ! Il a travaillé toute la matinée à une nouvelle toile, avec une intensité incroyable, m'apprit Elizabeth. N'est-ce pas, Linden ?

Oncle Linden se leva et répondit brièvement :

— Oui.

— Dites à Hannah que vous la verrez une autre fois, suggéra-t-elle.

Il me regarda d'un air vague, comme s'il avait complètement oublié que j'étais là. Cela me glaça le cœur.

— Dis à Willow de venir avec toi la prochaine fois, Hannah. Il y a longtemps que je ne l'ai pas vue et il faut que nous parlions. Elle ne prend pas soin d'elle comme il faudrait, pour une femme enceinte, commenta-t-il en marchant vers la porte aux côtés d'Elizabeth.

Elle se retourna et articula muettement :

— Ce n'est rien, tout va bien.

Je les regardai rentrer dans la maison, atterrée. J'avais l'impression d'avoir avalé une pierre. Était-ce pour cela que maman me recommandait, si souvent, de ne pas évoquer le passé devant mon oncle ? Cette fois il ne s'agissait pas du passé, mais quelque chose avait provoqué chez lui ce retrait subit et cette confusion. Quelque chose, mais quoi ?

Déçue et frustrée, je descendis les marches et regagnai ma voiture. J'avais envie de parler de tout ceci avec maman. Et en même temps j'avais peur qu'elle soit fâchée, parce que c'était moi qui avais annoncé la nouvelle à Oncle Linden. Elle pourrait très bien me dire qu'il n'y était pas préparé, ou quelque chose de ce genre, et m'interdire de retourner le voir sans elle.

Je me sentais affreusement seule, et j'eus l'idée d'appeler papa. Je m'assis dans la voiture et fouillai dans mon sac à la recherche de mon portable, un cadeau de Miguel.

— Je sais que les jeunes de ton âge sont submergés de gadgets électroniques, Hannah, mais ça au moins c'est raisonnable. C'est utile en cas d'urgence, avait-il dit, à l'adresse des oreilles maternelles plus que des miennes.

Maman l'accusait toujours d'essayer d'acheter mon affection, ce dont papa l'accusait elle-même et elle ne l'ignorait pas. Elle détestait offrir à papa la moindre occasion de la critiquer, ce qui ne me simplifiait pas la vie, ni mon exercice de corde raide entre elle et lui.

— Pourquoi es-tu allée lui raconter ça ? me reprochait-elle, quand il lui avait jeté à la figure une chose que j'avais dite. En quoi est-ce que ça le regarde ?

De quoi étais-je censée lui parler, alors ? Ce n'était pas de ma faute s'il n'existait entre eux aucun terrain d'entente. C'étaient eux qui avaient créé cette situation, pas moi. Ce que je ne leur faisais jamais remarquer, ni à l'un ni à l'autre. Peut-être aurais-je dû, ironisai-je intérieurement. Peut-être aurais-je dû leur demander une liste des sujets de conversation autorisés.

La secrétaire de papa, Mme Gouters, décrocha à la première sonnerie.

— Eaton, Cooperman et Robatille, débita-t-elle.

— C'est moi, Hannah.

En général, cette formule suffisait. Depuis des années que j'appelais papa, Mme Gouters ne s'était jamais départie de son ton professionnel, froidement poli.

— Un instant, s'il vous plaît.

Papa semblait on ne peut plus pressé.

— Hannah, je suis en plein travail. Quelque chose qui ne va pas ?

— Non. Je voulais juste te dire que maman avait accouché.

— Je sais, oui.

— Ah bon ?

Je ne sais pas pourquoi cela m'étonna, même si j'étais certaine qu'il ne tenait la nouvelle ni de Miguel ni de maman. Les gens se nourrissaient de potins, dans cette communauté. C'était leur élément vital.

— Drôle de planning familial, grommela papa. Tu seras probablement mère de famille toi-même quand il sera encore dans ses couches. Enfin, c'est leur histoire. Je t'appellerai demain, Hannah. Je dîne à la maison et tu pourras passer une soirée normale. Personne n'analysera la sauce de la salade.

— Papa… commençai-je.

— Désolée, Hannah, mais j'ai du travail. Il faut que je te laisse, m'arrêta-t-il, et la communication fut coupée.

Sur le moment, ce fut exactement l'impression que je ressentis moi-même. Je venais d'être coupée de papa, réduite au silence, rejetée. Il ne me restait plus qu'à rentrer à la maison.

Ce devait être le signe de quelque chose de vraiment grave, pensai-je en démarrant, que votre propre maison soit le dernier endroit où vous aviez envie d'aller.

***

Un message m'attendait. Miguel était parti pour l'hôpital, et j'avais le choix entre aller le rejoindre ou dîner seule. À contrecœur, je me préparais à retourner à l'hôpital quand la sonnerie du téléphone m'arrêta. C'était Heyden Reynolds.

— J'ai décidé de fourrer mon nez dans tes affaires, commença-t-il. Avant que tu le demandes, c'est Selma Warden qui m'a donné ton numéro. Pas de bon cœur, je dois dire. Elle le gardait aussi farouchement que si elle défendait sa virginité.

J'éclatai de rire.

— Alors comment le lui as-tu extorqué ?

— Je ne peux pas te le dire. Si je te le disais, je serais obligé de te tuer ensuite.

Cela faisait du bien de sourire. C'était un excellent remède contre la dépression.

— Je sais que tu comptais travailler, reprit Heyden, mais je me demandais... ça te plairait d'aller dîner dans un fast-food ? Je peux me permettre de t'offrir un hamburger, si tu ne prends pas un supplément de frites.

» Je sais, ajouta-t-il avant que j'aie le temps de répondre, quelqu'un t'a déjà préparé de quoi dîner chez toi.

— Pour ta gouverne, monsieur Je-sais-tout, ce n'est pas le cas, et je me préparais à aller à la cafétéria de l'hôpital.

— Eh bien, si c'est ce que tu préfères, je peux te retrouver au service des urgences ?

Cette fois encore, je fus obligée de rire.

— Je te retrouverai à ton resto favori, donne-moi simplement les coordonnées.

Il s'empressa de le faire et nous nous quittâmes là-dessus. Dès que j'eus raccroché, ce fut comme si un courant d'énergie nouvelle m'électrisait. La dépression qui m'accablait s'évanouit d'un coup. Je courus me recoiffer, rafraîchir mon rouge à lèvres et me changer, pour mettre un jean design et l'un de mes plus jolis chemisiers. Puis la pensée me vint que j'en faisais peut-être un peu trop, pour un dîner dans un fast-food, et je connus un moment de panique. Heyden allait-il me trouver ridicule ? N'étais-je pas trop angoissée ? Mon trouble augmenta mon retard, et du coup ma panique aussi. « Arrête de faire l'idiote ! » m'ordonnai-je pour en finir. Sur quoi je quittai ma chambre, dévalai les marches et sortis en coup de vent. Derrière moi, le téléphone sonna, mais je ne pris pas la peine d'aller voir qui cela pouvait être. Quelques minutes plus tard, je roulais en direction de Flagler Bridge pour me rendre à West Palm Beach.

Ni maman ni Miguel n'aimaient que j'aille dans un endroit nouveau sans eux, ou sans les en avertir, mais je n'étais pas d'humeur à me soucier de leurs consignes. Ma seule préoccupation était de trouver le point de rendez-vous, ce qui requérait toute mon attention. Le secteur de West Palm Beach que je traversais ne figurait dans aucun magazine touristique : c'était le moins attirant de la ville. Dans ses logements à bas prix vivaient surtout des ouvriers, hommes de peine ou employés subalternes qui travaillaient dans les beaux quartiers. Les devantures des magasins avaient pris un aspect grisâtre, les rues n'étaient pas aussi propres qu'ailleurs. Passer directement de Worth Avenue à cette zone, ingrate au possible, était le meilleur moyen de mesurer le fossé qui sépare les riches et les pauvres en Amérique.

Il m'arrivait de penser que la seule vue des gens démunis était une menace pour les riches. Ils préféraient traverser les quartiers pauvres à toute allure, ou baisser les stores de leurs limousines, partant du principe éprouvé : « Ce que l'on ne voit pas ne peut pas vous faire de mal. » Qui tient à s'entendre rappeler qu'il est tout simplement scandaleusement riche ? Comme le disait souvent maman, les gens riches ont un talent particulier pour bâillonner leur conscience.

Heyden attendait devant l'entrée du fast-food, quand je me garai sur le parking. La Mercedes de maman détonait dans le paysage, c'était le moins qu'on puisse dire. Heyden eut un sourire narquois quand il vint à ma rencontre.

— Alors, tu as l'impression de t'encanailler ?

— Pas du tout, je viens ici très souvent.

— Mais oui, et moi je crois au Père Noël, s'égaya-t-il. Allez viens, j'ai décidé de faire des folies et de t'offrir une giga-frite, en supplément.

Il me sembla que tous les yeux se tournaient vers nous, à notre entrée dans la salle, mais je mis cela sur le compte de ma nervosité. Nous allâmes nous placer dans la file d'attente et Heyden parcourut la liste des choix disponibles, affichée au mur. Je n'avais pas vraiment faim, mais je le laissai commander pour moi le hamburger et les frites. Je choisis une bouteille d'eau, en guise de compensation pour cet écart de régime, et nous allâmes nous asseoir à une table en terrasse.

Nous nous trouvions en plein milieu d'un carrefour très animé, dont la présence du fast-food augmentait encore l'encombrement. Ce n'était pas l'endroit le plus romantique dont on puisse rêver, pour un premier rendez-vous. Mais pour une raison inconnue, c'était justement ce qui en faisait le charme. J'observais avec intérêt les choses et les gens, les allées et venues, toute cette agitation fiévreuse et excitante, ce qui n'échappait pas au regard attentif de Heyden.

— D'un point de vue purement artistique, commença-t-il, voici quelle est ma philosophie personnelle. J'estime qu'il faut être présent à tout, percevoir le rythme de la vraie vie. On ne peut pas passer la sienne à se cacher derrière des grands murs et des haies protectrices, sans jamais rien faire de bon.

» Autrement dit, j'aurais vécu ici même si je n'y avais pas été obligé. Du moins de temps en temps, ajouta-t-il avec humour.

— Le hamburger est aussi bon que dans un grand restaurant, en tout cas, répliquai-je, ce qui le fit rire.

— Et comment va la vie, dans ton palace ?

— Maman est toujours à l'hôpital. Je n'y suis pas encore allée, aujourd'hui.

— Ah ! fit Heyden, l'air soudain songeur. Si j'avais su, je t'aurais retrouvée là-bas. Je pensais que tu lui avais déjà rendu visite et que...

— Non. Je suis allée voir mon oncle à sa maison de retraite, près de Boca.

— Il est si vieux que ça ?

— Ce n'est pas une maison de retraite pour personnes âgées, en fait. C'est un foyer pour les gens qui ne peuvent pas vivre seuls, expliquai-je.

— Ah bon ? Qu'est-ce qu'il a ?

— Il souffre de troubles maniaco-dépressifs. Il a été soigné en clinique pendant des années, et quand son état s'est amélioré il a été placé en résidence médicalisée. Un jour, je compte bien le faire sortir de là.

— C'est le frère de qui ? voulut savoir Heyden, de ta mère ou de ton père ?

— De ma mère.

— Mais ta maison est presque aussi grande qu'un hôtel, non ? Pourquoi ne le prendrait-elle pas chez vous, s'il pouvait quitter le foyer ?

— Elle pense qu'il ne peut pas, répondis-je avec amertume. Mais elle se trompe.

— Je croyais qu'elle était psychologue ? Elle doit savoir ça mieux que toi, je suppose ?

— Non. En fait, c'est...

— Assez compliqué, acheva-t-il à ma place. Je sais.

— Non, tu ne sais pas !

Ma soudaine violence parut l'amuser.

— Pourquoi les élèves de notre école, et tout spécialement les filles, s'imaginent-ils avoir le monopole des problèmes psychologiques ? Tout le monde se croit plus malheureux que tout le monde, dans ce lycée !

» La pauvre Massy Hewlett, qui ne peut pas voir un bonbon sans l'avaler, gémit sur ses kilos en trop. Brigitte Sklar est désespérée de ne pas trouver de coiffeur potable, et Tina Olsen… quoi déjà ? Ah oui. Si sa mère ne la laisse pas aller à Aspen aux vacances de printemps, Tina se sauvera de chez elle. Et je ne parle pas de Natalie Alexander, que son acné rend maboule.

J'éclatai de rire avec lui, puis je fronçai les sourcils.

— Alors comme ça, tu écoutes nos conversations ? Avec tes airs de t'ennuyer à mourir, on ne s'en douterait pas !

— C'est vrai, vos histoires m'ennuient à mourir mais je ne suis pas sourd. Et si tu veux le savoir, il m'arrive de me payer une bonne tranche de rire, grâce à vous.

— Ravie de l'apprendre, ripostai-je. Et de savoir que pour toi, nous servons au moins à ça. Maman dit toujours que les émotions et les problèmes, que l'on soit riche ou pauvre, sont les mêmes pour tout le monde. Si quelqu'un se fait une montagne d'une taupinière, à ses yeux c'est toujours une montagne.

— Très charitable, vraiment.

Son ton supérieur commençait à m'irriter sérieusement, et je ne m'en cachai pas.

— Sans compassion, on ne peut pas être un bon psychiatre ni un bon thérapeute, Heyden. On ne peut aider personne. Ne sois pas si méprisant parce que tu as une vie normale.

— Normale ? s'esclaffa-t-il.

J'ignorais qu'un rire pouvait être aussi grinçant.

— En fait… je ne sais pas grand-chose de toi, à part ce que j'ai pu entendre sur le réseau des potins.

— Et qu'as-tu entendu, exactement ? Vas-y, dis-le-moi. Je suis un grand garçon, tu sais. J'ai la peau dure.

— Je sais que ta mère est haïtienne, déjà.

— Et qu'elle pratique le vaudou, bien sûr.

— C'est vrai ?

Ma crédulité le fit rire, mais de bon cœur, cette fois-ci.

— Non, mais j'adore attiser la flamme des préjugés stupides. Mon père est musicien de jazz, il est absent de la maison au moins vingt jours par mois. J'ai une sœur qui fait des études pour devenir terroriste, j'imagine. Elle a quatorze ans, va au lycée municipal, et elle a déjà un casier qui ferait envie à un criminel endurci. Hier soir, j'ai trouvé des pilules d'ecstasy dans sa chambre. Je les ai jetées dans les toilettes et je n'ai rien dit à ma mère, même si à mon avis, ça n'aurait pas changé grand-chose.

— Comment ça ?

Il détourna la tête et garda le silence, si longtemps que je n'osai plus m'attendre à une réponse. Puis il ramena sur moi son regard grave.

— T'es-tu déjà demandé si les animaux se réincarnaient sous forme humaine ? Tu sais bien, quand on regarde quelqu'un et qu'il vous fait penser à un oiseau, ou à un porc, ou n'importe quoi. Tu vois ?

— Je vois.

— Pour ma mère, aucun doute possible : c'est la réincarnation d'une autruche. Elle a la tête enfouie dans le sable. Je suis sûr que ta mère aurait un terme professionnel pour décrire ça.

— Je suis désolée, murmurai-je.

— J'en ai assez d'être mon propre père, si tu vois ce que je veux dire.

— Je pense que oui, hasardai-je, mais je ne voyais pas vraiment.

On ne me laissait que très peu de responsabilités d'adultes, et j'aurais fait n'importe quoi pour en avoir. Heyden eut un rictus amer, qui s'effaça très vite pour laisser place à un sourire.

— À quoi bon parler de tout ça, d'ailleurs ? Ça ne fait que vous déprimer.

Je l'approuvai de bon cœur et mordis dans une autre frite. Pendant un long moment, nous restâmes les yeux dans les yeux, sans mot dire. Je croyais entendre les questions qu'il se posait à mon sujet. Pourquoi étais-je ici ? M'intéressais-je vraiment à lui ?

— Eh bien ? finis-je par demander. Qu'y a-t-il ?

— Je ne sais pas si tu as le temps, mais j'aimerais te faire entendre une chanson que j'ai composée à la guitare. J'ai pensé que toi au moins, parmi tous les élèves de l'école, tu saurais l'apprécier. N'en déduis pas que je me prends pour un génie, surtout, ni rien de ce genre.

— Je ne crois pas être une autorité en la matière, Heyden, mais j'aimerais beaucoup entendre ta chanson.

— Okay, c'est parti. Je n'habite pas loin, juste à un pâté de maisons. Je suis venu à pied plutôt que de prendre ma mobylette.

Je consultai ma montre. Miguel et ma mère devaient se demander ce que je faisais, à présent. Je n'allais jamais nulle part sans les en avertir, surtout avec la voiture de maman. Je songeai à les appeler de mon portable, mais je savais qu'ils seraient fâchés. Ils me demanderaient de venir immédiatement à l'hôpital, ou de rentrer tout aussi vite à la maison. Mieux valait téléphoner quand j'aurais entendu la chanson de Heyden.

— Je suis prête, annonçai-je en attaquant ma dernière bouchée de hamburger.

— Super.

Nous embarquâmes dans la voiture de maman et je quittai le parking.

— C'est la première fois que je monte dans une Mercedes, fit observer Heyden.

— C'est la seule que j'aie jamais conduite, en fait. C'est celle de ma mère. Mes parents veulent que j'aie trouvé un job avant de m'en offrir une.

— Quel culot ils ont, tout de même ! railla-t-il gentiment.

— En fait, je n'y attache pas tellement d'importance, à cette voiture.

— Tant que tu peux conduire celle-ci quand tu veux, bien sûr ?

— Je ne peux pas, justement. Mais je ne sais pas pourquoi, ça ne m'intéresse plus de l'avoir.

— Cela ne durera pas. Tu traverses une mauvaise passe, mais tu en sortiras, prédit-il.

— Si vous le dites, docteur Reynolds.

Heyden sourit de toutes ses dents.

— Désolé. Je suis mal placé pour donner des conseils à qui que ce soit, ça c'est sûr.

— Et maintenant, qui se plaint d'être le plus malheureux du monde ? ripostai-je.

Il haussa comiquement les sourcils.

— Waouh ! Tu es plus coriace que je ne l'aurais cru.

Je souris toute seule. J'avais tout de même reçu un compliment que je pouvais apprécier, finalement.

— Nous y sommes, dit Heyden en me désignant une maison jumelle. Joya del ville.

— Très drôle, renvoyai-je sur le même ton plaisant. En réalité, j'étais flattée qu'il en sache déjà autant à mon sujet. De toute évidence, j'étais dans sa ligne de mire depuis déjà un certain temps. Étais-je si peu observatrice... ou était-il particulièrement habile à cacher ses intentions ?

Nous n'avions pas encore atteint la porte de sa maison qu'elle s'ouvrait à la volée, et la sœur de Heyden en jaillit comme une bombe.

— Tu as encore été dans ma chambre ! glapit-elle en venant se camper sous le nez de son frère. Tu as encore fouiné dans mes affaires et tu me l'as prise. Tu n'es pas mon père, figure-toi. Tu n'as pas le droit de faire ça !

— Et toi, tu ne devrais pas plaisanter avec cette saleté ! vociféra Heyden. Et encore moins en amener à la maison.

Sans paraître s'apercevoir de ma présence, elle rugit comme une tigresse :

— Je te déteste ! Je voudrais que tu ne sois pas mon frère !

— Comme ça on est deux, riposta-t-il. C'est pareil pour moi.

Elle se calma brusquement et sourit, d'un sourire glacé qui me donna la chair de poule.

— Tu le regretteras, je te préviens, et sans tarder. Tu verras, menaça-t-elle en s'éloignant au pas de charge.

— Elisha ! cria Heyden derrière elle.

Tête basse et les bras croisés sous ses seins menus, elle continua son chemin, traversa la rue et disparut, avant qu'il ait eu le temps de réagir.

— Qu'elle aille au diable ! grommela-t-il entre ses dents. Nous ferions mieux d'entrer. J'ai un mauvais pressentiment.

Le living-room était la pièce la plus spacieuse du petit appartement, dont la cuisine n'était pas plus grande que notre penderie. Les meubles avaient largement dépassé l'âge de la retraite, le tapis usé laissait voir le plancher du living. Quelques assiettes sales s'empilaient dans l'évier, et une tasse de café à moitié vide trônait sur la petite table jaunâtre.

— Une fois de plus, Elisha n'a pas fait le ménage, constata Heyden. Ma mère est toujours au travail. Elle fait le plus d'heures supplémentaires possible.

— Qu'est-ce qu'elle fait ?

— Elle est femme de chambre aux Brisants. Comme ça nous avons plein de savonnettes de l'hôtel, ajouta-t-il amèrement.

Il traversa la cuisine, passa dans le couloir et s'arrêta devant une porte ouverte. Je le vis porter la main à son front, puis s'appuyer au chambranle.

— La garce ! siffla-t-il rageusement.

— Qu'est-ce qu'il y a ?

— Viens voir toi-même.

Lentement, je marchai jusqu'à lui. Et là je vis, réduite à l'état d'éclats de bois sur le plancher de sa chambre… sa guitare.

3

Zones d'ombre

Sans sa guitare, Heyden était incapable de jouer et de chanter sa chanson. Je lui proposai de la chanter quand même, ou au moins de m'en lire les paroles, mais il était trop abattu pour en avoir envie.

— Ce ne serait pas la même chose. Une autre fois, dit-il en rassemblant les morceaux épars de l'instrument.

— Je suis désolée, Heyden.

— Moi aussi.

Il marqua une pause, me regarda comme s'il venait seulement de remarquer ma présence et ajouta :

— Tu as de la chance que ton unique frère soit tellement plus jeune que toi. Tu ne seras jamais confrontée à ce genre d'idioties. Tu auras quitté la maison à ce moment-là. Moi, je suis piégé. Je partirais demain si je le pouvais, et dès que ce sera possible je n'hésiterai pas une seconde, crois-moi.

— Mais ce serait terrible pour ta mère, non ?

— Penses-tu ! Elle ferait semblant de croire que je suis en classe, ou quelque chose comme ça. Je te l'ai dit, elle inventerait n'importe quoi pour ne pas se sentir malheureuse. Les gens n'hésitent pas à se mentir à eux-mêmes, pour se faciliter la vie.

Il contempla en silence la guitare brisée.

— Mais n'est-ce pas ce que tu ferais toi-même en t'en allant, Heyden ?

Il leva les yeux sur moi, si vivement que je m'attendis à un éclat de colère, mais il sourit.

— Tu es bien la fille d'une psy, tiens ! Comment peux-tu être si perspicace envers les autres et pas envers toi ?

— Pourquoi dis-tu que je ne le suis pas ?

— Parce que tu rouspètes, tu fais la tête et tu piques des colères, exactement comme le commun des mortels. C'est ce que tu faisais à la cafétéria quand je t'ai parlé, en tout cas.

— Tu as raison, approuvai-je en riant. Mais souviens-toi de ce que nous répète sans arrêt Mlle Foggleman au cours de musique : « Faites ce que je vous dis, pas ce que je fais. »

— C'est un discours d'hypocrite, si tu veux mon avis.

Il jeta les débris de sa guitare dans un coin, tassant du pied les éclats de bois. Je posai la question qui me brûlait la langue.

— Comment vas-tu régler cette histoire avec ta sœur, Heyden ?

— Je vais l'étrangler avec une corde de cette guitare.

— Non, sérieusement.

Il haussa les épaules et s'assit sur son lit.

— J'ai un peu d'argent de côté, déclara-t-il après être resté quelques instants songeur. Je louche sur une JB Player d'occasion, que j'ai vue dans la vitrine d'un prêteur sur gages. Tu t'y connais un peu en guitares ?

— Non.

— Celle-là est impeccable, à part quelques petites craquelures à la base du manche. Une affaire. Laquée rouge vif, manche en érable, touches en bois de rose, finition parfaite. Elle est en vente pour trois cents dollars. Je comptais m'en acheter une autre, de toute façon. J'ai gagné un peu d'argent en étant serveur à mi-temps. J'étais censé faire des économies pour payer mes études, mais je choisis la guitare. La faculté peut attendre. On n'a pas besoin de diplômes pour faire ce que je veux faire, conclut-il.

— Et qu'est-ce que tu veux faire ?

— Écrire et chanter mes propres chansons.

— Ma mère dit qu'avec une bonne culture générale, on peut faire tout ce qu'on veut. Il te faut une base de connaissances pour créer, pour nourrir ton inspiration.

— Je la trouverai dans la vie réelle, déclara-t-il, le regard brillant d'orgueil farouche. Ce qui m'inspire, c'est la vérité. Tu la trouves partout, ici même, dans ces rues. Ça, au moins...

Il eut un ample geste en direction de la fenêtre.

— Ça, c'est authentique. C'est ce que j'essayais de t'expliquer tout à l'heure. Il suffit d'être à l'écoute, sans se croire supérieur ni prendre les gens de haut, sinon la vérité vous échappe. C'est ce qui arrive aux snobs : ils manquent tout.

— Je ne suis pas snob, Heyden. En fait de snobisme, mes demi-frères ont monopolisé le marché, du moins en ce qui concerne la famille.

— Non, reconnut-il, tu ne l'es pas. Sinon tu ne serais pas venue dîner d'un hamburger dans ce fast-food, et tu ne te trouverais pas dans cette maison avec moi. Tu imagines Stacy Kreslin ou Natalie Alexander venant chez moi ?

— Euh... non, pas vraiment.

— Alors pourquoi es-tu venue ? questionna-t-il avec une âpreté inattendue. Ce n'était pas seulement pour te renseigner sur l'autre côté de la vie, quand même ?

Cette fois, c'est moi qui devins agressive.

— Je suis venue parce que tu m'as invitée, Heyden Reynolds, et je ne vois pas en quoi je serais « de l'autre côté ». Si quelqu'un établit ce genre de distinctions, ici, c'est toi.

Il laissa passer quelques longues secondes et s'esclaffa :

— Excellent. Tu fais ça très bien.

— Je ne suis pas en train de jouer, Heyden. Je ne suis pas une simulatrice. Tu es sans doute tellement habitué à ce genre de filles que tu ne reconnais pas la sincérité quand tu la vois. Je te plains, dis-je en marchant vers la porte.

— Eh, attends un peu !

— Pour quoi faire ?

— Je te demande pardon. Je n'avais pas l'intention de t'offenser. Je voulais juste...

— Juste quoi, Heyden ? T'amuser avec moi, voir jusqu'où je pourrais aller, ou jusqu'où tu pourrais m'entraîner avant d'être dégoûté de moi ?

J'avançai d'un pas vers lui.

— Je suis désolée que ta sœur soit une pareille chipie, que ta mère se dérobe à ses responsabilités, que ton père soit trop souvent absent. Mais je crois que haïr le monde ne te vaudra que des souffrances, au bout du compte.

» Et ça, lançai-je comme une dernière flèche, c'est la fille d'une psy qui te le dit.

Sur quoi je tournai les talons et franchis la porte, la tête haute et le cœur battant à tout rompre.

Heyden courut après moi et me rattrapa sur le perron.

— Attends, satanée psy toi-même ! Tu as encore plus mauvais caractère que moi, ma parole.

— Et ?

— Et je pensais vraiment ce que je disais, voilà. Je te demande pardon si je t'ai offensée, de n'importe quelle manière que ce soit. Je n'en avais pas l'intention. Je te fais mes excuses ! cria-t-il en écartant les bras.

Ce geste d'impuissance me désarma. Je me détendis.

— Très bien. Je ne m'en vais pas à cause de ce que tu as dit. Je dois partir, de toute façon. À l'heure qu'il est, ma mère et mon beau-père doivent être en train de téléphoner au FBI.

Heyden sourit.

— Bon, alors quand est-ce que je peux te revoir ?

— Je serai au lycée demain.

— Tu sais bien ce que je veux dire, Hannah.

— Non, je ne le sais pas. Dis-le ! ordonnai-je.

— Très bien. Si tu venais voir cette guitare avec moi demain, à la sortie ? Après, comme on sera vendredi soir, nous pourrions aller manger au restaurant et aller voir un film, par exemple ?

— Serais-tu en train de me proposer un véritable rendez-vous ?

— Oui, admit-il en riant. Un vrai de vrai, sauf que je ne pourrai t'emmener que sur ma mobylette. Je n'ai pas de voiture.

— Ne t'inquiète pas pour la voiture, dis-je en continuant à marcher vers la mienne.

— Alors c'est d'accord ?

— C'est d'accord. Nous discuterons des détails demain, ajoutai-je en ouvrant la portière de la Mercedes.

Il me rejoignit d'un bond.

— Est-ce que tu ne dois pas demander la permission de tes parents, d'abord ?

— Ils sont très occupés en ce moment, ne te tracasse pas pour ça. Et merci pour le dîner au fast-food.

Je m'assis au volant et Heyden resta planté là, près de la portière ouverte, à me regarder.

— Qu'y a-t-il ? finis-je par demander.

— Tu es la plus jolie fille de cette école, tu sais ça ?

— Non.

— Eh bien, c'est vrai. Je m'étonne que tu ne sortes pas avec un de ces fils à papa qui tournent autour des filles, comme des coqs arrogants autour des poules.

— Ce n'est pas le cas.

Dans la voix de Heyden, je crus percevoir une indéniable nuance de soulagement.

— Ah. Et pourquoi ça ?

— Un jour, je te le dirai.

— Dis-le-moi demain. Peut-être que j'en ferai une chanson, déclara-t-il, et cette fois encore, je souris.

— Tu en serais bien capable, Heyden Reynolds.

Je tournai la clé de contact, et il se pencha pour m'embrasser sur la joue.

— Au revoir, dit-il en refermant la portière.

Puis, sans remarquer ma surprise, il tourna les talons et reprit le chemin de chez lui. Dès qu'il posa le pied sur la première marche du perron, ses épaules s'affaissèrent. J'attendis. Il se retourna, me sourit, leva la main et s'engouffra dans la maison.

En démarrant, je vis sa sœur qui remontait lentement la rue, la tête basse. Elle jeta un regard de mon côté quand je passai à sa hauteur, et je lus sur ses traits plus de peine et de crainte que je n'y avais vu de rage, un peu plus tôt. J'en fus navrée pour elle, malgré la méchanceté dont elle venait de faire preuve envers Heyden. Il m'en aurait voulu s'il l'avait su, mais je n'y pouvais rien. J'étais la fille de ma mère, après tout.

Et je n'y pouvais rien non plus.

⁂

Maman et Miguel s'étaient beaucoup inquiétés de ne pas savoir où j'étais, et maman me le fit savoir dès mon arrivée à l'hôpital.

— Tu n'appelles pas pour nous dire où tu es, tu ne viens pas dîner… on peut savoir pourquoi ? Où étais-tu passée, Hannah ?

Je savais qu'elle venait de nourrir Claude. Elle était assise et, en sortant de l'ascenseur, j'avais croisé l'infirmière qui ramenait mon petit frère à la pouponnière.

Miguel se tenait légèrement à l'écart, les bras croisés, attendant ma réponse.

— J'ai rencontré quelqu'un et nous sommes allés manger un morceau, c'est tout.

Ce n'était pas assez pour maman.

— Tu as rencontré quelqu'un ? Qui cela ?

— Un garçon du lycée.

Elle chercha le regard de Miguel, qui haussa les épaules.

— Pourquoi n'en as-tu rien dit à Miguel ?

— C'est arrivé si vite… et Miguel était parti avant que je rentre à la maison, d'ailleurs.

— C'est vrai, confirma-t-il. Mais pourquoi es-tu rentrée si tard, au fait ? J'ai attendu autant que j'ai pu pour t'emmener à l'hôpital avec moi.

— Je suis allée voir Oncle Linden.

Un silence plana, que maman finit par rompre.

— J'apprécierais d'être tenue au courant de tes visites là-bas, Hannah.

— Personne ne l'avait prévenu, pour Claude. Tu disais qu'il ne serait tenu à l'écart de rien, mais personne n'a pris la peine de le mettre au courant, lui. Il ne savait même pas que tu étais à l'hôpital !

— Je t'avais dit que nous allions nous en occuper,

Hannah. Je pensais t'avoir expliqué à quel point tout ceci est compliqué. Que lui as-tu dit, au juste ?

— Que Claude était né, et qu'il devait rester à l'hôpital parce qu'il était un peu trop petit.

— Et ensuite, que s'est-il passé ?

Miguel se rapprocha du lit de maman, guettant ma réponse, et sans savoir pourquoi je frissonnai d'appréhension.

— Il... ses idées se sont un peu embrouillées, en fait. Il a dit des choses bizarres et... il est devenu comme il est souvent.

— C'est-à-dire ?

— Tu sais bien, quand il vous fixe sans avoir l'air de vous entendre.

Maman regarda Miguel, qui secoua lentement la tête.

— Quelles choses bizarres ? insista-t-elle.

— Je ne sais pas, moi. Des choses. Il prétendait qu'il t'avait donné des livres à lire sur la grossesse, et que tu ne prenais pas bien soin de toi. Il a mentionné le nom de papa, et quand je lui ai demandé ce que papa venait faire dans tout ça, il a répondu : « Strictement rien. » Il ne savait plus où il en était, c'est tout.

— Et toi, qu'as-tu fait ?

— Mme Robinson l'a décidé à aller se reposer un peu et je suis partie.

— Bien, dit simplement maman.

Elle parut se détendre, et Miguel eut l'air soulagé, lui aussi. Mais je n'étais pas encore au bout de mes peines.

— Alors, ce garçon, où l'as-tu connu ? Qui est-ce ? Où êtes-vous allés dîner ?

— Je l'ai connu au lycée, maman. Où pourrais-je rencontrer quelqu'un, sinon là ?

— Tu n'as aucune raison de te montrer irritable, Hannah, intervint Miguel. Ta mère te pose une question, c'est tout. Elle s'intéresse à ce que tu fais et aux gens que tu fréquentes. Il n'y a pas de mal à ça, j'imagine ?

— Non, grommelai-je, même si j'avais l'impression de subir un interrogatoire en règle.

— Alors ? reprit-elle en croisant les bras. Nous attendons la suite.

— Il s'appelle Heyden Reynolds, il joue de la guitare et il écrit lui-même ses chansons. Nous sommes allés dans un fast-food à côté de chez lui.

— Et où cela ? s'enquit Miguel.

Je le leur dis, et un nouveau silence tomba.

— C'est un quartier où il faut être très prudent le soir, commenta Miguel.

— Je suis prudente. Je ne suis pas idiote, quand même !

— Il n'est pas nécessaire d'être idiot pour se retrouver dans une situation difficile, observa-t-il sans se fâcher.

Maman ne se fâcha pas non plus et prit la peine de s'expliquer.

— Nous ne voulons pas te tenir en laisse, Hannah. Nous nous faisons du souci pour toi, c'est tout. Surtout maintenant.

— Pourquoi surtout maintenant ?

Miguel eut un sourire paternel.

— Eh bien, pour commencer, tu deviens une jeune femme ravissante, ta mère et moi en avons souvent parlé. Des tas de garçons vont s'intéresser à toi. Et nous voudrions que tu aies une vie sociale pleinement réussie, sans aucun des problèmes que cela risque d'entraîner.

Je fis la grimace. Le calme de Miguel était si

exaspérant ! On aimerait que les gens soient un peu moins maîtres d'eux-mêmes, quelquefois ; qu'ils manifestent davantage leurs émotions. En plus, je détestais qu'on me dicte ma conduite. Miguel n'avait pas souvent recours à ce que nous appelions, mes amis et moi, le ton professoral, mais c'est ce qu'il faisait en ce moment. En tout cas, c'est l'effet que ses paroles produisaient sur moi. Elles me semblaient sortir tout droit d'un livre.

Pour tout arranger, maman prit le relais.

— Et d'autre part, je vais être beaucoup plus occupée à cause du petit Claude, ma chérie. Je ne veux pas te négliger, ni manquer quelque chose d'important.

Tu as déjà manqué quelque chose d'important, pensai-je, au bord des larmes. *J'ai grandi, et tu sembles croire que j'ai toujours huit ans.* Je me contentai de répondre du bout des lèvres :

— Très bien...

— Tu n'as même pas demandé de nouvelles de ton petit frère, fit observer Miguel avec douceur.

— On ne m'a pas laissé le temps de placer un mot !

Il ne s'offusqua pas de ma rebuffade et reconnut avec bonté :

— C'est vrai, alors voilà ce qu'il en est. Le médecin vient de nous dire que Claude se portait mieux qu'on n'avait pu le craindre, et qu'ils ne seraient pas obligés de le garder aussi longtemps que prévu.

— Tant mieux.

— Oh, ma chérie ! s'écria maman en me tendant les bras. Ne nous disputons pas maintenant, alors que nous avons tant de raisons d'être heureux et reconnaissants. Faisons la paix, d'accord ?

Je m'approchai du lit et elle me serra contre elle, m'embrassa sur la joue et me caressa les cheveux.

— Et si tu nous parlais un peu de ce Heyden Reynolds ?

— Maman, voyons ! Je suis juste allée manger un hamburger avec lui. Nous ne sommes pas fiancés.

Son regard pétilla.

— Je sais, je sais. Je suis curieuse, voilà tout. Cela me rappelle l'époque où j'ai commencé à regarder les garçons comme… enfin, autrement que comme des êtres d'une autre espèce.

Ma carapace défensive fondit comme par enchantement.

— Sa mère est haïtienne, son père est musicien de jazz et il ne rentre presque jamais chez eux. Il a une sœur de quatorze ans, mais elle va au lycée municipal. Elle s'attire toujours des ennuis et c'est lui qui doit gérer tout ça.

— Je vois, commenta maman. Il semble qu'il ait une vie familiale et sociale assez lourde à porter.

— C'est vrai, et il n'a pas beaucoup d'amis au lycée. Il n'y est arrivé qu'en terminale. Comme son père voyage beaucoup, ils n'arrêtent pas de déménager.

— Fais attention, Hannah, me conseilla-t-elle. Ne te laisse pas trop impliquer dans ses problèmes.

— Est-ce que tu ne t'impliques pas dans ceux de tes patients, toi, maman ?

— Si, mais pour ta mère c'est différent, intervint Miguel. C'est son métier. Elle a appris à dresser un mur entre sa profession et sa vie privée.

— Mais tu me dis toujours d'être compatissante, maman ! De me mettre à la place de ceux qui souffrent, afin de pouvoir les comprendre.

— Je veux simplement que tu ne t'engages pas trop dans une situation qui te dépasse, Hannah. Il arrive qu'on s'attire des ennuis avec les meilleures intentions du monde, et qu'on se retrouve piégé par sa charité. Compatir aux malheurs des autres, c'est très bien, mais prendre en charge leurs problèmes est une lourde erreur. C'est l'histoire du mauvais nageur bien intentionné. Il tente de sauver quelqu'un qui ne sait pas nager du tout, et qu'est-ce qui arrive ? Ils se noient tous les deux.

— Je sais nager, maman.

— Ta mère se plaçait sur un plan affectif, Hannah, me reprit patiemment Miguel. S'engager à fond dans les problèmes d'autrui exige de la sagesse, de l'expérience, de la maturité.

Ils avaient raison, bien sûr. Tous leurs propos me semblaient très sensés. Mais en même temps, j'avais l'impression qu'ils me ligotaient de plus en plus étroitement, au point de m'empêcher de respirer. J'enrageais intérieurement, et sentais mes nerfs vibrer comme des cordes de guitare.

— Miguel et moi voulons que tu profites de la vie, Hannah, que tu sortes, que tu t'amuses. Tu comprends ?

Je hochai la tête, puis j'annonçai tout à trac :

— Je sors avec Heyden, demain soir. Il m'emmène voir une guitare qu'il aimerait acheter, puis nous allons au restaurant et ensuite au cinéma.

— Demain ? Mais je rentre à la maison, demain ! se récria maman. Je pensais que nous dînerions tranquillement, tous les trois, en parlant du petit Claude et de tout ce que nous pourrions faire ensemble.

— Comment peux-tu rentrer demain ? Tu ne le nourris plus ?

— Si, bien sûr, mais je tirerai mon lait qui sera réfrigéré, pour être envoyé là-bas deux fois par jour jusqu'au retour de Claude.

Tirer son lait ? J'eus une moue dégoûtée.

— Beurk…

Miguel rit de ma grimace, mais maman se lança dans les explications.

— Ce n'est pas si désagréable qu'on pourrait le croire, en fait. Le moment venu, j'alternerai le lait en poudre et les tétées, jusqu'à ce qu'il soit sevré. Il est prouvé que les enfants se portent mieux quand ils ont été nourris au sein.

— J'ai déjà promis à Heyden d'aller au cinéma, lançai-je avec rudesse.

Je ne tenais pas à l'entendre décrire à quel traitement de faveur aurait droit le petit Claude. Je ne pouvais que le comparer à celui qui avait été le mien à ma naissance, survenue dans la débâcle d'un mariage brisé.

Maman n'insista plus.

— Si tu as déjà pris tes dispositions, naturellement...

— Où comptez-vous aller dîner ? s'enquit Miguel.

— Je ne sais pas encore.

— Pourquoi ne l'emmènerais-tu pas au Havana Molena ? J'appellerai mon père et réserverai pour vous, si tu veux. C'est moi qui vous invite, ajouta-t-il.

Je levai sur lui un regard soupçonneux. C'était très gentil de sa part de proposer cela, bien sûr. Mais je ne pouvais pas m'empêcher de penser qu'il avait une idée en tête : en apprendre davantage sur Heyden. D'un autre côté, la cuisine était excellente au restaurant que tenaient les parents de Miguel ; et cela éviterait de mettre Heyden dans l'embarras s'il devait payer, même si nous partagions la note. Cela nous arrangeait tous les deux.

— Pourrai-je prendre la voiture encore une fois, maman ? Il n'a qu'une mobylette.

— Je n'aime pas trop que tu conduises dans ces quartiers mal famés, Hannah.

Je me tournai vers Miguel.

— Ce n'est pas un endroit si dangereux que ça, n'est-ce pas ?

Pris entre deux feux, il chercha une issue.

— Eh bien… tant que tu fais tous tes trajets en voiture, et que tu restes dans les zones bien éclairées, je pense que non. J'aimerais mieux la savoir en voiture qu'en mobylette, Willow, commenta-t-il à l'intention de maman.

Non sans répugnance, elle finit par donner son consentement.

— Je proposerai à Heyden d'aller au Havana Molena, dis-je à Miguel. Et si c'est d'accord, je t'appellerai demain du lycée.

— Entendu.

Maman poussa un soupir.

— Il faut que j'accepte de te laisser grandir, je suppose…

— Ton père et ta belle-mère ne t'en ont pas empêchée, maman.

— Oh, ma belle-mère… Elle m'aurait laissée jouer en pleine circulation aux heures de pointe, si elle avait pu !

Miguel éclata de rire et elle rit avec lui, puis elle se retourna vers moi.

— Tu peux aller voir ton petit frère, si tu veux. Je suis sûre qu'il dort en souriant aux anges.

— Il peut ! lança Miguel avec un coup d'œil éloquent pour maman.

Ce qu'il sous-entendait, c'est qu'il aurait été ravi d'être à la place de Claude, pour que maman lui donne le sein. Elle rougit et leva les yeux sur moi pour voir si j'avais saisi l'allusion, discrète sans doute, mais à connotation indéniablement sexuelle.

À part une seule et unique confidence de Selma Warden, qui avait surpris son père et sa mère au lit, nous ne faisions jamais allusion à nos parents quand nous parlions d'amourettes ou de sexe. Miguel et maman étaient très attachés l'un à l'autre, mais je n'avais aucun souvenir de les avoir vus échanger des baisers passionnés. Apparemment, il en allait de même pour mes amis. Leurs parents gardaient la plus grande discrétion sur leur vie intime. En présence de leurs enfants, ils se comportaient comme mari et femme, jamais comme des amants.

La grossesse elle-même nous semblait une chose qui se produit par l'opération du Saint-Esprit. Toutes nos mères étaient la Vierge Marie et nos pères des demi-dieux, du moins pour beaucoup d'entre nous. Pas pour moi, bien sûr. Le mien était ce brillant avocat au physique de jeune premier, qui m'embrassait plus ou moins distraitement, et dont l'amour paternel semblait avoir poussé dans un terrain douteux. Celui de la vengeance et du dépit, j'en avais la quasi-certitude. Rien ne rendait cela plus évident, à mes yeux, que son refus de laisser Miguel m'adopter et me donner son nom. Je n'attribuais pas cela à une affection débordante pour ma personne, oh non ! Ce refus obstiné venait de son indignation que quelqu'un ose vouloir se débarrasser du nom de Eaton, ou simplement y songer.

Miguel était beau, et aucun autre homme n'avait jamais été aussi bon pour moi. Mais il m'était plus facile de me représenter maman et papa en train d'échanger un baiser brûlant, que d'imaginer la même scène entre elle et Miguel. C'est pour cela, sans doute, que je n'avais jamais vraiment cru à l'aversion que maman affichait envers papa. Elle avait beau le dénigrer sans cesse, prétendre s'étonner d'avoir pu épouser un homme comme lui, je ne la croyais pas. Il m'était bien plus facile de croire qu'elle était tombée follement amoureuse de lui.

J'étais trop jeune pour tout comprendre. Je devais la croire sur parole, accepter l'idée qu'il ne fallait jamais s'amouracher d'un homme comme mon père. Qu'une fille devait être prudente, avisée, lucide, et connaître les faiblesses de son propre corps.

Mais pouvait-on toujours se fier à son cœur ? Comment savoir quand il était dans le vrai ? Quand savait-on qu'il ne s'agissait pas simplement de désir ? Si une femme aussi intelligente que ma mère était tombée dans le piège, quelles chances avais-je de ne pas me tromper ?

C'était sans doute pour cela que Miguel et elle s'inquiétaient tellement de me voir sortir avec un garçon. Brusquement, je découvrais combien il est difficile d'être parent. C'était comme tenir la ficelle d'un cerf-volant secoué par le vent. Si on tire trop fort et trop vite, il vous échappe à jamais, et si on lui donne trop de mou il devient le jouet du vent. De sorte que lorsqu'il revient à terre, il n'est plus ce qu'il avait été.

J'allais sortir pour aller voir Claude et je m'éloignais déjà, mais maman me retint par le bras.

— Ne me reproche pas de vouloir garder ma petite fille, Hannah. Je sais que j'ai tort et que c'est impossible, mais ne m'en veuille pas pour cela.

— Je ne pourrai jamais t'en vouloir, maman.

Elle sourit, me libéra, et je me sentis comme le cerf-volant qui prend le vent.

Je continuai mon chemin vers la porte.

⁂

À l'instant où j'aperçus Claude à travers la vitre, la colère qui bouillonnait en moi tomba d'un coup. Il avait davantage l'air d'un petit être humain, aujourd'hui. Sa bouche et son menton montraient une ressemblance certaine avec ceux de Miguel. Son petit corps était secoué de légers tressaillements. Rêvait-il ? Les bébés pouvaient-ils rêver ? Peut-être entendait-il les pleurs des autres nourrissons, et en était-il incommodé ? À présent j'aurais voulu le ramener à la maison, immédiatement. Il avait besoin de protection, d'avoir sa place bien à lui. Je me voyais déjà en train de me hâter vers la maison pour lui donner son biberon quand il ne téterait plus, le changer, le consoler ou le rassurer. Il me rappelait mes poupées préférées, tel un jouet vivant. Ne serait-ce pas amusant de découvrir qu'il me reconnaissait, qu'il attendait ma venue ?

— C'est fou ce qu'il a grandi en vingt-quatre heures, non ? fit la voix de Miguel à côté de moi.

— Oui.

— Je crois qu'il ressemblera plutôt à ta mère, même s'il a mes cheveux noirs.

— Moi, je ne crois pas.

— Tiens, jette un coup d'œil là-dessus, dit-il en tirant quelques photos de la poche intérieure de sa veste.

Elles avaient été prises dans la chambre de maman et on y voyait tantôt maman, tantôt Miguel avec Claude dans les bras ; et enfin Miguel et maman côte à côte, le bébé dans les bras de maman.

Mi-sérieux, mi-plaisant, Miguel me demanda :

— Tu trouves que nous avons déjà l'air de parents gâteux ?

— Oui, répondis-je sans hésiter, ce qui le fit rire.

— Je prendrai quelques photos de vous deux avant

qu'il ne quitte l'hôpital, promit-il. Prête à rentrer à la maison ?

— Oui.

— J'ai dit à ta mère que je te suivrais de près. Tu la connais, elle s'inquiète si vite. Malgré son intelligence remarquable, elle est superstitieuse, à sa façon. Elle continue de croire à ces inepties sur la malédiction familiale et autres calamités. C'est sans doute pourquoi elle se montre hyperprotectrice avec toi, conclut-il.

Je dressai l'oreille.

— De quoi parles-tu, Miguel ? Quelle malédiction ? Quelles calamités ?

Le passé familial était un sujet tabou, chez nous. Mais il me sembla soudain que notre boîte de Pandore personnelle venait de s'entrouvrir et que, tabou ou pas, ce passé avec toutes ses zones d'ombre allait s'en échapper.

Miguel fut bien obligé de répondre.

— Eh bien… tu sais comme l'enfance de ta mère a été difficile, entre une belle-mère qui avait honte d'elle et un père assez distant, qui croyait devoir lui cacher son affection. Plus tard, quand elle a appris la vérité sur sa naissance, elle a voulu connaître sa mère, et a rencontré ton oncle Linden pour la première fois. C'était déjà un écorché vif, à cette époque. Et pour comble, il a tenté de se suicider, un geste dont ta mère s'est toujours sentie responsable.

— Je savais tout ça, mais pourquoi maman se sentait-elle responsable ?

— Au début, quand elle a cherché à les connaître, elle a dissimulé son lien de parenté avec eux. Elle craignait que la vérité ne soit trop brutale, comme une lumière aveuglante qui fait mal. Elle ne l'a révélée que petit à petit. Mais psychologiquement, Linden était trop fragile pour supporter tout ça.

» Ensuite il y a eu toutes ces histoires avec les Eaton, un fardeau de plus que ta mère a dû porter seule. Quand ton oncle Linden a eu son accident, ta grand-mère Grace a été persuadée qu'un mauvais sort pesait sur eux, comme un nuage noir planant sur leurs têtes, et que rien ne pourrait jamais l'écarter tout à fait de leur horizon.

Cette image de nuage noir me frappa.

— Tu crois que ça pourrait être vrai, Miguel ?

— Bien sûr que non ! répliqua-t-il très vite. Et au fond d'elle-même, ta mère ne le croit pas non plus, mais c'est comme toutes ces vieilles histoires qui hantent le passé des familles. On finit toujours par comprendre à quel point c'est ridicule, mais... cela prend du temps.

» Tu es toi-même, affirma-t-il avec assurance. C'est toi qui décideras de ton propre destin, et non un quelconque squelette au fond d'un placard.

J'eus un regard pour le petit Claude. J'espérais que Miguel disait vrai, bien sûr, mais pas seulement pour moi. À présent, je le souhaitais pour Claude aussi.

De retour à la maison, je trouvai un message de Heyden sur mon répondeur.

« Juste pour te rassurer, je n'ai pas tué ma sœur. Je l'ai bouclée dans une malle et je m'apprête à l'enterrer dans l'arrière-cour, mais à part ça tout va bien. Merci pour ta présence, hier. Si tu n'avais pas été là, je sais que je n'aurais pas pris les choses aussi calmement. J'attends impatiemment notre rendez-vous officiel », concluait-il.

Je pouvais presque l'entendre rire en prononçant le mot « officiel », et cela me fit rire moi-même.

Un second message suivait, de papa celui-là. J'avais

complètement oublié ce qu'il m'avait dit, quand je l'avais appelé sur mon portable après ma visite à Oncle Linden. Notre conversation avait été si brève, et lui si désinvolte, que je n'avais pas prêté grande attention à ses propos.

« Hannah, disait-il, je dîne à la maison vendredi soir. Je passerai te prendre à six heures et demie. »

Oh, non ! Ce n'était pas possible... C'était si rare que papa m'invite à dîner chez lui. La plupart du temps, il nous emmenait tous les trois au restaurant, mes frères et moi. Danièle nous accompagnait quelquefois, mais pas toujours.

La maison de papa n'était pas aussi grande que celle de Tante Whitney et d'Oncle Hans, que je connaissais seulement par des photos ou pour l'avoir vue de loin, en passant en voiture. Mais c'était quand même une des plus remarquables propriétés du quartier de North Lake Way.

Adrian et Cade me rappelaient sans arrêt que leur maison était plus attirante et plus grande que la mienne. Le hall d'entrée immense était dallé de marbre, comme la salle à manger, une fois et demie plus vaste que la nôtre. La bibliothèque aussi était plus recherchée, avec son carrelage de granit noir et ses baies vitrées montant jusqu'au plafond, qui prenaient vue sur les somptueux jardins et les tennis. La piscine avait été récemment refaite, avec une coûteuse terrasse en travertin. Papa avait également rénové le pavillon de bains, en y aménageant un grand salon, dont les portes vitrées coulissantes ouvraient sur la piscine. Il y avait adjoint un sauna et une chambre d'amis, dont profitaient largement Adrian et Cade. Ils avaient pratiquement annexé le pavillon pour leur usage, et y recevaient souvent leurs amis. Ils le considéraient comme leur club privé, y donnaient des soirées et des fêtes. Et d'après ce qu'ils m'en avaient dit, ce n'était pas le genre de festivités auxquelles maman aurait souhaité que j'assiste.

Papa adorait naviguer, et maintenant il avait son propre yacht et sa jetée. Pour leur dernier anniversaire, Adrian et Cade avaient reçu des scooters des mers dont ils étaient très fiers. Ils se vantaient toujours devant moi d'être devenus très populaires dans leur lycée. À les entendre, une invitation à passer le week-end chez eux était considérée comme une faveur sans prix.

J'étais affreusement tiraillée entre deux directions possibles. Devais-je appeler Heyden, lui expliquer la situation et lui proposer de reporter notre soirée au samedi ? En plus de ce qui s'était passé la veille, ce serait dur. Il pourrait très bien ne pas me croire. Je ne le connaissais pas depuis très longtemps, mais je ne supportais pas l'idée de le décevoir. Et encore moins de lui laisser croire que je cherchais un prétexte pour annuler notre rendez-vous. En fait, j'aurais bien préféré passer la soirée avec lui.

D'un autre côté, c'était si rare que papa m'invite chez lui ! En général, c'était quand il était certain que ni ses parents, ni sa sœur ne risquaient de venir. Je ne l'avais pas vu très souvent, ces temps-ci. Quand je l'appelai, je ne savais toujours pas ce que j'allais décider. À ma grande surprise, ce ne fut pas son maître d'hôtel qui décrocha, mais Adrian.

— Résidence Eaton, énonça-t-il, parodiant le maître d'hôtel.

Je reconnus immédiatement sa voix, un tantinet plus nasale que celle de Cade.

— Adrian, c'est moi, Hannah.

— Hannah qui, s'il vous plaît ?

Il avait toujours adoré me provoquer au sujet de mon nom de famille. Entre Cade et lui, j'aurais été bien en peine de dire lequel des deux prenait le plus de plaisir à me tourmenter.

— Ça suffit, Adrian, tu sais très bien qui je suis.

— Est-ce une plaisanterie de mauvais goût ? s'obstina-t-il. Allez-vous chuchoter des obscénités à l'appareil ? Si c'est le cas, ne vous gênez pas. J'ai mon enregistreur sous la main.

— Arrête ces idioties, Adrian ! Tu t'es suffisamment amusé comme ça. Je dois parler à mon père.

Il cessa de faire celui qui ne me connaissait pas.

— Ton père ? C'est de ce Cubain que tu veux parler ?

Je ne daignai pas répondre.

— Un moment, dit-il enfin.

Il me mit en attente et prit tout son temps. Deux bonnes minutes s'écoulèrent avant que papa ne prenne l'appareil. J'étais sur le point de raccrocher, quitte à rappeler plus tard.

— Hannah ?

— Oh, papa, Adrian est si méchant !

— Qu'est-ce qu'il a encore fait ?

— Il s'est moqué de moi tant qu'il a pu, et il m'a laissée attendre je ne sais pas combien de temps.

— Je lui parlerai, promit-il. Que se passe-t-il ?

Pendant la brève seconde qui précéda ma réponse, je revis les yeux noirs de Heyden fixés sur les miens, pleins d'intérêt et de perplexité. Je m'entendis répondre :

— Je ne peux pas venir dîner ce soir, papa.

— Ah bon ? Pourquoi ça ?

— En fait... ta proposition n'avait rien de définitif, je n'y ai plus pensé et j'ai accepté un rendez-vous avec un camarade de classe. Nous comptons aller au cinéma après le dîner.

— Vraiment ? Eh bien, je ne te reprocherai pas d'avoir choisi ça plutôt qu'un dîner avec ton vieux père, Hannah. Nous nous verrons la semaine prochaine, alors.

— Pour de bon ?

— Mais oui. Pas de problème.

Je m'attendais à ce qu'il me pose des questions au sujet de Heyden, mais il ne demanda rien du tout.

Comme il était différent de maman, en ce qui me concernait. Jamais il ne se mêlait de ma vie, alors que maman commençait à me poser des tas de questions, depuis quelque temps. Je détestais ça, et en même temps j'en voulais à papa de ne jamais montrer la plus infime trace d'intérêt à mon égard. J'aurais aussi bien pu sortir avec un tueur en série, pour ce qu'il s'en souciait !

— Je suis désolée, m'excusai-je.

— Il n'y a vraiment pas de quoi, Hannah. Je t'appellerai. Amuse-toi bien.

— Merci, papa.

Il raccrocha, mais je gardai le combiné en main comme s'il était toujours en ligne, et j'imaginai une tout autre conversation. Ou plutôt, tous les mots que papa aurait pu dire.

— Qui est ce garçon ? De quoi a-t-il l'air ? Est-ce que ta mère est d'accord ? Ne rentre pas trop tard, surtout. Sois prudente, Hannah. Ne donne pas ton cœur trop facilement, ni à n'importe qui. Laisse-moi te dire certaines choses au sujet des garçons, je sais de quoi je parle. Pour ce qui est de courir le jupon, je suis un expert. En fait, j'aimerais bien qu'on se voie demain avant ton rendez-vous. Je viendrai te chercher pour le café et on discutera. Je suis désolé, j'aurais dû le faire plus tôt, mais tu as grandi si vite ! Tu es devenue vraiment ravissante, Hannah. J'ai des responsabilités envers toi. Après tout, je suis ton père.

Mais il n'avait pas dit ces mots, en admettant qu'il en ait eu l'intention. Y avait-il seulement pensé ?

Je reposai le combiné sur sa fourche. Pendant un moment je restai debout près de la fenêtre à regarder la mer, en pensant à ma grand-mère Grace et aux craintes qui la hantaient. Peut-être étaient-elles justifiées, finalement. Comment savoir ?

Peut-être y avait-il vraiment une malédiction, un nuage noir suspendu sur ma tête, à moi aussi, prêt à déverser son flot de malheurs.

Peut-être, sans que je le sache encore, l'avait-il déjà fait.

4

Un baiser d'amour et d'espoir

Je fus déçue que Heyden ne cherche pas à me voir dès mon arrivée au lycée, le lendemain matin. Nous n'avions que le troisième cours en commun mais j'avais espéré, et même escompté, qu'il m'attendrait dans le hall pour me dire bonjour. Je le cherchai partout où il aurait pu être, sans résultat. J'en fus tellement contrariée que je n'entendis pas mon professeur d'anglais, M. Mullens, m'interroger sur la pièce que nous lisions. Je ne m'aperçus même pas que toute la classe avait les yeux fixés sur moi.

M. Mullens parcourut l'allée jusqu'à ma table et s'y arrêta.

— Eh bien, j'ai hypnotisé une nouvelle élève, semble-t-il.

Un éclat de rire général me ramena sur terre.

— Vous vous sentez bien, mademoiselle Eaton ?

— Comment ? Euh... oui, bafouillai-je. Pourquoi ?

— Oh, pour rien. J'étais un peu perplexe, c'est tout. Je vous ai posé une question il y a vingt minutes, et vous avez continué à regarder par la fenêtre comme si je n'existais pas, ni le reste de la classe non plus. Seriez-vous amoureuse ?

— Non ! rétorquai-je, en battant des paupières pour refouler les larmes qui me montaient aux yeux.

— Dommage. J'espérais que ce serait la cause de votre distraction, plutôt que mon cours.

Massy Hewlett paraissait sur le point d'éclater de satisfaction.

— Maintenant que vous voilà revenue parmi nous, reprit M. Mullens, pouvez-vous nous dire pourquoi, selon vous, Iago a fait ce qu'il a fait à Othello ?

Je lançai un regard noir à Massy et relus rapidement mes notes de travail.

— Je vois plusieurs raisons possibles, commençai-je. Il accuse Othello d'avoir séduit la femme d'un autre, mais je ne pense pas qu'il y croie lui-même. Ce n'est qu'un prétexte.

— Un prétexte pour quoi ?

— Pour agir comme il le fait. Shakespeare veut nous montrer que certains êtres font le mal par pure méchanceté, gratuitement, et prennent plaisir aux malheurs d'autrui.

Là-dessus, je décochai un nouveau coup d'œil significatif en direction de Massy, et M. Mullens commenta :

— Intéressant. Peut-être devriez-vous continuer de rêvasser.

Il y eut encore quelques gloussements, mais peu m'importait : j'étais parvenue à me tirer d'affaire. Après le cours, j'allai m'excuser auprès de M. Mullens.

— Ce n'est pas grave, me rassura-t-il. Je sais qu'il se passe des choses passionnantes chez vous, en ce moment, je comprends très bien que vous ayez la tête ailleurs. Je suis très content de vous, continuez comme ça.

Quand la sonnerie annonça le troisième cours, je gagnai ma place et surveillai impatiemment la porte de la salle. Heyden avait dû arriver en retard, supposais-je. Les élèves défilèrent, certains se bousculèrent pour arriver avant la fin de la sonnerie, mais Heyden ne se montra pas. Et sa chaise resta vide jusqu'à la fin de l'heure. Dans cette classe, Michel Stranton était le seul garçon que j'avais vu parler souvent avec Heyden. Du ton le plus naturel possible, je lui demandai s'il l'avait vu depuis le matin.

— Il n'est pas venu, aujourd'hui. Probable qu'il n'en avait pas envie, observa-t-il d'un air railleur. Pourquoi ? Il te doit de l'argent ?

— Non, pas du tout.

— Tu as de la chance ! pouffa-t-il, au moment où le professeur commençait son cours.

Où pouvait bien être Heyden ? Pourquoi n'était-il pas venu au lycée ? Il n'avait mentionné aucun nouveau problème la veille, au téléphone. Cela me tracassa toute la journée. Mes amies – poussées par Massy Hewlett, j'en aurais juré, profitèrent de la pause déjeuner pour me poser des tas de questions sur lui.

— Je n'en sais pas plus que vous sur Heyden Reynolds, répliquai-je. Pourquoi toutes ces questions ?

— Tu semblais très intime avec lui, hier au déjeuner, fit remarquer Brigitte.

— Et alors ?

— Alors on se demandait, c'est tout. Pourquoi es-tu tellement sur la défensive ?

— Je ne le suis pas. C'est juste que... je ne sais rien qui puisse vous intéresser, voilà.

— Et tu voudrais bien en savoir plus, je parie ! lança Massy, qui guettait l'occasion de satisfaire sa soif de revanche.

Je haussai les épaules.

— C'est possible. Maintenant que tu me fais penser à lui, en effet, peut-être que je voudrais bien.

Nathalie Alexander ouvrit des yeux ronds.

— Tu plaisantes ? Tu sais où il habite et... qui il est.

— L'endroit où il habite est sans importance, et la dernière fois que je l'ai vu, c'était un être humain.

— D'accord, d'accord, Miss Amérique Libérale, renvoya-t-elle, déclenchant un concert de rires idiots.

Je manquai suffoquer de colère, mais je me dominai rapidement et souris.

— Attention, les filles. Votre quotient de snobisme monte en flèche. À voir vos mines pincées, on croirait que vous avez des mouches dans le nez, toutes autant que vous êtes.

Le coefficient de snobisme, c'était une trouvaille personnelle. Les mouches dans le nez, c'était une expression de Betty Davis, notre vieille gouvernante, que j'avais toujours trouvée très imagée. Massy ne sembla pas l'apprécier autant que moi.

— Si tu sors avec Heyden, c'est toi qui vas bientôt chasser les mouches, persifla-t-elle.

Elle obtint les rires attendus, bien sûr. Je décidai de ne plus parler de Heyden, et elles ne tardèrent pas à changer de conversation. La journée finie, j'étais toujours aussi inquiète au sujet de Heyden. Sur une impulsion irraisonnée, je pris le chemin de chez lui au lieu de rentrer à Joya del Mar. Je savais que maman serait rentrée de l'hôpital, mais je me disais qu'une demi-heure de plus ou de moins n'aurait pas tellement d'importance. Ce fut en m'arrêtant devant chez Heyden que je réfléchis, et que j'hésitai. N'aurais-je pas dû essayer de l'appeler, d'abord ? N'avais-je pas montré un peu trop de précipitation ?

Je finis par conclure qu'au point où j'en étais, il serait ridicule de m'en retourner sans avoir essayé de le voir, de savoir si tout allait bien. Je descendis de voiture, marchai jusqu'à la porte de la maison et pressai la sonnette. Pas le moindre son, elle ne devait pas fonctionner. Je frappai plusieurs fois et attendis.

Quelques instants plus tard, la porte s'ouvrit d'un coup et je me trouvai face à face avec Elisha, qui me jeta un regard noir.

Elle était pieds nus, les cheveux dénoués, vêtue d'une minijupe marron et d'une blouse transparente au col en V. Je remarquai seulement alors qu'elle portait un petit anneau dans le nez. Elle avait l'air d'avoir pleuré.

— Je voudrais voir Heyden, dis-je simplement.

— Il s'est enfermé dans sa chambre. Il est même pas venu manger. Peut-être qu'il est mort.

— Pourquoi a-t-il fait ça ? Qu'est-ce qu'il a ?

— J'en sais rien. Il fait des tas de choses idiotes, grommela-t-elle avec humeur.

— Où est votre mère ?

— Au travail. Et la tienne, où est-ce qu'elle est ?

Je ne relevai pas le sarcasme, au contraire. Je fis une loyale tentative de rapprochement.

— Vous... tu n'es pas allée au lycée, aujourd'hui ?

— En quoi ça te regarde ?

— Je travaille pour le département de la délinquance juvénile, renvoyai-je, en l'écartant pour passer devant elle.

— Hein ?

— Si tu ne te présentes pas au lycée lundi, nous t'enverrons chercher en fourgon capitonné.

Elle eut une grimace méprisante.

— Très drôle. T'es aussi givrée que lui, grinça-t-elle en pointant le menton vers la chambre de Heyden. Vous allez bien ensemble.

Elle me céda le passage et j'allai frapper à la porte de la chambre.

— Heyden ? C'est Hannah. Tu m'as manqué. Je suis venue voir comment tu allais.

Pas de réponse. Aucun bruit ne se fit entendre à

l'intérieur, et la porte demeura close. Subitement, la mauvaise plaisanterie d'Elisha prit pour moi un aspect inquiétant. Pourquoi s'était-il enfermé toute une journée ? Maman m'avait dit que les gens suicidaires n'en avaient pas toujours l'air, surtout les adolescents. Leur passage à l'acte surprenait toujours l'entourage. La dépression était une maladie insidieuse qui, bien souvent, ne se révélait que lorsqu'il était trop tard. Quand on la découvrait, le mal était déjà profondément installé. Se pouvait-il que ce fût vrai pour Heyden ?

Je frappai plus fort.

— Heyden ? Tu es là ? Réponds-moi, je t'en prie. Dis-moi de m'en aller, ou n'importe quoi, mais réponds-moi.

Une cigarette allumée aux doigts, Elisha vint se placer derrière moi et lança d'une voix gouailleuse :

— Tu devrais peut-être l'appeler pour lui, ce fourgon !

Sur ce elle rentra dans sa propre chambre, et quelques secondes plus tard un morceau de rap résonnait à plein volume.

— Heyden ? appelai-je encore.

J'allais abandonner et m'en aller quand j'entendis la clé tourner dans la serrure. Heyden apparut sur le seuil, en jean, sans chemise et les pieds nus. Pendant quelques instants nous nous regardâmes sans mot dire, puis je me risquai à demander :

— Tu es malade ?

— C'est la vie qui me rend malade, grogna-t-il en tournant le dos pour regagner son lit.

Il s'y laissa tomber à la renverse, les mains sous la nuque et le regard au plafond. Je restai un moment immobile sur le seuil, puis j'entrai dans la pièce en refermant derrière moi.

— Est-ce que ta sœur t'a encore joué un sale tour, Heyden ?

Il continua de fixer le plafond, sans desserrer les dents.

— Je me suis inquiétée en ne te voyant pas, Heyden. Au téléphone, hier, tu ne m'avais pas parlé d'autres problèmes.

— Je ne pouvais pas savoir ce qui allait me tomber dessus, dit-il enfin, en s'asseyant.

— Quoi donc ? Je ne cherche pas à fourrer mon nez dans ce qui ne me regarde pas, tins-je à préciser, en voyant qu'il se taisait. Je me fais du souci pour toi, sincèrement.

Il se décida enfin à me regarder.

— Quand ma mère est rentrée du travail, je lui ai dit ce qu'avait fait Elisha et ce que j'avais trouvé. Comme je savais que ça ne servirait à rien, j'ai insisté pour qu'elle appelle mon père et le mette au courant. Je voulais qu'elle lui fasse comprendre qu'Elisha était devenue incontrôlable, qu'il devait trouver le temps de passer à la maison. Elle m'a complètement ignoré, j'ai dû me fâcher pour obtenir une réponse. Elle a fini par me dire que mon père ne reviendrait pas cette fois-ci, et peut-être même plus jamais.

— Plus jamais ! (J'en avais le souffle coupé.) Mais pourquoi ?

— Apparemment, il file le parfait amour avec une femme de son quintette, et il a prévenu maman qu'il ne tenait plus à rester marié avec elle. En fait, ça fait plus de quinze jours qu'elle le sait, elle a fini par me l'avouer. Tu te rends compte ? Garder un secret pareil, me laisser plus de deux semaines sans rien savoir ?

Il rumina quelques instants cette pensée avant d'exploser.

— Mais qu'est-ce qu'elle s'imaginait ? Que lorsqu'il

la rappellerait – si jamais il rappelait –, il aurait oublié qu'il voulait divorcer ? Ou qu'il suffirait de faire comme si rien ne s'était passé ? Va savoir ce qu'elle a dans le crâne ! Ah j'ai dû avoir l'air malin, quand je lui ai demandé d'appeler mon père à propos d'Elisha. Heyden qui, dites-vous ? Quelle Elisha ? Je crois l'entendre, tiens !

— Je suis désolée, Heyden.

— Oui, moi aussi. En réalité, rectifia-t-il aussitôt, je ne le suis plus. Je suis au-dessus de ça. Là où j'en suis, plus rien n'a d'importance.

Il libéra un long soupir et secoua la tête.

— Elle a commencé à pleurer, bien sûr, et à se lamenter sur nos malheurs. J'en étais malade, j'ai fini par lui donner tout l'argent que je gardais pour ma guitare. Avec mon père qui nous lâche, nous ne pourrons même pas rester dans ce trou à rats, si je ne travaille pas plus. Elle ne gagne pas assez. Je vais sûrement devoir quitter le lycée, maintenant.

— Oh, Heyden ! Non.

— Oh mais si, Hannah ! En tout cas, tu comprends pourquoi je me moquais pas mal de manquer les cours aujourd'hui. Pourquoi faire comme si l'inévitable ne s'était pas produit ? À quoi ça m'avancerait d'agir comme ma mère ?

— Tu pourrais peut-être obtenir une bourse d'études ? suggérai-je. Une allocation scolaire, ou un truc comme ça.

— Mais oui. Ce que je peux faire, c'est m'acheter une guitare moins chère et gagner mes quatre sous en jouant au coin des rues. Je collerais une étiquette sur ma boîte à pièces : « Aide aux étudiants. »

Je lui jetai un regard de reproche.

— Je sais que je n'ai aucun droit de te donner des conseils, Heyden, mais tu ne peux pas abandonner.

— Abandonner quoi ? Qu'est-ce que j'ai commencé ?

Il me dévisagea longuement, d'un air désabusé.

— Je le savais, je l'ai su dès le début. Je n'aurais jamais dû mettre les pieds dans cette école pour gosses de riches. Je savais que je n'y serais jamais à l'aise. J'ai laissé un brave conseiller d'orientation me monter la tête, et me pousser à le faire.

» Et je me suis retrouvé au milieu de vous tous, avec vos vêtements chics, vos voitures de luxe, sans compter tous ceux qui prenaient des leçons particulières de musique... J'ai eu l'impression d'être aussi déplacé qu'un extraterrestre. Autant essayer d'aller faire des études sur la lune !

— Ce n'est pas vrai, protestai-je. C'est toi le plus doué d'entre nous. Les profs te trouvent remarquable.

— Remarquable, tu peux le dire. Je ne passe pas inaperçu, dans le décor. Enfin, merci d'être venue voir pourquoi j'étais absent. J'apprécie, mais maintenant tu sais pourquoi il vaut mieux que ça s'arrête là. Tu oublies qu'on se connaît, d'accord ?

— Non, dis-je en me rapprochant de lui. Pas d'accord.

Je m'assis à côté de lui sur son lit et il détourna la tête, mais je me penchai et l'embrassai sur les lèvres.

— Qu'est-ce qui te prend ? s'effara-t-il.

— Tu m'as donné rendez-vous dans les formes, en me promettant qu'on prendrait du bon temps. Eh bien, j'en prends.

— Tu n'as pas entendu ce que je viens de te dire ?

— Vaguement, répliquai-je en lui décochant mon plus beau sourire. C'est rentré par une oreille et ressorti par l'autre.

— Je n'ai pas l'intention d'aller voir cette guitare, Hannah. Ce serait un vrai supplice de Tantale.

— Pas du tout. Si elle est vraiment bonne, nous la prendrons. Je t'avancerai l'argent.

— Je n'accepterai jamais d'argent de ta part ! rétorqua-t-il, indigné.

— Il n'en est pas question, rassure-toi. Je te le prêterai. Disons… à sept pour cent d'intérêt annuel ? Tu me rembourseras sur tes premiers droits d'auteur.

Il secoua la tête.

— Nous ne sommes pas en train de parler d'un jouet bon marché, Hannah. Il s'agit de trois cents dollars.

— Cela n'aurait pas valu le coup si elle avait coûté moins cher, le taquinai-je. Il faut bien que je gagne ma vie, non ?

— Tu as une somme pareille sur toi ?

Je fouillai dans mon portefeuille et en tirai ma carte de crédit.

— Mon père m'a ouvert un compte pour mon anniversaire, l'année dernière. J'ai un plafond de cinq mille dollars. Je ne m'en sers pas beaucoup, je dois dire, mais je peux en disposer en cas de besoin.

» Maman appelle ça l'argent de la mauvaise conscience, et c'est à cause d'elle que je ne m'en sers pas beaucoup. Même si, tout récemment, elle m'a dit que je devrais le dépenser, ne fût-ce que par dépit. Mais je dois t'avouer que j'ai une autre raison de le faire, plus égoïste celle-là.

Il haussa un sourcil.

— Laquelle ?

— J'ai pensé que puisque tu jouais si bien, si tu écrivais une ou deux bonnes chansons, je pourrais peut-être les chanter. Ou peut-être même… que nous pourrions chanter ensemble.

— Et nous produire sur scène, tu veux dire ?

— Pourquoi pas ?

Il se rassit, son regard triste et sombre soudain brillant d'espoir.

— Tu ferais ça ?

— J'avais surtout peur que tu ne veuilles pas, en fait.

— Et quoi encore ? Je ne voudrais pas que la plus jolie fille du lycée, celle qui a la plus belle voix, chante en duo avec moi ? Et une de mes chansons, en plus !

— Je ne suis pas la plus jolie fille du lycée, Heyden, et je ne prétends pas avoir la plus belle voix non plus.

— Moi je le dis, insista-t-il.

— Bon… je renonce à discuter avec toi là-dessus, Heyden.

Nous échangeâmes un grand sourire heureux.

— J'oubliais de dire : la personnalité la plus intéressante, ajouta-t-il.

Je n'avais pas cessé de sourire, lui non plus. C'était magique. Un ange gardien devait, sans doute, nous éventer de son aile et tous les nuages noirs, toutes les ombres qui planaient autour de nous s'étaient enfuis.

— Hannah, chuchota Heyden en se penchant pour m'embrasser, tu es fantastique.

Ce fut un long baiser, plus exigeant d'instant en instant. Je sentais que Heyden s'efforçait de tirer de moi ce dont il était le plus avide, le plus en manque : un peu d'espoir, un peu d'amour.

Il releva la tête, saisit délicatement mon menton entre ses doigts et son regard interrogea le mien.

— Tu es sûre de toi, Hannah ?

— Oui, dis-je dans un souffle.

Il y aurait, je le savais, des moments où je douterais de moi-même. Où je me demanderais si je n'avais pas été poussée vers lui par un désespoir pareil au sien. D'une certaine façon, moi aussi je me sentais seule, abandonnée, à la dérive. Ma mère et

Miguel avaient maintenant un nouveau monde à découvrir, à expérimenter, et je ne me sentais pas faire partie de ce monde ; pas autant qu'ils l'auraient voulu. Pendant presque toute ma vie j'avais été piégée dans ce vide, ce gouffre qui séparait mon père et ma mère. Et maintenant je sentais cette faille s'élargir encore, se creuser plus profondément que jamais.

— Oui, répétai-je, et à nouveau nos lèvres se joignirent.

Quand sa bouche s'écarta de la mienne, Heyden me renversa doucement sur les oreillers, caressa mes cheveux et ses yeux cherchèrent les miens.

— Tu me ferais oublier le reste du monde, Hannah...

Il m'embrassa encore et ses mains s'insinuèrent sous mon chemisier, jusqu'à mes seins. Je m'entendis gémir, puis je le sentis se hausser au-dessus de moi, m'inonder le visage de baisers. Il déboutonna mon chemisier, m'embrassa juste au-dessus de mon soutien-gorge et d'un geste vif, passa la main dans mon dos et le détacha. Quand il le releva et taquina la pointe de mes seins, je perçus au fond de moi comme un signal d'alarme, et je me surpris à me poser des questions.

Qu'es-tu en train de faire, Hannah Eaton ? N'es-tu pas un peu trop pressée de te jeter à la tête de ce garçon ?

Je ne me souciais pas de répondre à la voix de ma conscience. Je me sentais si bien, si loin de toutes les souffrances et de tous les chagrins du monde. Les baisers de Heyden se faisaient plus impatients, mon corps était un instrument sous ses doigts, il en tirait une merveilleuse musique. Les yeux fermés, je me sentais rouler en bas d'une pente et me laissais entraîner, de plus en plus vite et sans aucune possibilité de m'arrêter. Heyden avait glissé les mains sous ma jupe. Quand il frôla l'élastique de mon panty, je crus que ma respiration s'arrêtait.

Ce fut lui qui s'arrêta, hésita. Son hésitation fut si longue que j'ouvris les yeux et les levai sur lui. Il eut un mouvement de recul et attacha sur moi un regard assombri de soupçon.

— Qu'est-ce que tu as ? m'inquiétai-je.

— Avec combien de garçons as-tu déjà flirté, Hannah ?

— Aucun. Enfin, je veux dire... pas de cette façon-là.

Il eut une grimace de doute.

— Je ne te mens pas, Heyden. C'est vrai.

— Alors pourquoi me laisses-tu aller aussi vite ?

Je le repoussai, m'assis et rattachai mon soutien-gorge.

— Tu parles comme si je me conduisais mal, accusai-je, en commençant à reboutonner mon chemisier. Maintenant je me sens coupable.

— Ce n'est pas du tout ce que je voulais dire.

— Eh bien, le résultat est le même, renvoyai-je en me levant.

Il tenta de s'expliquer.

— J'ai été avec d'autres filles, Hannah. Et celles qui se laissaient faire tout de suite, ou bien je m'en lassais vite, ou bien je m'en moquais éperdument. Je ne veux pas que ça se passe comme ça entre nous, tu comprends ?

Ce fut à mon tour de paraître sceptique.

— C'est vrai, Hannah ! Peut-être que je me monte la tête, mais j'espérais vraiment qu'entre nous les choses pourraient être très différentes.

Il semblait si désemparé que mes doutes s'envolèrent.

— Tu ne te montes pas la tête, Heyden.

— J'en ai tellement assez des trahisons et des déceptions, si tu savais !

Je cessai de boutonner mon chemisier.

— Ce n'est pas moi qui te trahirai, Heyden. Quand je fais ou dis quelque chose, c'est sérieux. Je sais que tu as du mal à me croire, mais je t'en prie, essaie de ne plus me voir comme toutes les autres filles du lycée. J'ai autre chose que du chewing-gum dans la tête, figure-toi.

Il se détendit.

— Je sais, Hannah, et tu as raison. Je viens de faire exactement ce que j'accuse les autres de me faire : juger selon des idées reçues. Désolé.

— Ce n'est pas grave. En fait, je suis plutôt contente que tu aies réagi comme ça. Nous aurions pu avoir des ennuis, ou en tout cas moi, j'aurais pu. Je suis dangereusement près de la période d'ovulation. Tu imagines, si j'avais rendu ma mère grand-mère, au moment précis où elle redevient jeune maman !

Il imaginait très bien, cela se voyait sur sa figure.

— C'est aussi de ma faute, reconnut-il. D'habitude je ne suis pas aussi insouciant, au point d'oublier de prendre des précautions. Toutes ces histoires m'ont rendu dingue.

— Eh bien, dépêche-toi de reprendre tes esprits. Allons voir ta nouvelle guitare, ordonnai-je avec autorité.

En riant, il happa la chemise qu'il avait jetée sur un dossier de chaise et enfila ses chaussures omnisports.

— Allons-y !

Dans le couloir, il s'arrêta un instant. La musique qui sortait de la chambre d'Elisha était toujours aussi tonitruante. Heyden regarda sa porte close et secoua la tête.

— Dépêchons-nous, chuchota-t-il. C'est la seule et unique chance que j'aurai jamais de filer d'ici.

Je le suivis, en me demandant ce qu'il adviendrait d'Elisha.

Heyden, au moins, avait ses chansons et sa guitare. La musique était un antidépresseur, pour lui. Il en faisait un usage positif. Elisha, elle, s'en servait comme d'une couverture pour camoufler ses problèmes.

Maman pourrait sans doute m'offrir quelques suggestions pour l'aider, après tout. Mais le souhaiterait-elle ? Peut-être m'en voudrait-elle de m'être impliquée, et elle avec moi, dans les turpitudes familiales de Heyden.

Le temps me manquait pour réfléchir à tout ça, mais je n'en étais pas fâchée. J'avais envie que tout se passe très vite. Je voulais que nous allions de l'avant, lui et moi, et à grandes guides. Ensemble, nous jouerions et chanterions. La musique saurait nous préserver de la tristesse, des déboires et de la trahison.

Le pourrait-elle vraiment ?

***

Heyden prit la guitare en main aussi délicatement, et avec le même émerveillement, que maman quand elle berçait le petit Claude. Il m'était rarement arrivé d'éprouver autant de plaisir en recevant un cadeau. J'étais bel et bien jalouse, pas de Heyden, non : de la guitare. Elle le plongeait dans un tel état d'extase qu'il en rayonnait, littéralement. Aimerait-il jamais quelqu'un avec la même ferveur qu'il aimait la musique ? me demandai-je. Peut-être ressemblait-il beaucoup plus à son père qu'il n'était prêt à l'admettre.

Dans un de ces moments où elle se sentait portée aux confidences, maman m'avait dit pourquoi elle aimait Miguel. Parce qu'elle savait, sans aucun doute possible, qu'elle était pour lui ce qui comptait le plus au monde. À l'entendre, on aurait pu croire qu'elle était presque obligée de l'aimer, si tant est qu'on puisse aimer par obligation. Pour moi, c'était impossible. L'amour ne pouvait pas naître sur commande, du sens de la responsabilité ou d'un devoir. Il ne pouvait être que spontané, inattendu. Il était bien plus ardent, plus excitant quand il vous prenait par surprise. Quand on rencontrait quelqu'un et qu'au premier regard, on se sentait attiré vers lui par une force inconnue jusque-là.

Ces pensées vagabondes étaient-elles trop fantasques, trop romantiques pour la fille du Dr Willow Fuentes ? La joie de Heyden m'incitait à croire que non.

Il sourit de plaisir et accorda l'instrument, sous le regard mi-ennuyé, mi-soupçonneux du vendeur. Celui-ci, de toute évidence, n'arrivait pas à décider si nous ne faisions que nous amuser, ou si nous étions des acheteurs sérieux.

Heyden pinça une corde et hocha la tête avec satisfaction.

— Elle est en excellent état. C'est une affaire.

— Eh bien alors, prenons-la.

Les yeux de l'employé faillirent lui sortir de la tête.

— C'est votre dernier prix ? s'enquit Heyden.

L'homme retrouva le sourire.

— Certainement. Comme vous venez de le dire, c'est une affaire.

— Parfait, acquiesça Heyden en se tournant vers moi.

Je tendis au vendeur ma carte de crédit, qu'il examina attentivement.

— Avez-vous un permis de conduire, ou toute autre pièce d'identité ?

— Mais oui, dis-je en lui montrant mon permis.

Toujours sceptique, il glissa la carte dans le décodeur d'un air méfiant, comme s'il s'attendait à voir l'appareil la recracher. Constatant qu'il n'en était rien, il se fit aussitôt plus aimable. En quelques instants, tout fut conclu.

Une fois dehors et la guitare en main, Heyden fut incapable de contenir sa joie. Il joua tout le long du chemin jusqu'à chez lui.

— C'est cette chanson que je voulais te faire entendre, me prévint-il avant de commencer.

La chanson était magnifique. Elle parlait de quelqu'un qui avait peur de tomber amoureux, tout en désirant follement tomber amoureux. Le chanteur avertissait l'amant que, lorsqu'il rencontrerait l'amour, il serait trop faible pour lui résister.

Ce n'est pas le jeu d'un instant, c'est pour toujours, chantait-il. *Alors ne me touche pas, ni du regard, ni des lèvres, pas même du bout des doigts, si ce n'est pas, de toi à moi, le gage d'un amour sincère.*

Je fus très vite en mesure de me joindre à lui pour le refrain. Quand je me garai devant sa maison il rejoua la chanson entière, et cette fois je pus chanter une partie des couplets. Après une troisième reprise, je savais presque les paroles par cœur.

— N'aie pas peur de monter dans l'aigu, me dit-il en riant. Je serai ton filet de sécurité : si tu tombes, je te rattraperai.

Il se remit à jouer, et pendant que nous chantions je vis la porte de sa maison s'ouvrir et sa sœur sortir.

Elle resta là un moment, à nous observer et nous écouter, puis elle s'avança vers la voiture.

— Vous venez pour dîner ?

— Ne me dis pas que tu as fait la cuisine ! riposta Heyden.

— Non. Maman est là.

— Elle est rentrée ?

— Oui, confirma Elisha, et elle pleure dans ses casseroles.

Heyden me lança un bref coup d'œil, et je répondis à sa question muette.

— Vas-y tout de suite. Il vaut mieux que je rentre, de toute façon.

— Où t'as eu cette guitare ? attaqua Elisha. Dans ta super-école ?

— Où je l'ai eue, c'est mon affaire, mais si tu y touches, ou si tu la regardes un peu trop longtemps, je te...

— Tu me tueras ? Va te mettre au bout de la file, alors, grommela-t-elle. T'es pas le seul sur les rangs.

Elle me lança un regard farouche, qui exprimait plus de désespoir que de colère, un véritable appel au secours. Puis elle nous tourna le dos et rentra dans la maison.

J'éprouvai brusquement le besoin de la défendre.

— Ne sois pas trop dur avec elle, Heyden. Je suis sûre qu'elle meurt de peur.

— Tu as déjà vu un requin avoir peur, toi ? Ne t'en fais pas, docteur Hannah. Je serai un gentil grand frère.

Je fus obligée de rire.

— Appelle-moi plus tard si tu peux, Heyden.

Il se pencha pour m'embrasser sur les lèvres, sourit et sortit de la voiture.

— Promis. Sois prudente au volant... partenaire.

Je lui rendis son sourire et démarrai. Dans le rétroviseur, je le vis rentrer chez lui en serrant sa guitare contre lui d'un geste protecteur, comme quelqu'un qui voudrait protéger un enfant qu'il aime contre l'ouragan.

Mais ce fut moi qui essuyai la tempête. J'avais à peine ouvert la porte d'entrée que Miguel déboulait dans l'escalier. Il s'arrêta sur la dernière marche.

— Où étais-tu, jeune fille ?

Il était rarissime que Miguel se fâche contre moi. Mais je savais que lorsqu'il m'appelait « jeune fille », cela ne présageait rien de bon.

— J'ai aidé mon ami Heyden à acheter une nouvelle guitare, alléguai-je pour me justifier.

Mon excuse n'eut aucun effet sur Miguel, en tout cas pas celui que j'attendais. Il explosa.

— Est-ce que tu te rends compte que ta mère est rentrée depuis des heures, et qu'elle se ronge les sangs depuis tout ce temps-là ? Tu ne te sers jamais de ton portable, Hannah ? Je ne te l'ai pas offert pour que tu laisses décharger la batterie. Comment peux-tu être aussi égoïste ? As-tu pensé à ce que cela peut être, pour une femme qui vient d'être maman, de devoir laisser son bébé à l'hôpital ? Je me faisais une plus haute idée de ton intelligence, Hannah.

— Je viens de te le dire, j'ai dû aider Heyden, répliquai-je en fondant en larmes. C'était très important. Il avait besoin de moi.

— Ta mère aussi a besoin de toi, Hannah. Je m'attendais à ce qu'elle ait la priorité sur une personne que tu viens à peine de rencontrer.

— Elle n'a pas besoin de moi. Elle t'a, toi, et elle a le petit Claude ! ripostai-je avec véhémence.

— Qu'est-ce que tu nous chantes là ? C'est complètement stupide, voyons.

— Alors c'est que je suis une idiote ! vociférai-je en passant devant lui.

Je montai au premier en martelant les marches, courus m'enfermer dans ma chambre en claquant la porte et me jetai sur mon lit. Quelques instants plus tard maman vint jusqu'à ma porte, frappa doucement et entra.

— Que se passe-t-il, Hannah ?

Je roulai sur moi-même et levai les yeux vers elle. Drapée dans sa robe de chambre, elle était toute pâle et semblait très fatiguée. À la voir ainsi, je me sentis affreusement coupable et j'éclatai en sanglots.

— Hannah ! s'alarma-t-elle en s'approchant. Qu'est-ce qui ne va pas ?

— Je suis désolée, maman. J'ai perdu la notion du temps.

— Ce n'est pas grave, me rassura-t-elle en s'asseyant sur le bord du lit, mais raconte-moi ce qui se passe. Pourquoi as-tu perdu la notion du temps ?

— Heyden n'est pas venu au lycée, aujourd'hui.

— Heyden ? Ah oui, ton nouvel ami. Et alors ?

— Je suis allée chez lui voir ce qui n'allait pas, et j'ai appris que son père les avait abandonnés, sa mère, sa sœur et lui. Il est parti avec une musicienne de son orchestre. C'est arrivé il y a quelques semaines, mais Heyden et sa sœur ne l'ont su qu'hier soir. Leur mère n'avait rien dit jusque-là.

Maman hocha la tête, mais elle ne parut pas plus impressionnée que ça. Depuis le temps qu'elle pratiquait, elle avait dû en entendre, de ces histoires douloureuses !

— Et que fait cette femme dans la vie ? s'enquit-elle.

— Elle est femme de chambre à l'hôtel des Brisants.

— Je vois. Quel âge a la sœur de Heyden ?

— Quatorze ans.

— Et lui ?

Je m'aperçus que je ne le savais pas avec précision.

— Dix-sept, je crois.

— Alors sa mère est en droit d'exiger du père une pension alimentaire pour les enfants, déclara maman.

— Elle peut faire ça ?

— Bien sûr que oui.

Ça, c'était une bonne nouvelle.

— Tu peux m'expliquer comment, maman, pour que je le dise à Heyden et qu'il en parle à sa mère ? Ils n'ont pas beaucoup d'argent, tu comprends, et Heyden pense qu'il va devoir quitter le lycée pour travailler plus qu'avant.

Maman soupira.

— C'est contagieux, ma parole, murmura-t-elle comme pour elle-même. Je te l'ai déjà dit, Hannah, tu t'impliques trop dans les problèmes des autres. Ils ne sont jamais simples. On ne peut pas les résoudre en un week-end et les oublier ensuite. En plus, la sœur de Heyden doit donner du fil à retordre à sa mère, je parie. Est-ce qu'elle était très proche de son père ? Elle doit souffrir de la séparation, non ?

— Elle paraît indifférente et dure, mais je crois que oui.

— Classique, commenta maman. Oh, ma chérie ! Tu es bien trop jeune pour t'engager dans ce genre d'histoire. Ne peux-tu pas faire machine arrière ? Je levai sur maman un regard accusateur.

— Tu ne le ferais pas, toi !

— Si, répliqua-t-elle fermement. Je le ferais. Surtout en sachant ce que je sais maintenant, et en ayant vécu ce que j'ai vécu. À quoi cela m'aura-t-il servi, si je ne peux pas te faire bénéficier de mon expérience ?

Tu es encore trop jeune, Hannah, et trop vulnérable toi-même.

— Non. Arrête de me dire que je suis trop jeune pour tout, maman. J'ai presque dix-sept ans.

— Tout ce que je veux, c'est t'éviter de souffrir, Hannah. Je t'en prie, implora-t-elle. Je te donnerai les informations nécessaires, pour les transmettre à ton ami, mais promets-moi que tu ne t'impliqueras pas trop dans tout ça.

Je gardai le silence.

— Je vais avoir besoin de toi, maintenant, reprit maman. Le petit Claude rentre bientôt, et il est très fragile. Nous allons vivre des moments difficiles. Il faudra que je puisse compter sur ton appui, souligna-t-elle.

Je la dévisageai attentivement. D'aussi loin que je me souvienne, maman avait été pour moi le symbole de la fermeté, de la solidité, le pilier de mon foyer. Elle avait tiré la leçon de son passé tourmenté. Riche d'expérience, elle était devenue un guide efficace et éprouvé pour autrui. Elle savait comment aider les gens à affronter leurs peurs et leurs problèmes, et à les surmonter. Cela exigeait de la force, de la confiance en soi, et je me reposais sur elle plus que sur n'importe qui d'autre. Peut-être cela expliquait-il l'ambiguïté de mes sentiments envers le petit Claude. J'avais peur qu'elle ne lui donne trop et qu'il ne reste rien pour moi, ou presque.

Pour la première fois je discernais une note d'angoisse dans sa voix, un fléchissement dans cette colonne d'acier. Avait-elle réellement autant besoin de moi qu'elle l'affirmait ?

Je restai sur mes positions.

— J'ai fait des promesses et j'aime bien Heyden, maman. Je ne peux pas tout simplement lui tourner le dos.

— Ce n'est pas ce que je te demande, Hannah, mais tu dois faire preuve de prudence et de bon sens. Plus important encore, tu dois prendre conscience de tes limites. On s'attire de graves ennuis en se chargeant d'un fardeau trop lourd. Ne commets pas la faute de croire que tu vas les sauver tous les trois, sa mère, sa sœur et lui. C'est entendu ?

Je fis signe que oui. Mais pourquoi avais-je l'impression que, par cette simple concession, j'abandonnais Heyden au moment où je venais de lui promettre tant de choses, de lui donner tant d'espoir ?

— À la bonne heure, approuva maman en se penchant sur moi pour m'embrasser. Tu comptes toujours dîner dehors ?

— Non.

— Alors veille à ce que Miguel mange, tu veux bien ? Il est si inquiet ! Il n'a pas cessé de rôder autour de moi comme une âme en peine, depuis mon retour de l'hôpital.

— Compte sur moi, maman.

Elle me caressa les cheveux.

— Dans un mois et demi, c'est ton anniversaire, Hannah. Il faudra que nous fêtions ça d'une façon toute spéciale. Dix-sept ans ! Tout a passé si vite... Ne sois pas trop pressée de grandir, ma chérie. Une fois que c'est fait, on n'arrête plus de se demander pourquoi on voulait tellement en arriver là.

Elle se leva lentement, comme si cela lui coûtait un certain effort, et se dirigea vers la porte d'un pas traînant.

— Tu te sens bien, maman ?

— Oui, oui... Je suis juste un peu fatiguée, mais c'est normal. Cela va s'arranger. Tout va s'arranger, tu verras, me rassura-t-elle.

Mais cette affirmation n'eut rien de son assurance

habituelle, qui vous insufflait toujours tellement d'énergie. Elle me fit plutôt l'effet d'une prière.

Je me la répétai tout bas quand elle ferma la porte derrière elle, me laissant seule dans le sanctuaire de mon enfance. Seule avec mes poupées dans mon univers tissé de rêves roses, où l'on était toujours pardonné pour ses erreurs, qui n'étaient jamais bien graves.

Et où les lendemains se levaient toujours sur de nouvelles promesses.

5

Un signal d'alarme

Maman avait déjà dîné dans sa chambre, je me retrouvai donc à table avec Miguel. Je voyais bien qu'il s'en voulait de m'avoir grondée. Il reconnut de lui-même qu'il n'avait jamais été aussi nerveux, ce qu'il expliquait par son inquiétude au sujet du petit Claude. Je m'en étonnai.

— Je croyais qu'il allait bien, et qu'il pourrait être à la maison plus tôt que prévu ?

— Nous ne sommes pas tout à fait au bout du tunnel, Hannah, et ta mère le sait très bien. Ce que je veux éviter à tout prix, c'est qu'elle se sente coupable d'avoir attendu si longtemps pour avoir un second enfant. Je suis pour quelque chose dans ce choix, moi aussi.

Je n'avais jamais cru que la carrière de maman était une raison suffisante pour qu'elle recule sans arrêt cette décision. Elle ne s'était pas arrêtée de travailler pour la prendre, non ? Alors pourquoi ne l'avoir pas prise plus tôt ? La remarque de Miguel m'autorisait à poser la question.

— Et toi, pourquoi as-tu attendu si longtemps, Miguel ?

— Eh bien... comme tu le sais, il a d'abord fallu qu'elle achève ses études. Et il lui en a toujours coûté de devoir te confier aux soins de quelqu'un d'autre, même si tu avais une excellente nurse. Ensuite, j'ai voulu qu'elle acquière un peu d'expérience, le temps de démarrer sa carrière et de prendre confiance en elle. Pour toi comme pour moi, il est difficile d'imaginer ce que la transition a dû être difficile, avec l'enfance qu'elle avait eue. Être élevée par une belle-mère, dans une maison sans amour, où la seule personne qui lui donnait l'impression d'avoir une famille était sa nounou. Et après ça, prendre en charge tous les problèmes qui l'attendaient ici, assumer toutes ces responsabilités. Il faut savoir tout ça pour comprendre quelle femme remarquable elle est, quelle femme remarquable elle est devenue.

Je n'en avais jamais douté, bien sûr, comme je n'avais jamais douté non plus d'avoir une merveilleuse maman. En fait, la cause principale de ma défiance envers mon père résidait justement en cela : qu'il ait pu faire une chose assez indigne pour perdre maman. Danièle était bien gentille, c'est vrai, mais sans plus. La comparer à maman, c'était comparer une carte postale à un tableau de maître.

— Certains hommes ne supportent pas les femmes capables de leur faire concurrence ou de les égaler, m'avait dit maman, un jour où nous parlions de papa et de Danièle. Ils ne veulent pas d'une femme qui les voit tels qu'ils sont, avec leurs défauts et leurs faiblesses. C'est une atteinte à leur ego. Je suis certaine que ton père est très heureux avec Danièle. Avec moi, il ne pouvait pas tout se permettre. Disons que j'étais pour lui comme les chaussures neuves qui serrent un peu. Danièle, c'est une paire de pantoufles, tout ce qu'il y a de plus confortable.

Quelque chose me chiffonnait dans cette explication. Je voulus en avoir le cœur net.

— Alors pourquoi a-t-il voulu t'épouser, maman ?

— Toujours pour la même raison, je suppose. À chaque nouvelle conquête, son ego s'enflait un peu plus, comme ces ballons qu'on gonfle à l'air chaud. Il a dû penser qu'il pourrait faire de moi une autre poupée de salon. En fait...

Elle m'adressa un clin d'œil enjoué.

— J'ai plutôt été l'épingle qui a crevé son ballon ! Mais il a certainement de l'affection pour toi, s'empressa-t-elle d'ajouter, du moins autant qu'il est capable d'en éprouver. Alors ne me laisse pas le déprécier à tes yeux, surtout. Construis toi-même ta relation avec lui. Suis ton instinct, Hannah, conclut-elle de sa voix grave et réfléchie, que j'appelais sa voix professionnelle.

Mais cette réponse me laissa perplexe. Les choses étaient-elles aussi compliquées pour tout le monde ? On pouvait le croire. De nos jours, les psychothérapeutes et les analystes devenaient aussi nécessaires que les médecins. Pas étonnant que maman soit tellement prise par son métier !

Après le dîner je retournai la voir, mais elle s'était assoupie et je regagnai ma chambre, pour m'atteler à mon travail de classe. J'avais fini et j'étais déjà au lit quand le téléphone sonna. C'était Heyden.

— Je viens juste de discuter avec mon père, commença-t-il. C'est lui qui m'a appelé, pour mettre les choses au point. Il y aura mis le temps, mais bon. D'après lui c'est parce qu'il voyageait, et qu'il voulait d'abord s'installer. Il a un engagement de six mois à La Nouvelle-Orléans, avec son quintette.

— Mais qu'est-ce qu'il a dit, au juste ?

— Il a essayé de s'expliquer, bien sûr. Il s'est plaint de ma mère, de son inconscience, de la vie difficile qu'elle lui avait fait mener. Il sait qu'il nous a négligés, Elisha et moi. Il a promis d'essayer de s'arranger pour nous voir plus souvent.

» Des promesses comme ça, on sait ce que ça vaut ! ironisa Heyden. En tout cas, il a juré d'envoyer de l'argent. Il a dit que ça l'ennuierait vraiment que j'abandonne mes études. Il trouve que j'ai du talent.

— Pour ça, il n'a pas tort.

— En fin de compte... je n'arrivais plus à lui en vouloir. J'étais toujours furieux, bien sûr. Mais je n'avais plus envie de l'envoyer au diable, si tu vois ce que je veux dire. En fait, je t'appelle surtout parce que j'ai pensé que tu me comprendrais. Tu t'entends toujours bien avec ton père, non ?

Cette question-là, j'aurais pu me la poser moi-même.

— D'une certaine façon... oui, on peut dire ça comme ça. Je n'éprouve pas une affection débordante pour mes demi-frères, et les autres parents de mon père m'ignorent carrément.

— En tout cas, tu t'arranges pour garder le contact avec lui, c'est toujours ça. Je vais essayer de faire pareil avec le mien. On verra bien. Au fait, ajouta-t-il in extremis, je viens au lycée, demain.

— Tant mieux.

— Merci pour aujourd'hui, Hannah. Je ne te laisserai pas tomber. Nous ferons un super-duo, tous les deux, tu verras. Bonne nuit, chuchota-t-il tendrement.

— Bonne nuit.

En reposant la tête sur mon oreiller, je ne pus m'empêcher de penser aux avertissements de maman. Elle s'inquiétait tellement pour moi ! Mais le visage de Heyden, ses baisers, ses caresses, me revinrent en mémoire telle une vague qui déferle, dominant la voix aimante et les conseils de maman.

Elle ne comprend pas, tentai-je de me persuader. Elle ne connaît pas Heyden, sinon elle ne se ferait pas tant de souci. Cela changera plus tard, surtout quand elle nous aura entendus chanter ensemble.

Sur ces pensées réconfortantes, enchanteresses, je me laissai glisser dans le sommeil.

Je me levai et me préparai en un temps record, le lendemain matin, et cette fois encore maman me prêta sa voiture. Il était prévu que Miguel la conduirait à l'hôpital et l'en ramènerait, le lendemain ou le jour suivant. Je savais qu'il tenait à rester près d'elle autant que faire se pouvait, surtout quand elle était avec le petit Claude. Il avait réorganisé son emploi du temps tout exprès pour cela.

En arrivant au lycée je trouvai Heyden qui m'attendait, très excité. Il m'accueillit par un flot de paroles.

— Je me suis couché tard, hier. Je n'arrêtais pas de penser à tout ce que nous pourrions chanter ensemble. Pas seulement sur mes textes, bien sûr. Mais il y a des tas d'airs très chouettes dont nous saurions tirer quelque chose de génial, j'en suis sûr. Tiens, j'en ai noté une partie là, dit-il en me tendant un feuillet manuscrit. Tu pourras trouver un moment après les cours ? À la maison, pas de problème en vue. Ma mère travaille, et Elisha sort avec sa bande de copines, comme presque tous les après-midi.

— Un moment, ça doit être possible, acquiesçai-je. Dès que tout sera rentré dans l'ordre, avec mon petit frère, je t'emmènerai à Joya del Mar. D'accord ?

Il sourit, même si son regard restait plutôt sceptique.

— D'accord, Hannah.

Si mes amies n'avaient que trop tendance à jaser sur mon compte, les cancans se déchaînèrent quand elles constatèrent ma familiarité avec Heyden. Pour commencer, il me quitta en m'embrassant avant de courir vers sa classe. La rumeur se répandit comme une traînée de poudre dans le grand hall, les couloirs, les classes, pour finir par exploser à la cafétéria. On se serait cru dans une basse-cour. Indifférents aux regards qui nous suivirent jusqu'à notre table, nous continuâmes à parler musique et duos.

Cet après-midi-là, et au cours des trois suivants, Heyden et moi travaillâmes notre répertoire chez lui. Nos séances duraient en général deux heures. Par moments je sentais son regard sur moi, et quand je finis par me retourner son expression me coupa le souffle. Je cessai de chanter.

— Qu'y a-t-il, Heyden ?

— De temps en temps, j'ai besoin de m'assurer que je ne rêve pas, que tout ça n'est pas le produit de mon imagination. Pour être franc, cela m'est déjà arrivé avant d'oser t'approcher, avoua-t-il. Je t'observais et je fantasmais sur toi, Hannah.

L'intensité de son regard et de ses paroles me fit rougir.

— Eh bien, confidence pour confidence, je reconnais t'avoir jeté quelques petits regards en coin, Heyden Reynolds.

— Ah oui ? Ce doit être à ces rares moments où je me suis senti bien, dans ce lycée. Mais j'ai une autre chose à t'avouer, annonça-t-il. Disons… une confession.

— J'ai l'impression d'être un prêtre catholique !

Il rit de ma boutade mais reprit aussitôt son sérieux.

— La première fois que je t'ai demandé de chanter avec moi, c'était plutôt par désir d'être avec toi, de t'avoir à côté de moi, que par amour de la musique.

Je mis les poings sur les hanches et pris un air outragé.

— Heyden Reynolds ! Et toi qui disais que j'avais la plus belle voix de tout le lycée !

— C'est vrai, mais…

Je l'interrompis d'un éclat de rire. Sur quoi, feignant de se fâcher, il me donna une bourrade qui me fit tomber à la renverse sur son lit. Je me redressai, pris appui sur mes bras tendus et levai les yeux sur lui.

— Hannah, souffla-t-il, comme s'il pouvait exprimer tout ce qu'il ressentait rien qu'en disant mon nom.

Il s'approcha de moi, se pencha, m'embrassa, puis il entreprit de déboutonner le corsage de ma robe. Toujours appuyée sur les avant-bras, je suivais des yeux les mouvements de ses doigts qui me déshabillaient, remontaient ma robe jusqu'à mes épaules et me l'ôtaient. Il glissa les mains derrière mon dos, m'embrassa encore. Je ne bougeai pas quand il dégrafa mon soutien-gorge. Il caressa des lèvres mes mamelons durcis, enfouit son visage entre mes seins et gémit de plaisir.

Une délicieuse faiblesse s'empara de moi, je me laissai retomber en arrière et fermai les yeux. Je ne les rouvris que lorsqu'il m'eut ôté tous mes vêtements et se fut déshabillé lui-même. Au bruit léger que firent sa chemise et son jean en tombant près de lui, mon cœur battit soudain plus vite. Je l'entendis déchirer l'emballage de son préservatif, ouvris les yeux et plongeai mon regard dans le sien.

— Dis-moi de m'arrêter, Hannah, et je m'arrêterai, chuchota-t-il.

Je refermai les yeux.

Maman m'avait dit de suivre mon instinct, et il ne me soufflait aucune mise en garde, ne m'inspirait aucun regret, aucune crainte. Il n'est pas d'acte plus intime, pas de moyen plus fort ou plus vrai que de faire partie d'un autre être, pensai-je, et c'était là tout ce que je désirais. Une énergie mystérieuse, magique, nous avait portés l'un vers l'autre et maintenant elle nous enveloppait, nous liait l'un à l'autre. Parmi toutes les choses que l'on peut faire, voir ou vivre, bien peu nous marquent aussi fortement que notre première expérience de l'amour. Son empreinte reste présente en nous jusqu'à notre dernier souffle, et il nous est facile d'en ressusciter la saveur. J'avais vu cela sur le visage de maman, dans ces instants de grande quiétude où elle s'abandonnait à la douceur du souvenir.

Ce moment unique vivra toujours en moi, me dis-je avec ferveur. Il ne mourra jamais.

Jamais je n'oublierais les égards amoureux, la tendresse de Heyden lors de cette première étreinte. Il me tenait dans ses bras comme une porcelaine fragile, attendant que mon anxiété s'apaise, que ma douleur se fonde en passion. Et moi, je m'accrochais à lui comme si j'avais peur de me noyer, de disparaître peut-être. Ensemble, inlassablement, nous découvrions ce que nous étions et voulions être l'un pour l'autre, à jamais.

Cette première fois laisse-t-elle des traces visibles en nous ? Cela se voit-il sur notre visage, dans notre allure ? Les gens devinent-ils que nous venons de franchir un pas décisif, que nous avons conquis une sorte de sagacité, de maturité ? Maman devinerait-elle tout cela d'un coup d'œil ?

Après cela, dès le lendemain en fait, nous devînmes plus familiers dans nos rapports quotidiens, Heyden et moi. Au lycée, nous marchions dans les couloirs en nous tenant la main. Quand nous parlions ensemble, nous nous rapprochions l'un de l'autre jusqu'à nous frôler. Je m'habituai à sentir son haleine caresser mon cou, ses lèvres effleurer mon oreille. Mes amies soupçonnèrent immédiatement la nature de nos relations, bien sûr. Je ne peux donc pas me baser sur leur réaction pour savoir si les autres s'en doutaient aussi, mais je suppose que oui. J'étais entourée de gloussements et de sourires idiots, qu'un seul regard sévère de ma part suffisait à balayer.

Mais quand M. Mullens me surprit à rêver tout éveillée, son sourire fut sans équivoque. Il avait compris. Comme la plupart de nos professeurs, il s'intéressait aux relations que nouaient les élèves entre eux. Nos déambulations main dans la main ne leur échappèrent pas, et entre eux aussi les langues marchèrent, j'en suis sûre. Je le voyais à leur façon de me regarder. J'eus si souvent l'occasion de rougir, en quelques jours, que j'avais l'impression d'avoir pris un coup de soleil.

Maman ne remarqua rien de spécial, et curieusement ne me parla presque pas de Heyden, sauf pour demander de temps à autre : « Comment va ton ami ? » Un simple : « Bien » lui suffisait comme réponse, et elle changeait de sujet. Je ne lui avais rien dit de nos répétitions. Je craignais qu'elle ne me les interdise, d'abord, mais j'avais une autre raison. J'espérais leur faire la surprise, le jour de mon anniversaire, de leur présenter Heyden et de chanter en duo pour eux.

Ils passaient de plus en plus de temps à l'hôpital, de toute façon, et j'arrivais souvent la première à la maison. Les médecins avaient indiqué une date approximative pour la sortie du petit Claude, et maman ne pensait plus qu'à cela. Elle se consacrait entièrement à perfectionner la nursery, même s'il était bien entendu que le petit Claude dormirait à côté d'elle, au moins pendant les premiers mois.

— Je plains les élèves qui t'ont en première heure le matin, dis-je à Miguel en plaisantant.

Il m'indiqua d'un signe de tête qu'il était du même avis.

— Si ça continue, je vais bientôt bâiller aussi fort qu'eux, s'égaya-t-il à son tour.

Au début de la semaine suivante, je rencontrai enfin la mère de Heyden. Elle me parut beaucoup plus jeune que je ne l'avais imaginé. Petite et mince, elle donnait l'impression d'être complètement dépassée par ses problèmes de famille. De toute évidence, Heyden avait hérité ses beaux yeux d'ébène, qu'elle tenait pour l'instant baissés.

Elle parut gênée quand Heyden fit les présentations. Comment faisait une femme aussi timide pour travailler hors de chez elle ? L'emploi de femme de chambre l'avait un peu habituée aux contacts sociaux, malgré tout. Un soir, elle m'invita à dîner avec eux, mais je dus m'excuser en expliquant pourquoi je devais rentrer chez moi.

Les répétitions, mes études, le temps que je consacrais à maman, tout cela m'accapara tellement que je laissai passer près de deux semaines avant de rendre visite à Oncle Linden. Je me sentais si coupable envers lui que je décidai de sauter une répétition, et l'annonçai à Heyden. Quand il connut mes raisons, non seulement il se montra compréhensif, mais il proposa de m'accompagner. Je n'en crus pas mes oreilles.

— Vraiment, tu ferais ça ?

— D'après le peu que tu m'as dit de ton oncle, et en particulier de sa peinture, il me paraît très intéressant. Mais si tu penses que je le dérangerais...

— Non, me hâtai-je de le rassurer. Il serait ravi de te connaître, j'en suis certaine.

Je n'en étais pas si certaine que cela, bien sûr. Mais si Oncle Linden devait un jour être rendu au « monde extérieur », selon mes propres termes, il fallait qu'il soit capable de rencontrer des gens et de s'entendre avec eux. L'attention que lui manifestait Heyden me touchait beaucoup.

Nous partîmes pour la résidence aussitôt après le dernier cours, ce jour-là. En arrivant, je fus déçue de ne pas trouver Oncle Linden assis au-dehors. Au cours des deux dernières semaines, j'avais demandé plusieurs fois de ses nouvelles à maman. Elle répondait toujours qu'elle lui avait parlé au téléphone, que tout allait bien, je n'avais donc aucune raison de supposer le contraire.

— Peut-être qu'il travaille, dis-je à Heyden en descendant de voiture, d'une voix qui trahissait mon inquiétude.

Mme Robinson nous accueillit à l'entrée.

— Oh, Hannah, je suis ravie que vous soyez venue. Il n'a pas arrêté de vous réclamer, votre mère et vous. En fait, il a été plutôt déprimé, cette semaine. Il n'a pas travaillé du tout.

— Avez-vous prévenu ma mère ?

— Naturellement.

— Elle ne lui a pas parlé au téléphone ?

Elizabeth Robinson eut une moue indulgente.

— Il n'a jamais beaucoup apprécié le téléphone, vous savez... En fait, il n'arrête pas de s'en plaindre. Il dit toujours qu'un artiste a besoin de voir les gens auxquels il parle. Ce que je comprends très bien, ajouta-t-elle à l'adresse de Heyden.

Il répondit que lui aussi, et j'en profitai pour faire les présentations. Puis je voulus savoir où se trouvait mon oncle.

— Dans sa chambre. J'ai insisté pour qu'il prenne un peu l'air, mais il n'a pas voulu bouger de son rocking-chair. Peut-être parviendrez-vous à lui faire mettre le nez dehors. Emmenez-le donc faire une promenade, tous les deux.

— Entendu.

Elizabeth s'effaça devant nous, et je pilotai Heyden jusqu'à la chambre de mon oncle. Je frappai, attendis, mais n'obtins pas de réponse.

— Oncle Linden ? appelai-je. C'est Hannah.

— Hannah ? Entre vite.

Je ne me le fis pas dire deux fois.

Oncle Linden était affalé dans son rocking-chair, les cheveux légèrement en désordre et une ombre de barbe aux joues. Vêtu d'un pantalon de toile, d'une chemise à manches courtes et chaussé de sandales, il paraissait plus négligé qu'à son ordinaire.

— Ferme la porte, ordonna-t-il à voix basse en se penchant vers nous, comme s'il redoutait d'être entendu.

J'obéis et, sans même attendre que je fasse les présentations, il se redressa sur son siège et reprit de sa voix normale :

— Bien. Maintenant, dis-moi exactement ce qui est arrivé.

— Ce qui est arrivé… à maman, tu veux dire ?

— Évidemment. Je l'ai eue au téléphone, et quand j'ai mentionné Thatcher elle m'a dit qu'elle ne voulait plus entendre parler de lui. Eh bien ? Peux-tu m'expliquer pourquoi ?

— Elle n'aime pas parler de lui, Oncle Linden. Tout est fini entre eux et c'est comme ça. C'est si vieux tout ça, de toute façon. À quoi bon revenir là-dessus ? Si tu veux bien…

Je lui souris et fis un pas de côté.

— J'aimerais te présenter un ami, Oncle Linden. Voici Heyden.

Oncle Linden jeta un coup d'œil à Heyden et hocha brièvement la tête, sans paraître lui accorder la moindre attention.

— Pourquoi dis-tu que tout est fini, Hannah ? Que s'est-il passé ?

— Quand cela ?

— Quand ? Je n'en sais rien, moi ! (Il réfléchit quelques instants.) Cela aurait pu se produire n'importe quand. Je l'avais prévenue.

— Oncle Linden, je crois que tu t'embrouilles un peu. Je viens juste de te le rappeler, papa et maman sont séparés depuis des années. Ils ne se voient et ne se parlent pratiquement plus. S'ils ont des choses à se dire, ils passent par moi. Je leur sers de messagère et je déteste ça. Il n'est rien arrivé de nouveau, d'ailleurs.

Il eut une grimace de mépris.

— Évidemment. Ça, c'est la version Eaton. Rien de nouveau ! Ce n'est peut-être pas nouveau, mais ce n'est pas rien. Je le savais, affirma-t-il en se redressant. J'ai su tout de suite, en ne la voyant pas venir, que quelque chose était arrivé. Elle est trop confiante, trop vulnérable. J'ai essayé de mettre cela en évidence dans un tableau que j'ai peint autrefois, mais elle n'a pas compris.

Je sautai sur l'occasion pour changer de sujet.

— À propos de tes peintures, Oncle Linden... Heyden aimerait beaucoup voir sur quoi tu travailles, en ce moment. Je lui ai parlé de tes expositions et de tout ce que tu as vendu. Pouvons-nous voir ta dernière œuvre ? Mme Robinson m'a dit que tu t'étais attelé à une nouvelle toile.

— Je l'ai vendue, rétorqua-t-il brièvement.

— Vraiment ?

— Mais oui. À la mère de Mme Valby. Mme Robinson

a déposé le chèque à la banque pour moi. Tu veux voir le reçu ?

Il se pencha vers sa commode, ouvrit un tiroir et y prit un papier qu'il me tendit. J'y jetai un coup d'œil et souris à Heyden.

— Cinq cents dollars, tu te rends compte ? Mais c'est merveilleux, Oncle Linden !

Il se rengorgea, tout heureux.

— Ce n'est pas la première fois que je vends depuis que je suis ici, tu sais.

— Combien vous ont rapporté vos tableaux ? voulut savoir Heyden. En tout, je veux dire, ici et dans les galeries.

— Je n'en sais rien. Pas mal d'argent, j'imagine.

Oncle Linden leva soudain sur moi un regard soupçonneux.

— Il n'a pas encore été te raconter que c'est grâce à lui, au moins ? C'est faux. Il ne m'a jamais rendu le moindre service.

— Qui cela ?

— Thatcher Eaton. Toujours à se vanter devant Willow de m'avoir introduit dans des galeries ! C'est *moi* qui ai porté mes tableaux chez les galeristes. Les gens les ont pris parce qu'ils les aimaient, pas parce que Thatcher Eaton leur a dit de les prendre.

— J'en suis persuadée, Oncle Linden.

— Évidemment, puisque c'est vrai.

Il rangea le reçu à sa place, referma le tiroir et dévisagea Heyden.

— Qui êtes-vous, déjà ?

Heyden lui sourit.

— Heyden Reynolds, je vais dans le même lycée qu'Hannah.

— Il écrit des chansons et joue de la guitare, Oncle Linden. Nous chantons ensemble.

— Il écrit des chansons, répéta Oncle Linden. C'est très bien, ça.

— Veux-tu venir te promener avec nous ? Le temps est assez doux, avec juste un peu de brise.

— Oui, dit-il en se levant sans hésiter un instant.

Heyden balaya du regard la pièce pauvrement meublée, qui ne contenait pas le moindre tableau, et se tourna vers mon oncle.

— J'espérais voir quelques-unes de vos œuvres, monsieur Montgomery.

— J'en ai quelques-unes dans la pièce d'à côté. Nous pourrons les voir en sortant, proposa Oncle Linden. Hannah...

Il s'interrompit et me regarda longuement.

— Je voudrais que tu poses pour moi. Est-ce que je te l'ai déjà demandé ?

Heyden et moi échangeâmes un regard entendu.

— Oui, Oncle Linden. Dès que l'école sera finie, j'aurai plus de temps libre.

— Bien. Où est Willow ? Pourquoi n'est-elle pas venue avec toi ?

— Je te l'ai dit, Oncle Linden. Maman vient d'avoir un bébé, elle viendra bientôt te voir avec lui.

— Ah oui, le bébé... (Il eut un sourire énigmatique.) Les langues doivent marcher bon train, sur Worth Avenue.

— Pourquoi ? s'étonna Heyden.

Mon oncle négligea de répondre.

— Si nous allions nous promener ? suggéra-t-il en allant vers la porte, comme si l'idée venait juste de lui en venir.

Nous le suivîmes, et Heyden me chuchota :

— Ce n'est rien. Il perd un peu les pédales de temps en temps, mais il me plaît bien.

Oncle Linden s'éloignait déjà dans le couloir, perdu dans ses pensées. Il ne s'arrêta devant aucune chambre pour montrer ses tableaux à Heyden, et je préférai ne pas le faire remarquer. Nous l'avions décidé à sortir, c'était l'essentiel.

La promenade fut très agréable. L'air frais fit beaucoup de bien à Oncle Linden, et renforça ma certitude qu'il devrait venir vivre chez nous. À peine étions-nous sortis de la maison qu'il interrogea Heyden sur ses compositions, et voulut entendre quelque chose. Heyden hésita.

— C'est que... en général je m'accompagne à la guitare.

— Je peux en chanter une, proposai-je.

Et je chantai celle que nous avions répétée pendant les deux jours précédents. De toute évidence, Heyden l'avait écrite pour nous. C'était l'histoire de Roméo et Juliette, transposée dans les temps modernes. *Rien ni personne, jamais, ne pourra m'ôter l'amour que j'ai pour toi,* disait le refrain. *L'océan tout entier ne pourrait le contenir. Il est ma force, il est ma vie.*

Oncle Linden fit halte pour nous regarder.

— J'aime ça. J'aime vraiment beaucoup. En fait, déclara-t-il en reprenant sa promenade, cela me donne une idée pour un tableau.

Heyden s'illumina. Le pas de mon oncle s'accéléra, se fit plus énergique. Il était impatient de rentrer pour se mettre au travail.

— C'est bon de se retrouver entre artistes, observa-t-il. Les esprits créatifs enrichissent mutuellement leur imagination.

Heyden bomba le torse, fier comme Artaban.

— Merci d'être venu avec moi, lui dis-je un peu plus tard, en le déposant devant chez lui. Grâce à toi, cette visite a eu des effets très bénéfiques.

— Je suis heureux d'être venu, Hannah. Je ne connais rien à la psychologie, mais je suis de ton avis. Je ne vois pas pourquoi on devrait le laisser dans ce genre d'établissement. Ses idées s'embrouillent un peu de temps en temps, et après ? Ça arrive à tout le monde. Surtout quand on est séparé, comme lui, de tous ceux qu'on aime.

— C'est vrai, approuvai-je avec enthousiasme. C'est ce que j'essaie de faire comprendre à maman, depuis quelque temps.

Heyden donna libre cours à son imagination.

— Je voudrais qu'on ait de l'argent à la pelle, Hannah. On partirait tous les trois, et on trouverait une maison avec un atelier pour lui.

— Pas mal, comme idée. Je suis pour.

Heyden fronça les sourcils.

— Je ne plaisantais pas, Hannah. C'est très sérieux.

— Je ne plaisantais pas non plus, affirmai-je.

Et, sur un rapide baiser d'adieu, je pris le chemin de Joya del Mar.

Dès que j'eus ouvert la porte, je perçus un changement d'atmosphère significatif. Lila, notre bonne, escaladait les marches en portant un plateau. Elle ne s'arrêta même pas pour regarder de mon côté. D'un pas tout aussi pressé, Miguel descendit l'escalier en sens inverse.

— Il est là ! rugit-il. Le petit Claude est à la maison !

Je croyais presque entendre la fanfare, mais je ne m'en irritai pas. Son excitation était contagieuse.

— Magnifique ! lui criai-je en retour.

— Monte vite, avant qu'il ne s'endorme. Tu n'imagines pas comme il est vif, pour un enfant aussi petit. Il reconnaît la voix et le contact de ta mère, c'est sûr et certain. On peut voir le plaisir sur son visage.

Je suivis Miguel jusqu'à leur chambre. Maman était assise dans son lit, le petit Claude à son côté, dans son berceau. Elle rayonnait.

— Où étais-tu, Hannah ? Les médecins viennent juste de décider qu'ils pouvaient nous le rendre. Nous n'osions pas y croire ! Heureusement que j'avais tout préparé.

— Et même depuis des mois, la taquina Miguel.

Je m'approchai du berceau et contemplai mon petit frère. Il agitait vigoureusement les bras, et s'arrêta quand mon ombre se projeta sur lui.

— Tu peux le prendre, si tu veux, proposa maman. Seulement fais attention, soutiens-lui bien la tête.

— Je n'ose pas, maman. Il est si menu ! Il paraît encore plus petit qu'il en avait l'air à travers la vitre.

— Ce n'est pas le cas. Il a pris du poids, se rengorgea Miguel, comme s'il y était pour quelque chose.

— Prends-le et donne-le-lui, Miguel, insista maman.

Il souleva Claude avec adresse et m'expliqua comment le tenir.

— Tends les bras et mets ta main là... oui, comme ça.

Je sentis la chaleur du petit corps qui gigotait, mais j'étais mal à l'aise et le bébé perçut ma tension. Presque aussitôt, il se mit à pleurer. Je fus prise de panique.

— Il n'aime pas être dans mes bras, maman !

— Ce n'est rien, me rassura-t-elle. Il faut seulement qu'il s'habitue à toi, et toi à lui. Quand tu te détendras, il se détendra aussi.

Je le gardai encore un moment et, Dieu merci, Miguel me le reprit. Les pleurs cessèrent instantanément.

Miguel et maman étaient littéralement auréolés de joie, tous les deux. Je ne les avais jamais vus aussi heureux, et encore moins à cause de moi, ou d'une chose que j'aurais faite. Le petit Claude, lui, n'avait qu'à remuer le bout du nez pour qu'ils soient transportés au septième ciel.

— Il a déjà ton air pensif, fit remarquer Miguel à maman. On dirait qu'il médite.

— Je lui trouve plutôt l'air d'un conspirateur, moi. Je vois ça dans ses yeux.

Délicatement, Miguel prit entre le pouce et l'index la menotte de Claude.

— Et regarde ces doigts, Willow ! Il sera pianiste ou neurochirurgien, avec ces mains-là.

— Peut-être sera-t-il artiste peintre, comme l'oncle Linden, avançai-je à mon tour.

Ils me regardèrent tous les deux comme s'ils avaient oublié ma présence.

— Peut-être, concéda Miguel sans conviction.

Maman se pencha sur le berceau.

— Oh-oh, fit-elle, tout attendrie. Je connais cette façon de faire la moue, notre petit Claude a faim.

Elle posa le plateau à côté d'elle et tendit les bras. Miguel y déposa doucement le petit Claude, s'écarta du lit, et maman ouvrit le haut de sa chemise de nuit pour donner le sein à Claude. Je me dirigeai vers la porte.

— Tu peux rester, lança maman derrière moi.

Je me retournai pour lui répondre :

— Il faut que je travaille, maman, nous avons deux contrôles demain.

C'était faux, mais j'éprouvais le besoin de m'en aller. Elle n'insista pas.

— Très bien, Hannah. Passe me voir après le dîner, tu pourras tenir encore un peu le bébé dans tes bras.

Je me forçai à sourire et sortis. J'avais le cœur si serré qu'il me faisait mal.

Après le dîner je retournai voir maman et, sur son insistance, je repris Claude dans mes bras. Cela se passa tout autrement, cette fois-ci. Beaucoup plus détendu, il ferma les yeux et s'endormit. Maman sourit et le recoucha.

— Tu vois comme c'est facile ?

Sur ces entrefaites, Miguel entra et se campa devant le berceau. J'étais à la fois intriguée et fascinée par la façon dont ils se comportaient, tous les deux. On aurait dit que le moindre geste du petit Claude, le moindre son qu'il émettait équivalait à un exploit. En le voyant crisper légèrement les lèvres, Miguel parut inquiet.

— Tu crois qu'il rêve, Willow ?

— Peut-être pas comme nous, mais il doit voir défiler toutes sortes d'images qu'il a enregistrées.

— Qui sait combien de fois il revit le traumatisme de la naissance ? Certains psychanalystes pensent que nous ne l'oublions jamais. Est-ce vrai, ça, docteur Fuentes ?

L'expression de maman s'assombrit.

— Je ne veux pas penser à quoi que ce soit de déplaisant en rapport avec lui, Miguel. Sa vie ne sera pas aussi tourmentée que l'a été la mienne, si je peux l'empêcher.

Cette réflexion me serra le cœur. Maman avait-elle fait le même vœu à ma naissance ? En tout cas elle ne m'en avait jamais rien dit. C'est à cause de mon père, méditai-je amèrement. Ce sera toujours à cause de lui.

J'entendis sonner le téléphone dans ma chambre et courus décrocher. C'était Heyden. Il appelait pour me chanter le premier couplet de sa nouvelle chanson.

— L'idée m'est venue quand nous étions avec ton oncle, en fait. Il s'agit d'un peintre qui tombe amoureux d'un portrait qu'il vient de peindre, expliqua-t-il.

— C'est l'histoire de Pygmalion.

— Qui ça ?

— Le mythe grec, tu te souviens ? Un sculpteur prie Aphrodite de lui trouver une femme pareille à sa statue, et elle lui donne la vie.

— Mais oui ! s'emballa-t-il, ça me revient. Je m'en servirai, merci. Je savais que nous ferions une super équipe, Hannah.

Son enthousiasme contagieux me remonta le moral.

— Je serai peut-être en retard au lycée demain, me prévint-il. Je vais travailler là-dessus jusqu'à ce que je tombe dans les pommes.

— Ne t'attire pas d'ennuis pour absentéisme, Heyden.

— Bof ! je ne m'inquiète pas pour ça. Tu veux savoir ce qui compte pour moi ? Ma musique et toi, dit-il avec conviction.

J'enviai sa détermination, sa conscience aiguë du but à atteindre et sa force de volonté. Moi, en revanche, je me sentais comme un chiffon flottant au vent, ballotté d'un endroit à l'autre. Mais il ne perçut rien de tout cela dans ma voix, ni le vide qui m'habitait, ni ma tristesse. Il volait trop haut. Et tant de choses pesaient sur lui, freinant son élan et tendant à le ramener sur terre...

— Au fait, annonçai-je avant de raccrocher, tout étonnée d'avoir oublié d'en parler, on nous a rendu mon petit frère. Il est à la maison.

— Génial ! Vous devez tous être fous de joie, j'imagine ?

— Oui.

— Je serai là pour la troisième heure, Hannah. Promis. Bonne nuit, me souhaita-t-il en raccrochant.

Et de fait, je m'endormis beaucoup plus vite que je ne l'aurais pensé. Je m'attendais à passer une nuit agitée, à me tourner et retourner sans fin dans mon lit. Quand j'entendis le tapage qui se faisait dans le hall, je crus que j'étais la proie d'un cauchemar. Il me fallut un moment pour comprendre que je ne dormais plus, qu'il se passait vraiment quelque chose. Je me levai d'un bond et courus ouvrir ma porte. Miguel, en pantalon de pyjama, veste et chaussures, se ruait vers l'escalier.

— Que se passe-t-il ? appelai-je.

Il s'arrêta sur une marche pour me répondre.

— Oh, Hannah ! Ta mère est dans tous ses états. Elle s'est réveillée, a regardé le petit Claude et s'est mis dans la tête qu'il ne respirait plus. Tout ça à cause de cet interne, qui n'arrêtait pas de lui parler du syndrome de la MSN.

— La MSN ? Qu'est-ce que c'est que ça ?

— La mort subite du nourrisson, grommela-t-il. Je vais sortir la voiture, nous emmenons le bébé à l'hôpital pour un examen. Ta mère ne fermera pas l'œil de la nuit, sinon.

— Mais qu'est-ce que...

Je laissai ma question en suspens. Miguel dévalait déjà les dernières marches. J'allai jusqu'à la chambre de maman et la trouvai debout, un manteau sur sa chemise de nuit, le petit Claude dans les bras.

— Qu'est-il arrivé, maman ?

Les yeux fixés sur lui, elle continua de bercer doucement le bébé contre elle. Elle ne pouvait pas ne pas m'avoir entendue.

— Maman ?

Cette fois, elle leva les yeux.

— Pas maintenant, Hannah ! cria-t-elle avant que j'aie pu proférer un mot de plus. Va te coucher. Il faut que j'emmène Claude à l'hôpital.

— Mais...

— Où est Miguel ? Il en met un temps !

— C'est quoi, la MSN ? parvins-je enfin à placer.

Ses yeux s'agrandirent de terreur.

— Pourquoi me demandes-tu ça ?

— Je viens de parler à...

— Ce n'est pas ça ! C'est impossible. N'est-ce pas ? implora-t-elle en baissant les yeux sur Claude, comme s'il pouvait lui répondre.

Je ne l'avais jamais vue si désemparée : elle était hors d'elle-même. Où était la femme raisonnable, intelligente, qui évaluait froidement les troubles psychologiques et affectifs des autres ? Celle qui était toujours là pour moi, m'aidait à supporter l'attitude décevante de ma famille paternelle et de mes demi-frères ?

Quand elle regardait en direction de la porte, devant laquelle je me tenais, elle ne paraissait pas me voir. Son visage était convulsé, sa bouche crispée, ses yeux toujours vides et hagards.

— Allons-y, dit la voix de Miguel derrière moi.

Je reculai pour lui céder le passage. Il entra précipitamment et guida maman, qui ne quittait pas le bébé des yeux. Elle n'eut même pas un regard pour moi en quittant la pièce. Je les suivis sans hâte et les regardai descendre. Quelques instants plus tard, ils étaient partis.

Je savais que je ne pourrais pas me rendormir, en tout cas pas de sitôt. Je retournai dans ma chambre, allumai mon ordinateur et consultai l'encyclopédie médicale. Je voulais en savoir plus sur la mort subite du nourrisson.

J'appris qu'aux États-Unis, environ trois mille bébés dont l'âge allait d'une semaine à douze mois y succombaient chaque année, sans raison apparente. La mort survenait pendant le sommeil, sans signe avertisseur, même si l'enfant paraissait en excellente santé. Je lus attentivement ce qui concernait les mesures de prévention, mais aucune ne semblait efficace à cent pour cent.

J'en fus navrée pour maman. Une femme comme elle pouvait donc vivre un an dans les affres de l'angoisse, jusqu'à ce que la menace soit écartée ? Quel cauchemar ! Elle qui avait toujours pensé qu'un mauvais sort planait sur la famille... Cela devait sûrement la conforter dans cette erreur. Mais était-ce bien une erreur ? Et si c'était vrai, après tout ?

Je passai quelques heures brumeuses, entre veille et sommeil. Juste avant que le jour se lève, j'entendis rentrer Miguel et maman et je sortis à leur rencontre : ils étaient exténués. Miguel aida maman à gagner leur chambre, et elle ne me regarda même pas en passant devant moi.

— Alors ? demandai-je brièvement à Miguel.

— Nous l'avons laissé là-bas, en observation. Juste pour une journée.

Maman gémit et il répéta pour la réconforter :

— Juste pour une journée, Willow.

J'attendis que la porte de leur chambre se fût refermée sur eux pour aller me coucher, moi aussi. Le lendemain, je n'entendis pas sonner mon réveil et arrivai en retard au lycée, comme Heyden.

Toutes mes amies remarquèrent la coïncidence, évidemment, et se livrèrent à toutes sortes de suppositions. Je croyais voir les rouages de leurs cervelles tourner à plein régime. Elles jubilaient. Je me sentais bouillir comme un taureau de corrida, devant tous ces visages rouges d'excitation. Je mourais d'envie de foncer sur ces figures bouffies de joie mauvaise, et d'en arracher leurs grimaces hypocrites.

Heyden aussi s'étonna de mon retard. Nous fûmes

tous les deux envoyés chez le directeur pour obtenir un billet d'excuse. Cela fait, j'expliquai à Heyden les raisons de mon retard. Il se montra très compréhensif.

— Je suis désolée pour toi, Hannah. Tu as dû avoir très peur, mais tout va s'arranger, tu verras. En tout cas j'ai fini la chanson. J'ai hâte que tu l'entendes et que tu la chantes.

— Pas aujourd'hui, Heyden, il faut que je rentre tôt. Ma mère aura besoin de moi.

Il parut plus déçu que je ne m'y attendais.

— Mais qu'est-ce que tu pourras faire pour elle, enfin ?

— Peut-être pas grand-chose, mais je serai près d'elle et c'est important. Elle voudra que j'y sois, je le sais.

Sur ce point, je ne devais pas tarder à découvrir que je m'étais montrée un peu trop optimiste. Que Heyden n'avait peut-être pas tort, après tout. Et que tout eût été plus simple, finalement, si c'était moi que cette fameuse MSN avait emportée au berceau.

6

Une paire de boucles d'oreilles

Le petit Claude était déjà de retour à la maison quand je rentrai du lycée. Lila, notre bonne, me l'annonça dès mon arrivée. Je montai aussitôt chez maman, frappai discrètement à sa porte, mais n'obtins pas de réponse. Quelques instants plus tard Miguel sortit, un doigt sur les lèvres, et tira doucement la porte derrière lui.

— Elle dort, chuchota-t-il. Elle ne voulait pas se coucher, j'ai dû promettre de rester à son chevet pendant qu'ils dormiraient tous les deux.

— Et tes cours de l'après-midi, alors ?

— Je me suis fait remplacer, pas de problème.

— Le bébé va bien ? Puis-je le voir ?

— Pas maintenant, Hannah. Pour le moment, laissons-les en paix.

Cette réponse évasive aiguisa ma curiosité.

— Mais que s'est-il passé à l'hôpital ?

— Rien de spécial. Ta mère a un peu dramatisé, j'imagine.

— Mais n'est-ce pas une chose qui peut arriver n'importe quand, sans prévenir, au cours de la première année ? Quelque chose qu'on ne peut pas déceler en examinant le bébé ?

Miguel haussa les sourcils.

— Tu as fait des recherches sur le sujet, on dirait.

— Oui.

— Peut-être vaut-il mieux ne pas en parler, Hannah. Laisser la question sous le boisseau, si tu vois ce que je veux dire.

Sa réponse me déçut, et je ne m'en cachai pas.

— Je voulais juste lui manifester mon intérêt pour elle, et pour mon petit frère. Je pensais lui faire plaisir.

— Mais ça lui fera plaisir, Hannah, seulement... pas tout de suite. Il faut que je retourne près d'elle, murmura-t-il en louchant sur la porte. Si elle s'éveille et ne me trouve pas à son chevet...

— Je peux rester près d'elle, si tu veux.

— Plus tard, peut-être. Elle est comme un bâton de dynamite, en ce moment, tu comprends ? Oh ! fit-il au moment de tourner la poignée, j'oubliais. Ton père veut que tu le rappelles dès que tu pourras.

— Papa ? Pourquoi ?

— Il ne l'a pas dit. En fait, c'est sa secrétaire qui a appelé.

— Merci, Miguel.

Je le regardai refermer soigneusement la porte derrière lui, avec le sentiment d'être enfermée dehors. Même si ma mère était comme un bâton de dynamite, comme il disait si bien, en quoi ma présence risquait-elle de mettre le feu aux poudres ?

Je regagnai ma chambre et appelai le cabinet de mon père.

— Hannah à l'appareil, annonçai-je dès que Mme Gouters décrocha. Puis-je parler à mon père ?

— Un moment s'il vous plaît, je vous branche sur son portable.

Quelques secondes plus tard j'étais en ligne avec papa, et le bruit de fond m'apprit qu'il était dans sa voiture.

— Hannah, comment vas-tu ? Comment va la vie dans le service maternité ? s'enquit-il avec un rire dans la voix.

— Ce n'est pas facile.

— Je m'en doute. À part ça, j'aimerais bien que tu viennes dîner, demain soir. Pour une occasion spéciale. Il n'y aura que nous cinq.

— Quelle occasion spéciale ?

— Ne me dis pas que tu as oublié l'anniversaire de tes frères ? feignit-il de s'indigner.

J'étais sur le point d'avouer que si, mais il ne m'en laissa pas le temps.

— Ne t'inquiète pas, j'ai demandé à Mme Gouters d'acheter des cadeaux de ta part. Je te dirai ce que c'est en venant te chercher. Vers six heures et demie, d'accord ? Tu pourras signer leurs cartes d'anniversaire, par la même occasion.

— Je peux venir toute seule, papa. Je conduis la voiture de maman.

— Non, insista-t-il. Je viendrai te chercher. J'ai aussi un cadeau pour le bébé, d'ailleurs. Est-ce qu'il a le type cubain ? Il ressemble à quoi ?

— À un bébé comme les autres, papa. Il est adorable et il a les cheveux de Miguel.

— Je l'aurais parié. Pense à leur annoncer mon arrivée, tu veux ? Je ne tiens pas à ce qu'on lance les chiens sur moi.

— Nous n'avons pas de chiens, papa.

— Je sais. Mais si vous en aviez, ils seraient dressés à me sauter dessus, répliqua-t-il en riant. Bon, il faut que j'y aille. Je me réjouis de te voir, conclut-il en raccrochant.

« Tu es bien le seul », eus-je le temps de me dire, avant de raccrocher à mon tour.

Juste avant le dîner, maman s'éveilla et j'eus la

permission d'entrer dans la chambre, devenue un vrai sanctuaire à mes yeux. On se serait cru dans une église. Pour je ne sais quelle raison, Miguel et maman ne parlaient qu'en chuchotant, même quand le petit Claude était réveillé. Maman me parut plus lasse que jamais, après cette nuit d'angoisse. Je ne l'avais jamais vue aussi pâle.

— Que voulait ton père ? furent ses premiers mots.

De toute évidence, Miguel l'avait prévenue qu'il avait appelé.

— On fête l'anniversaire des jumeaux demain soir, maman. Il vient me chercher à six heures et demie, et il aura un cadeau pour Claude.

— Un cadeau que sa secrétaire aura acheté, naturellement.

— Elle a fait la même chose pour moi, maman. J'avais oublié l'anniversaire des jumeaux, avouai-je. C'est lui qui y a pensé.

— Il oublie toujours ce genre de choses, Hannah. Mme Gouters tient un calendrier spécial pour lui, je l'ai déjà vu. Elle y avait noté tous les anniversaires de la famille, et même celui de notre mariage, pour lui rappeler d'acheter des cadeaux.

Je crus devoir prendre la défense de papa.

— Il oublie même le sien, tu sais. Mais quand il s'en souvient, il vient toujours me chercher pour le fêter.

— Ce n'est qu'une ruse, Hannah. Les Eaton n'oublient jamais leurs propres anniversaires, crois-moi. Une fois, Asher Eaton a loué un avion pour promener une banderole de vœux adressés à Bunny, tout autour de Palm Beach, pendant deux heures. Et après ça, ils ont donné une réception digne d'un couronnement.

— Si tu les détestes tant que ça, maman, pourquoi les avoir fréquentés, tous autant qu'ils sont ?

Le ton agressif de ma question fit tiquer Miguel, qui fronça le sourcil. Maman se contenta de secouer la tête.

— Autant demander à Ève pourquoi elle a croqué la pomme, murmura-t-elle. Mais je n'ai pas envie de parler d'eux, Hannah. J'ai mieux à faire que de penser aux Eaton, ajouta-t-elle en se penchant sur le berceau.

Le petit Claude remuait bras et jambes, on aurait dit qu'il pédalait sous sa couverture. Le visage de maman s'illumina.

— Quel trésor ! Il est si mignon, s'attendrit-elle.

— Quand irons-nous chercher Oncle Linden pour qu'il le voie, maman ?

Elle releva vivement la tête.

— Pas encore, Hannah. Pas avant que nous soyons sûrs que tout va bien.

— Pourquoi ? Oncle Linden n'est pas dangereux, quand même ?

— Tout simplement parce que l'avoir ici, avec ses problèmes en plus de tout ça... non, ce serait trop pour moi.

Jamais elle n'avait parlé sur ce ton plaintif, presque larmoyant. Je la regardai fixement, comme si j'hésitais à reconnaître ma mère. Elle n'était plus la même, depuis son accouchement. Sa personnalité semblait avoir changé de fond en comble. Où étaient cette assurance, cette force qui émanait d'elle et qui insufflait aux autres la confiance en eux-mêmes ?

— Mais tu avais promis, maman...

— Hannah ! Tu veux bien cesser un moment de nous rebattre les oreilles avec ton oncle ? C'est une obsession, chez toi !

Sa voix coupante me fit l'effet d'une gifle.

— Je n'ai rien d'une obsédée, maman. Qu'est-ce que tu vas chercher là ?

Miguel s'interposa entre nous.

— Ta mère te demande seulement de te calmer un peu, Hannah, dit-il de sa voix indulgente et raisonnable. Elle désire autant que toi montrer le bébé à Linden. Mais pour l'instant nous pensons avant tout à préserver la tranquillité de Claude. Aucune agitation autour de lui pendant quelques jours, c'est le conseil des médecins. C'est le mieux qu'on puisse faire pour lui. Et pour ta mère, ajouta-t-il en levant les yeux au plafond, comme pour m'indiquer de ne pas insister.

Je ne comprenais toujours pas quel risque pouvait représenter la visite d'Oncle Linden, mais je choisis de me taire.

— Miguel ! appela maman d'une voix affolée, en se penchant sur le berceau. Vite !

Miguel accourut auprès de Claude et toucha sa petite main.

— Il s'est assoupi, Willow, ce n'est rien, la rassura-t-il avec douceur. Tout va bien. Regarde la couleur de ses joues.

Elle hocha la tête, libéra un long soupir et se laissa retomber sur ses oreillers. Son regard glissa sur moi, s'arrêta sur le mur. Autrefois, il me semblait qu'elle et moi étions invisibles pour les gens de Palm Beach. À présent, j'avais l'impression d'être invisible pour elle.

— Et si nous descendions dîner tous ensemble, Willow ? suggéra Miguel. Il y a longtemps que nous ne nous sommes pas retrouvés autour d'une table, tous les trois. Nous prendrons le bébé avec nous, bien sûr, s'empressa-t-il d'ajouter.

— Non, inutile de causer tout ce dérangement

pour un repas. Dînez tous les deux, Lila me montera un plateau. Cela me convient tout à fait, je t'assure. Puisque je te le dis ! insista-t-elle comme il tardait à répondre.

Miguel sourit.

— Eh bien, peut-être pourrions-nous dîner tous ici, alors ? Pas d'objection ?

Cette perspective ne m'enchantait pas plus que ça.

— Je n'ai pas vraiment faim, Miguel. Je vais me faire un sandwich et travailler dans ma chambre. Il faut que je m'avance, puisque je ne pourrai pas faire grand-chose demain.

— Et pourquoi pas ? questionna maman.

— Je viens de te le dire, maman. Papa vient me chercher pour le dîner d'anniversaire.

Elle n'avait donc pas écouté un mot de ce que j'avais dit ?

— Ah oui, c'est vrai, reconnut-elle d'un ton distrait, en se redressant une fois de plus pour se pencher sur Claude. Il devrait bientôt avoir faim, je peux presque entendre son petit corps réclamer son dû. C'est incroyable, c'est comme s'il était toujours à l'intérieur de moi, relié à moi, s'extasia-t-elle. Je suis sûre que c'est parce que je le nourris au sein.

J'eus l'impression que quelque chose explosait dans ma poitrine.

— Alors tu ne devrais pas avoir peur qu'il s'arrête de respirer, maman. Inutile de t'inquiéter ! S'il s'arrête, tu le sentiras.

Miguel me décocha un coup d'œil indigné, mais maman dit simplement :

— Ce n'est pas un sujet de plaisanterie, Hannah. Il n'est pas à l'abri de la MSN, et ce serait très grave. C'est...

— La mort subite du nourrisson, je sais.

Elle me fixa d'un air sévère.

— Alors tu ne devrais pas parler comme ça, Hannah, observa-t-elle d'un ton mesuré.

Des larmes brûlantes s'amassèrent sous mes paupières, mais je ne voulais pas pleurer.

— Je te demande pardon, grommelai-je en tournant les talons.

» Je te demande pardon d'être venue au monde.

Cela, je le murmurai d'une voix presque inaudible, en sortant précipitamment pour gagner ma chambre.

Mais au moment d'y entrer, je m'arrêtai un instant, puis je poursuivis mon chemin jusqu'à la porte interdite, celle de la chambre maudite, toujours close, ignorée comme un enfant non désiré. J'avais glané de-ci de-là quelques bribes de l'histoire qui hantait notre famille, dont les scènes les plus dramatiques s'étaient jouées dans cette pièce même. Maman ne m'en révélait les détails qu'au compte-gouttes, et je n'avais appris que tout récemment pourquoi Oncle Linden se montrait si amer en évoquant Joya del Mar. Au fond de moi, je pressentais qu'il me restait encore beaucoup de choses à découvrir, et davantage encore à comprendre.

Je savais que ma grand-mère maternelle, Grace, était la fille d'un officier de marine, mort quand elle était enfant dans un accident d'hélicoptère. Devenue veuve, mon arrière-grand-mère Jackie Lee Houston était venue à West Palm Beach, où elle avait travaillé comme serveuse dans une brasserie pour assurer leur existence. Un beau jour, Jacky Lee avait rencontré Winston Montgomery, un veuf richissime et de vingt-cinq ans son aîné. Il était tombé amoureux de mon arrière-grand-mère, une vraie beauté d'après les photos que j'avais vues d'elle. Il l'avait épousée et emmenée à Joya del Mar. Après la mort de Winston,

Jacky Lee s'était amourachée d'un play-boy de Palm Beach, Kirby Scott, et l'avait épousé.

Je savais que c'était dans cette fameuse chambre qu'il avait séduit et violé sa belle-fille, ma grand-mère Grace, qui était tombée enceinte d'Oncle Linden. Maman m'avait expliqué comment ma grand-mère avait tenté de dissimuler sa grossesse, la situation confuse qui s'était ensuivie, et quels effets néfastes tout cela avait eus sur Oncle Linden.

Je pensais de temps en temps à cette chambre, et il m'arrivait d'y jeter un coup d'œil. Mais savoir qu'elle avait été le théâtre du mal, que tous les désordres de notre famille s'enracinaient dans un seul acte luxurieux commis en cet endroit même, tout cela faisait d'elle à mes yeux un lieu tabou, et même assez terrifiant. S'il était vrai que notre famille était victime d'une malédiction, c'était là qu'elle se terrait et agissait, entre ces quatre murs. Et si je m'y attardais trop longtemps, ou si je touchais quoi que ce soit dans cette pièce, la malédiction pouvait entrer en moi et y demeurer, tapie contre mon cœur, attendant l'occasion d'accomplir son œuvre pernicieuse.

Mais pour le moment une rage sourde m'habitait, je me sentais prête à tout, à défier le sort lui-même. Je savais que maman ne voulait pas que j'aille rôder dans cette chambre, que cela la rendait nerveuse ; mais dans les dispositions où j'étais, lui désobéir ne me semblait pas seulement tentant, mais délicieux. Ne s'était-elle pas comparée à Ève, en parlant du fruit défendu ? Eh bien, c'était l'occasion ou jamais d'y goûter, et je n'allais pas m'en priver. J'ouvris la porte et m'avançai dans la pièce.

Bien qu'elle ne fût plus utilisée comme chambre d'amis, ni autrement, on avait continué à l'entretenir. Lila n'y faisait pas le ménage aussi souvent que dans les autres pièces de la maison, bien sûr, mais on n'y aurait pas trouvé la moindre toile d'araignée, la moindre trace de saleté. Et avec les rideaux toujours fermés, ses couleurs ne s'étaient pas fanées.

Le lit à colonnes avait toujours ses rideaux de soie crème, qui tombaient jusqu'au sol en flaque chatoyante. Son chevet en pin sculpté montrait deux mouettes en plein essor, mais face à face, la tête levée vers le ciel et se touchant par le bout des ailes. Une fois, j'avais entendu Miguel dire à maman comment il interprétait cette création de l'artisan décorateur. Pour lui, les oiseaux symbolisaient l'extase que les habitants de la chambre connaîtraient dans ce lit.

— Ce n'est pas vraiment ce qu'ils y ont trouvé, avait-elle répliqué sur un ton de reproche, presque de colère.

Et je m'étais demandé pourquoi elle avait paru si contrariée, à cause d'une remarque qui semblait tellement innocente.

Que ce fût par hasard ou à dessein, tous les objets d'art évoquaient les plaisirs amoureux. Sur la commode et les tables de nuit, de petites figurines en bronze montraient des hommes et des femmes nus, dont un couple échangeant un baiser passionné. Dans un coin se dressait une grande statue de Diane, la divine chasseresse, l'arc tendu contre son sein nu. Ce que visait la déesse, c'était le lit, avec sa courtepointe rouge. Quand j'étais petite et qu'il m'arrivait de jeter un regard dans la chambre, toujours furtivement, cette soie cramoisie m'effrayait. Je croyais que le lit était inondé de sang.

Aujourd'hui, dans le jour déclinant filtrant par les rideaux, je crus y distinguer l'empreinte de deux corps, comme si deux personnes s'y étaient récemment étendues côte à côte. En m'approchant, je vis qu'il n'en était rien. L'illusion n'était due qu'à un jeu d'ombre et lumière.

Je n'avais jamais ouvert la porte du placard, mais cette fois je le fis. J'eus la surprise d'y trouver une chemise de nuit, toujours accrochée au dos de la porte, quelques vêtements sur leurs cintres et, sur la planche du haut, des boîtes à chaussures. Je remuai les cintres, plaquai une ou deux robes contre moi et m'aperçus qu'elles étaient pratiquement à ma taille. Elles avaient dû appartenir à ma grand-mère, Grace Montgomery. Pourquoi ne les avait-on jamais retirées d'ici, ou données à des œuvres de bienfaisance ?

Je poursuivis mon inspection, allant de surprise en surprise. La brosse à cheveux se trouvait toujours sur la coiffeuse, ainsi que toutes sortes d'accessoires de toilette. Dans un tiroir, je trouvai des bijoux fantaisie, et dans un autre deux colliers de perles et plusieurs paires de boucles d'oreilles assorties.

Je savais par maman qu'Oncle Linden avait occupé cette chambre. Comment avait-il pu souhaiter dormir ici ? Essayait-il de tuer les vieux démons, ou de s'y confronter ? On avait dû vider la chambre de tous ces objets et effets, quand il s'y était installé. Quand il était parti, on avait tout remis en place, mais pourquoi ? C'était bizarre que tout soit redevenu comme avant. On aurait dit que ma grand-mère n'était pas morte, qu'elle était seulement partie et qu'on attendait son retour. C'était sans doute Oncle Linden qui avait exigé cette mise en scène, supposai-je, en me promettant de poser la question à maman. Elle voudrait savoir pourquoi j'étais allée explorer cette pièce, évidemment. Peut-être valait-il mieux me renseigner auprès d'Oncle Linden lui-même. Sauf que si cela devait lui donner des idées noires, maman serait très fâchée contre moi.

Décidément, il y avait trop de secrets, trop de questions sans réponses, trop de sujets tabous dans cette famille. Et tout cela à cause de ce qui s'était passé dans cette chambre !

Je revins près du lit et posai la tête sur la courtepointe rouge. Les yeux fermés, je tentai d'imaginer ma grand-mère, à peine plus âgée que moi, écoutant avec confiance les propos de cet homme séduisant. Il prétendait être son protecteur aimant, affirmait qu'il ne lui ferait pas le moindre mal, qu'il voulait seulement l'aider à devenir adulte. Il la troublait et l'aveuglait avec ses paroles doucereuses, mensongères, et par ses habiles caresses. Jusqu'à ce qu'il arrive à ses fins et la brûle au feu de son propre désir, puis l'abandonne avec son innocence saccagée sur ce même lit, brisée, telle une fleur ayant perdu tout espoir de revoir le soleil. Elle avait tiré les rideaux sur sa honte et refoulé ses larmes. C'était seulement à l'intérieur, maintenant, qu'elle pouvait pleurer.

Qu'avait-elle éprouvé en découvrant qu'elle était enceinte ? Sa honte était si vive qu'elle avait gardé trop longtemps le secret sur sa grossesse. Elle se sentait affreusement coupable. Comment peut-on avouer à sa propre mère qu'on a couché avec son mari ? J'étais sûre qu'elle se croyait en faute, et s'accusait d'avoir fait quelque chose qu'elle n'aurait pas dû faire.

C'était pareil pour le pauvre Oncle Linden. Il vivait dans le désespoir, persuadé que sa seule existence avait détruit sa propre mère. Il ne fallait pas s'étonner qu'il ait tenté de se suicider, qu'il soit si désorienté, qu'il se sente si perdu. Il était aussi innocent que le petit Claude. Il n'avait pas mérité l'autopunition qu'il s'infligeait, et encore moins d'être traité comme un paria par tous ces snobs, richissimes et prétentieux.

Et par-dessus tout, il ne méritait pas d'être tenu à l'écart de cette maison, en un moment soi-disant si heureux !

Je balayai la pièce d'un regard furibond. Je la détestais. Pourquoi en avoir fait un lieu sacro-saint ? Pourquoi ne l'avoir pas vidée radicalement de tout son contenu ? Pourquoi la protégeait-on avec tant de soin, gardant vivant entre ses murs le péché qui s'y était commis ?

Défie la malédiction ! me criait une voix intérieure. Il n'y a aucune malédiction, rien que de la sottise et de la peur.

Dans un accès de colère j'arrachai la courtepointe et la jetai sur le sol. Puis j'envoyai promener les oreillers, les draps aussi, ne laissant que le matelas nu. Pas encore satisfaite, je décrochai les rideaux de soie et les jetai en tas par terre. Quand je me reculai pour contempler mon œuvre, le lit en était réduit à ce qu'il était : un assemblage de bois, d'étoffe et de ressorts. Rien ne le distinguait plus de n'importe quel vieux meuble. Il n'était plus la scène ou le décor de quoi que ce soit. Ce n'était plus qu'un lit.

Satisfaite, je le laissai en l'état et sortis, en tirant soigneusement la porte derrière moi. Le silence régnait dans la maison, un silence si profond que j'entendais battre mon cœur. Ce fut seulement à l'approche du soir que je me calmai.

Finalement, Miguel ne dîna pas avec moi. Il vint m'avertir qu'il estimait préférable de partager le repas de maman dans sa chambre.

— Elle dit qu'elle n'a pas besoin de compagnie, mais c'est faux. Je suis sûr que tu comprends, s'excusa-t-il.

Je ne comprenais pas mais je n'en dis rien. Assise à la longue table de la salle à manger, je me sentais non seulement ridicule, mais étrangère. Au-dessus de moi, maman, Miguel et le petit Claude étaient ensemble, eux. Sans grand appétit, je touchai à peine au repas. Quand je remontai, j'entendis des rires derrière la porte de maman. Pendant quelques instants je me demandai si j'allais frapper, puis j'y renonçai. Je décidai de m'atteler à mon travail de classe, rentrai dans ma chambre et mis de la musique. J'avais du mal à rester concentrée. Toutes les cinq minutes, je levai le nez de mon travail et pensai à eux, réunis tous les trois à quelques mètres de moi.

À mesure que la soirée avançait, mes pensées changèrent de cours. J'imaginai qu'on découvrait ce que j'avais fait dans la chambre interdite, mais personne ne vint frapper à ma porte. Je ne connaissais pas l'emploi du temps de Lila. Il pouvait très bien s'écouler un jour ou deux avant que quelqu'un n'entre dans cette chambre, ce qui me convenait tout à fait. Je n'avais pas la moindre idée de la façon dont je pourrais expliquer mon acte.

J'appelai Heyden, mais je tombai sur Elisha. Elle m'apprit qu'il était sorti. Elle promit aussi de lui dire que j'avais appelé, mais j'étais certaine qu'elle n'en ferait rien.

Et comme je m'y attendais, le lendemain Heyden me confirma qu'elle ne lui avait pas transmis le message.

— Ce qui ne m'étonne pas, d'ailleurs, commenta-t-il. Entre les drogues qu'elle prend et la musique qu'elle monte à plein volume, elle a les neurones à moitié ravagés. Mais dis-moi, toi...

Il scruta mon visage et s'enquit avec sollicitude :

— Qu'est-ce qui ne va pas ? Tu n'as pas l'air en forme.

Je lui décrivis ce qui s'était passé avec le petit Claude, et la façon dont maman se comportait.

— Il y a longtemps qu'elle n'a pas été mère, Hannah. Tout l'inquiète, c'est normal, me rassura-t-il.

C'était lui qui prenait sa défense ? Je ne pus m'empêcher de trouver la situation piquante. S'il avait su à quel point elle souhaitait me voir m'éloigner de lui et de ses problèmes de famille, ou tout au moins ne pas m'y investir autant, il se serait sans doute montré beaucoup moins charitable, pensai-je avec ironie. Et en même temps, j'éprouvai le besoin de me faire plaindre.

— Je sais ce qu'est la MSN, Heyden, et moi aussi je m'inquiète. Mais personne n'a l'air de s'en apercevoir !

Il hocha la tête, mais je voyais bien qu'il ne comprenait pas ce que je ressentais. Être ignoré dans son propre foyer n'avait rien d'inhabituel, pour lui. En l'occurrence, je me demandais sincèrement s'il n'était pas mieux loti que moi. Quand on n'attend rien de personne, même de ceux qu'on aime et qui sont censés vous aimer, on est moins souvent déçu.

Je lui expliquai pourquoi je ne pouvais pas refuser d'aller à l'anniversaire de mes frères.

— Ils ne me traitent pas comme une sœur, mais mon père essaie de maintenir des liens entre nous, tu comprends ?

Cette fois, il fut réellement déçu.

— Ta vie est vraiment compliquée, Hannah. Peut-être que nous nous montons la tête au sujet de la musique et tout ça.

— Ma vie n'est pas si compliquée que ça, Heyden. Nous répéterons demain soir, je te le promets.

Son scepticisme habituel, qui semblait l'avoir

quitté depuis quelque temps, réapparut soudain. Son regard s'assombrit.

— Nous verrons, répliqua-t-il, du ton le plus indifférent possible.

Sa réaction me tracassa toute la journée. Mes demi-frères tenaient bien moins à ma présence, je le savais, que Heyden à notre répétition. Et pourtant, c'était plus fort que moi, j'avais envie d'être avec papa. L'arrivée du petit Claude, bien que ce fût une chose merveilleuse, m'avait complètement déstabilisée. J'avais l'impression d'être une barque à la dérive par gros temps. En de telles circonstances, qui aurait pu me blâmer de chercher un coin de ciel bleu ?

Ce que je ne trouvai ni en moi-même ni au-dehors, à vrai dire. Sur le trajet du retour, je vis le ciel se couvrir et s'assombrir de minute en minute. Le temps que j'arrive à Joya del Mar, il pleuvait à verse. Je me protégeai la tête avec mon porte-documents et courus vers la maison.

L'atmosphère n'avait pas changé, apparemment. Le hall était désert, seules quelques lampes étaient allumées. J'allai droit à la chambre de maman et la trouvai debout, penchée sur le berceau du petit Claude.

— Du calme, du calme, dit-elle comme j'entrais en coup de vent dans la pièce. Tu nous amènes des courants d'air et tu vas faire peur au bébé.

— Je voulais simplement savoir comment il allait, maman !

— Il va très bien, mais il a besoin d'être surveillé avec attention.

— Tu vas te rendre malade si tu sursautes au moindre de ses mouvements, répliquai-je avec un soupçon de reproche.

Instantanément, ses traits prirent une expression de colère que je ne leur avais jamais vue. Une expression qu'elle avait dû souvent voir sur le visage de sa belle-mère, ne pus-je m'empêcher de penser. Sa bouche s'était durcie, au point que les commissures de ses lèvres avaient blanchi.

— Un nourrisson est totalement sans défense, Hannah. Il ne comprend pas ce qui lui arrive. Bien sûr que je dois le surveiller constamment ! Je m'étonne que tu puisses faire une réflexion pareille.

— C'est juste que... je m'inquiétais pour toi, maman.

— Inquiète-toi plutôt pour Claude ! renvoya-t-elle d'un ton coupant, en se penchant à nouveau sur le bébé.

J'allais partir quand elle se retourna et appela :

— Hannah !

— Oui, maman ?

— Je ne te comprends pas. Je viens de me rappeler ce que Lila est venue me dire tout à l'heure. Qu'est-ce qu'il t'a pris d'aller faire un gâchis pareil dans cette chambre ?

Je me figeai sur place, abasourdie. En me levant ce matin, les événements de la veille m'étaient apparus aussi vagues qu'un rêve. Pendant un moment, je ne pus que fixer maman sans mot dire. Elle s'impatienta.

— Comment as-tu pu faire une chose pareille, Hannah, et surtout maintenant ? Qu'est-ce qui se passe dans ta tête ? Eh bien ?

Un flot de larmes inonda mes joues.

— Eh bien ? répéta maman, si rudement que j'en tressaillis.

— Je suis entrée là en passant, et j'ai pensé à Oncle Linden, et à tout ce qui lui était arrivé à cause de... à cause des choses horribles qui s'étaient passées dans cette pièce, achevai-je après un temps d'hésitation. C'est toi-même qui me l'as raconté.

— Alors tu t'en es prise à une chambre et à toute la literie ? Tu trouves que c'est une façon de se conduire, pour une fille qui va bientôt avoir dix-sept ans ?

— J'étais en colère.

Maman exhala un soupir excédé.

— Vraiment, je ne te comprends pas, Hannah. Quand la situation se sera un peu tassée, il faudra que nous discutions sérieusement, toutes les deux. De toute évidence, tu passes beaucoup trop de temps avec Linden, et cela commence à t'embrouiller les idées.

— C'est ça. Traite-moi comme une de tes patientes, maintenant ! ripostai-je avec véhémence.

Sur quoi je quittai la pièce et regagnai ma chambre au pas de charge. J'entendis maman m'appeler mais, pendant quelques instants je restai clouée sur place. Je tremblais de la tête aux pieds. Un grondement de tonnerre me fit sursauter, et quelques secondes plus tard des trombes d'eau cinglèrent mes fenêtres. L'orage me sembla très approprié aux circonstances. L'obscurité qui s'abattait soudain sur tout s'accordait parfaitement à mon humeur.

Mais l'averse ne dura pas. Et avant que papa ne vienne me chercher, les nuages commencèrent à s'entrouvrir, pour laisser filtrer les derniers rayons du soleil.

Je n'avais pas oublié l'anniversaire de mes demi-frères. Je pris une douche, me coiffai et mis une de mes plus jolies robes, en lamé argent avec un bustier moulant et une jupe évasée. Les dîners chez papa étaient généralement très cérémonieux. Les jumeaux étaient presque toujours en costume sport, papa en complet et Danièle en toilette très élégante. Les invités, le plus souvent des clients de papa, respectaient le même protocole. Il y avait toujours deux femmes de chambre pour servir à table, même quand nous n'étions que nous cinq.

Je terminais de m'habiller quand j'entendis la porte d'entrée s'ouvrir, et papa demander à nous voir, maman et moi. Miguel, qui se trouvait en bas, vint l'accueillir. Ils bavardaient dans le hall quand je commençai à descendre les marches. D'un même mouvement, mes deux pères levèrent la tête vers moi. Papa sourit.

— Tiens, tiens, voici la femme fatale. Elle va semer un chapelet de victimes derrière elle, pas vrai, Miguel ?

— Sans aucun doute, répliqua Miguel d'un ton sévère.

Maman lui avait raconté ce que j'avais fait, c'était clair. Il tenait en main le cadeau qu'avait apporté papa et se retourna vers lui.

— Merci pour ceci, Thatcher. Je regrette que Willow ne soit pas en mesure de venir vous saluer.

— C'est sans importance, je comprends très bien. J'ai quelques jeunes mamans parmi mes clientes, voyez-vous. Une espèce à part, si vous voulez mon avis. Tu es prête, Miss America ?

— Oui, papa. Miguel, dis à maman que j'irai la voir avant d'aller me coucher, tu veux ?

Il se contenta de hocher la tête. Puis, comme papa ouvrait la porte, il lui dit bonsoir et le pria de transmettre ses souhaits aux jumeaux.

— Je n'y manquerai pas, promit papa.

Il n'en ferait rien, j'en étais sûre, et même s'il y pensait, les jumeaux s'en moqueraient totalement. Surtout s'ils ne recevaient pas, en même temps, un nouveau cadeau à ajouter à tout ce qu'ils possédaient déjà.

— L'atmosphère est lugubre, chez vous, fit observer papa comme nous arrivions près de sa voiture. Je pensais que l'arrivée d'un bébé amènerait un peu de joie et de soleil à Joya del Mar. La maison est aussi triste qu'au temps où Linden y habitait. C'est sinistre, marmonna-t-il en m'ouvrant la portière.

J'attendis qu'il ait pris place au volant pour demander :

— Oncle Linden n'a-t-il jamais été heureux ?

— Oh, il avait de bons moments, de temps en temps. Mais dès qu'il s'en rendait compte, il s'empressait de redevenir une créature de la nuit, railla-t-il.

Quand il démarra, je me retournai vers la maison en pensant à maman, à la façon dont elle s'était emportée contre moi. Je n'avais pas voulu cette scène, mais tout semblait toujours mal tourner. Quoi que je fasse, je me sentais tiraillée entre toutes sortes de contradictions, comme une mouche piégée dans une toile d'araignée. Une toile qui m'entortillait de tous côtés, me privant de tous les plaisirs de la vie.

— Eh bien, sourit papa en me tapotant l'épaule, tu en fais une tête pour une soirée d'anniversaire ! Réjouis-toi plutôt avec moi. Une année de moins à attendre avant de lâcher ces deux oiseaux-là dans le vaste monde, et les laisser se débrouiller tout seuls. Cela se fête, non ?

Je lui rendis son sourire.

Maman avait raison. Papa était égoïste, sans doute, mais je ne me souvenais pas de l'avoir vu malheureux ou déprimé. Il prenait toujours les choses du bon côté, avec humour, et rien ne pouvait être plus rafraîchissant pour moi en ce moment même.

— Voilà tes cartes de vœux pour eux, me dit-il en me tendant un sachet de papier.

J'en retirai les cartes : le même dessin humoristique figurait sur les deux. En allait-il toujours ainsi avec les jumeaux ? Se contentait-on de dupliquer tout ce qu'on leur donnait ? J'étais heureuse de ne pas avoir de jumelle, et je n'enviais pas leur sort. Ce ne devait pas être facile d'obtenir qu'on vous considère comme un individu à part entière, avec ses goûts personnels, ses sympathies et ses antipathies.

— Tiens, dit papa en me tendant son stylo.

— Je trouve ça drôle de faire comme si c'était moi qui avais acheté les cartes et les cadeaux, papa. Au fait, c'est quoi comme cadeaux ?

— Des ordinateurs de poche. Ils pourront s'en servir comme carnets d'adresses, calculatrices, et même avoir accès au Web.

— N'empêche que ce n'est pas moi qui les ai achetés, papa.

— Quelle importance ? Ils viennent de ta part et c'est tout ce qui compte, m'assura-t-il.

Je signai les cartes, mais sans mettre dans ce geste le moindre sentiment d'affection. Nous partagions le même père, mais Adrian et Cade m'étaient aussi étrangers que des extraterrestres. À moins que papa ne vienne me chercher, ils ne me parlaient jamais, ne m'appelaient jamais, n'avaient même pas l'idée de venir me voir. Une de mes amies, Nathalie Alexander, les connaissait car son père et le mien étaient assez liés. Elle adorait être la première à me donner de leurs nouvelles, et mettre en évidence à quel point nous avions peu de contacts, mes frères et moi.

— Comment, tu ne savais pas ça ? susurrait-elle, de sa voix sucrée qui blessait comme un dard.

En tout cas, elle n'aurait pas à me raconter le dîner d'anniversaire, cette fois. C'était toujours ça.

Le maître d'hôtel vint nous ouvrir, prit les cadeaux que j'étais censée avoir offerts et les emmena dans l'un des trois salons. Dès qu'elle nous entendit, Danièle descendit en hâte pour m'accueillir. Elle paraissait très jeune, bien trop jeune pour être la mère des jumeaux, me dis-je une fois de plus. Je savais qu'elle aimait lire, mais je me demandais toujours comment elle occupait son temps. Papa avait beaucoup plus d'employés de maison que nous. Maman n'avait gardé que Lila et Mme Haber, qui faisait la cuisine. Pendant ses jours de congé, c'était Lila qui s'en chargeait.

Papa avait trois femmes de chambre à plein temps, une cuisinière, un maître d'hôtel. Danièle n'avait à s'occuper d'aucune tâche domestique. Elle n'exerçait aucune profession, à moins que l'on ne considère qu'être la femme de papa et la mère des jumeaux en était une. Selon maman, c'était plutôt une condamnation aux travaux forcés. Danièle consacrait la plupart de son temps à ce que maman appelait, avec une ironie féroce, sa « beautification ». Un jour où j'avais commis l'erreur de dire que Danièle était jolie, maman m'avait lancé un regard venimeux de jalousie.

— Thatcher n'en aurait jamais voulu sinon, avait-elle affirmé. Elle a obligation d'être jolie à tout instant du jour ou de la nuit.

Je dois reconnaître que je n'avais jamais surpris Danièle en négligé. Elle était toujours impeccablement coiffée, maquillée, habillée. Des chaussures aux boucles d'oreilles, tous les éléments de sa toilette étaient toujours parfaitement assortis, comme ce soir. Cela devait lui coûter beaucoup d'efforts et de temps, j'en étais sûre. Elle donnait l'impression d'être constamment sur scène, mais j'aurais juré qu'elle adorait ça.

— Hannah ! s'exclama-t-elle en descendant. Bonsoir, ma chérie. Tu es encore plus jolie que la dernière fois.

Elle avait un tel accent de sincérité en disant cela que j'en rougis. Puis elle m'embrassa sur les deux joues, à la française, et me prit la main.

— Viens voir comment nous avons décoré la salle pour le dîner d'anniversaire, Hannah.

— Je vous rejoins, promit papa en s'éloignant vers son cabinet de travail. Je n'en ai pas pour longtemps.

Je suivis Danièle, qui babillait avec tant d'animation joyeuse que mes idées noires s'envolèrent. Cette voix fraîche, mélodieuse et juvénile, me procurait une bienheureuse sensation de soulagement. Peut-être maman se trompait-elle, après tout. Être la femme de papa ne semblait pas être une situation aussi terrible que cela.

Nous fîmes halte sur le seuil de la salle à manger, d'où je pus admirer les guirlandes, ballons, découpages d'or et d'argent artistement disposés. J'en restai bouche bée. De toute évidence, cette mise en scène était la création d'un professionnel. Danièle parut ravie de ma surprise.

— Attends d'avoir vu le gâteau, Hannah. Il fait près d'un mètre de haut, avec deux personnages à la ressemblance des jumeaux, qui ont été sculptés par un artiste.

— Nous ne serons que tous les cinq ? m'étonnai-je.

— Mais oui. Demain, les jumeaux invitent leurs amis pour un barbecue. Thatcher tenait beaucoup à ce que nous ayons d'abord un dîner en famille. Tes frères n'étaient pas contents, bien sûr. Ils détestent se mettre en smoking. Ton père doit se battre avec eux tous les jours pour qu'ils n'aient pas l'air de SDF, plaisanta-t-elle. Ah, les garçons ! Nous aurions dû avoir des filles, tiens !

— Pourquoi n'essayez-vous pas d'en avoir une ?

Danièle eut un petit rire contraint.

— Thatcher dit toujours qu'il aimerait mieux se jeter à l'eau, plutôt que d'obliger un enfant de plus à vivre dans ce monde malade et détraqué, soupira-t-elle. Mais moi, j'aimerais bien qu'il en veuille un...

Elle saisit mes mains et recula d'un pas pour m'observer avec attention.

— Et si je t'empruntais, Hannah ? On ferait comme si tu étais ma fille, voilà ! J'ai des boucles d'oreilles que tu vas adorer, elles iront parfaitement avec cette robe. Je la trouve sublime. Allez viens, ajouta-t-elle en me tirant par la main. Nous avons le temps de nous accorder un petit plaisir.

Nous montâmes dans la chambre qu'elle partageait avec papa, un véritable petit appartement, en fait. Presque deux fois plus vaste que celle de Miguel et maman, elle comportait un salon séparé, avec une longue coiffeuse pour Danièle. Sa penderie était aussi spacieuse que ma chambre, avec un miroir mural, une table de toilette et un coin télévision. Danièle pouvait ainsi regarder son programme favori, tout en réfléchissant à ce qu'elle allait porter.

Elle ouvrit le troisième tiroir de son coffre à bijoux - il y en avait une bonne douzaine ! - jusqu'à ce qu'elle trouve ce qu'elle cherchait. Une paire de ravissantes boucles d'oreilles, qu'elle me tendit.

— Tiens, mets-les.

J'obéis sans me faire prier, et elle me fit pivoter vers le miroir.

— Et voilà ! triompha-t-elle. Je savais qu'elles t'iraient.

— Je les trouve magnifiques, Danièle.

— Tant mieux, elles sont à toi.

— Mais...

— Pas de « mais », m'interrompit-elle. J'insiste. Savais-tu que dans certains pays, quand on fête son anniversaire, on offre un cadeau à ses invités ? Le plus beau cadeau est celui qui vous va le mieux, et ces bijoux te vont à ravir, Hannah. Ils sont à toi.

C'était si bon de sentir que quelqu'un vous accordait toute son attention, de ne plus être invisible. Il me vint à l'esprit que je pourrais venir habiter chez papa, temporairement bien sûr. Par exemple, jusqu'à ce que le petit Claude ait un an. Cette idée ne me semblait pas du tout extravagante.

— Eh bien, dit Danièle comme nous revenions à la salle à manger, parle-moi un peu de toi. Tu as un petit ami, peut-être ?

— Peut-être...

Elle eut un sourire complice, comme si elle était mon amie et non ma belle-mère. Spontanément, je répondis à ce sourire.

Papa nous attendait à la salle à manger.

— Où étiez-vous passées ? s'enquit-il à notre entrée.

Danièle le lui expliqua, et il eut un mouvement de tête approbateur, puis il consulta sa montre.

— Où sont ces deux idiots ? Ils ne peuvent même pas être à l'heure pour leur propre dîner d'anniversaire.

Il commençait à se lever quand nous entendîmes une porte claquer dans le couloir, puis des rires, mais cela venait du fond de la maison et non de l'escalier. Papa fronça les sourcils et nous nous tournâmes tous les trois vers la porte.

Adrian et Cade apparurent, tous deux en slip de bain et serviette éponge autour du cou. Leurs corps d'athlètes étaient d'une beauté saisissante.

Papa leur jeta un regard sévère.

— Mais qu'est-ce que... pourquoi n'êtes-vous pas habillés ?

— Nous venons seulement de regarder l'heure, répondit Cade avec désinvolture.

J'avais toujours pensé que c'était lui, le plus astucieux et le plus retors. En général, quand son regard bleu s'attardait sur quelqu'un – toujours plus longuement que celui d'Adrian – c'était qu'il méditait un mauvais tour. Je pouvais presque toujours deviner quand il avait ce genre d'idée en tête.

— C'est tout le cas que vous faites de votre dîner d'anniversaire ! rugit papa.

Adrian baissa les yeux, faisant au moins semblant d'avoir honte. Cade, au contraire, soutint le regard de papa.

— Nous serons prêts dans quelques minutes, papa. Ne t'inquiète pas.

— Vous êtes censés être ici, maintenant ! Vous avez une invitée.

— C'est seulement Hannah ! protesta Cade.

Papa fit quelques pas dans leur direction, l'air menaçant.

— D'accord, d'accord, nous revenons tout de suite, dit Cade en poussant son frère du coude.

Ils détalèrent instantanément. Comme papa regagnait la table, l'air furibond, nous entendîmes Cade éclater de rire, puis provoquer son frère à une course dans l'escalier.

Danièle leva les yeux sur papa.

— Parfois, grommela-t-il à mi-voix, je me demande si nos enfants ne sont pas une punition divine.

Il se laissa tomber sur sa chaise et promena un regard maussade sur la longue table, chargée d'argenterie et de cristaux.

— Pas Hannah, dit doucement Danièle, en s'efforçant de ressusciter les heureux moments que nous venions de partager.

Papa ramena son regard sur moi et secoua la tête.

— Non, reconnut-il. Pas Hannah.

Ces paroles auraient dû me faire le plus grand bien, me donner confiance en moi-même. Au lieu de quoi, elles provoquèrent en moi un petit frisson de panique. Papa m'avait décerné ce compliment avec une telle assurance, une telle certitude que j'en fus troublée. Ce fut comme s'il venait de soulever le couvercle protégeant un autre secret, demeuré jusque-là sous terre et soigneusement gardé, qui attendait patiemment de resurgir.

Depuis Joya del Mar sa noirceur m'avait suivie jusqu'ici, rampant comme un serpent tapi dans l'ombre, guettant avidement le moment de frapper.

7

Drôle d'anniversaire

— Comme tu vois, me fit observer Danièle moins d'un quart d'heure plus tard, c'est nettement plus facile pour les hommes de se préparer que pour nous, les femmes.

Les jumeaux venaient d'apparaître, tous deux en smoking, leurs cheveux châtain clair impeccablement coiffés. Ils mesuraient tous deux près d'un mètre quatre-vingts, presque leur taille d'adulte. Et depuis l'âge de douze ans, aiguillonnés par leur rivalité fraternelle, ils pratiquaient assidûment le body-building. Physiquement, ils étaient absolument remarquables.

Papa émit un vague grognement, ne voulant pas les complimenter pour leur tenue et la rapidité avec laquelle ils s'étaient habillés. Très satisfaits d'eux-mêmes, ils prirent place à table avec aisance, déplièrent leurs serviettes sur leurs genoux et adoptèrent une position de parfaits petits gentlemen. Bunny, ma grand-mère paternelle, leur avait offert des leçons de maintien quand ils avaient tout juste cinq ans. À mes yeux, ils étaient le parfait exemple de la différence qui existe entre les bonnes manières et la valeur personnelle. Dès qu'ils n'étaient plus sous le regard des adultes, l'un des deux faisait quelque chose de méchant ou de dégoûtant.

Il s'était à peine écoulé une minute quand Cade observa :

— Hannah n'a pas dû mettre beaucoup de temps à s'habiller, elle non plus. Vous avez vu ce qu'elle a sur le dos ? Une chaussette en paille de fer.

— Tu es vraiment odieux, Cade ! le rabroua papa. Sa robe est ravissante, et je suis sûr qu'il lui a fallu plus de temps qu'à vous pour se coiffer.

— Ah bon, elle est coiffée ? Je n'avais pas remarqué, plaisanta Adrian, ce qui les fit rire tous les deux.

Papa, lui, ne rit pas.

— Vous êtes plus vieux d'un an, peut-être, mais vous avez un an de moins d'âge mental, apparemment.

— Et bon anniversaire à tous deux, lançai-je avec raideur.

Cade me décocha une grimace moqueuse.

— Merci, Hannah Banana.

Adrian pouffa, mais se contenta d'un simple merci.

Les femmes de chambre commencèrent à servir. Pendant près d'une demi-heure, Cade taquina son frère au sujet d'une fille dont il le prétendait amoureux. Quand enfin il le laissa tranquille, ce fut pour se tourner vers moi.

— Au fait, il paraît que tu as un drôle de petit ami, Hannah !

Papa posa sa fourchette et leva les yeux de son assiette.

— Hannah ? Un petit ami ?

— Exact. Il joue de la guitare et écrit des chansons, c'est bien ça ?

J'acquiesçai, assez surprise que Cade soit si bien renseigné.

— C'est celui avec qui tu es sortie l'autre soir ? s'enquit papa en souriant.

— En effet.

— Eh bien, tant mieux pour toi. Un de ces jours, ces deux-là finiront bien par trouver des filles capables de les supporter.

— Nous ne sommes pas en peine d'en trouver, papa. Seulement nous sommes très difficiles quand il s'agit de sortir avec une fille. Beaucoup plus que Hannah, apparemment.

La voix de papa se durcit.

— Ce qui veut dire ?

— Son copain est à moitié noir, pas vrai, Hannah ?

— Quoi !

— Sa mère est haïtienne, en fait, expliquai-je.

Et Cade se fit un plaisir d'insister :

— Noir, c'est noir.

— Sa mère est haïtienne ? répéta papa. Il y a des Haïtiens dans ton lycée pilote ?

— Oui, papa. Il a beaucoup de talent. Son père est musicien dans un orchestre de jazz, en ce moment il joue à La Nouvelle-Orléans.

Je n'en dis pas plus. Je ne tenais pas à m'étendre sur les problèmes familiaux de Heyden. Mais Cade me réservait encore quelques piques.

— Il paraît qu'il circule sur une vieille mobylette rouillée. Je voudrais voir le spectacle, tiens !

— Il n'est pas né avec une cuiller en argent dans la bouche, ripostai-je. C'est tout ce qu'il peut s'offrir.

Papa se tapota les lèvres avec sa serviette.

— Et que dit ta mère de tout ceci, Hannah ?

— Ces jours-ci, elle n'a pas dit grand-chose qui me concerne, grommelai-je entre mes dents.

Cade sourit d'une oreille à l'autre, et la lumière se fit dans mon esprit. Je savais d'où il tenait ses informations.

— Si tu écoutes tout ce que raconte Nathalie

Alexander, Cade, tu peux être certain qu'elle en rajoute et même qu'elle ment. C'est une perdante qui jalouse tout le monde.

— En tout cas, papa dit toujours qu'il n'y a pas de fumée sans feu.

Papa nous regarda l'un après l'autre, Cade et moi.

— Depuis combien de temps fréquentes-tu ce garçon, Hannah ?

— Pas longtemps. Seulement depuis quelques répétitions.

— Des répétitions ? s'esclaffa Cade. C'est la première fois que j'entends appeler ça comme ça.

Adrian rit encore plus fort que lui, mais cette fois Danièle se fâcha.

— Cade ! C'est très grossier de parler de cette façon, surtout devant ta mère.

— Ce n'est pas moi qui passe mon temps en répétitions, renvoya-t-il, sans le moindre signe de remords.

Je ne me souvenais pas de l'avoir jamais vu intimidé par Danièle, ou même respectueux devant elle. Je m'adressai à elle autant qu'à papa :

— Je veux dire que nous chantons ensemble, c'est tout.

— Ben voyons, gouailla Cade.

Je lui jetai un coup d'œil meurtrier, mais il n'en devint que plus hilare. Papa, lui, n'avait jamais paru aussi sérieux.

— Choisis bien tes amis et tes relations, Hannah. Malheureusement, nous sommes trop souvent jugés sur nos fréquentations.

— Heyden Reynolds est quelqu'un de très bien, papa. Je n'ai pas honte de sortir avec lui, et il ne s'est jamais attiré la moindre remontrance des professeurs. Son père n'a jamais eu à intervenir pour qu'il ne soit pas renvoyé, comme certains que je connais, ajoutai-je avec un regard furibond pour les jumeaux.

Adrian et Cade avaient déjà subi deux renvois provisoires, à leur école privée. La deuxième fois, papa avait même dû faire une donation importante pour le nouveau gymnase, afin d'éviter leur exclusion définitive.

— Bien, n'en parlons plus, dit-il d'un ton conciliant. Je te crois suffisamment raisonnable pour te conduire comme il faut, et je te fais confiance. Malheureusement, je ne peux pas en dire autant de ceux que nous fêtons ce soir, acheva-t-il avec un regard sévère pour ses fils.

Tous deux prirent aussitôt le même air offensé. Puis Cade me décocha un regard rageur, parce que la réprimande avait été pour eux, et non pour moi. L'expression d'Adrian était le vivant reflet de la sienne. Cela m'avait toujours étonnée, cette similitude entre eux ; une ressemblance qui n'était pas seulement physique, mais s'étendait aux sentiments et aux émotions. En l'occurrence, leur colère était si perceptible qu'un lourd silence plana. Ce fut Danièle qui le rompit.

— Si tu nous parlais du bébé, ma chérie ?

— Il est très menu, il a besoin d'être très surveillé. Les médecins craignent la MSN, en fait.

— Qu'est-ce que c'est que ce truc barbare ? ironisa Cade.

— Une affection très grave, qui est presque toujours fatale aux nourrissons.

— Qu'est-ce qui leur arrive ? voulut savoir Adrian.

— Ils cessent de respirer et meurent.

— En somme, ils se suicident, railla Cade.

— Un nourrisson n'est pas conscient de ses actes, voyons !

— Mais comment peut-on ne pas se rendre compte qu'on ne respire pas ? demanda encore Adrian.

Cade allait lancer une de ses remarques cyniques, mais papa le devança.

— C'est un trouble du système nerveux qu'on connaît encore assez mal, expliqua-t-il. Si vous étiez des élèves un peu plus sérieux, vous ne poseriez pas tant de questions stupides. Miguel ne m'en a rien dit, ajouta-t-il en s'adressant à moi. C'est donc pour cela que Willow reste cloîtrée dans sa chambre ?

— Oui.

— Quel malheur ! s'apitoya Danièle.

— Oui, c'est une dure épreuve, compatit papa. Très dure.

Sa réprimande n'avait produit aucun effet sur Cade, qui me décocha une nouvelle pique.

— Est-ce qu'il a ça parce que son père est cubain ?

— Non, ripostai-je d'une voix tranchante. La MSN affecte tous les enfants du monde, sans distinction de race, de religion ou de niveau de vie. Elle se produit pendant le sommeil et sans aucun signe avertisseur. Elle peut très bien frapper des bébés qui ont l'air en pleine santé.

— N'empêche que pour moi, c'est toujours un suicide, marmonna Cade, au moment où les femmes de chambre commençaient à débarrasser.

Une fois de plus, Danièle tenta d'éclaircir l'atmosphère.

— Je connais des gens, en France, dont le bébé a eu les mêmes problèmes. C'est très dur à vivre. Tout le monde est toujours sur les dents. Pourquoi ne passerais-tu pas le week-end à la maison, Hannah ? Tu pourrais assister au barbecue, et ta mère n'aurait pas à s'occuper de toi. Elle a déjà tant à faire avec le petit Claude.

— Oh, non, je ne crois pas que...

— Je parie qu'elle a envie de s'offrir une répétition demain, l'interrompit Cade. Pas vrai, Hannah Banana ?

— Arrête de m'appeler comme ça, Cade !

J'avais rougi jusqu'aux oreilles. Je ne savais que trop bien pourquoi il m'appelait ainsi. Un jour, il s'était servi d'une banane pour faire un geste répugnant devant moi, et entre Adrian et lui le surnom m'était resté. Papa n'y voyait qu'une marque d'affection fraternelle, mais il se trompait lourdement, et je me voyais mal en train de lui expliquer ce qu'il en était.

— Une répétition, répéta papa, tout pensif.

Je ne me laissai pas décontenancer.

— En fait, il se trouve que nous avons une session prévue pour demain, justement.

Cade éclata de rire.

— Une session, tu dis ?

Papa lui jeta un regard sévère.

— Je serais ravi que tu restes, Hannah, et les garçons aussi, j'en suis certain.

— Et comment ! s'esclaffa Cade. Elle pourrait même chanter pour nous, pourquoi pas ?

— Je ne peux pas rester, papa, mais je vous remercie tous les deux, Danièle et toi.

Comme toujours, papa prit les choses du bon côté.

— Très bien, dit-il en repliant sa serviette. Passons dans le studio pour le gâteau, et pour voir ces deux délinquants juvéniles déballer quelques-uns de leurs cadeaux.

— Est-ce que Grand-mère Eaton a déjà envoyé quelque chose ? demandèrent les jumeaux presque en même temps.

— Bien sûr.

Je n'avais jamais eu droit à la moindre carte de sa part, et encore moins à un cadeau. Les jumeaux adoraient me rappeler à quel point j'étais inexistante aux yeux de mes grands-parents paternels.

— En général elle nous offre une tonne de trucs. L'année dernière on a eu un scooter des mers, se vanta-t-il, même s'il savait que je le savais.

Je haussai les épaules : j'étais blasée. Nous nous levâmes pour gagner la pièce que papa nommait le studio, un salon meublé d'une façon un peu plus décontractée que le reste de la maison. Un long canapé en arrondi, pourvu de sièges inclinables aux deux extrémités, faisait face à un écran de télévision mural. Devant le canapé, sur une table basse aussi longue que lui, s'entassaient les paquets destinés aux jumeaux.

— Tout ça vient de la famille, expliqua papa. Mes parents sont en France, au Cap-Ferrat, votre tante Whitney et son mari sont en Suisse.

Il parlait dans le vide, les jumeaux couvaient la pile de cadeaux avec des yeux de loups affamés. Il insista quand même.

— Vos cousins vous ont tous envoyé quelque chose, les enfants. J'espère que vous n'oublierez pas de leur adresser des cartes de remerciement, cette année.

— Tu n'auras qu'à dire à Mme Gouters de s'en charger, papa, répondit Adrian. Elle fait ça mieux que nous.

— Là n'est pas la question. Cela doit venir de vous.

— Pas de problème. Nous signerons une douzaine de cartes d'avance, comme tu le fais toujours.

Papa blêmit, ses lèvres blanchirent aux commissures. Il échangea un bref regard avec Danièle puis se tourna vers moi et soupira :

— Ils sont impossibles, ces deux-là.

— On y va ? s'impatienta Cade.

— Allez-y, dit papa, avant de faire signe à l'une des femmes de chambre qui attendait sur le seuil. Vous pouvez apporter le gâteau, Claire.

Les garçons se jetèrent sur les paquets, arrachant les papiers et les cartes sans même jeter un coup d'œil aux signatures. Ce fut Danièle qui dut vérifier pour eux qui avait envoyé quoi. Leurs cadeaux étaient somptueux : chemises de soie importées d'Europe, montres Rolex, caméras digitales, les portables censés venir de moi, des jumelles… Et enfin ce qu'ils considéraient comme la pièce de résistance : les clés de leur propre hors-bord, qu'on devait leur livrer le lendemain, accompagnées d'une photo du bateau. Cade rugit de plaisir.

— Elle l'a fait ! Elle l'a fait ! J'ai dit à Bunny qu'on en rêvait, et ça y est. On l'a !

Danièle paraissait consternée.

— Mon Dieu, Thatcher ! Tu crois que c'est vraiment un cadeau pour eux ?

— Non, dit papa, s'attirant deux regards déçus et furibonds. Mais ça ne me surprend pas de la part de ma mère, elle adore réaliser les rêves des autres. Je vous préviens, les garçons. Pas question de mettre un pied à bord avant d'avoir suivi un cours de pilotage complet.

— Mais oui, fit Cade.

— Je suis sérieux, Cade. Si j'apprends que vous avez désobéi, je confisque ce bateau et je le revends, compris ?

— Compris, papa. Message reçu. Pas vrai, Adrian ?

Adrian consulta son frère du regard, puis leva les yeux sur papa et hocha la tête, mais je les connaissais trop bien pour m'y laisser prendre. Je savais qu'à la première occasion, ils désobéiraient sans le moindre scrupule.

C'est à ce moment que la femme de chambre apparut avec le gâteau, avançant à pas lents pour ne pas éteindre les bougies.

— Magnifique ! s'exclama Danièle en battant des mains.

Le gâteau était impressionnant, c'est un fait, et les deux figurines qui le décoraient ressemblaient de façon frappante aux jumeaux. On y retrouvait même leur petit sourire arrogant, me sembla-t-il.

Claire déposa le gâteau sur la table, à présent débarrassée de ses paquets, et les jumeaux se penchèrent pour souffler les bougies, chacun d'eux s'efforçant de battre l'autre à la course. Les autres domestiques attendaient docilement à la porte et, quand ce fut terminé, tout le monde souhaita en chantant un heureux anniversaire à mes frères. Ils rayonnaient d'orgueil satisfait, comme s'ils ne faisaient qu'accepter ce qui leur était dû. Pouvait-on imaginer des enfants plus ingrats et plus gâtés que ces deux-là ? J'en doutais.

Je ne leur en souhaitais pas moins un bon anniversaire, l'un après l'autre, en les embrassant sur la joue, puis Claire entreprit de découper le gâteau, en déposant chaque tranche sur une assiette. Elle venait de commencer quand le maître d'hôtel s'avança vers papa, pour lui annoncer qu'on le demandait au téléphone. Il sortit, et nous nous assîmes tous les quatre pour savourer le gâteau et passer en revue les cadeaux des jumeaux.

— Il faut que je m'absente, annonça papa en revenant. Un contretemps, je dois y aller.

Danièle ne cacha pas sa déception.

— Maintenant ? Mais, Thatcher…

— Je reviens d'ici une heure, je te le promets. Soyez sages, les garçons, sinon... gare à vous !

Danièle se leva.

— Je me demande ce qui a bien pu se passer, murmura-t-elle en suivant papa dans le hall.

Cade se retourna instantanément vers Adrian.

— Pas trop mauvaise la livraison de cette année, pas vrai, petit frère ?

Adrian fit pivoter le bracelet de sa Rolex autour de son poignet.

— Pas trop, non.

— Dommage que ta mère ait laissé tomber papa pour Fidel Castro, me nargua Cade. Sans ça, tu croulerais sous les cadeaux à chaque anniversaire, toi aussi.

— Il y a des choses bien plus importantes que les objets qu'on accumule, Cade !

— Comme quoi, par exemple ? Faire de la musique ?

— Oui, par exemple. Au moins je fais quelque chose qui plaît aux gens, et je me sens bien. Je n'ai pas besoin d'avoir un cadeau nouveau toutes les semaines sous peine de mourir d'ennui.

Les lèvres de Cade se tordirent en un rictus dédaigneux.

— Vraiment ?

— Oui, Cade. Vraiment. Vous vous vantez d'avoir des tas d'amis, tous les deux, mais tout ce que vous avez c'est une bande de parasites. Des gens qui se servent de vous, et qui vous ignoreraient complètement si vous n'aviez pas tout ce luxe à leur offrir. Ils ne vous apprécient pas pour ce que vous êtes, mais pour ce que vous pouvez leur donner. Ce n'est pas ça que j'appelle avoir des amis.

Mes demi-frères me regardaient fixement, tandis

que mes paroles faisaient lentement leur chemin dans leur cervelle.

— Je parie que tu te trouves mieux avec ton beau-père cubain, finit par riposter Cade.

— Il a toujours été bon pour moi, m'a toujours traitée avec égards, et sa famille m'a accueillie à bras ouverts.

— J'espère bien ! C'est encore trop d'honneur pour eux, qu'est-ce que tu crois ? Tu portes le nom des Eaton.

— Ils ne sont pas du tout comme ça, protestai-je. Et je ne les échangerais pas pour une pile de cadeaux cinq fois plus haute que la vôtre.

— Bien sûr, persifla Cade.

— Oui, bien sûr.

Deux regards noirs convergèrent sur moi, au moment précis où Danièle revenait.

— Alors, les enfants, on s'amuse ?

— Follement, rétorqua Cade.

— Un client de votre père vient d'être arrêté pour conduite en état d'ivresse. Il a dû aller au poste de police et ne va pas tarder à revenir, expliqua-t-elle. Je dois vous laisser un moment, moi aussi, j'ai deux ou trois choses à vérifier pour demain. Je n'en ai pas pour longtemps.

Je regrettai de la voir partir. Je n'avais jamais aimé rester trop longtemps seule avec mes frères. Je ne me sentais pas à l'aise, et le fait qu'ils grandissent n'arrangeait rien, loin de là.

Adrian prit une mine apitoyée.

— Ah, notre père et ses clients !

— Ses clients sont très importants pour lui, Adrian, et ils devraient l'être pour vous. Comment croyez-vous qu'il gagne de quoi vous offrir tout ça ?

— S'il mourait demain, nous ne serions pas plus

pauvres d'un centime, Hannah, se vanta Cade. Nos grands-parents ont créé un compte protégé pour nous deux. Nous serons millionnaires jusqu'à la fin de nos jours. Nous le sommes déjà, d'ailleurs.

— Tant mieux pour vous.

— Et si tu faisais vraiment partie de la famille, toi aussi tu aurais un compte à ton nom. Bunny et Asher sont très, très, très riches.

— Que cela leur plaise ou non, ils sont mes grands-parents, ripostai-je. Ce n'est pas ma faute s'ils ne veulent pas me reconnaître comme un membre de leur famille.

Comme fête d'anniversaire, c'était bien parti, pestai-je intérieurement. J'aurais dû avoir le courage de refuser l'invitation, et de passer la soirée avec Heyden, comme prévu.

La riposte de Cade me fit sursauter.

— Non, ce n'est pas ta faute. C'est celle de ta mère.

— Écoute, je t'ai dit que...

— Tu ne connais pas la véritable histoire, me coupa-t-il. Nous sommes peut-être plus jeunes que toi, mais nous en savons beaucoup plus sur toi que toi-même. Pas vrai, vieux frère ?

Adrian cessa d'admirer sa montre, leva les yeux sur moi, et quelque chose dans l'expression de son visage me fit peur. Il paraissait effrayé lui-même, découvris-je avec surprise. Très lentement, il se mit à secouer la tête. Cade s'impatienta.

— Arrêtons cette comédie. Nous avons décidé qu'il faudrait bien lui dire la vérité un jour, non ? Eh bien ? Quel jour peut-il mieux convenir pour ça que celui de notre anniversaire ?

Adrian fixa son frère sans répondre.

— Il est grand temps, Adrian. Hannah n'est plus un bébé. Elle répète avec un Haïtien.

Pour le coup, j'explosai.

— Ça suffit, tous les deux ! Quelle vérité, d'abord ? demandai-je avec une grimace de dégoût. Je ne crois pas que vous soyez capables de reconnaître la vérité même si vous l'aviez devant vous, avec son nom tatoué sur la figure.

— Ah non ? fit Cade. Eh bien, essaie ce tatouage-là, pour voir, Hannah Banana. Notre père n'est pas ton vrai père. Nous n'avons pas le moindre lien de parenté avec toi..

J'allais lui rire au nez, mais ce que je lus sur les traits d'Adrian m'arrêta. Il avait l'air encore plus terrifié qu'un instant plus tôt. Je n'avais qu'une solution acceptable : contre-attaquer.

— Si seulement c'était vrai ! Savoir que je ne suis pas du même sang que toi serait mon plus beau cadeau d'anniversaire, Cade.

— C'est vrai. Nous ne sommes pas du même sang. Alors joyeux anniversaire, Hannah Banana Montgomery !

Je ne sais comment, je parvins à garder mon calme.

— Mon nom est Hannah Eaton.

— Non, c'est Hannah Montgomery. Dis-lui, Adrian.

Une fois de plus, Adrian secoua la tête.

— Nous n'avons pas le droit. Nous avons promis. Papa le saurait si nous le faisions.

— Si vous faisiez quoi, Adrian ?

— Rien. Et toi, tais-toi, Cade. Je t'aurai prévenu.

Cade haussa les épaules.

— Ne me dis pas de me taire, imbécile ! Elle est là, à nous regarder de haut comme si elle valait mieux que nous. Tu l'as entendue ? Nous n'avons pas de vrais amis, nous ne sommes que des brutes égoïstes. Elle est beaucoup mieux avec sa famille cubaine.

N'est-ce pas elle qui disait que le nom des Eaton n'est pas si important que ça ?

— Je n'ai jamais dit ça ! protestai-je.

— Si, tu l'as dit. Pas vrai, Adrian ?

— Oui, confirma-t-il. Elle l'a dit.

Cade grimaça de satisfaction.

— Adrian n'ose pas te raconter ce que nous savons, il a trop peur que notre père sache comment nous l'avons su ; mais moi je vais te le dire. Nous avons surpris une conversation entre ma mère et lui, un soir où il avait trop bu. Ils parlaient de toi, précisa-t-il en pointant son index droit sur mon visage, comme un pistolet.

— Je ne te crois pas.

— Eh bien, ne me crois pas. Pour ce que ça change !

— Cade, le mit en garde Adrian.

— Toi, je t'ai déjà dit de te taire. Elle va l'entendre, et on verra si son sourire arrogant lui reste collé sur la figure. Voilà ce que mon père a dit à ma mère, ma petite. C'est ton abruti d'oncle qui a fait un enfant à ta mère, pas lui.

— C'est terrible ce que tu oses dire là, et c'est dégoûtant.

— C'est de l'avoir fait qui est dégoûtant, riposta Cade. Mon père a dit qu'il était absent quand ta mère est tombée enceinte, et qu'il a toujours su que tu n'étais pas sa fille. C'est pour ça qu'il a décidé de divorcer.

— Il n'a rien décidé du tout ! Pourquoi aurait-il refusé que je change de nom, si c'était le cas ?

— C'était une des conditions de leur accord, et il l'a fait pour toi. Il trouvait que c'était déjà bien assez affreux de te laisser dans cette maison de fous. Regarde-nous bien, insista-t-il. Tu ne nous ressembles pas vraiment, n'est-ce pas ? As-tu jamais étudié les traits de ton oncle ? Fais-le, et là tu verras la ressemblance.

Adrian, qui m'avait observée avec une expression apitoyée, se retourna vers son frère.

— Papa va être furieux contre toi, Cade, je te préviens.

— Hannah Banana n'ira pas le lui répéter. Pas vrai, Hannah Banana ? Tu vas garder la bouche cousue, et faire bien gentiment tout ce que nous allons t'ordonner de faire, sinon nous racontons à tout le monde la vérité sur ton compte.

— Tu vas te taire, oui ?

— Et si nous appelions ton copain noir pour lui expliquer qui sont tes vrais parents ? Tu crois qu'il aurait toujours envie de faire de la musique avec toi ? Même lui pourrait être dégoûté.

Si les regards pouvaient tuer, Cade serait mort à l'instant même. Je bouillonnais de rage, mais il conserva un calme imperturbable.

— Et si nous en parlions à Nathalie Alexander, Adrian ? Tu crois qu'elle garderait le secret ?

— Tu n'es qu'un sale petit...

— Pourquoi ne pas l'appeler ce soir, Adrian ? gouailla Cade sans me quitter des yeux.

Je me levai, gagnai la porte et m'élançai dans le couloir.

— Je ne veux rien entendre de toutes ces insanités !

— Eh ! Où vas-tu ? cria Cade. Nous passons une soirée si amusante, Hannah Banana !

Je continuai du même pas jusqu'au palier, en cherchant Danièle pour qu'elle me ramène chez nous. Adrian et Cade m'avaient suivie et riaient dans mon dos, en scandant leur stupide rengaine : « Hannah Banana, Hannah Banana ! »

Après le palier, le long couloir tournait sur la droite. J'allai jusqu'à la suite que Danièle partageait avec mon père, mais quand je l'appelai je n'obtins pas de réponse. La maison était si vaste ! Danièle pouvait très bien se trouver en bas, dans une autre aile. Je poussai la porte, m'avançai jusqu'au coin salon et me laissai tomber sur un canapé, accablée. En entendant se refermer la porte que je venais d'ouvrir, je levai les yeux.

Campés à quelques pas de moi, mes deux demi-frères me toisaient d'un œil narquois.

— Laissez-moi tranquille, m'écriai-je, sans plus retenir mes larmes. Même le jour de votre anniversaire il faut que vous vous conduisiez comme des brutes, tellement vous êtes méchants !

— Non, nous ne le sommes pas. Nous avons même eu beaucoup d'égards pour toi, Hannah. Nous savions la vérité depuis tout ce temps, et nous n'en avons jamais parlé à personne. Pas vrai, Adrian ?

Adrian confirma :

— Jamais. Et ce ne sont pas les occasions qui nous ont manqué, pourtant.

— Et nous voulons continuer à garder le secret, pas vrai, vieux frère ?

Adrian hocha la tête. Cade se rapprocha d'un pas.

— Si tu es coopérative, bien sûr. Si tu nous offres un beau cadeau d'anniversaire, et pas ce simili-cadeau que mon père a dû acheter pour toi, d'ailleurs.

Je levai sur eux un regard soupçonneux. Je décelais dans leur voix une intonation nouvelle qui n'annonçait rien de bon. En fait, elle me terrifiait.

— De quoi parlez-vous, au juste ? Qu'est-ce que vous voulez ?

Cade eut un sourire mince, plus acéré que jamais.

Il se rapprocha encore, une lueur inquiétante au fond des yeux.

— Déshabille-toi pour nous, ordonna-t-il.

Je crus sentir mon cœur se serrer comme un poing dans ma poitrine. Pendant un moment, le souffle me manqua.

— Quoi !

— Allez, montre-nous ce que tu as. Tu l'as fait pour ton chanteur haïtien, non ? Et pour bien moins que ce que nous avons à offrir. Enlève tout et nous ne raconterons rien.

Je parvins à dominer ma peur, ou du moins à ne pas la montrer. Je me levai pour leur faire face.

— Vous êtes encore plus ignobles que je ne l'aurais imaginé.

— Ne me mets pas en colère, gronda Cade, ou nous retirons notre offre.

— Faites ce que vous voulez, je m'en moque !

— Ah oui ? Est-ce que tous tes amis savent la vérité sur ton oncle foldingue ? Non, n'est-ce pas ? D'après Nathalie, tu n'as plus tellement la cote, en ce moment. Cette histoire suffirait à te couler complètement, tu ne crois pas ? Dis-lui, Adrian. Dis-lui que nous parlons sérieusement.

Adrian se rapprocha, lui aussi.

— Nous sommes sérieux, Hannah. Et tu sais que nous sommes capables de le faire.

— Allez-vous-en !

— Quel effet produira cette information sur ta mère, à ton avis ? Avec son bébé MSN, tu crois qu'elle a besoin de ça ? Tu sais qu'elle en entendra parler, forcément. Les rumeurs courent vite, dans cette ville. Ta réputation de petite sainte-nitouche n'en aura plus pour longtemps, Hannah Banana. Et ta mère...

Le rictus de Cade me fit froid dans le dos.

— Tu crois que les gens iront encore la consulter pour leurs problèmes psychologiques, quand ils sauront quelle pécheresse elle a été ?

— Tu n'es qu'un sale pourri !

— Enlève ce que tu as sur le dos, offre-nous un heureux anniversaire, et montre-nous ton... costume de scène, persifla-t-il. C'est tout ce qu'on te demande.

Adrian était tout près de moi, maintenant, curieux de savoir si j'allais obéir. Une lueur avide brillait dans ses yeux.

— Je le dirai à papa, je vous préviens.

Le sourire de Cade s'étira.

— Fais ça et nous racontons tout. Peut-être même que nous irons voir ton oncle, avec nos copains, pour lui conseiller de tout avouer. Nous lui dirons que c'est pour ton bien.

— Vous n'oseriez pas faire ça !

— Pourquoi pas ? Ce n'est pas un crime de lui rendre visite, non ? Nous essayons seulement d'aider notre sœur, pas vrai Adrian ?

— Exact. Nous essayons simplement d'être de bons frères.

— Je vous déteste, tous les deux.

— Je vais te dire, susurra Cade en s'approchant encore. Tu peux garder les yeux fermés. Je t'éplucherai moi-même, Hannah Banana. Quand nous partirons, tu pourras ouvrir les yeux et ce sera comme si rien ne s'était passé, d'accord ?

— Tu devrais accepter, Hannah Banana, renchérit Adrian. C'est un marché correct.

— C'est à ce genre de jeux tordus que vous jouez avec vos soi-disant amis ?

Cade souriait toujours.

— Tu serais surprise de voir de quoi certaines filles sont capables, pour être invitées ici. Allez, maintenant !

Il tendit la main vers ma robe et ordonna :

— Ferme les yeux, laisse-toi faire et on n'en parlera plus. Nous jurons de ne jamais dire un mot sur ton oncle et ta mère. Tu n'as qu'à voir ça comme un cadeau d'anniversaire que nous t'offrons par avance. Allez !

Ses doigts saisirent la fermeture de mon bustier.

— Arrête ! protestai-je, mais pas aussi fermement que je l'aurais voulu.

Toutes leurs menaces m'avaient réellement fait peur, surtout celles qui concernaient maman. Tout tournait dans ma tête, j'étais incapable de penser. Il prit mon trouble pour un encouragement.

— Ferme les yeux. Dans cinq minutes nous serons partis. Allez, voyons ! N'en fais pas toute une affaire.

Je sentis la fermeture s'abaisser dans mon dos et reculai.

— Hannah, je te préviens, notre patience est à bout. Montre-toi coopérative.

— Arrêtez, implorai-je, les larmes aux yeux.

— Ça ne fait pas mal et tu seras tirée d'affaire, fit valoir Adrian en venant se placer à ma gauche.

Il posa la main sur la bretelle et la fit glisser de mon épaule, tandis que Cade continuait à ouvrir mon bustier.

— Ferme les yeux, chuchota-t-il. Ce sera fini avant que tu t'en sois rendu compte.

Il abaissa l'autre bretelle et, d'un même mouvement, tous deux rabattirent mon bustier en avant, dénudant ma poitrine. À la même seconde la porte s'ouvrit et Danièle apparut, puis se figea sur place. On aurait dit que les yeux allaient lui sortir de la tête.

Je m'accrochai à ma robe pour me couvrir.

— Mais qu'est-ce que...

— C'est elle qui a voulu ! cria Cade sans laisser à sa mère le temps d'achever.

Les jumeaux avaient toujours un stock de mensonges prêts à servir, et celui-là jaillit tout seul. Adrian prit le relais.

— Elle nous a amenés ici, et elle a dit qu'elle allait nous faire un vrai cadeau d'anniversaire.

— Non, me défendis-je avec indignation. C'est eux qui m'ont forcée. Ils m'ont dit des choses horribles et menacée de...

— Pourquoi l'aurions-nous amenée dans ta chambre, Mère ? interrompit Cade une fois de plus. Nous l'aurions emmenée dans notre chambre, non ? C'est elle qui nous a conduits ici. Nous n'avions pas la moindre idée de ce qu'elle entendait par un vrai cadeau d'anniversaire.

— Hannah, ce n'est pas vrai ? interrogea Danièle, ébranlée.

— Non, c'est le contraire. Je voulais leur échapper. Ils mentent.

— C'est elle qui ment, Mère, soutint Adrian. Elle nous décrivait ce qu'elle faisait avec son copain haïtien, et comment ils répétaient tout nus.

Je secouai la tête avec l'énergie du désespoir. Les poumons me brûlaient, je pouvais à peine respirer.

— C'est faux. Ils mentent ! Ils mentent, Danièle, je te le jure.

— Mais que faites-vous dans cette chambre ? s'enquit-elle.

Cade jubilait.

— C'est elle qui a voulu venir ici, Mère. Tu sais que nous n'entrons jamais dans cette pièce. Pourquoi l'aurions-nous fait maintenant ?

Danièle attacha sur moi un regard interrogateur. Je secouai la tête à m'en faire mal, puis je m'élançai vers la porte, filai comme une flèche dans le couloir et me précipitai dans l'escalier.

— Hannah ! cria-t-elle derrière moi.

Je ne me retournai pas. Les jumeaux mentaient trop bien, ils arrivaient à faire croire n'importe quoi à n'importe qui. À quoi cela m'aurait-il servi de nier encore ?

Claire se figea en me voyant déboucher en trombe, le haut de ma robe plaqué devant moi, et me ruer vers la porte. Son expression de panique me mit des ailes aux pieds. En quelques secondes, j'étais dehors et dégringolais les marches du perron, courant déjà vers l'entrée de la propriété. Une fois là, et pas avant, je m'arrêtai pour rajuster ma robe. Puis, aussi calmement que possible, je pressai le bouton qui ouvrait la grille, franchis le portail et me retrouvai sur la route. Un moment plus tard, je marchais d'un bon pas en direction de Joya del Mar.

Les voitures me frôlaient dans un sifflement d'air, la brise de mer agitait mes cheveux et les rabattait sur mon visage, balayant les larmes de mes joues. Je devais avoir l'air d'une folle mais je ne m'arrêtai pas, même si je commençais à avoir mal aux jambes.

J'avais dû parcourir au moins trois kilomètres quand je fus obligée de faire halte, hors d'haleine. J'étais en nage, mon cœur cognait comme un tambour battant la charge, les voitures défilaient toujours. Si quelqu'un m'aperçut, plantée sur le bas-côté, il ou elle ne prit pas la peine de s'arrêter pour savoir si j'avais besoin d'aide.

J'avais laissé mon sac à main chez papa. Mon portable était dedans, bien sûr, avec mon portefeuille et ma carte de crédit. Que pouvais-je faire ? Je marchai jusqu'au portail d'une autre propriété, sans hâte cette fois, et pressai le bouton de l'interphone. Après une longue attente, une voix masculine se fit entendre.

— Oui ?

— Je m'appelle Hannah Eaton, expliquai-je. Ma voiture est en panne et je n'ai pas mon portable sur moi. Puis-je entrer pour téléphoner, s'il vous plaît ?

— Non. Mais si vous me donnez le numéro à appeler et le nom de la personne à demander, j'expliquerai votre situation. Eh bien ? fit la voix, de plus en plus pressante.

J'hésitai. Devais-je appeler Miguel ? Seraient-ils fâchés contre moi ? Il fallait me décider tout de suite. Je donnai le numéro et le nom de Heyden.

— S'il vous plaît, monsieur, demandez Heyden et dites-lui de venir me chercher à cette adresse.

— Entendu. Restez à la grille.

C'était étrange de parler à une voix impersonnelle, sortant d'une boîte métallique encastrée dans un pilier de pierre. J'avais un peu l'impression d'appeler l'Au-delà.

— S'il vous plaît, faites-moi savoir s'il peut venir, implorai-je.

Mais je n'obtins pas de réponse.

Bien plus effrayée que furieuse et fatiguée, à présent, je me laissai glisser le long du pilier, le dos au mur. Et là, recroquevillée sous le faisceau lumineux qui éclairait le portail, je m'efforçai de retrouver mon calme. Il me sembla que des heures s'écoulaient ainsi, sans que personne s'arrête. Où était papa ? S'il était rentré dans le délai convenu, il savait que je m'étais enfuie de chez lui et me trouvais sur l'autoroute. Pourquoi ne venait-il pas me chercher ?

Le ciel étincelait d'étoiles, et pourtant il m'oppressait. Tous les bruits venant de la route, à part celui des voitures, devenaient une menace pour moi. Je n'aurais pas été très étonnée si mes demi-frères s'étaient cachés dans l'ombre en faisant des bruits bizarres, juste pour voir à quel point ils pouvaient m'effrayer.

Pourquoi m'étais-je sauvée ? Pourquoi n'être pas restée pour leur tenir tête, et prouver à Danièle quels sales menteurs ils étaient ? Elle ne voudrait pas le croire, je le savais, mais il aurait mieux valu que je fasse front et maintienne mes dires. Elle devait me croire coupable, maintenant, et papa penserait la même chose. Il n'aurait comme référence que la version des jumeaux, et le choc éprouvé par Danièle en me trouvant dans sa chambre, nue jusqu'à la taille.

Je sanglotais, maintenant, sans pouvoir m'arrêter. J'en avais mal dans la poitrine. L'homme qui s'abritait dans cette forteresse avait-il vraiment appelé Heyden ? Elisha avait-elle décroché, répondu qu'il n'était pas là, et délibérément omis de lui transmettre mon message ? Elle en était tout à fait capable. Et même si elle avait prévenu Heyden…

Ce fut seulement à cet instant que cette idée me frappa. Il n'avait pas de voiture, à quoi mon appel au secours aurait-il servi ? Pouvait-il venir me chercher en mobylette ? Pourquoi n'avais-je pas demandé à cet homme d'appeler Miguel ?

Je songeai à me remettre en route, jusqu'à ce que je trouve une cabine téléphonique. Mais quand je me relevai, mes jambes flageolèrent et je pressai une fois de plus le bouton de l'interphone. Et une fois de plus il s'écoula un temps interminable avant que la même voix désagréable ne réponde :

— Oui ?

— Pardon, c'est encore moi. Je me demandais si vous aviez téléphoné.

— Je l'ai fait, et la personne en question a dit qu'elle allait s'arranger.

— Vous auriez pu me prévenir !

— Ce n'est pas une cabine publique, ici, ni un poste de secours. Ne vous servez plus de mon téléphone, ordonna la voix, péremptoire.

— Sûrement pas ! vociférai-je dans le micro. Et vous pouvez aller au diable, si vous n'y êtes pas déjà !

Ma voix résonna dans le vide : la ligne était coupée. Je pris une longue inspiration et reportai mon attention sur la route. Une demi-douzaine de voitures passèrent encore, puis je vis des phares se rapprocher, le véhicule ralentir. C'était un taxi, qui s'arrêta devant la grille. Heyden était à l'arrière, le nez collé à la vitre. Dès que le taxi s'arrêta, il sauta à terre.

— Hannah ! Que se passe-t-il ?

Je courus me jeter dans ses bras en sanglotant, incapable de parler. Il me guida jusqu'à la voiture et m'aida à y monter avec lui.

— Et maintenant, où va-t-on ? s'enquit le chauffeur.

Je ne voyais pas son visage, mais il semblait amusé.

— Hannah ? me demanda Heyden. Tu veux rentrer chez toi ?

— Non. Emmène-moi chez toi, Heyden.

Il donna ses consignes au chauffeur, qui fit demi-tour et repartit en sens inverse.

— Je n'ai pas d'argent sur moi, et ma carte de crédit non plus, chuchotai-je. J'ai tout laissé chez mon père.

— Pourquoi ? Qu'est-ce que tu faisais là, dehors ?

Je secouai la tête. Je ne voulais pas lui raconter ce qui s'était passé. Le chauffeur aurait pu m'entendre, et j'avais toujours affreusement honte.

— Ne t'inquiète pas, me rassura Heyden. J'ai assez.

— Je te rembourserai demain, je te le promets.

— Avec ou sans intérêts ? me taquina-t-il gentiment.

Une fois de plus je fondis en larmes, mais ces larmes-là me firent du bien. La joue contre celle de Heyden, son bras passé autour de moi, je me sentais en sécurité. Une fois arrivés chez lui, il régla la course et nous entrâmes dans la maison. Tout était si calme que je lui demandai où était sa sœur.

— Chez une amie, probablement en train de se droguer ou de boire, ou va savoir quoi ! Ma mère l'a laissée partir, bien que je l'aie avertie des dernières frasques de sa fille. C'est tellement plus facile pour elle de dire oui. Je l'ai prévenue que je ne me sentais pas responsable d'Elisha, et que je ne volerais pas à son secours si elle s'attirait des ennuis.

— Comme tu viens de le faire pour moi ?

— Il n'y a aucune comparaison, voyons !

J'allai à la salle de bains, me baignai le visage à l'eau fraîche et rejoignis Heyden dans sa chambre. Assis au bord de son lit, grattant distraitement sa guitare, il releva vivement la tête.

— Eh bien ? Je suis resté scié devant le prix de la course. Tu vas me dire ce qui s'est passé, à la fin ?

Je m'assis à son côté. Il posa sa guitare, se tourna vers moi et m'écouta raconter toute l'histoire, sans mot dire. Quand j'en eus terminé, je le vis serrer les poings de rage.

— J'aurais voulu être là, gronda-t-il.

— Ils n'ont pas peur des menaces, et cela ne sert à rien. Ils sont tellement arrogants ! Ils savent qu'ils seront toujours tirés d'affaire, quels que soient les ennuis qu'ils s'attirent.

— Je ne me serais pas contenté de les menacer, Hannah.

— Je ne remettrai jamais les pieds chez eux, je te le jure. J'en ai assez de faire comme s'ils étaient de ma famille. Ils ne veulent pas me reconnaître comme un membre de *leur* famille, et je n'ai pas envie d'en faire partie. Plus maintenant.

— Ça vaudra mieux pour toi, crois-moi. Alors, comme ça, ils se sont moqués des chansons que nous créons ensemble ? Ils sont jaloux, tout simplement.

Je haussai les épaules.

— Je me moque de ce qu'ils peuvent penser ou dire, Heyden. Ils ne peuvent rien contre nous, mais je m'inquiète pour mon oncle.

— C'était juste un de leurs coups tordus pour t'effrayer, j'en suis sûr. Ils n'iront jamais là-bas. Cela leur demanderait trop d'efforts.

— Je préfère m'assurer qu'il va bien, quand même. J'irai le voir demain, décidai-je.

Heyden attacha sur moi un regard soucieux.

— Tu m'as l'air bien fatiguée, Hannah. Tu ne crois pas que je devrais téléphoner à ton beau-père pour qu'il vienne te chercher ?

— Pas maintenant, Heyden. D'ailleurs j'appellerai un taxi et je paierai une fois là-bas. Ma mère sera peut-être endormie à cette heure-là, ce sera plus facile.

— Comme tu voudras, acquiesça-t-il, conciliant.

Je lui souris et me laissai aller en arrière. C'était si bon de pouvoir appuyer ma tête au creux d'un de ses oreillers. Il s'étendit à côté de moi et passa un bras sous mes épaules. Je me retournai vers lui, me blottis contre lui et fermai les yeux. Quelques secondes plus tard, je dormais.

⁂

Un bruit de voix et un éclat de lumière m'arrachèrent brusquement au sommeil. J'étais seule, et pendant un moment je me demandai ce que je faisais là. Je venais juste de reprendre mes esprits quand la porte s'ouvrit à la volée. Miguel apparut, le visage convulsé de colère. Jamais je ne l'avais vu dans un tel état. Je n'eus que le temps d'apercevoir Heyden, à quelques pas derrière lui.

— Qu'est-ce que ça signifie ? vociféra-t-il. Ta mère est morte d'inquiétude. Thatcher a appelé il y a quelques heures pour nous dire que tu t'étais sauvée de chez lui. Nous avons prévenu la police, qui a patrouillé sur l'autoroute et dans toute la ville, à ta recherche. Tu aurais pu avoir la décence d'appeler à la maison, Hannah ! Comment as-tu pu nous faire une chose pareille ? Surtout maintenant, avec tout ce qui se passe ! Mais comment as-tu pu faire ça ?

— Je me suis endormie. Je n'avais pas l'intention...

— Monte dans la voiture ! Immédiatement !

Je sortis aussitôt et m'arrêtai près de Heyden. Il était consterné.

— Désolé, Hannah. Je ne voulais pas te réveiller. Je savais que tu étais à bout de forces et...

— Hannah, sors d'ici ! tonna Miguel, avant de se retourner sur Heyden. Quant à vous, jeune homme, un bon conseil. N'essayez pas d'appeler chez nous, ni d'encourager Hannah à venir vous rejoindre. C'est compris ?

— Ce n'est pas de sa faute, Miguel !

Le regard brûlant de rage, il me fit pivoter vers la porte en me broyant les épaules entre ses doigts.

— Dehors ! aboya-t-il en me poussant rudement devant lui.

Sa fureur était telle que je n'osai pas le défier. En sortant, pourtant, je me retournai pour chercher le regard de Heyden, mais Miguel claqua la porte derrière moi.

— Monte ! ordonna-t-il, et plus vite que ça.

Quelques instants plus tard nous roulions vers Joya del Mar. Comment cette soirée avait-elle pu si mal tourner ? Jamais je n'avais autant détesté mes demi-frères, méditai-je avec une rage amère.

Mais jamais non plus je n'avais autant haï ma propre vie.

8

Et si je m'en allais ?

De toute ma vie, quoi que je fasse et quoi qu'il m'advienne, rien ne pourra me faire oublier ce qui se passa ensuite, quand Miguel et moi revînmes à Joya del Mar. Tout restera gravé dans ma mémoire, aussi vivace que ce jour-là, jusqu'au plus infime détail. Où se tenaient les gens, quelles lampes étaient allumées, ce qui fut dit, comment chacun réagit à ces paroles, absolument tout. Et la culpabilité devait à jamais m'accompagner, tel un invisible collier d'épines qui soudain se resserrait, chaque fois que le flot des souvenirs m'assaillait.

Pendant le trajet du retour, Miguel parvint à se maîtriser suffisamment pour écouter mon histoire. Je ne lui cachai aucune des horribles choses que les jumeaux avaient dites et faites.

— Pourquoi ne m'as-tu pas téléphoné, Hannah ? s'étonna-t-il. Je serais venu te chercher.

— Je ne voulais pas ajouter mes problèmes à tout ce que vous supportez déjà, surtout maman.

Miguel secoua la tête, la mine perplexe.

— Je ne te comprends pas, Hannah. C'est bien la première fois que tu nous déçois comme ça. Je te croyais plus intelligente, et surtout plus sensée. Mais qu'est-ce qui t'est passé par la tête ?

— Je voulais me reposer un peu avant de rentrer à

la maison, et ce n'est la faute de personne, Miguel. Je n'avais pas l'intention de m'endormir. C'est juste que... je ne m'étais pas rendu compte à quel point j'étais épuisée, physiquement et moralement. Je ne voulais pas causer tous ces ennuis, me lamentai-je, en fondant à nouveau en larmes.

— Bon, ça va, ça va. Inutile de pleurer pour ça, maintenant. Tout ce que je souhaite, c'est que tout rentre dans l'ordre au plus vite et que nous allions tous nous reposer. Nous en avons bien besoin.

J'écrasai mes dernières larmes et respirai un grand coup.

— Pourquoi ont-ils raconté ces choses horribles et fait ce qu'ils m'ont fait, Miguel ? Papa n'aurait jamais parlé comme ça, n'est-ce pas ?

Miguel garda le silence.

— Eh bien ? Est-ce qu'il aurait pu le dire ?

— Il faut que tu comprennes, Hannah, que lorsque tes parents ont divorcé la situation était difficile pour tous les deux. Je ne veux pas te monter contre ton père, et tu dois reconnaître que je ne l'ai jamais dénigré devant toi.

— Je sais, je sais. Ils ne se sont jamais vraiment aimés, comment pourrais-je l'oublier ? On n'arrête pas de me le rappeler.

— Cela va plus loin que ça, Hannah. Ton père n'a pas été fidèle. Je ne crois pas qu'il cherche à le nier, mais les Eaton sont une famille très orgueilleuse. Ils ne supportent pas d'avoir à répondre de leurs actes. Ils pensent qu'avec leur fortune, ils pourront s'acheter une place au paradis.

» Tes grands-parents Eaton, qui t'ignorent si totalement, n'ont pas perdu une seconde pour répandre des ragots immondes sur ta mère. Ce qui leur a permis de sauver la face en société, au cours de leurs réceptions flamboyantes et de leurs bals de charité.

La réponse manquait un peu de précision pour moi. J'insistai.

— Des ragots sur maman et Oncle Linden ?

— Eh bien... oui, reconnut Miguel. Une partie des troubles mentaux de ton oncle concerne sa relation avec ta mère, et ils se sont servis de cela.

— Que veux-tu dire ?

Mon cœur s'était mis à battre à grands coups. Se pouvait-il qu'il y eût quelque chose de vrai dans ces rumeurs ?

Miguel s'éclaircit la gorge.

— En arrivant ici, ta mère n'a pas révélé tout de suite sa véritable identité, et Linden est tombé amoureux d'elle. C'était un jeune homme solitaire, désemparé, sujet à des accès de dépression. Elle a surgi dans ce tableau sinistre comme un rayon de lumière, et a conquis sa confiance et sa tendresse.

» Plus tard, quand elle lui a dit qui elle était, il a éprouvé une déception terrible. Pour lui, c'était un nouveau mauvais tour du destin, après tant d'autres. Il devint encore plus amer et en voulut tout particulièrement à Thatcher, qui courtisait ta mère et qu'elle commençait à aimer. Il a grandi dans l'ombre de Thatcher et a dû toujours lui envier ses succès féminins, j'imagine.

— Mais pourquoi ne m'a-t-on jamais rien dit de tout ça ? me lamentai-je, partagée entre la colère et la frustration.

— Ce ne sont pas des sujets dont on aime discuter avec ses enfants, Hannah.

— Je ne suis plus une enfant ! protestai-je.

— Non, c'est un fait, et je suppose que nous devrions avoir une sérieuse discussion à ce sujet, tous les trois. Ta mère élude toujours la question, quand elle te parle de ton oncle Linden. Elle essaie de te protéger de toutes ces choses sordides, j'en suis persuadé.

— Mais je me sens tellement idiote, Miguel ! Mes demi-frères en savent plus que moi sur tout ça.

— Ils ne savent rien, à part ce que leur ont raconté leurs grands-parents, j'en suis sûr. Il se peut qu'ils aient surpris une conversation entre ton père et Danièle. Il devait essayer de rabaisser ta mère devant elle, ou vouloir lui prouver qu'il l'aimait plus que Willow. Quelle que soit la raison, je suis certain qu'elle était égoïste. Il sait que ce racontar ignoble ne contient pas un atome de vérité.

» Toutefois, reprit Miguel après un instant d'hésitation, il y a une chose que tu dois savoir, au sujet de ton oncle. C'est que sa dernière crise dépressive grave, il y a longtemps de ça, s'est produite quand ta mère était enceinte de toi. Dans son délire il fantasmait sur une relation amoureuse entre ta mère et lui, et il croyait être ton père. Il a fallu des années de thérapie, de médication, de soins attentifs et d'affection pour le guérir de cette illusion.

Ce que je venais d'apprendre me serra le cœur.

— Maintenant je comprends pourquoi il disait ces choses bizarres, la dernière fois que je suis allée le voir, avouai-je avec tristesse.

— Quelles choses, par exemple ?

— Oh, ses idées devaient s'embrouiller, j'imagine. Il m'a dit que mon père n'avait rien à voir avec le bébé, le petit Claude.

Cette révélation rendit Miguel songeur.

— Oui, je pense qu'il rechute, de temps en temps. Il repart en arrière et se retrouve plongé dans ses anciens fantasmes, mais pour l'essentiel, il va bien, me rassura-t-il.

— Oui, j'en suis sûre, Miguel.

Je me renversai contre le dossier de mon siège avec soulagement. Peut-être que le pire était passé, à présent. Je n'irais plus jamais chez mon père, je n'aurais plus le moindre contact avec les jumeaux, et voilà tout. J'avais très bien vécu sans eux jusqu'ici, je ne voyais aucune raison de ne pas continuer. Je ferais des excuses à maman, et peut-être me pardonnerait-elle pour tout ce qui avait pu la décevoir.

Cette chance ne devait pas m'être donnée. En franchissant les grilles de Joya del Mar, nous aperçûmes des lumières rouges qui clignotaient, tel un signal d'alarme.

— Une ambulance ! m'écriai-je.

Miguel remonta l'allée à vive allure et se gara à côté du véhicule. Les portes étaient ouvertes, et nous vîmes deux aides-soignants penchés sur un brancard. Lila se tenait sur le perron, devant la porte grande ouverte, figée comme une statue.

— Que se passe-t-il ? hurla Miguel aux auxiliaires.

L'un d'eux se retourna, tandis que l'autre continuait à pratiquer, comme je l'appris plus tard, la rééducation cardio-pulmonaire. Le brancard était assez haut pour nous cacher le petit Claude. L'homme expliqua brièvement :

— Nous essayons de le réanimer, monsieur.

— Lila ! cria Miguel. Qu'est-il arrivé ? Où est Willow ?

La pauvre Lila sortit brusquement de sa transe.

— Oh, monsieur Fuentes ! Elle est couchée dans son lit, les yeux au plafond. Je ne peux pas en tirer un mot. Je suis descendue en espérant lui apporter une bonne nouvelle.

— Mon fils, dit Miguel comme s'il se parlait à lui-même.

Puis il sauta dans l'ambulance et se pencha sur le bébé. L'aide-soignant qui lui avait parlé secoua la tête, avec une lenteur extrême, comme dans un film au ralenti. Quelque chose retentit à mes oreilles, on aurait dit qu'un bruit terrifiant ébranlait tout mon corps. Et brusquement, je compris d'où provenait ce bruit terrible. C'était moi qui criais.

Le second auxiliaire médical n'eut que le temps de retenir Miguel qui défaillait. Il lui encercla la taille et le maintint sur ses pieds. Je cessai de crier, courus vers Lila et me jetai dans ses bras. Nous échangeâmes une étreinte désespérée qui me glaça le cœur... puis je levai les yeux vers l'escalier. Maman descendait lentement les marches d'un pas de somnambule.

— Maman ! appelai-je.

Elle ne m'entendit pas, continua d'avancer dans notre direction, et déboucha sur la galerie au moment où Miguel sortait de l'ambulance.

Il leva les yeux vers elle. Il sanglotait, maintenant, et je me souviens de l'impression étrange que cela faisait de voir un homme pleurer comme un enfant. Cela me fit pleurer, moi aussi.

Maman fit quelques pas vers lui mais subitement, elle vacilla comme si tout son corps devenait fluide, et s'affala sur le sol.

— Maman ! hurlai-je de toute la force de mes poumons.

— Willow ! cria Miguel en courant à elle.

Les aides-soignants furent à ses côtés en un instant. Ils lui firent respirer des sels, mais elle secoua la tête avec une sorte de violence, comme pour nier les faits et retomber dans une bienheureuse inconscience. Ils la maintinrent éveillée, cependant. Puis, à l'aide d'un second brancard ils la ramenèrent à la maison et, sur les instructions de Miguel, la portèrent jusqu'à sa chambre.

Malgré ma terreur, je ne pus pas m'empêcher de retourner à l'ambulance et de regarder le petit Claude. Sa bouche était à peine entrouverte, et ses yeux fermés. Je touchai ses doigts minuscules, consciente de n'avoir pas passé beaucoup de temps avec lui, pendant sa courte vie. J'aurais tant voulu que ce contact entre nous, par je ne sais quel miracle, puisse le ressusciter ! Maman ne m'aurait-elle pas aimée pour cela ? Mais c'était impossible, naturellement.

— Adieu, petit Claude, chuchotai-je en descendant.

Lila m'entoura de son bras et nous revînmes ensemble vers la maison.

— Comment est-ce arrivé ? m'entendis-je demander.

— Elle s'était endormie, la pauvre. Elle ne voulait pas dormir, mais elle était si fatiguée ! Quand elle s'est réveillée, il allait déjà très mal. Je l'ai entendue crier « Miguel » ! Mais il était déjà parti vous chercher, alors j'ai téléphoné à SOS.

J'eus l'impression qu'une tonne de rocs et de glace s'écroulait sur moi. Maman avait appelé Miguel, mais il était parti me chercher ? C'était à cause de moi qu'il avait été absent au moment le plus critique ?

Un bruit discret me fit lever les yeux vers l'escalier. Les aides-soignants redescendaient en se parlant à voix basse. Ils disaient que le petit Claude allait être emmené à l'hôpital, pour une autopsie. Lila dut les entendre, elle aussi. Elle s'en alla, tête basse, en marmonnant comme pour elle-même :

— Je vais lui faire quelque chose de chaud. Du café, peut-être bien. Ou alors du thé...

Je montai à l'étage à pas lents, comme si mes

jambes étaient coupées du reste de mon corps et le hissaient péniblement, sans qu'il participe à l'effort. Devant la chambre de maman, je m'arrêtai. Je l'entendais gémir et demander sans cesse à Miguel, d'une voix lamentable, si c'était vrai, si le petit Claude était vraiment parti pour toujours.

— J'en ai peur, répondait-il à chaque fois.

Jusqu'au moment où elle se mit soudain à hurler.

— Où étais-tu ? Pourquoi n'étais-tu pas là quand j'avais besoin de toi, Miguel ? Où étais-tu ?

— Je suis allé chercher Hannah, tu sais bien ?

— Hannah, répéta-t-elle, et mon nom me fit tout à coup l'effet d'un blasphème.

— Mais oui. Rappelle-toi : j'ai fini par savoir qu'elle était chez ce garçon et j'y suis allé.

Le sang me monta à la tête. Maman allait comprendre que c'était ma faute, maintenant. Pour elle je serais toujours la coupable. C'était à cause de moi que Miguel était sorti. S'il avait été à la maison, il aurait pu faire quelque chose, ou obtenir une aide médicale plus rapide pour le bébé.

Brusquement, toute la jalousie que j'avais ressentie envers Claude se mua en une horreur noire, sinistre et malfaisante, qui me glaça jusqu'à l'âme. C'était comme si un masque venait d'être ôté, que derrière lui le diable en personne riait de plaisir à l'idée de ce qu'il m'avait fait, de ce que je lui avais permis de me faire.

Toutes mes petites allusions méchantes à l'égard de maman se retournaient contre moi, tel un faisceau de flèches acérées.

— Toi, toi, toi ! sifflait chacune d'elles à mon adresse.

Je voyais maman me désigner du doigt avec une expression de reproche, et m'enfoncer ce doigt dans le cœur. Je n'osais même pas m'imaginer levant les yeux sur elle. Et rien ne me semblait aussi terrifiant que de rencontrer son regard. Malgré tout l'amour qu'elle m'avait témoigné dans le passé, toutes les choses tendres et merveilleuses qu'elle m'avait dites, je lirais toujours ce reproche sur son visage. Il serait toujours là, telle une flaque de boue derrière un mur, filtrant par ses joints à la moindre occasion. Je me retournerais à l'improviste et surprendrais maman qui me regarderait, avec tant de haine qu'à chaque fois je mourrais un peu plus.

Quand elle se remit à crier, je m'éloignai de sa chambre. Miguel avait bien assez de mal à essayer de la calmer. Il finit d'ailleurs par appeler le Dr Jacobi, un de leurs amis proches, qui vint sans attendre et donna un sédatif à maman. J'aurais voulu qu'il m'en donne un, à moi aussi. Et même qu'il m'en fasse prendre une dose trop forte, pensai-je avec désespoir.

Pendant que tout cela se passait, je m'assis au pied de mon lit, les bras enserrant mes genoux relevés, ramassée sur moi aussi étroitement que possible. Tête baissée sur mes bras repliés, je finis par m'endormir. De temps à autre un bruit de pas devant ma porte m'éveillait, puis lorsque tout redevenait silencieux, je me rendormais.

Ce fut ainsi que Miguel me trouva, un peu plus tard. Et bien que je n'en garde qu'un souvenir confus, je sais qu'il me prit dans ses bras et me déposa sur mon lit. Un peu avant l'aube, je m'éveillai avec un sentiment d'inquiétude. La maison était trop silencieuse. Je me levai, allai à pas feutrés jusqu'à la porte de la chambre de maman et restai là un long moment, à écouter. J'entendis maman gémir, Miguel la consoler tendrement, puis le silence revint et je regagnai ma propre chambre.

J'essayai de me rendormir mais il me fut impossible de garder les yeux fermés. Le moindre petit bruit, le plus infime craquement me mettait en alerte. C'était comme si mon ouïe était aussi développée, tout à coup, que celle d'un chien ou d'un chat. Je finis par me lever, allai me rafraîchir à la salle de bains et me changeai. Je finissais de m'habiller quand j'entendis monter Lila, qui apportait à maman son petit déjeuner. Maman cria qu'elle ne voulait rien prendre, et Miguel la supplia de manger, alléguant qu'elle allait avoir besoin de toutes ses forces.

Pas une seule fois je n'entendis maman me demander, et j'en fus soulagée, en même temps que déçue. Je n'osais pas aller vers elle, je n'en avais pas le courage. Mais j'étais blessée qu'elle n'ait pas besoin de ma présence à ses côtés, pour la réconforter et la consoler. J'aurais aussi bien pu mourir avec Claude, pensai-je avec accablement. Je ne savais vraiment plus à quel saint me vouer.

Finalement, Miguel vint voir comment j'allais.

— Tu es debout, Hannah ? Tant mieux. Viens voir ta mère.

— Elle ne veut pas me voir, me désolai-je.

— Mais si, elle veut te voir. Ce n'est pas le moment de faire des enfantillages, voyons !

Il me regardait si sévèrement, si froidement… Je ne l'avais jamais vu regarder quelqu'un comme ça, même pas le jardinier ivre qui l'avait traité de tous les noms en espagnol.

— Tu crois que tout est de ma faute, c'est ça ?

— Non, ce n'est pas ta faute, Hannah. C'est la volonté de Dieu.

— Pourquoi Dieu voudrait-il prendre la vie d'un enfant qui vient de naître ? Pourquoi l'avoir laissé naître ?

Je savais que Miguel et sa famille étaient profondément croyants, mais pour le moment je ne voyais pas à quoi la foi pouvait servir.

— Nous n'avons pas à connaître ni à comprendre la volonté de Dieu, Hannah.

Comme c'est commode, ironisai-je à part moi. Mais je ne dis rien, même si ce n'était pas l'envie qui m'en manquait. J'aurais bien voulu transférer mon sentiment de culpabilité sur le Dieu de Miguel, m'en décharger sur les églises, la Bible et tous les anges ! Loin de se fâcher, Miguel s'adressa calmement à moi.

— Tout comme une fourmi ne peut pas comprendre l'esprit d'un homme, nous ne pouvons pas espérer comprendre l'esprit de Dieu. Nous ne sommes pas des dieux, insista-t-il, avec cette fermeté qui, de toute évidence, lui donnait la force de supporter l'épreuve et d'être fort pour maman.

À mon corps défendant, je fus bien forcée de l'admirer et même de l'envier pour cela. D'un pas ralenti, comme si je me rendais à mes propres funérailles, je le suivis jusqu'à la chambre de maman. Elle était couchée, un linge humide sur le front, et contemplait fixement le plafond. Péniblement, je parvins à articuler :

— Maman...

Avec une lenteur extrême elle se tourna vers moi, me regarda longuement et proféra d'une voix éteinte :

— Il nous a quittés.

— Je sais, maman.

Mes lèvres et mon menton tremblaient. J'espérais qu'elle allait me tendre les bras, me dire de venir m'y blottir, mais non. Elle se détourna et se remit à contempler le plafond.

— Il est parti, psalmodiait-elle d'une voix dolente.

Il est resté si peu de temps, et maintenant il n'est plus là !

J'en étais malade de tristesse et de chagrin.

— Je suis désolée, maman.

Elle ferma les yeux. Que pouvais-je dire d'autre ? Lui demander si elle allait essayer d'avoir un autre enfant ? Ne serait-ce pas trop brutal, ou même choquant ? Devais-je lui demander si je pouvais faire quoi que ce soit pour elle ? Mais qu'aurais-je pu faire ? Creuser une petite tombe ? Si elle avait besoin de quoi que ce soit, à boire ou à manger, Lila le lui apporterait. À quoi pouvais-je bien servir, moi, maintenant ?

Je me retournai vers Miguel, qui se tenait dans l'embrasure de la porte. Il soupira, puis me dit de descendre déjeuner.

— Cela va être une journée difficile pour nous tous, Hannah. Nous avons besoin de toutes nos forces pour nous aider mutuellement à la supporter.

J'acquiesçai, puis jetai un dernier regard à maman. Subitement, elle porta les mains à sa poitrine et s'écria :

— C'est l'heure de lui donner le sein !

— Calme-toi, Willow, dit Miguel en s'avançant dans la chambre.

— Oh, cela fait si mal !

— Je vais appeler le Dr Jacobi, Willow.

— À quoi bon ? Qu'est-ce qu'il pourra te dire ? Rendez-moi mon bébé ! Rendez-moi mon bébé ! hurla-t-elle dans une plainte qui faisait mal à entendre.

Et elle commença à se frapper à coups de poing, sur tout le corps. Chaque coup qu'elle se portait me faisait tressaillir, comme si je l'avais reçu moi-même. Miguel dut lui prendre les mains et les ramener à ses côtés. Il la maintint solidement et elle se laissa retomber en arrière, tassée sur elle-même comme si elle souhaitait disparaître.

⁂

Il y eut énormément de monde aux funérailles, dont une bonne partie des membres de l'Université. Je vis même quelques élèves de Miguel. Ses parents étaient aussi très nombreux, bien sûr. Certains venaient de Miami, ou même d'autres États. Je ne m'étais jamais rendu compte que maman connaissait autant de gens, ni que ses relations professionnelles étaient aussi étendues. Je m'étonnai de voir papa, et me demandai si ce n'était par Mme Gouters qui lui avait rappelé le jour et l'heure. Danièle l'accompagnait, mais je n'osai pas la regarder. J'avais trop peur de lire des reproches dans ses yeux.

Maman ne semblait remarquer personne. Le regard vide, elle reçut les accolades, les baisers et les condoléances des gens, mais j'étais certaine qu'elle ne se rappellerait aucun d'entre eux. Elle était sous sédatifs, et tout juste capable de tenir debout. Miguel faisait preuve d'une grande force d'âme. Il ne montra pas son chagrin, du moins jusqu'à ce que nous arrivions au cimetière. Là, devant la fosse ouverte, la réalité de la mort du petit Claude le terrassa et je le vis pleurer.

Quand tout fut terminé nous retournâmes à Joya del Mar, où Miguel et moi reçûmes les gens venus nous témoigner leur sympathie. Papa et Danièle ne vinrent pas, et j'en fus plutôt soulagée. Maman ne resta pas en bas avec nous : elle voulait dormir. Le buffet, les boissons et les conversations allégèrent un moment l'atmosphère lugubre qui pesait sur notre demeure. Mais quand les derniers visiteurs s'en allèrent, après avoir exprimé leurs ultimes regrets, la tristesse revint avec la force du flot montant. L'ombre et le silence reprirent possession de la maison.

— Eh bien, soupira Miguel en balayant du regard le salon vide, c'est ainsi. Nous devons rebâtir, à présent.

Je n'avais pas la moindre idée de ce qu'il entendait par là, mais je fis quand même un signe d'approbation.

— Je vais voir comment va ta mère, ajouta-t-il en quittant la pièce.

Restée seule, je pensai à Heyden. Il n'avait pas osé venir au cimetière. Je l'avais aperçu à l'église, mais j'avais eu peur moi aussi et je lui avais à peine fait signe. À présent, je m'en voulais. Il n'avait rien à voir avec tout ça et n'en était pas responsable, et pourtant le blâme rejaillissait sur lui aussi, d'une certaine façon. Simplement parce que je me trouvais chez lui, que j'étais allée chez lui après ma mésaventure, au lieu d'aller voir Miguel et maman. Si seulement j'étais rentrée à la maison, m'accusais-je... Si seulement !

À ma connaissance, Oncle Linden ignorait totalement la mort du petit Claude. Maman n'avait certainement pas souhaité qu'on le prévienne, et Miguel ne l'aurait jamais fait de sa propre initiative. Après tout ce qui s'était passé, tout ce qui avait été dit, je n'allais sûrement pas suggérer qu'on l'avertisse, moi non plus. Cela me fâchait autant que la responsabilité attribuée à ce pauvre Heyden. Oncle Linden aurait dû avoir le droit d'être parmi nous, de nous réconforter et nous consoler, maman et moi.

J'attendrais un moment plus favorable, décidai-je, et alors je demanderais à Miguel d'en parler à maman. S'ils voulaient bien, je me chargerais moi-même d'informer Oncle Linden. J'étais convaincue qu'il m'écoutait mieux que n'importe qui d'autre, d'ailleurs. C'était moi la mieux placée pour lui apporter la nouvelle, et l'aider à la comprendre.

Je passai le reste de l'après-midi sur la terrasse du fond, à contempler la mer, fascinée par les jeux d'ombre et de lumière qui accompagnaient le déclin du jour. Finalement, Miguel vint voir ce que je devenais.

— Comment va-t-elle ? questionnai-je dès que je l'aperçus.

— Aussi bien qu'on peut l'espérer.

J'aurais voulu savoir si elle avait demandé à me voir, mais je me contentai de regarder fixement l'océan. Ce fut Miguel qui finit par suggérer :

— Tu devrais monter la voir, Hannah.

— J'y vais.

Pourquoi fallait-il qu'aller voir ma mère, la réconforter et lui témoigner mon amour me soit devenu si difficile, tout à coup ? C'était trop triste. Je marchai le plus lentement possible, reculant autant que je le pouvais ce tête-à-tête avec elle. Quand j'entrai dans sa chambre, elle était assise dans son lit et buvait une tisane. Je dus faire un effort pour demander :

— Comment vas-tu, maman ?

— Comment veux-tu que j'aille ? C'est comme si on m'avait arraché un morceau de moi-même, qu'une partie de moi-même était morte. Il y a un vide en moi que je ne crois pas pouvoir jamais combler, Hannah. Mon avenir m'a été enlevé, rien ne sera jamais plus aussi beau, aussi bon ni aussi doux qu'avant. Prie Dieu chaque jour pour que pareille chose ne t'arrive jamais, ma chérie.

— Mais cela *m'est* arrivé ! protestai-je. C'était mon frère.

— Seule une mère peut comprendre cela, Hannah. La relation est trop particulière, trop intime. On ne peut la comparer à aucune autre. Ce sont des choses que j'ai toujours sues, bien sûr, mais c'est bien différent quand cela vous arrive.

Elle s'interrompit, le temps d'un long soupir.

— C'est moi qui conseille les autres, d'habitude, qui les encourage à exprimer leurs sentiments et leurs problèmes. Et voilà que je ne supporte plus de parler, je voudrais être muette. Peut-être comprendrai-je davantage mes patients, maintenant. Je suis comme eux : j'ai besoin de temps pour faire mon deuil et pour souffrir.

— Je ne veux pas que tu souffres, maman !

— Sans doute, mais c'est trop tard pour ça, et ce que toi ou moi voulons n'y changera rien, n'est-ce pas ? Miguel voudrait que je me tourne vers la foi. Qu'avons-nous fait pour qu'une telle malédiction pèse sur notre famille ? Combien de temps devons-nous payer les péchés de nos pères ?

Cette question chargée d'amertume ne s'adressait pas à moi, bien sûr, mais au destin lui-même. Elle reposa sa tasse et s'allongea dans son lit.

— Rends-moi service, Hannah, tu veux bien ? Ferme ces rideaux, je voudrais dormir.

— Mais tu n'as pas faim ? tu ne veux pas...

— Je veux dormir, c'est tout. Ferme la porte derrière toi, m'enjoignit-elle en fermant les yeux.

Peut-être pour ne pas me voir, pensai-je avec un serrement de cœur.

Et je me hâtai de lui obéir.

⁂

Maman finit par sortir de sa chambre et de sa prostration, mais l'atmosphère lugubre qui s'était installée dans la maison demeura. Maman évitait la lumière, la musique. Elle mangeait tout juste de quoi survivre, sans appétit ni plaisir. À son cabinet, son activité se limitait à des travaux de bureau, comme des rapports, et elle ne donnait plus que de rares consultations.

Je ne l'entendis jamais faire allusion au fait que Miguel était venu me chercher, ce fameux soir si tragique, et elle ne me posa jamais la moindre question là-dessus. Et pourtant je mourais d'envie de lui raconter ce qui s'était passé chez papa, ce que les jumeaux avaient dit et fait. Mais c'était comme si cette soirée s'était effacée de sa mémoire, et j'étais bien trop effrayée et angoissée pour aborder le sujet moi-même.

Finalement, environ une dizaine de jours plus tard, elle parla spontanément d'Oncle Linden à la table du dîner.

— Il faudrait le mettre au courant pour le petit Claude, j'imagine. Qu'en penses-tu, Miguel ?

— Veux-tu que je fasse un saut là-bas ?

— La plupart du temps il ne semble même pas te reconnaître, objecta-t-elle. Non, c'est à moi d'y aller, je crois.

Je suggérai, pleine d'espoir :

— Je peux y aller, maman, si tu veux ?

Elle me jeta un regard lointain, vraiment bizarre, qui me laissa une impression plus bizarre encore. On aurait dit qu'elle ne se rappelait plus qui j'étais. C'était comme si une inconnue venait de surgir en face d'elle, et osait se mêler de ce qui ne la concernait pas.

— Non, refusa-t-elle. Il ne comprendra pas si cela vient de toi.

Je n'osai pas la contredire, mais Miguel hasarda :

— Laisse-moi au moins t'accompagner, Willow ?

— D'accord. Allons-y cette semaine, décida-t-elle.

Sur quoi elle se remit à picorer le contenu de son assiette.

Un peu plus tard, seule dans ma chambre et sans vraiment savoir pourquoi, je fondis en larmes. J'étouffai mes sanglots, afin que personne ne m'entende. Puis, la crise passée, je fis mon travail de classe et me couchai.

Au lycée, Heyden m'avait évitée toute la journée. À plusieurs reprises j'avais essayé de lui parler, mais il s'était toujours excusé poliment. Mes amies, par contre, même les plus jalouses, mirent de côté leurs sarcasmes et me manifestèrent leur sympathie. J'acceptai leurs consolations, même si je doutais de leur sincérité. J'avais besoin que l'on prenne en considération mes sentiments, besoin d'accolades chaleureuses et de paroles réconfortantes.

Le climat sinistre qui régnait à Joya del Mar, et le vide qu'il avait creusé dans ma vie, atteignit son apogée en fin d'après-midi, quand Miguel et maman revinrent de leur visite à Oncle Linden. Je les attendais avec une anxiété croissante et je m'avançais aussitôt à leur rencontre, pour leur demander comment avait réagi mon oncle à cette affreuse nouvelle.

Miguel secoua la tête, m'indiquant par là de ne pas aller plus loin, mais maman répondit à sa place :

— Il m'a reproché de ne pas avoir écouté ses conseils, tu te rends compte ?

Mon regard perplexe provoqua chez elle un étrange petit rire creux et dissonant, puis elle murmura :

— Il ne sait même pas quelle année nous sommes, où il se trouve, ni ce qui s'est passé. Peut-être vaut-il mieux qu'il reste dans ses limbes, après tout.

— Non, protestai-je, un peu trop vivement.

Ce fut une erreur, je le lus sur le visage de maman. Mais je n'en défendis pas moins l'oncle Linden.

— Il est toujours raisonnable avec moi, enfin presque. C'est seulement quand je lui ai parlé du petit Claude...

— Écoutez-la ! m'interrompit maman. Que fait-elle à l'Université, on se le demande. Elle peut accrocher sa plaque sur sa porte dès demain. Ton cher oncle est un malade mental, Hannah. Il ne quittera jamais cet endroit, mets-toi bien ça dans la tête ! Pourquoi suis-je allée là-bas pour m'exposer à sa démence en un moment pareil, ça aussi je me le demande !

» Ou plutôt si, je le sais, se reprit-elle en me foudroyant du regard. C'est à cause de ton insistance à t'occuper de lui, de ta façon de me culpabiliser à cause de lui. Quel bien en est-il résulté, d'après toi ? Il ne va pas mieux. En fait, il va même beaucoup plus mal. Je t'interdis de retourner là-bas, tu m'entends ? Je te l'interdis formellement.

— Calme-toi, tenta de l'apaiser Miguel.

Elle haussa les épaules et marcha d'un pas décidé vers l'escalier. Miguel se retourna sur moi.

— Elle est très éprouvée, Hannah, l'excusa-t-il. Je monte la voir. Préviens-nous quand le dîner sera prêt. Peut-être arriverai-je à lui faire prendre un repas un peu plus substantiel, ce soir.

Les prévenir quand le dîner serait prêt, c'est ça ! Je ne suis qu'une servante de plus dans cette maison, maintenant, ironisai-je à mes dépens. Mais je ne pleurai pas. Je n'avais plus de larmes. Mon chagrin avait fait place à une indignation rageuse. C'était si injuste de me reprocher l'état d'Oncle Linden ! Allais-je être blâmée pour tout ce qui arriverait dans cette famille, désormais ?

La colère me donna du courage. Sans la permission de personne, je quittai aussitôt la maison et courus à la voiture de maman. Moins de trente secondes plus tard, je roulais en direction de chez Heyden. Qu'il le voulût ou non, il allait devoir m'écouter. Nous n'avions pas à endosser la responsabilité de ce qui s'était passé, ni être punis pour cela. Ce qui existait entre nous m'était cher, et j'étais bien résolue à ce que cela continue.

Par chance, Heyden était chez lui. Quand je me garai devant la porte, je pus l'entendre s'exercer à la guitare. Je frappai, attendis, mais il chantait en jouant et ne m'entendit pas. Comme la porte n'était pas verrouillée, j'entrai.

— Heyden ! appelai-je. Heyden ?

Cette fois il m'entendit, cessa de jouer et sortit de sa chambre.

— Hannah ! Qu'est-ce que tu fais ici ?

— Je venais te voir. Sauf si ça t'ennuie, ajoutai-je avec brusquerie.

— Bien sûr que non mais... ton père a dit...

— Qu'il dise ce qu'il veut, et les autres aussi. Je m'en moque, Heyden ! Il n'y a rien de mal à nous voir, toi et moi, et encore moins à chanter ensemble.

Il sourit.

— Je ne l'ai jamais pensé, Hannah, mais qui suis-je pour défier les puissants de ce monde ?

— Tu es Heyden Reynolds, je suis Hannah Eaton, et nous sommes les puissants de ce monde, répliquai-je.

— Pas mal, continue. Peut-être que j'en ferai une chanson.

Je ris de bon cœur avec lui.

Ce fut comme si une digue venait de se rompre, et que toute ma joie de vivre, enfermée, étouffée, se libérait enfin. Comme c'était bon de la retrouver !

Dès que j'entrai dans sa chambre, nos regards se nouèrent, et nous dirent à quel point nous nous étions manqué l'un à l'autre. J'étais si affamée d'affection et d'amour que je brûlais de sentir ses bras autour de moi, ses lèvres sur les miennes. Pour moi, ce baiser fut comme un verre d'eau fraîche après une pénible traversée du désert. J'aurais voulu rester dans ses bras pour toujours.

Cette fois, je pleurai des larmes de joie.

— Hé là ! dit-il en les essuyant doucement de mes joues. Qu'est-ce qui se passe, Hannah ?

— Oh, Heyden ! Je suis une étrangère dans ma propre maison, maintenant, et même pire que ça. Je me sens tellement indésirable. Et ma mère m'a interdit d'aller voir Oncle Linden !

— Mais pourquoi ?

— Elle me reproche tout ce qui est arrivé, je le sais. Si Miguel n'était pas venu me chercher, il aurait pu faire quelque chose pour le petit Claude. Et maintenant, c'est ma faute si mon oncle est un malade mental.

— Il ne m'a pas semblé si malade que ça, Hannah.

— Il ne l'est pas. C'est juste que... ma mère est aveugle à tout, sauf à son propre chagrin. Je déteste vivre là, habiter là. Je voudrais...

— Quoi donc ?

— Je voudrais que nous puissions partir d'ici.

— Et moi, donc ! Si tu savais...

Je sentis qu'un nouveau fardeau pesait sur ses épaules.

— Il est arrivé quelque chose ? m'inquiétai-je.

— Tu as dû penser que je t'évitais, que j'avais peur de te parler à cause de ton beau-père, et il y avait un peu de ça. Mais la vraie raison, c'est que je ne voulais pas que tu reviennes ici.

— Mais pour quelle raison ?

Je restai un moment perplexe, puis le calme inhabituel qui régnait dans la maison me frappa. Où était Elisha ? Pourquoi n'écoutait-elle pas sa musique à plein volume ?

— C'est en rapport avec ta sœur, Heyden ? Il lui est arrivé quelque chose ?

— Elle et deux de ses amis se sont fait prendre avec de la cocaïne. Ne me demande pas comment elle et ces soi-disant amis ont fait pour s'en procurer autant, mais ils en avaient assez sur eux pour être arrêtés. À cause de son âge, son nom n'est pas paru dans les journaux. Ma mère est dans tous ses états, bien sûr, et je n'ai pas voulu être mêlé à ça.

» Nous avons appelé mon père, mais il ne peut pas quitter son concert, sinon il perd son engagement. Je suis censé le tenir au courant de ce qui va se passer ensuite. Elle risque de se retrouver dans un centre pour délinquants juvéniles, et si tu veux mon avis, elle ne l'aurait pas volé.

— Où est-elle, pour l'instant ?

— Va savoir. Avec son assistante sociale, peut-être bien, mais ça ne servira à rien non plus. En bref, je n'ai jamais eu autant envie de partir d'ici que maintenant.

Nous restâmes un moment silencieux, tous les deux. Je finis par demander :

— Où irions-nous ?

Il se renversa sur le lit, croisa les mains sous sa nuque et leva les yeux au plafond.

— Nous pourrions prendre la route, essayer de trouver des petits boulots par-ci, par-là, comme chanteurs en duo. Tu as presque dix-sept ans, et on t'en donnerait facilement dix-huit ou dix-neuf.

— Nous sommes assez bons pour trouver du travail, tu crois ?

— Bien sûr que nous le sommes, affirma-t-il, et nous présentons bien, en tout cas toi.

J'en étais moins sûre que lui.

— Je me demande si nous en serions vraiment capables, Heyden.

Il se redressa vivement et s'assit.

— En fait, il y a un bon bout de temps que j'y pense. J'en rêvais avant même qu'on commence à répéter, pour tout dire.

— Quoi ?

J'étais tout excitée à cette perspective, mais le réalisme de Heyden doucha mon enthousiasme.

— Tous les fugueurs font de l'auto-stop, dorment dans des taudis ou vivent comme des clochards, en campant dans les gares ou sous les ponts. Le pays est plein de jeunes de notre âge qui vivent comme des vagabonds, prêts à faire n'importe quoi pour un repas ou un trajet en voiture.

— Et nous, alors... que pourrions-nous faire d'autre ?

Il sourit, très sûr de lui.

— Nous aurions un mobil-home, annonça-t-il. C'est le moyen le plus économique de voyager. La plupart des fugueurs finissent par manquer d'argent et se retrouvent à la rue. Un mobil-home permet de se loger pour pas cher, et on peut se déplacer comme on veut.

— Ça me paraît être une bonne idée. Mais tu connais quelque chose à ces engins-là ? Tu sais comment t'en procurer un ?

Son sourire s'élargit.

— Hé oui. J'ai trouvé une annonce sur Internet. Ce n'est pas trop cher, mais ça dépasse quand même mes moyens, précisa-t-il, son sourire envolé.

— Je n'ai pas tellement de liquide non plus. Tout mon argent est sur un compte.

— Je m'en doutais un peu, figure-toi.

— Et si je payais avec ma carte de crédit ?

Apparemment, ce n'était pas la bonne solution.

— J'y ai pensé aussi, mais le problème c'est que ça vous fait repérer, Hannah. Chaque fois qu'on s'en sert, on laisse une trace. Je suis sûr que tes parents nous feraient rechercher. Tu es encore mineure, je pourrais même avoir des ennuis pour t'avoir emmenée. Non...

Il se laissa retomber en arrière et constata d'une voix morne :

— Nous sommes coincés, tous les deux. Sans une bonne petite somme d'argent supplémentaire, ce ne sera pas possible.

Son réalisme nous ramena sur terre.

— Je pourrais vendre certaines choses, suggérai-je.

— Ça prend trop de temps, et il y a de grandes chances pour que tu te fasses repérer. J'ai mis des trucs en gage, et je peux te dire qu'on n'en tire même pas la moitié de ce que ça vaut.

— Je ne supporte pas ça ! m'écriai-je en me jetant contre lui. Je ne supporte pas de me sentir impuissante, piégée, mal aimée !

Il m'entoura de son bras et me caressa les cheveux.

— Nous sommes tous enfermés dans notre propre petite cage, Hannah, des cages que nous n'avons pas fabriquées nous-mêmes. Un peu comme ton oncle, j'imagine.

Je me blottis contre sa poitrine pour étouffer mes larmes, et restai ainsi quelques instants. Puis je m'assis et m'essuyai les joues.

— Je me moque de ce que dit maman, j'irai voir Oncle Linden. Il doit être tout chamboulé depuis qu'il a appris la nouvelle, et se sentir terriblement seul. J'imagine très bien dans quel état on l'a laissé, assis dans un coin de sa chambre, à se demander ce qui est arrivé.

En me voyant me lever, Heyden ouvrit des yeux ronds.

— Maintenant ? Tu y vas maintenant ?

— Oui. Tu veux venir avec moi ?

— Bien sûr. Si nous devons nous attirer des ennuis ensemble, autant faire ensemble une chose qui en vaille la peine.

Sa réponse me mit du baume au cœur.

— Tu es le meilleur ami que j'aie jamais eu, Heyden.

— Je veux être bien plus qu'un ami pour toi, Hannah.

— C'est ce que tu es, affirmai-je, et nous échangeâmes un baiser avant de quitter la maison.

La nuit tombait à présent, mais le ciel était clair, avec un croissant de lune riche de promesses. Je montai dans la voiture.

— Attends ! s'écria Heyden en repartant vers la maison.

Il en revint presque aussitôt, sa guitare à la main.

— Autant répéter, pendant qu'on y est. Nous gagnerons peut-être à la loterie, ou quelque chose comme ça. Je laisserai une certaine somme à ma mère et nous prendrons la route.

Il racla les cordes de sa guitare et plaqua quelques accords de « Cette Terre est votre terre, ce pays est mon pays ».

— Où est ta mère ? questionnai-je tout à coup.

— Elle termine son travail. Elle ne va pas tarder à rentrer.

— Tu ne crois pas que tu devrais lui dire où tu es ?

suggérai-je, sur le point de démarrer. Je veux dire… après ce qui vient d'arriver à ta sœur.

Il eut une moue blasée.

— Il y a longtemps que j'ai renoncé à ça, Hannah, tout comme elle a renoncé à me poser des questions. Pour être franc, j'ai déjà fugué. Le problème c'est que je suis le seul à le savoir.

J'attachai sur lui un regard compréhensif.

— Je crois que moi aussi, je vais renoncer à tout ça, dis-je en mettant le contact.

Et je démarrai tandis que Heyden improvisait à la guitare, en s'efforçant de composer une chanson pleine d'espoir.

9

Je m'en vais

Mme Robinson fut stupéfaite de nous voir apparaître à la résidence.

— Ô mon Dieu ! s'apitoya-t-elle. J'ai été si peinée d'apprendre cette affreuse nouvelle. Cela a dû vous porter un coup terrible, à vous et à vos parents.

— C'est vrai, madame Robinson. Merci. Comment va mon oncle depuis la visite de ma mère ?

— Il a très mal réagi, j'en ai peur, mais une seconde visite dans la même journée lui fera plaisir, j'en suis sûre.

Cette réponse ambiguë m'inquiéta.

— Comment cela, mal réagi ? Que lui est-il arrivé ?

— Eh bien… il n'a pratiquement rien avalé au dîner, mais je crois qu'il se remettra. Il fait si lourd, ce soir ! Personne ne se sent particulièrement frais et dispos. Mais il est quand même un peu déprimé, naturellement. Je suis certaine que vous allez lui remonter le moral.

Mme Robinson regagna ses appartements et nous allâmes vivement jusqu'à la chambre de mon oncle. Je frappai, attendis une réponse qui ne vint pas, frappai encore. Toujours pas de réponse. Vraiment inquiète à présent, j'ouvris la porte.

La chambre était plongée dans l'obscurité, mais la lumière argentée de la lune nous permit de distinguer la silhouette d'Oncle Linden, assis devant la fenêtre.

— Oncle Linden ? appelai-je. Pourquoi restes-tu dans le noir ?

Il ne se retourna pas. J'échangeai un coup d'œil avec Heyden, qui maintenant paraissait inquiet, lui aussi, traversai la pièce et posai la main sur l'épaule d'Oncle Linden. Il tressaillit, puis se retourna lentement vers moi.

— Willow ? Tu es revenue ?

— Non, Oncle Linden. C'est Hannah.

— Oh, fit-il d'une voix déçue.

— Pourquoi restes-tu dans le noir, Oncle Linden ?

— Dans le noir, dis-tu ? Je ne m'en étais pas rendu compte.

Heyden, qui avait trouvé le commutateur, alluma d'une pression la lampe située dans un angle et le plafonnier. Oncle Linden battit des paupières et prit une grande inspiration.

— Eh bien, Hannah, tu vas bien on dirait ?

— Oui, Oncle Linden, je vais bien, mais nous avons passé de mauvais moments à la maison.

Il tourna de nouveau les yeux vers la fenêtre.

— Je sais, je pensais justement à Joya del Mar. Par des soirées comme celle-ci, j'allais m'asseoir pendant des heures sur la plage et j'écoutais l'océan. Cela me manque.

C'était si cruel de continuer à le garder ici, enfermé dans sa petite cage personnelle, comme avait dit Heyden. Je soupirai.

— Je sais, Oncle Linden, mais là-bas ce n'est plus pareil, maintenant.

— Non, c'est vrai. Qui a dit qu'on ne retrouvait jamais la maison ?

— Thomas Wolfe, répondit aussitôt Heyden.

Oncle Linden leva les yeux sur lui.

— Je vous reconnais, vous êtes déjà venu. Heyden, c'est ça ?

— Oui, acquiesça Heyden en souriant.

— Et vous écrivez des chansons. Vous avez écrit quelque chose de nouveau, récemment ?

— Non, pas récemment, mais j'ai des tas d'idées nouvelles.

— Et on prétend qu'il n'a pas toute sa tête ! marmonnai-je entre haut et bas.

Oncle Linden semblait ravi par la réponse de Heyden.

— C'est bien, ça. Tant que l'on est capable de créer, on reste vivant, approuva-t-il.

Puis il reporta son attention sur moi et se rembrunit.

— Ainsi tout ne va pas pour le mieux, à la maison. Comment pourrait-il en être autrement, après une tragédie pareille ?

— Les choses ne vont bien ni chez nous ni chez lui, Oncle Linden, dis-je en lui désignant Heyden d'un mouvement de tête.

— Ah bon ? Navré de l'apprendre, mais parfois on ne peut pas faire grand-chose contre ça. Non, souligna-t-il comme s'il se parlait à lui-même, vraiment pas grand-chose.

— On peut toujours partir, grommela Heyden en se laissant tomber dans le second fauteuil.

Une lueur d'intérêt traversa le regard de mon oncle.

— Partir ? J'y ai souvent pensé, mais je n'ai jamais eu assez confiance en moi pour ça, et puis je ne pouvais pas quitter ma mère. N'est-ce pas ? demanda-t-il comme s'il attendait une confirmation de notre part.

Je lui tapotai affectueusement la main.

— Non, Oncle Linden, dis-je en m'asseyant sur le bord de son lit. Tu ne pouvais pas.

— C'est très dur de quitter une mère quand elle n'a que vous au monde, observa-t-il d'un ton rêveur.

Allait-il se replonger dans le passé, une fois de plus ? Je m'employai à le ramener dans le présent.

— Maman a tellement changé depuis la mort du petit Claude, si tu savais ! Je me sens comme une étrangère dans ma propre maison. Je ne sais pas si les choses redeviendront comme avant.

— Je sais de quoi tu parles, approuva-t-il. Quand nous avons quitté la grande maison, je me suis senti étranger, moi aussi. Et quand nous y sommes revenus, plus rien n'a jamais été pareil. J'ai essayé de tout reconstituer, pourtant. J'ai remis les choses à leur ancienne place, je me suis débarrassé de tout ce qui venait des Eaton, mais c'était différent. Tout change. Quelquefois, on est bien forcé de suivre le mouvement.

— J'aimerais pouvoir, grogna Heyden.

— Eh bien, allez-y ! Qu'aimeriez-vous faire ?

— Nous allons continuer à travailler notre numéro de chant en duo, Oncle Linden. Peu importe que les gens apprécient notre musique ou non.

Il réfléchit quelques instants.

— Et pourquoi ne l'apprécierait-on pas ? Est-ce que c'est le genre fracassant, *heavy metal* et tout ce tintouin ?

— Non, s'esclaffa Heyden. Pas vraiment.

— Alors où est le problème ?

Je tentai de le lui expliquer.

— En ce moment, il se passe toutes sortes de choses tristes et les reproches pleuvent de tous les côtés, Oncle Linden. C'est un vrai déluge, et nous sommes pris en plein dedans.

— J'ai déjà subi ce genre d'orage, observa-t-il d'un ton rêveur. Il n'existe aucun parapluie assez solide pour vous protéger de ça.

Heyden ne fut pas de cet avis.

— Oh si, il en existe. Notre musique, c'est ça notre parapluie. Et il est assez solide pour nous protéger.

— Où vous produisez-vous ? s'enquit mon oncle. À la télévision ?

Heyden s'illumina.

— Non, pas encore, dit-il en se penchant en avant. J'aimerais que nous prenions la route. Il y a des tas de petites villes où on n'attend que des jeunes talents comme nous ! Nous jouerions dans les restaurants, les bars branchés, n'importe où. Je sais que nous pourrions réussir, et en même temps nous verrions du pays. Nous ferions toutes sortes d'expériences utiles. Et surtout nous partirions d'ici, et pour un bon moment ! conclut-il, rayonnant.

Oncle Linden l'avait écouté avec attention.

— Alors vous vous croyez assez bons pour ça, hein ? Les gens vous entendraient chanter et vous engageraient ?

— Oui, affirma Heyden en se redressant, nous sommes assez bons pour ça. Mon père est musicien, j'ai ça dans le sang. J'ai pas mal roulé ma bosse dans le milieu. J'ai vu et entendu des tas de chanteurs qui n'étaient pas à moitié aussi bons que nous.

— Eh bien, voilà un jeune homme qui ne doute pas de lui, plaisanta Oncle Linden en m'adressant un clin d'œil.

— Pour ça non ! lui répondis-je en riant.

— Alors allez-y, les enfants. Tentez votre chance. Je ne l'ai jamais fait, et où en suis-je à présent ? Je n'ai plus qu'à regarder par la fenêtre en ruminant mes regrets. Ne commets pas la même erreur, Hannah. Puisqu'une opportunité s'offre à vous, saisissez-la.

— Une opportunité... pas vraiment, Oncle Linden. Nous avons des rêves, c'est tout.

— C'est déjà un début. Mais qui vous empêche de les réaliser ? demanda-t-il à Heyden.

— Il faut de l'argent pour ça, monsieur, beaucoup d'argent, mais j'ai déjà mon idée là-dessus. Acheter un mobil-home et partir sur la route. Comme ça, nous aurions toujours un endroit correct où habiter.

— Très intéressant, opina Oncle Linden, et très raisonnable. Je n'ai jamais voyagé dans ce genre de véhicule, mais j'imagine que ce doit être très confortable.

— C'est un petit appartement sur roues ! s'enthousiasma Heyden. Avec une cuisine, et assez de place pour dormir à cinq. En tout cas, celui que j'ai vu est comme ça.

— Et vous dites que vous n'auriez qu'à monter à bord et partir ? Si vous le pouviez, vous partiriez tout de suite ?

— Absolument. N'est-ce pas, Hannah ?

Je souris et fredonnai, reprenant la chanson célèbre :

— *Je prends la route en mobil-home...*

— *Je ne sais pas quand je reviendrai,* enchaîna Heyden.

Oncle Linden éclata de rire.

— Vous êtes vraiment formidables, vous, les jeunes ! Voyons, combien vous faudrait-il, exactement ?

— Quelques milliers de dollars, au moins. Le propriétaire exige un minimum de six mois de location, expliqua Heyden, et nous n'avons pas assez pour ça. Il nous laisse un délai de quinze jours, ce qui devrait nous permettre de gagner un peu d'argent.

— Quelques milliers, dites-vous ? J'ai de l'argent,

moi. Beaucoup d'argent, et je ne sais pas quoi en faire.

— Il n'est pas question de prendre ton argent, Oncle Linden, m'empressai-je de refuser.

Je ne voulais surtout pas donner de faux espoirs à Heyden.

— Oh, mais vous ne me le prendriez pas. Enfin... pas exactement, précisa mon oncle.

Il se leva, alla ouvrir un tiroir de sa commode et en tira son livret de comptes qu'il cachait dans une chaussette.

— J'ai dix mille dollars en banque, annonça-t-il fièrement.

— Dix mille !

— Et même un peu plus.

Il ouvrit le livret et lut avec soin :

— Dix mille cinq cent dix-sept dollars exactement. C'est suffisant ?

— Oh que oui ! répondit Heyden, tout réjoui.

Mais je m'obstinai.

— Nous ne prendrons pas son argent, Heyden.

— Bien sûr que non, me rassura mon oncle. Je vous le donne en paiement.

— En paiement ? En paiement pour quoi ?

Oncle Linden eut un grand sourire.

— Pour être du voyage. Vous l'utiliserez à votre guise pour régler nos dépenses, à tous les trois.

Nous en restâmes sans voix, Heyden et moi. Nous échangeâmes un coup d'œil effaré, puis nous regardâmes Oncle Linden.

— Tu veux quitter la Floride, mon oncle ?

— Ma foi... tout le monde pense que je suis très bien ici, et aussi heureux qu'on peut l'être dans un endroit pareil. Je sais très bien où je suis et ce que cela implique. Je reste pour ne gêner personne, et pour ne pas causer davantage d'ennuis à ma famille. Au peu de famille que j'ai, c'est-à-dire. Toutefois...

Il retraversa la pièce et vint se camper devant la fenêtre.

— Pour moi, ici, c'est la mort, continua-t-il. J'ai parfois l'impression d'être figé dans un tableau, sans pouvoir faire un mouvement pour sortir du cadre. Ne vous méprenez pas, tout le monde a toujours été très bon pour moi, mais... je me sens comme une plante qui dépérit.

» Ce qui me maintient en vie c'est de peindre, et ici je ne peux peindre que mes souvenirs, malheureusement. Dehors il y a une foule de choses merveilleuses à voir, je le sais, toutes sortes de choses magnifiques et que je pourrais peindre.

Il parut hésiter à en dire plus puis se décida.

— Je n'ai pas été tout à fait honnête avec vous, tout à l'heure. Une fois, j'ai essayé de m'en aller. J'ai commencé à m'éloigner d'ici, mais c'était comme si je me heurtais à un mur invisible. J'ai été obligé de m'arrêter, mes pieds refusaient d'aller plus loin. Finalement, je suis reparti en tremblant de faiblesse et je me suis effondré dans un fauteuil de la galerie, vaincu.

Le cœur serré, je murmurai avec douceur :

— Nous ne pouvons pas t'emmener avec nous, Oncle Linden.

— Et pourquoi ça ? s'enquit vivement Heyden.

— Il suit un traitement médical, voilà pourquoi.

— Je n'ai pas l'impression qu'il ait besoin d'un médecin. Et d'ailleurs, qu'est-ce que les médecins ont fait pour lui, depuis le temps qu'il est ici ? Très longtemps, d'après ce que tu m'as dit.

— Heyden...

— Je pensais que tu avais toujours voulu le sortir de là, m'interrompit-il âprement.

— Je voulais le ramener à la maison, pas l'emmener sur les routes !

— Et alors ? Quelle différence ? Le mobil-home est une maison, et tu l'as entendu. Il veut voir des tas de choses nouvelles, pour stimuler sa créativité. Tant que l'on est capable de créer, on reste vivant. C'est un artiste qui a dit ça.

Oncle Linden sourit jusqu'aux oreilles.

— Oui, c'est exactement ça. Ce jeune homme sait de quoi il parle.

— Eh bien moi, je ne sais pas, répliquai-je avec fermeté.

Mais l'idée paraissait soudain réalisable, et même commençait à me faire peur.

— Eh bien moi, je sais ! riposta Heyden, tout vibrant d'espoir. Voilà ce que nous pouvons faire. Je négocie un prix avec le propriétaire et je lui dis que nous pouvons payer cash. Il exigera une garantie, et nous pourrons nous servir de ta carte de crédit, pour ça. Il ne l'utilisera pas, donc nous ne laisserons pas de traces. Nous pouvons vraiment le faire, insista-t-il, de plus en plus emballé.

Oncle Linden brandit son livret bancaire.

— Bien sûr que nous pouvons. J'ai là tout ce qu'il faut pour ça.

— Nous chargerons les provisions et nous partirons. Pour commencer, nous prendrons un itinéraire touristique, pour que l'oncle Linden puisse avoir une idée de la région. Qu'il voie autre chose que les grands hôtels de Palm Beach, des endroits vraiment beaux. Ensuite, nous filerons sur La Nouvelle-Orléans. Mon père nous aidera à trouver du travail, j'en suis sûr.

Heyden parlait si vite que j'avais du mal à le suivre. Et plus le projet se précisait, moins j'étais rassurée.

— Je ne sais pas, Heyden. Il faut que j'y réfléchisse.

— C'est ça, réfléchis. Pendant ce temps-là je ferai toutes les recherches et les mises au point nécessaires. D'accord, Oncle Linden ?

— Comptez sur moi, jeune homme. Vous n'avez qu'à me conduire à la banque pour que je retire du liquide.

— Entendu. Nous reviendrons bientôt pour faire ça.

Cette fois, je me sentis complètement dépassée.

— Heyden.

— Quoi ?

— Rien, marmonnai-je en regardant Oncle Linden.

Son visage avait repris des couleurs, ses yeux n'avaient jamais été aussi brillants. Je me levai.

— Nous devons rentrer, maintenant, Oncle Linden. Nous reviendrons bientôt.

— Très bientôt, lui promit Heyden.

— Parfait, les enfants. Qu'est-ce que tu chantais déjà, Hannah ? *Je prends la route en mobil-home ?*

Heyden sourit et chantonna la suite :

— *Je ne sais pas quand je reviendrai...*

— Eh bien moi, je sais, dit Oncle Linden. Jamais.

Heyden éclata de rire, mais pas moi. Je me hâtai d'aller ouvrir la porte, et c'est tout juste si je ne le poussai pas pour le faire sortir.

— Allons viens, maintenant. Bonsoir, Oncle Linden.

— Bonsoir, Hannah, dit-il en se levant pour m'embrasser sur la joue.

D'aussi loin que je me souvienne, il ne l'avait jamais fait jusqu'ici. C'était toujours moi qui l'embrassais la première.

— Merci à tous les deux, ajouta-t-il avec élan.

Grâce à vous je vais pouvoir penser à quelque chose de merveilleux.

— Nous ne faisons pas qu'y penser, Oncle Linden. Nous allons le faire, lui promit Heyden.

Puis il serra la main de mon oncle et je me hâtai de sortir avec lui.

— Tout va bien, Hannah ? s'enquit Mme Robinson quand nous arrivâmes dans le hall.

— Oh oui, merci. Il se sent tout à fait bien.

— Je m'en doutais. Je sais combien vos visites lui sont bénéfiques. Revenez bientôt.

— Nous n'y manquerons pas, répondit Heyden à ma place.

Je sortis comme si j'avais le diable aux trousses et courus presque jusqu'à la voiture de maman. Derrière moi, Heyden cria :

— Eh, une minute ! On dirait que tu te sauves.

Je tournai la clé de contact et lançai sans le regarder :

— Monte.

— Mais qu'est-ce que tu as ? demanda-t-il en s'asseyant à mon côté.

— Ce que j'ai ? Comment as-tu pu faire ça ? Comment as-tu pu lui mettre une pareille idée en tête ? Tu imagines sa déception quand il verra qu'on ne part pas ? Tu crois qu'il n'a pas eu assez de désillusions comme ça, dans toute sa vie ?

— Et pourquoi ne partirions-nous pas ?

— Je t'en prie, grommelai-je en roulant vers la sortie du parc.

Mais il s'obstina :

— Pourquoi ? Qu'est-ce qui nous en empêche ?

— On ne peut pas, c'est tout. C'étaient juste des paroles en l'air. Un rêve éveillé.

— Pas pour moi, je te l'ai dit. J'ai creusé cette idée,

ça fait un bout de temps que je mets les choses au point. Pour toi c'était peut-être juste un rêve d'enfant, Hannah. Mais vu de ma place, dans le monde où je vis, c'est le seul véritable espoir que j'aie. Et d'après la réaction de ton oncle et tout ce qu'il nous a dit, on dirait bien que c'est son seul espoir, à lui aussi.

J'étais ébranlée, sans pour autant perdre de vue la réalité.

— Mais comment pouvons-nous faire ça, l'emmener sur les routes ?

— Et comment comptais-tu le ramener chez toi ?

— Il aurait eu tous les soins médicaux nécessaires à portée de la main, au moins.

— Nous ne serons pas exactement dans la brousse, Hannah. Nous serons toujours plus ou moins proches d'une assistance médicale quelconque. D'ailleurs il ne paraît pas en avoir tellement besoin. On dirait plutôt que son traitement le tue à petit feu. Tu voulais faire quelque chose pour lui, non ? Eh bien voilà. C'est ça qu'il lui faut, souligna Heyden avec conviction.

Je ne savais plus où j'en étais. J'avais l'impression de m'être embarquée impulsivement dans un canoë, pour descendre une rivière, et de ne plus pouvoir m'arrêter. Les rapides m'entraînaient et risquaient de m'amener droit sur les rochers.

— Mais quand même, prendre son argent ! protestai-je. J'aurais l'impression de profiter de lui, Heyden.

— Pourquoi ? Nous lui offrons quelque chose qu'il désire vraiment, dont il a besoin. Un jour nous serons en mesure de le rembourser. D'ailleurs, ajouta-t-il en se renversant sur son siège, il vaudrait beaucoup mieux l'avoir avec nous.

— Comment ça, il vaudrait mieux ? Qu'est-ce que tu veux dire ?

— Ce sera très utile d'avoir un adulte avec nous, surtout si c'est ton oncle. Vous vous ressemblez suffisamment pour qu'il puisse passer pour ton père.

— Non, refusai-je abruptement. C'est justement de cette rumeur ignoble que les jumeaux se sont servis contre moi.

— Eh bien, servons-nous-en aussi, mais pour notre bien et non le contraire. Si les gens le croient, ils ne se demanderont pas ce que nous faisons sur la route et ne nous le demanderont pas non plus. Tu ne vois pas comme tout s'arrange bien ?

Au son de sa voix, je devinai sa frustration.

— Si, je vois bien mais...

— Mais quoi ?

— J'ai peur, Heyden, avouai-je.

— Pour te dire la vérité, Hannah... moi aussi, mais qu'est-ce que je peux faire ? Rester ici, et laisser ma mère et ma sœur m'entraîner dans la déprime ? Ou sortir de là pour chercher une vie nouvelle et meilleure ?

» Et toi ? reprit-il en se redressant pour se tourner vers moi. Tu veux rester à mariner dans ta culpabilité, tes regrets, rentrer tous les soirs dans une maison sinistre ? Je peux te dire l'effet que ça fait, je suis bien placé pour le savoir. Avant longtemps tu n'auras plus de goût à rien. Tu détesteras le matin, parce qu'il ne sera plus que le début d'une autre journée grise. Une de plus, conclut-il en se laissant retomber en arrière.

Je me radoucis.

— Laisse-moi le temps d'y penser, d'accord ?

— C'est ça, penses-y ! répliqua-t-il avec humeur.

Quand je le déposai devant chez lui, je lui promis à

nouveau de réfléchir sérieusement à la question. Il grimaça un sourire.

— Tu sais quoi, Hannah ? Tu es comme un plongeur au bout de la planche. Plus tu regardes en bas, moins tu as de courage. Il faut te concentrer sur la technique, l'enchaînement des mouvements, sinon tu n'oseras peut-être pas sauter. Et tu ne sauras jamais quel effet cela peut faire. C'est pareil pour nous. Réfléchis, mais pas trop ! lança-t-il en s'éloignant rapidement vers sa maison sans lumière.

Je rentrai à Joya del Mar dans un état second, si absorbée en moi-même que je ne gardai pas le moindre souvenir du trajet.

⁂

— Où étais-tu ? me hurla maman du haut de l'escalier.

Apparemment, le bruit de la porte d'entrée l'avait avertie de mon retour. Elle descendit d'une marche et jeta sur un ton glacial :

— Eh bien ? J'attends.

— Je suis allée faire un tour en voiture.

— Où étais-tu, Hannah ?

— Je suis allée voir Heyden.

Elle descendit une autre marche et je vis le couloir vide derrière elle. Où était Miguel ?

— Et ensuite, qu'as-tu fait ?

À son regard et à sa voix tranchante, je compris qu'elle connaissait déjà la réponse.

— Je suis allée voir Oncle Linden. Je m'inquiétais pour lui, après ce que tu m'avais dit.

— Tu y es allée alors que je venais de te l'interdire, c'est bien ça ?

— J'ai fait ce que j'ai cru devoir faire, maman.

— Tu ne te serviras plus de ma voiture. Plus

jamais ! vociféra-t-elle. Maintenant retourne dans ta chambre, et ne t'avise pas de sortir de cette propriété, sauf pour aller en classe.

— Mais...

— Je ne laisserai pas la folie réveiller la malédiction de cette famille, s'emporta-t-elle. Je ne le permettrai pas. À présent je vais la combattre, de toutes mes forces et sans répit. Je le jure ! clama-t-elle en dressant le poing droit.

Puis elle leva les yeux vers le plafond et reprit avec véhémence :

— Tu m'as pris mon bébé, tu vas le regretter !

Qui menaçait-elle ainsi ? Dieu ? Le sort ? Moi ?

— Va dans ta chambre ! ordonna-t-elle en tournant les talons.

Et elle remonta en martelant les marches.

Je partis à la recherche de Miguel et le trouvai dans la bibliothèque, assis au bureau et buvant du bourbon, la bouteille à côté de lui. Il regardait par la fenêtre, d'une façon qui me fit aussitôt penser à l'oncle Linden.

— Miguel ?

Il se retourna lentement.

— Oh, Hannah. Je suis descendu tout à l'heure, pour voir pourquoi tu n'étais pas venue m'appeler pour dîner, et Lila m'a dit qu'elle t'avait entendue sortir. Tu as pris la voiture de Willow sans permission ?

— J'ai eu envie d'aller faire un tour, c'est tout.

— Ta mère était très contrariée. Elle a téléphoné à Mme Robinson, pour apprendre que vous veniez juste de partir, ce garçon et toi. Pourquoi as-tu fait ça, Hannah ? Tu trouves que nous n'avons pas assez de chagrin comme ça, ta mère et moi ? Tu veux nous en faire encore plus ?

— Non, c'est juste le contraire.

Miguel secoua la tête comme s'il renonçait à comprendre.

— Juste le contraire ? Tu t'y prends d'une bien curieuse façon. Tu es égoïste, c'est tout. Tu ne penses qu'à toi. Peut-être ne peux-tu pas t'en empêcher, d'ailleurs. Tu dois tenir ça de ton père.

— Ce n'est pas vrai, Miguel ! Tu es injuste.

Il lampa une nouvelle gorgée de bourbon.

— Je suis fatigué, Hannah. Fatigué de protéger tout le monde, de me battre pour le bonheur. Peut-être y a-t-il dans cette maison quelque chose contre quoi on ne peut rien. Va te coucher, Hannah. Tu vas devoir assumer la responsabilité de tes actes, maintenant. Je ne m'interposerai plus entre ta mère et toi. J'espère que tu retrouveras ton bon sens et que tu changeras d'attitude, dit-il en se détournant. J'ai ma propre peine à supporter, je n'ai pas besoin de celles des autres en ce moment.

Stupéfaite, choquée, profondément blessée, je restai sans voix. Les paupières me brûlaient, et cette fois je laissai couler mes larmes. Je quittai la bibliothèque en pleurant, grimpai l'escalier quatre à quatre, courus m'enfermer dans ma chambre, claquai la porte et m'assis sur mon lit, furibonde. J'avais l'impression qu'un ouragan faisait rage en moi, menaçant de me déchirer moi-même et de me réduire en pièces. En cet instant, c'était exactement ce que je souhaitais.

Qu'avait dit Miguel, déjà ? Qu'il espérait me voir changer d'attitude ? Eh bien, pour ce qui était du changement, il n'allait pas être déçu.

Oui, Miguel, pensai-je en me levant pour me diriger vers le téléphone. Je vais faire exactement ce que tu veux.

Heyden décrocha à la première sonnerie.

— Hannah, dit-il avec soulagement. Désolé de t'avoir parlé comme ça. Je comprends ce que tu ressens, tout ce que cette idée a d'effrayant pour toi, et je crois que finalement...

— Non, me hâtai-je de l'interrompre. Fais le nécessaire. Nous passons prendre Oncle Linden et nous partons dès que tu as tout préparé.

— Pour de bon ?

— Fais-le vite ! répondis-je en criant presque.

— D'accord, d'accord. Tu sais quoi ? Tu ne vas pas le regretter.

Sa joie était palpable, mais je n'arrivais pas à la partager.

— Quelle différence, que je le regrette ou pas ? Tout ce que je veux c'est faire quelque chose de bien pour quelqu'un, et tu as raison. Prendre Oncle Linden avec nous est la meilleure chose que nous puissions faire pour lui. Il y a au moins une personne sur terre qui a vraiment besoin de moi, et envie de ma compagnie.

— Deux personnes, rectifia Heyden. Ne m'oublie pas.

Je souris malgré moi et j'essuyai mes larmes.

— Je ne t'oublierai pas.

— Je m'occupe de ça tout de suite, promit-il.

— Oh, attends ! Je n'ai plus le droit de me servir de la voiture, Heyden. Comment allons-nous faire pour retourner là-bas, et prévenir Oncle Linden qu'il doit retirer de l'argent ?

— Nous utiliserons ma mobylette. Ce sera plus long mais c'est faisable. Pour le conduire à la banque, nous prendrons un taxi. Ça ne nous causera pas de gros problèmes, Hannah. Fais-moi confiance, je me charge de tout.

Je n'étais toujours pas totalement rassurée.

— Comment vais-je me débrouiller ? Maman et Miguel vont s'assurer que je rentre directement du lycée. Je n'ai plus le droit de quitter la propriété.

— Eh bien, rentre directement chez toi. Tu pourras ressortir en cachette un peu plus tard, non ?

— Je suppose que oui.

Tous ces petits actes de désobéissance valaient autant de petits mensonges, à mes yeux. C'étaient comme des voies d'eau dans la coque d'un bateau, qui grossissent et finissent par tout envahir.

— Alors il n'y a pas de problème. Nous mettrons tout ça au point demain, au lycée. Commence tes bagages, dit joyeusement Heyden.

C'était précisément ce que je m'apprêtais à faire.

⁂

Le lendemain matin, au lycée, Heyden et moi nous rencontrâmes comme deux conspirateurs. Nous nous tenions toujours assez loin des autres, pour ne pas être entendus, et il nous arrivait même de chuchoter. Mes amies nous surveillaient et parlaient de nous, bien sûr. Je m'en rendais compte, mais aucune d'elles n'avait la moindre idée de ce que nous complotions.

Heyden avait tiré sur son ordinateur un descriptif du mobil-home, avec photos à l'appui, et me l'avait apporté.

— Comme tu vois, il y a largement la place pour nous et Oncle Linden, fit-il observer.

— Et s'il avait peur, Heyden ?

— Peur de quoi ?

— Il n'a jamais vraiment voyagé. À part ses séjours dans des hôpitaux ou des résidences, il a toujours vécu à Joya del Mar.

— Il n'aura pas peur tant que nous aurons

confiance, affirma-t-il. Nous n'aurons qu'à garder nos craintes et notre nervosité pour nous. Au fait, je ne t'ai pas dit...

Je vis ses yeux pétiller.

— J'ai conclu l'affaire, Hannah.

— C'est vrai ?

— Et quand il a su que je payais cash, le vendeur a baissé son prix. Je dois lui apporter l'argent le plus tôt possible. Dès que tu seras rentrée chez toi, tu ressortiras, nous irons voir ton oncle et nous l'emmènerons à la banque.

— Et si Mme Robinson s'aperçoit de quelque chose ? Nous ne pouvons pas l'emmener en taxi comme ça, sous son nez !

Heyden réfléchit quelques instants à la question.

— J'ai une idée. Nous dirons que nous l'emmenons faire une petite promenade, et nous prendrons un taxi seulement une ou deux rues plus loin. Puis nous irons chercher le mobil-home et nous partirons.

— Nous partirons. Tu veux dire... aujourd'hui ?

— Évidemment. Je ne peux pas garer ce truc en face de chez moi ! Hier soir tu m'as dit de tout préparer le plus vite possible. C'est exactement ce que j'ai fait.

— Mais... et mes affaires ?

— Tu n'en as pas emballé tant que ça, non ?

Je baissai la tête.

— Tu n'as rien préparé du tout, c'est ça ?

Il était si déçu que je n'osai pas répondre. Je me contentai de secouer la tête.

— Mais pourquoi ?

— Je ne sais pas, Heyden. J'ai commencé, mais j'ai eu peur que quelqu'un s'en aperçoive. Je ne pensais pas que tout serait prêt si vite.

— Tu m'as appelé. Tu m'as laissé croire que tu étais décidée. Tu...

— Je sais, je sais. Inutile de me le rappeler. Attends une minute, que je réfléchisse à ce que je dois prendre.

Heyden attendit, plein d'espoir, sans me quitter un instant des yeux. J'avais l'impression qu'il en oubliait de respirer.

— Bon, finis-je par dire. Je sais ce que je veux emporter. Il ne me faudra qu'un quart d'heure pour faire ma valise.

— Tu n'aurais pas un sac, plutôt ? Quelque chose qu'on puisse ficeler sur la mobylette ?

— Non. Enfin, je ne crois pas.

— Alors fais comme moi : prends une taie d'oreiller, attache-la bien et ça fera l'affaire.

Je haussai les sourcils.

— Mes robes, mes chaussures, mes jupes et mes chemisiers dans une taie d'oreiller ?

— Hannah, nous n'avons pas besoin de tout ça pour partir. Nous ferons des achats en route. Nous ne partons pas en vacances de luxe, nous vivrons à la dure. Ce sera pareil pour Oncle Linden : tu lui achèteras le nécessaire en route. Tu ne prends toujours pas ça très au sérieux, conclut-il sur un ton de léger reproche.

— Mais si, je t'assure. D'accord, je vais m'arranger. Je te le promets.

Il resta un moment silencieux et dit tout à coup :

— Rentre chez toi, maintenant.

— Quoi ?

— Fais-le. Plains-toi d'avoir mal au ventre ou ce que tu voudras, et fais-toi reconduire chez toi. Je me rends compte que tu as besoin d'un peu plus de temps pour te préparer. De beaucoup plus que moi, en fait.

— Mais…

J'allais dire que je ne voulais pas manquer le cours suivant, que nous avions un examen, mais l'absurdité de tout ceci m'apparut brusquement. J'allais vraiment partir, rien de ce que je faisais ici n'avait plus d'importance.

— D'accord, Heyden. Je vais à l'infirmerie tout de suite.

— Non, attends !

— Qu'y a-t-il encore ? demandai-je avec un rien d'agacement. Je fais ce que tu veux, non ?

Il eut un sourire amusé.

— Tu ne sais pas à quelle heure je viens te chercher. Nous n'avons pas décidé à quel endroit exact je t'attendrais, hors de la propriété. Tu ne serais pas fameuse, comme espionne !

— Bon, alors où et quand ?

Il consulta sa montre.

— Je partirai d'ici à l'heure du déjeuner. Je te prendrai à une heure trente. Il nous faut du temps pour aller chercher Oncle Linden et passer à sa banque. Où est-ce qu'on se retrouve ?

Je lui indiquai un endroit où il pourrait m'attendre, sans risque d'être vu de la maison.

— N'oublie pas, me recommanda-t-il. Personne ne doit s'apercevoir que tu te prépares à partir, sinon ils trouveraient un moyen de nous en empêcher. Tu as bien compris :

Je fis signe que oui.

— Bon, alors à tout à l'heure, lança-t-il en s'éloignant.

Je pris le chemin de l'infirmerie où je débitai mon histoire. L'infirmière appela Joya del Mar, pour apprendre que ma mère était à son cabinet, ce à quoi je ne m'attendais pas. Rappelée à son cabinet, maman se fit décrire mes symptômes. À la façon dont l'infirmière parlait, écoutait et hochait la tête, je compris que ma mère diagnostiquait un syndrome prémenstruel.

— Vous avez sans doute raison, acquiesça l'infirmière en raccrochant. Votre mère envoie un certain Ricardo vous chercher, m'annonça-t-elle ensuite. Vous pouvez vous allonger jusqu'à son arrivée.

Je ne m'étonnai pas que Miguel ne puisse pas venir. Il était en cours. Mais même si elle croyait que je souffrais seulement de douleurs menstruelles, je fus choquée que maman ne se dérange pas. Quand j'étais petite, Miguel lui reprochait gentiment sa façon de me dorloter, d'accorder autant d'importance à mes petits bobos et mes moindres changements d'humeur. Une fois, je l'avais même entendu lui dire :

— Ne tombe pas dans la paranoïa, Willow. Hannah ne montre aucun signe des troubles maniaco-dépressifs dont a souffert ta mère, et dont tu crois parfois souffrir toi-même. C'est encore un de ces vieux fantômes que tu devrais laisser reposer en paix. Il m'arrive de penser que nous devrions vendre Joya del Mar et nous installer ailleurs. Linden est peut-être le plus sensé d'entre nous, finalement.

Comment maman avait-elle pu changer si brutalement ? Elle qui s'inquiétait à la moindre plainte de ma part, comment pouvait-elle envoyer un jardinier chercher sa fille souffrante ? Était-ce ma punition pour avoir été, d'une certaine façon, en partie responsable de la mort du petit Claude ? Je brûlais d'impatience d'être à la maison pour remplir cette taie d'oreiller. Dès que Ricardo freina devant l'entrée, je jaillis littéralement de la voiture.

— Je croyais que vous aviez mal au ventre ! cria-t-il en me voyant escalader les marches de la loggia.

Quarante secondes plus tard, j'étais dans ma chambre.

Pendant un moment, je restai plantée au milieu de la pièce, paralysée par l'indécision. Qu'allais-je emporter ? Qu'est-ce que je ne pouvais pas ne pas emporter ? Était-ce tellement important, d'ailleurs ? N'allais-je pas revenir un jour ?

Je commençai à choisir des objets de toilette, puis m'arrêtai net. « Prends seulement ce que tu ne pourras pas acheter en route, Hannah », m'ordonnai-je mentalement. Sur quoi je commençai à passer en revue ma penderie. Jamais je n'aurais cru qu'une taie d'oreiller fût aussi petite ! Cette jupe allait-elle y rentrer ? Et mes chaussures ! Pouvais-je me contenter d'une seule paire d'omnisports ? Et s'il se mettait à faire froid ? J'aurais besoin d'une paire de bottes, non ?

Des photos ? Non. Je ne ferais que pleurer dessus. Et cette poupée de chiffon que maman m'avait donnée des années plus tôt ? C'était ma grand-mère qui l'avait faite pour elle et à sa ressemblance, m'avait-elle dit, d'après les rares photos en sa possession. Serait-ce mal d'emporter cette poupée de la maison ? Et si j'allais la perdre ?

Non, décidai-je. Il me fallait dire au revoir à ma poupée pour un temps, très longtemps peut-être. Ni poupées, ni objets trop évocateurs, ni cartes-souvenirs de fêtes et de soirées dansantes pas même celle de mes seize ans. Toutes ces choses appartenaient à cette maison, à mon passé. Heyden et moi étions réellement au seuil d'une nouvelle vie, et Oncle Linden aussi.

Avec tout cela présent à l'esprit, le remplissage de la taie d'oreiller cessa d'être un problème pour moi. Je ne pris même pas ma brosse à dents. Comme l'avait dit Heyden : nous achèterions le nécessaire en route.

Quand j'eus terminé, je m'aperçus que rien dans l'aspect de la pièce ne laissait soupçonner mon départ. En y entrant, personne n'aurait pu deviner que j'étais partie. Mais malgré ma colère et mon nouvel espoir, je ne pouvais m'en aller comme ça, en fermant simplement la porte derrière moi. C'était trop cruel. Je m'assis à mon bureau, toute pensive.

Heyden avait été formel : je ne devais dire à personne que je partais, ni laisser filtrer le moindre indice. Mais je ne pouvais quand même pas laisser maman m'attendre, même si je doutais qu'elle le fasse. Elle abandonnerait ce soin à Miguel, peut-être. Ou peut-être pas. Peut-être étais-je trop dure envers elle. Non, je ne pouvais pas partir comme ça, sans un mot. Je tirai mon bloc du tiroir et contemplai la page blanche.

Chère maman, cher Miguel, commençai-je.

Je sais qu'au début vous serez très fâchés contre moi, peut-être encore plus que vous ne l'êtes maintenant. J'espère qu'avec le temps, vous comprendrez pourquoi je fais cela.

Malgré tout ce qu'on me dit, je ne peux pas m'empêcher de sentir les reproches et la culpabilité qui pèsent sur moi dans cette maison, jour après jour. Je n'oublierai jamais que Miguel a dû venir me chercher quand sa présence était la plus nécessaire ici. Et au fond de mon cœur, j'ai peur que tu ne puisses jamais me pardonner, maman. Je sais que tu ne me détestes pas, que tu ne le pourrais pas. Mais pendant un certain temps il vous sera très difficile, comme ce l'est en ce moment, de me voir sans penser à tout ce qui s'est passé. Je le comprends, mais c'est comme si je vivais avec une arme à feu pointée sur moi sans arrêt.

Tu ne m'as jamais fait autant de reproches pour des petits riens qu'en ce moment, maman. Tu ne m'as jamais parlé non plus avec autant de froideur et de dureté.

Depuis longtemps j'essaie de vous faire comprendre, à tous les deux, que je ne suis plus une enfant. J'ai besoin d'être traitée en adulte, besoin qu'on me fasse assez confiance pour me dire la vérité, qu'elle soit laide ou pas. Peut-être suis-je trop gâtée, comme le disent certaines de mes amies qui le sont certainement, elles. Peut-être ai-je été trop protégée.

Il me semble que pour moi, la meilleure façon de mûrir est de voler de mes propres ailes, du moins pendant un certain temps. Je pense qu'une séparation momentanée ne peut que nous faire du bien à tous.

Sachez que pas un jour ne passera sans que je pense à vous, en attendant celui où je pourrai vous revoir. J'espère qu'alors nous ne serons plus seulement mère et fille, maman, mais que nous serons à nouveau des amies.

Avec toute ma tendresse,

Hannah.

Je glissai la lettre dans une enveloppe, la déposai sur mon oreiller, puis je marchai vers la porte... et m'arrêtai. Je balayai lentement la pièce du regard, sans omettre un seul objet, un seul détail. Tout avait une signification pour moi. Tout me touchait d'une façon particulière, y compris la vue que j'avais de mes fenêtres. Jamais je ne reverrais cela.

En cet instant je dis adieu à mon enfance et à ses rêves, aux frayeurs, aux rires et aux larmes, à tous les souvenirs toujours vivants entre ces murs. Cette maison avait une histoire, et la mienne en faisait partie. Dans des années et des années d'ici, une autre fille habiterait cette chambre, sans doute. Et, qui sait ? Peut-être mes rêves se mêleraient-ils aux siens...

Pardon, chambre, m'entendis-je penser. *Tu as toujours été mon amie, mais ce que je cherche à présent est ailleurs.*

Je tournai les talons et quittai la maison en toute hâte, pressai le pas le long de la grande allée, franchis la grille et me retrouvai dehors. Heyden m'attendait là, sur sa mobylette, à demi caché par une haie. Il leva la main et je courus à lui.

— Je commençais à m'inquiéter, avoua-t-il. Tu as presque un quart d'heure de retard.

— C'est vrai ? Désolée.

— Bravo, approuva-t-il en empoignant la taie d'oreiller.

Il la fixa solidement au porte-bagages, puis tapota de la main le siège arrière.

— Allons-y. Nous avons des tas de choses à faire.

Je montai, calai confortablement mes pieds puis il démarra. Nous étions partis.

Je m'étais juré de ne pas regarder en arrière, mais ce fut plus fort que moi : je me retournai. Joya del Mar détenait un pouvoir bien à elle. Je pouvais presque sentir les fleurs, les arbres, la maison elle-même m'appeler, me crier de ne pas partir.

Ou était-ce simplement cette petite voix intérieure, si familière, faible et craintive cette fois ? Cette voix qu'étouffa bientôt le rugissement du vent à mes oreilles.

Le vent... où le battement fou de mon propre cœur ?

10

Sur la route

Pendant un instant, je crus qu'Oncle Linden avait oublié notre conversation de la veille. Il était assis sur la galerie, comme à son habitude, l'air détendu et satisfait. Son expression de stupeur, en nous voyant monter les marches, me confirma qu'il ne comptait pas vraiment sur notre retour. En tout cas, pas si tôt.

— Dites-moi, observa-t-il en consultant sa montre, ne devriez-vous pas être en classe, en ce moment ? Il y a des vacances, ou quoi ?

Ma voix trembla un peu quand je répondis :

— Nous avons quitté l'école pour de bon, Oncle Linden.

— Ah oui ?

— Les préparatifs de voyage avancent, expliqua Heyden. Je me suis occupé de tout. Vous n'avez pas oublié ce dont nous avons parlé hier soir, n'est-ce pas ?

Le visage de mon oncle s'éclaira.

— Vous voulez dire… partir en mobil-home ?

— Exactement.

Oncle Linden tapota la poche de poitrine de sa veste.

— Mon livret bancaire est là. J'ai pensé qu'il valait mieux le garder sur moi, au cas où.

— Génial. Alors voici le plan. Nous partons pour

une petite promenade. Au prochain carrefour, il y a un drugstore et nous appellerons un taxi de là. Nous irons directement chez le propriétaire du mobil-home.

— Parfait, approuva Oncle Linden. Comme ça, personne d'ici ne viendra mettre son grain de sel dans mes affaires.

Heyden me donna aussitôt ses consignes.

— Hannah, accompagne ton oncle jusqu'à sa chambre et n'emballe que le strict nécessaire. Ensuite va voir Mme Robinson et dis-lui que nous l'emmenons faire une promenade.

Oncle Linden se leva brusquement.

— Il n'y a rien ici que je tienne à emporter, donc allons-y tout de suite.

— Mais... et Mme Robinson ?

— Non, il a raison, dit Heyden en baissant la voix. Si elle sait qu'il est sorti avec nous, elle préviendra tes parents, ils enverront la police à nos trousses et nous n'irons pas loin. De cette façon nous gagnons du temps. Allons-y. Autant faire le plus de chemin possible pendant que personne ne sait rien.

Il s'éloigna sans perdre une seconde et, à ma grande surprise, Oncle Linden lui emboîta le pas sans traîner. Au moment de franchir le portail, je louchai vers la porte d'entrée. Il n'y avait personne en vue, mais je n'étais pas tranquille. Je n'étais jamais sortie avec Oncle Linden sans prévenir quelqu'un. Et cette fois, ce n'était pas seulement hors de l'établissement que je l'emmenais. Nous allions quitter la Floride !

— Conduis-le au drugstore, me dit Heyden en enfourchant sa mobylette. Je ne veux pas laisser ça ici, je vous rejoindrai.

Quand il eut démarré, je jetai un dernier coup d'œil

vers la résidence, pris la main d'Oncle Linden et l'entraînai dans la rue. Mon cœur battait la charge. Nous longeâmes presque tout le pâté de maisons sans parler.

— Tu es vraiment sûr de vouloir venir avec nous, Oncle Linden ? me décidai-je enfin à demander.

Un sourire dansa dans ses yeux.

— Tu veux que je te dise, Hannah ? Je n'ai pas dormi de la nuit à force d'y penser. Je n'ai fait que ça.

— C'est vrai ?

— C'est la meilleure chose que tu pouvais faire pour moi, Hannah. Merci.

Ragaillardie, je hâtai le pas, mais Heyden avait été plus rapide. Quand nous arrivâmes au drugstore, il avait déjà appelé le taxi.

— Où est ta mobylette ? demandai-je en voyant la taie d'oreiller à ses pieds.

— Vendue. Pour vingt dollars.

— Seulement vingt dollars !

— Il fallait que je m'en débarrasse tout de suite, expliqua-t-il. Le jeune gars qui attendait l'autobus n'en croyait pas sa chance.

— Ça, je veux bien le croire !

— Je n'en ai plus besoin, tu comprends, rétorqua-t-il, rayonnant.

Oncle Linden approuva.

— Il a raison. C'est comme si nous jetions tout l'excédent de poids par-dessus bord pour garder le bateau à flot.

Le taxi arrivait, nous y montâmes. Heyden donna l'adresse de la banque, et quelques secondes plus tard les dés étaient jetés. Je venais bel et bien, selon ce qui serait sûrement la façon de penser de maman, de kidnapper mon oncle.

Heyden demanda au chauffeur de nous attendre

devant la banque, et nous y entrâmes. Le regard soupçonneux que nous jeta le caissier, un chauve maigrelet à la mine rébarbative, me fit frémir. Mais Oncle Linden avait ses papiers d'identité sur lui et les produisit. Après avoir conféré avec une responsable assise à un bureau, un peu en retrait, l'homme revint au guichet, nous sourit et demanda quelle somme Oncle Linden souhaitait retirer. Oncle Linden se tourna vers Heyden, qui lui indiqua le montant et l'unité de valeur souhaitée pour les billets. Moins de vingt minutes plus tard, nous ressortions tous les trois, remontions dans le taxi et mettions le cap sur le domicile du vendeur. C'était juste à côté de Jupiter Beach, ce qui représentait une course onéreuse, mais l'argent ne semblait plus avoir tellement d'importance, désormais.

Une fois sur place, j'éprouvai un véritable choc. Le mobil-home ne ressemblait en rien à la photo que m'avait montrée Heyden. Je vis qu'il était déçu, lui aussi, mais il ne voulut pas le montrer. Le véhicule, de type monobloc, était monté sur un châssis de camionnette d'une tonne et n'avait pas très fière allure. La porte de la cabine était si cabossée que je me demandai si elle pouvait s'ouvrir et se fermer. La carrosserie de la partie caravane, dans laquelle s'emboîtait la cabine, semblait avoir été arrosée de petit plomb. Quant à l'avancée qui surplombait la place du conducteur, formant un étroit logement-couchette, sa glace était encore entière mais en piteux état. Une craquelure en toile d'araignée la rayait de part en part. Le pare-chocs avant penchait vers la droite, et l'une des roues avait perdu son enjoliveur. Sans parler de la rouille, qui avait attaqué à peu près toutes les surfaces métalliques, perforant même une partie d'entre elles.

— Heyden, chuchotai-je, tu crois qu'il roulera ?

— Bien sûr. Le propriétaire m'a certifié qu'il était en parfait état de marche, m'assura-t-il en descendant de voiture.

Oncle Linden souriait toujours. On aurait dit qu'il voyait un véhicule flambant neuf, à la place de l'épave que nous avions sous les yeux.

— Peu importe l'allure qu'il a, dit Heyden comme nous nous dirigions vers la vieille bicoque au porche branlant, en foulant un carré de gazon anémique. Ce qui compte, c'est ce que nous allons pouvoir faire avec. Oncle Linden, si vous voulez bien, je vais m'occuper de la transaction.

Oncle Linden lui tendit l'enveloppe pleine de billets.

— Bien sûr. Prenez ça et réglons l'affaire.

Heyden alla frapper à la porte d'entrée, mais personne ne vint ouvrir. Il frappa plus fort et attendit : toujours rien. Je commençai à avoir des doutes.

— Tu ne m'avais pas dit que le propriétaire devait venir aujourd'hui, Heyden ?

— C'était convenu. Je lui ai téléphoné du drugstore, après avoir appelé le taxi.

Nous attendîmes encore, sans résultat. Et brusquement, la porte de la caravane s'ouvrit et un personnage trapu, presque chauve, en émergea. Vêtu d'un T-shirt en loques et d'un short de couleur indécise, il était pieds nus et tenait une boîte de bière à la main.

— Eh, là-bas ! cria-t-il à notre intention.

Il nous fit signe d'approcher, engloutit une dernière lampée de bière, écrasa la boîte dans son poing énorme et la jeta loin de lui.

Heyden s'avança, Oncle Linden et moi sur ses talons.

— Bonjour. Je suis Heyden Reynolds. Voici mon oncle Linden Montgomery et sa fille, Hannah.

— Content d'vous connaître, fit l'autre en tendant à mon oncle une grosse patte courtaude, aux doigts tachés de nicotine.

Oncle Linden sourit et la serra.

— Je sais qu'il paie pas de mine, dit le propriétaire en pointant le menton vers le mobil-home, mais on peut compter dessus. C'est un vrai pur-sang. J'en ai pris grand soin et j'espère que vous ferez pareil.

— Certainement, promit Heyden.

— Le réservoir est plein et il est prêt à partir, ajouta l'homme, en louchant sur la taie d'oreiller. C'est tout ce que vous emmenez ?

— Non, nous prendrons nos affaires en passant, répliqua vivement Heyden.

— Ah bon. Vous avez la somme en liquide ?

Cette fois la question s'adressait à Oncle Linden, qui écoutait avec un calme imperturbable.

— Oui, oui. Nous l'avons.

— Et vous avez une carte de crédit qui puisse me servir de garantie ?

Sur un signe de Heyden, ce fut à mon tour d'intervenir.

Je présentai ma carte au propriétaire qui la prit, l'examina et nous dévisagea l'un après l'autre, Oncle Linden et moi.

— Je croyais traiter avec M. Montgomery. Cette carte est au nom de Hannah Eaton.

Mon cœur manqua un battement. Je crus que tout était perdu, mais Oncle Linden sourit.

— Hannah est ma fille, mais ma femme s'est remariée. Ce voyage est pour nous un moyen de refaire connaissance, si vous voyez ce que je veux dire.

Heyden se détendit. Je dus m'avouer que la présence

d'esprit d'Oncle Linden était tout simplement confondante. Heyden devait avoir raison : mon oncle pouvait certainement se passer d'une surveillance médicale continue.

— Ah, je vois. Bien sûr, fit l'homme, l'air toujours méfiant. Bon, occupons-nous de la paperasse. J'ai déjà loué ce bijou dix fois sans avoir un seul problème, ajouta-t-il, presque menaçant à présent. Il a un moteur Ford remis à neuf. Vous ne devriez pas avoir de pépins si vous le traitez comme il faut.

— Cela va de soi, dit Oncle Linden avec une assurance tranquille, qui ne manqua pas d'impressionner l'homme.

— J'étais en train de vérifier l'équipement, justement, et tout est en ordre. Rien de cassé. Vous pouvez aller voir vous-même pendant que je m'occupe des papiers, marmonna-t-il en se dirigeant vers la maison.

Heyden regarda mon oncle d'un air admiratif.

— Vous vous en tirez vraiment bien, Oncle Linden. Merci.

— Pff ! C'était simple comme tout, répliqua mon oncle, qui semblait toujours aussi excité et amusé. On y va ? s'enquit-il en désignant le motor-home.

— Allons-y.

Heyden ouvrit la porte et nous montâmes tous dans la caravane.

La première chose qui me frappa fut l'odeur : un relent de bière éventée et de fromage. Il n'y avait pas la moindre trace de linge, bien sûr, mais même s'il y en avait eu je ne m'en serais pas servie. Heyden et moi vérifiâmes le réfrigérateur, la cuisinière, le four à micro-ondes et l'évier. Tout semblait fonctionner, malgré une apparence qui suggérait le contraire.

— J'espère que les toilettes marchent, bougonnai-je.

Tous les robinets étaient rouillés, les lavabos tachés de traînées rousses. Le sol était recouvert d'un linoléum bon marché, fendillé en de nombreux endroits. L'agencement était des plus simples, avec une chambre à l'arrière. Le canapé-lit se dédoublait pour fournir une seconde couchette, qui serait pour Oncle Linden.

Une chose à laquelle je n'avais pas pensé me vint subitement à l'esprit. Oncle Linden allait savoir que nous avions couché ensemble, Heyden et moi, et nous dormirions dans le même lit. Je me sentis rougir jusqu'aux cheveux. Comment allions-nous faire ?

Heyden surgit soudain à mon côté. Il avait compris.

— Je dormirai dans la couchette-cabine, chuchota-t-il. Ne t'inquiète pas pour ça.

Je me retournai vers Oncle Linden qui arpentait l'habitacle, l'air toujours aussi heureux. Il s'approcha du siège du conducteur.

— Il y a longtemps que je n'ai pas conduit, nous cria-t-il. J'aimerais mieux vous laisser le volant. Peut-être que plus tard je pourrai m'y remettre, on verra.

— Entendu ! répondit Heyden, qui baissa la voix pour ajouter, tout souriant : il est redevenu comme un enfant, tu ne trouves pas ?

Au même instant, la porte s'ouvrit et le propriétaire se hissa dans la caravane.

— Alors ? Tout est en ordre, non ?

— Oui, oui, acquiesça aussitôt Heyden.

L'homme me rendit ma carte de crédit.

— J'ai relevé le numéro. Si vous cassez quoi que ce soit, vous le réparez.

— C'est bien compris, affirma Heyden, en s'efforçant de ne pas paraître trop anxieux.

Il tendit l'argent au propriétaire, qui le compta soigneusement avant de lui remettre les clés.

— Je vous rappelle notre contrat, jeune homme. Six mois à partir d'aujourd'hui, j'ai noté la date. Si vous dépassez ce délai d'un jour, vous payez un jour de plus.

— Entendu, acquiesça Heyden. Merci.

Assis au volant, Oncle Linden regardait droit devant lui comme s'il voyait déjà défiler le paysage.

— Souvenez-vous de tout ce que je vous ai dit, nous recommanda l'homme. Les manuels d'instructions sont au complet.

Heyden le remercia une fois de plus et, après un dernier regard à chacun de nous, il tourna les talons et rentra chez lui.

— Ça y est ! jubila Heyden. Nous l'avons ! Nous pouvons partir, Oncle Linden.

— Quoi ? Oh, parfait, parfait, marmonna Oncle Linden en libérant le siège du chauffeur.

Heyden y prit place, étudia un moment le tableau de bord et mit le contact. Je trouvai que le moteur faisait beaucoup de bruit mais il ne sembla pas le remarquer.

— Attachez vos ceintures ! cria-t-il en démarrant.

Puis il empoigna le volant et, quelques secondes plus tard, nous nous retrouvions sur la route. On aurait juré qu'il conduisait ce genre de véhicule depuis des années.

— Je vais prendre la 95, annonça-t-il. Nous la suivrons un bout de temps puis nous nous arrêterons pour chercher un supermarché.

Assis juste derrière lui, Oncle Linden approuva :

— Bon plan, mon garçon.

Je ne m'étais pas rendu compte que je retenais mon souffle. Je m'en aperçus seulement quand, enfin, je le relâchai.

Ça y était. Nous partions vraiment. Heyden se mit à fredonner ce qui était devenu notre chanson fétiche : *Je prends la route en mobil-home.*

C'était sûrement une bonne idée, me répétais-je, il suffisait de voir avec quelle joie Oncle Linden contemplait le paysage. Certes, il disait adieu au seul monde qu'il eût jamais connu, mais ce monde n'avait jamais voulu de lui. Il n'allait pas au-devant d'une nouvelle vie de la même façon que nous, pas tout à fait. Il s'échappait. Heyden et moi n'avions jamais vécu en résidence surveillée, bien sûr, mais nous ressentions la même chose que lui.

Tous les trois, nous nous échappions.

⁂

J'eus bientôt la sensation que nous étions partis en pique-nique et que nous prolongions la promenade. Au bout d'une heure et demie de route, Heyden décida qu'il était temps de nous arrêter. Il prit la première sortie et, dix minutes plus tard, il se garait sur le parking d'un centre commercial.

— Par quoi commençons-nous ? me demanda-t-il.

— Voyons d'abord ce qu'il nous faut pour la maison.

— Oui, appuya Oncle Linden. Notre maison.

Nous descendîmes, et dès notre entrée dans le supermarché nous commençâmes à nous conduire comme si nous débarquions du tiers-monde. Même l'oncle Linden entra dans le jeu, et se précipita sur les vêtements et les objets dont il avait besoin. Quand j'eus rempli notre caddy de ce que je considérais comme le strict nécessaire – draps, oreillers, taies et couvertures, torchons et linge de toilette –, nous achetâmes deux reproductions de tableaux encadrées, un réveil, deux tapis ronds et, sur l'insistance d'Oncle Linden, un petit poste de télévision avec lecteur DVD.

— J'en réclamais toujours un à la résidence, mais Mme Robinson soutenait que c'était inutile, nous expliqua-t-il. Comme les autres pensionnaires s'endormaient devant leur poste, elle estimait que la qualité de l'image était sans importance.

— Maintenant vous l'avez, Oncle Linden, se réjouit Heyden.

— Oui. Maintenant, je l'ai.

Pour lui, c'était de toute évidence une grande satisfaction. J'étais aussi heureuse que Heyden de le voir si content.

Je dus prendre un second caddy pour nos ustensiles de cuisine, assiettes, couverts, casseroles et autres articles. Notre note de caisse atteignait mille et quelques dollars, que l'oncle Linden paya sans hésiter.

— Nous creusons un gros trou dans les finances, fis-je observer à Heyden.

— Ne te tracasse pas pour l'argent. Nous trouverons du travail plus tôt que tu ne le penses.

Comme j'aurais voulu partager son optimisme ! Là où j'hésitais et n'avançais qu'à pas prudents, il fonçait avec insouciance. Comment pouvait-il être aussi certain de l'avenir ? Sa vie avait été bien plus sombre que la mienne, c'était sans doute ce qui mettait à présent tant de soleil dans ses yeux. Quelle qu'en fût la raison, j'espérais que – bientôt –, cette joyeuse audace me gagnerait à mon tour.

Au rayon alimentation, nous nous conduisîmes carrément comme des enfants. Oncle Linden fit une razzia de céréales et de biscuits au chocolat, dont il était privé depuis si longtemps. J'essayai d'être raisonnable pour ne pas trop charger la note, mais entre lui et Heyden qui remplissaient le caddy de sucreries, de sodas et de glaces, j'eus vite fait de renoncer. Cette fois-ci nous en eûmes pour près de quatre cents dollars.

Ce qui était stupide, car notre petit réfrigérateur ne pouvait pas contenir tout ce qui devait être conservé au froid. Nous finîmes par être obligés de manger une demi-douzaine de cornets de glace. Je les grondai tous les deux, mais ils riaient et se criaient l'un à l'autre : « Encore un, vite, avant que ça fonde ! »

Je m'employai à installer nos chambres et rangeai les provisions dans nos petits placards. Trois heures plus tard, nous prenions la sortie 84 et nous garions près de l'autoroute, sur une aire de stationnement considérée comme un point de vue remarquable. D'où nous étions nous pouvions apercevoir Cap Canaveral, et l'une des aires de lancement des navettes spatiales.

Ce fut là que je préparai notre premier dîner : une salade et des macaronis au fromage.

— J'aime autant vous prévenir que je n'ai rien d'un cordon-bleu, annonçai-je en servant. Je n'ai jamais eu à m'occuper de la cuisine.

Heyden me rassura.

— Ne t'en fais pas pour ça, moi ça me connaît. Je me chargerai des plats les plus difficiles, genre biftecks frites.

Oncle Linden éclata de rire, et déclara que mes macaronis valaient mille fois mieux que la pâtée servie par Mme Robinson.

— Elle ne sait même pas assaisonner une salade. Ma mère, par contre… ça, c'était un cordon-bleu, bien qu'elle ait été élevée comme une princesse. Elle aimait cuisiner, et inventer toutes sortes de variations pour un même plat. « Je suis artiste en nourriture comme tu l'es toi-même en peinture, Linden », aimait-elle à plaisanter.

— Parle-moi encore d'elle, Oncle Linden, implorai-je.

Il était toujours si difficile d'amener maman à parler de ce temps-là… Oncle Linden se carra sur son siège et sourit aux images, aux événements et aux paroles d'autrefois qui lui revenaient en mémoire.

— Il y avait en elle une sérénité qui pouvait tout apaiser, même les orages qui me tourmentaient. Je ne me souviens pas de l'avoir jamais entendue élever la voix. C'était le genre de personne qu'on ne se pardonne pas d'avoir rendue triste ou malheureuse, ne fût-ce qu'un seul instant. Et Willow…

Il secoua la tête avec attendrissement et acheva :

— Willow était comme ça, elle aussi.

J'eus les larmes aux yeux en entendant prononcer le nom de ma mère. Avait-elle trouvé ma lettre, maintenant ? Pleurait-elle, ou était-elle en colère contre moi ? Avaient-ils appelé la police ? Savaient-ils qu'Oncle Linden était avec nous, ou croyait-on qu'il était parti tout seul ? On avait dû prendre contact avec la mère de Heyden, également. Qu'avait-elle dit ? Était-elle très malheureuse ? Pas une seule fois Heyden n'avait fait allusion à elle, non plus qu'à sa sœur. S'il avait des regrets, il les cachait bien, et sans doute se les dissimulait-il à lui-même.

— Eh bien, dit-il en rompant le silence qui s'était établi entre nous. Il est temps de sortir la carte et de mettre au point notre itinéraire.

Il fouilla dans son fourre-tout, en tira une carte routière et la déploya sur la table. Du bout du doigt, il traça une route qui traversait la Caroline du Sud, et je vis passer une lueur d'excitation dans les yeux d'Oncle Linden. Nous étions bel et bien en route pour l'aventure, et il se sentait redevenir petit garçon.

— Je pensais que nous pourrions suivre la route touristique de Savannah River, suggéra Heyden. Il y a des tas de choses à voir, des paysages qu'Oncle Linden apprécierait beaucoup en tant qu'artiste.

— Parfait, approuva chaudement mon oncle. À la première occasion, je m'achèterai du matériel. J'aurais dû y penser avant et emporter ma boîte à peintures et mon chevalet.

— Nous étions si pressés que nous avons tous oublié, m'excusai-je. Désolée, Oncle Linden.

— C'est sans importance, j'avais besoin de renouveler mon matériel, de toute façon.

Tout comme Heyden, il semblait inaccessible au découragement. Il attendait trop de notre équipée pour accepter qu'on lui gâche son plaisir. Heyden esquissa les grandes lignes du programme.

— Une fois là-bas, nous obliquerons au sud-ouest et mettrons le cap sur La Nouvelle-Orléans, où il est facile de gagner de l'argent en chantant. D'ici quelques jours, nous y serons.

— La Nouvelle-Orléans ! J'ai toujours eu envie d'y aller, avoua Oncle Linden. Il y a un peintre de là-bas que j'adore, il a peint des tas de paysages des marais, avec la mousse espagnole qui pend aux arbres comme des toiles d'araignées... Ouaoh ! C'est génial, dit-il en tapant des mains. Ne nous arrêtons pas.

Heyden rit de bon cœur.

— Nous ne pouvons pas rouler jour et nuit, Oncle Linden. Pourquoi ne pas nous arrêter ici pour la nuit ? C'est rudement joli, comme coin.

— D'accord. Je regarderai un de ces DVD que nous avons achetés.

— Bonne idée. Je vais vous installer ça, proposa Heyden.

Il s'y mit aussitôt, pendant que je débarrassais la table et commençais la vaisselle, et me promit de m'aider aussitôt qu'il aurait fini. Je refusai.

— Ce n'est pas la peine, Heyden. Je peux salir un peu mes blanches mains, moi aussi.

Son regard pétilla.

— Si toutes ces petites snobinettes de Palm Beach pouvaient te voir en ce moment !

— Je n'ose pas y penser, m'égayai-je.

Mais j'y pensais, justement. À elles toutes, au lycée, à tout ce que j'avais laissé derrière moi. Parmi toutes les filles de ma classe, je n'en voyais aucune qui eût échangé la vie à Joya del Mar, avec son cadre somptueux et tous ses avantages, contre une vie précaire dans un mobil-home tout déglingué. Et pourtant, maintenant que j'avais rompu les amarres et que le monde semblait s'ouvrir devant moi, je n'avais pas le sentiment d'avoir perdu au change. La vie de mes amies était totalement prévisible, comme si tout avait déjà été décidé pour elles, peut-être même avant qu'elles soient nées. Si elles s'écartaient un tant soit peu du chemin tracé, elles seraient critiquées, subiraient des pressions pour se conformer à la norme. À supposer que parmi elles certaines soient tentées, ce dont je doutais, de montrer la moindre velléité de rébellion.

— Et voilà, dit Heyden à mon oncle, qui se prélassait dans le fauteuil du coin salon, comme s'il se trouvait dans un cinéma de luxe. Tout est prêt pour vous, Oncle Linden.

— Merci, mon garçon.

Oncle Linden se carra dans le petit fauteuil rembourré, si mal en point que je m'attendais à le voir s'effondrer sur le sol. Ce qui ne semblait pas du tout préoccuper mon oncle.

— Désires-tu autre chose ? lui proposai-je. Du café, du thé, ou quoi que ce soit d'autre ?

— Non merci, Hannah. J'ai tout ce qu'il me faut.

Heyden m'adressa un clin d'œil et marcha vers la porte.

— Que dirais-tu d'une petite promenade, Hannah ? Pas d'objection, Oncle Linden ?

— Pardon ? Oh, non, je suis très bien comme ça. Ne vous inquiétez pas pour moi.

Je rejoignis Heyden et sortis avec lui.

— Ne nous éloignons pas trop, Heyden. Quoi qu'il en dise, il pourrait avoir peur, tout seul.

— Il va très bien, je t'assure. Je vois bien qu'il a été interné sans raison.

— Je n'en sais rien. Tu ne connais pas son histoire. Tu ignores combien de temps il a fallu pour l'amener là où il en est. Tu sais très bien à quel point ses idées s'embrouillent, par moments. Quelquefois, il tombe dans un état dépressif très proche du coma. Tu ne l'as encore jamais vu comme ça.

— Et je ne le verrai pas non plus. Cela n'arrivera pas. Pas maintenant qu'il est avec nous, s'entêta Heyden.

Je m'efforçai de le mettre en garde.

— Partir comme ça ne résout pas tous les problèmes, Heyden. Soyons réalistes.

Un instant assombri, Heyden retrouva très vite le sourire.

— Non, ça ne résout pas tout... mais c'est un début. Regarde, les premières étoiles ! Tu ne regardes jamais les étoiles, Hannah ?

— Si. Quand je me promène sur notre plage.

— Ah oui, j'oubliais. Tu as toujours eu ta plage

privée. Moi qui habite en plein milieu d'une rue en ville, je ne peux pas voir les étoiles avec toutes ces lumières, constata-t-il avec amertume. En tout cas je ne pouvais pas, mais maintenant c'est fini, et bien fini !

Il prononça ces mots comme un serment, avec une telle véhémence qu'il m'effraya. Il semblait capable de tout pour rompre avec son passé.

Mais en voyant mon expression, il se détendit et sourit.

— Ne me blâme pas de vouloir tellement sortir de là, Hannah.

— Je ne te reproche rien. Je veux simplement garder les pieds sur terre, et rester réaliste quant à nos possibilités.

— Nous le serons, je te le promets. Mais c'est quand même notre première nuit de liberté, Hannah. Juste pour une fois, laisse-nous rêver un peu ! implora-t-il.

Je lui souris à mon tour.

— Accordé.

Main dans la main, nous descendîmes jusqu'à la plage, où nous pûmes nous asseoir et regarder la navette spatiale. Un spectacle qui rendit Heyden songeur.

— Ces gars-là sont vraiment libérés de tout, là-haut, j'imagine. Je me demande s'ils se sentent plus près de Dieu ?

— Je crois qu'en voyant le monde comme ils le voient d'en haut, ils peuvent avoir ce sentiment-là, oui.

Heyden me regarda longuement, gravement.

— Quand je suis avec toi, Hannah, moi aussi je peux. C'est comme flotter dans l'espace, au-dessus de tout, du bruit, de toutes les nuisances. Tout disparaît et je ne vois plus que toi. Je n'entends plus que toi. Et la seule chose que j'ai envie de toucher, c'est toi.

Je baissai la tête et contemplai le sable.

— Tu n'as pas peur de ce que nous sommes en train de faire, Heyden ? Pas du tout ?

— Bien sûr que j'ai peur. Si ce n'était pas le cas, c'est que je serais complètement dingue. Je sais que rien ne sera aussi facile que je veux bien le dire, mais je crois que c'est possible, Hannah. Je crois que nous pouvons le faire. Tu m'as donné de l'espoir, et ton oncle Linden aussi.

Je relevai la tête. Même à la seule clarté des étoiles, je pouvais voir briller les yeux de Heyden, pleins de détermination… et aussi d'autre chose, qui ne pouvait être que de l'amour. Il se pencha sur moi, m'embrassa, puis s'étendit sur le sable.

— J'aime la chaleur du sable quand le soleil vient de se coucher, juste avant la fraîcheur de la nuit. Pas toi ?

— Oui, acquiesçai-je en m'allongeant à son côté.

Il resta un instant silencieux, puis dit avec un sourire dans la voix :

— Choisis deux étoiles très proches l'une de l'autre, Hannah. Ce seront les nôtres, du moins pour la durée du voyage.

Je scrutai le ciel et pointai le doigt vers ma droite.

— Je les vois ! s'exclama-t-il. Je suis celle de droite, parce que celle de gauche scintille plus.

Il me prit dans ses bras, m'embrassa plus tendrement encore et je me blottis contre lui, la tête au creux de son épaule.

— Serre-moi fort, Heyden, chuchotai-je. Serre-moi comme si j'allais tomber du bord du monde.

— Je te tiendrai toujours de cette façon, Hannah. Promis.

Tant de promesses faites en si peu de temps ! méditai-je. N'allaient-elles pas se disperser au vent, comme les guirlandes et les ballons après la fête ? Nous étions trop jeunes pour faire tous ces serments, trop pauvres pour les tenir. Pour nous, les promesses n'étaient encore que des rêves, et non des projets. C'était comme si nous voguions sur un tapis volant, ne courant pas de plus grave danger que de nous réveiller. Alors l'air redeviendrait l'air, et nous retomberions sur terre.

Je ne dis rien, mais Heyden perçut ma tension et mes craintes. Il m'embrassa le front, la joue, puis sa bouche reprit farouchement la mienne, comme s'il voulait chasser les démons qui m'effrayaient.

— Tout ira bien, souffla-t-il.

Je roulai de côté pour m'appuyer sur son bras tendu et regardai le ciel, où pointaient sans cesse de nouvelles étoiles. Chacune était une promesse, pensai-je avec mélancolie. Mais quand le soleil se lèverait, quand le jour serait là... où seraient-elles ?

Que nous réservait le lendemain ?

Après un moment de rêverie, nous décidâmes qu'il était temps d'aller voir ce que devenait Oncle Linden. Je ne fus pas surprise de le trouver endormi dans son fauteuil, la télévision encore allumée. Heyden, lui, s'étonna.

— C'est amusant, non ? Lui qui reprochait justement aux pensionnaires de la résidence de faire la même chose.

— Il est épuisé, ce qui n'a rien de bizarre. Le choc émotionnel de ce départ a été aussi fort pour lui que pour nous.

Aidée par Heyden, je dépliai le canapé-lit et le préparai avec le linge et les couvertures neuves, en espérant que l'oncle Linden se réveillerait tout seul et sans trop tarder. Ensuite Heyden alla préparer sa couchette dans l'habitacle, puis il éteignit la télévision. Aussitôt, Oncle Linden ouvrit les yeux. Je retins mon souffle et Heyden aussi. Mon oncle allait-il enfin réaliser où il était, et ce qu'il avait fait ? Comment allait-il prendre les choses ?

— Oh, fit-il en se frottant vigoureusement les joues. Je me suis endormi, on dirait.

— Ton lit est prêt, Oncle Linden. J'ai sorti ton nouveau pyjama.

— C'est ce que je vois. Merci, Hannah.

Il se leva, regarda autour de lui, hocha la tête en souriant et passa dans la petite salle de bains.

Heyden et moi laissâmes échapper un soupir de soulagement. Le sommeil n'avait pas fait régresser mon oncle vers la confusion. Il était toujours parfaitement conscient de tout.

Quelques minutes plus tard, il réapparut et se glissa dans son lit.

— C'est confortable ? demandai-je en élevant la voix, tout en achevant de mettre en ordre notre minuscule cuisine.

— Tout à fait ! renvoya-t-il sur le même ton. Faites de beaux rêves, tous les deux.

Heyden avait déjà grimpé dans sa couchette. Je me dirigeai vers la mienne.

— Hannah ! appela mon oncle.

— Oui, Oncle Linden ?

— Je viens juste de remarquer une chose. C'est la première fois que nous dormons sous le même toit, tous les deux. Ça fait plaisir, non ?

— Oui, Oncle Linden. Ça fait vraiment plaisir. Bonne nuit.

— Bonne nuit, Hannah.

Heyden paraissait déjà endormi. J'allai dans la

cellule qui portait le nom de chambre, me changeai pour mettre ma chemise de nuit neuve et me couchai, moi aussi. J'avais ouvert la fenêtre en grand pour chasser la mauvaise odeur, mais elle était tenace. Je me promis de procéder à un nettoyage à fond le lendemain.

Je restai longtemps éveillée à contempler le plafond jaunâtre, l'esprit traversé de pensées diverses. Maman était-elle sur le point de se coucher ? Était-elle en train de vitupérer contre moi, ou pleurait-elle dans les bras de Miguel ? Avais-je fait une chose terrible, qui m'enverrait tout droit en enfer ?

Mes deux hommes dormaient, pleins d'un heureux bien-être que j'étais loin de ressentir. J'étais condamnée à me tourner et me retourner dans mon lit toute la nuit, en proie à l'appréhension et aux regrets. Je finis par m'endormir, pourtant, rêvai du petit Claude et m'éveillai en larmes. Comme cela aurait été merveilleux d'avoir un petit frère, après tout ! Chaque mouvement de jalousie que j'avais pu avoir devenait un remords, un aiguillon qui me perçait le cœur. J'étais si malheureuse, si désemparée que j'aurais voulu disparaître.

Il ne me fut pas facile de retrouver le sommeil. Je ne m'endormis qu'à bout de fatigue, et ce ne fut pas le soleil qui m'éveilla, mais les bruits que faisaient Oncle Linden et Heyden en préparant le petit déjeuner. Toutes les fibres de mon corps gémirent et protestèrent quand je me levai pour aller ouvrir la porte. Je les trouvai tous les deux à la petite table, en train de prendre le café, la carte dépliée devant eux.

— Salut, belle endormie, me lança Heyden.

— Désolée. Je ne me suis pas réveillée.

— Et après ? Il n'y a pas d'horaire à respecter, ici. Pas de sonnerie pour découper votre journée en tranches. Au fait, la douche fonctionne. Enfin… plus ou moins.

— J'ai bien dormi, annonça Oncle Linden. Je crois que c'est la meilleure nuit que j'ai passée depuis des années.

Heyden et lui reportèrent leur attention sur la carte, et je fis de mon mieux pour me réveiller. La douche marchait plutôt moins que plus, en fait. L'eau coulait au compte-gouttes et n'était même pas chaude.

— Nous pourrons bientôt nous offrir une chambre d'hôtel décente, me promit Heyden quand je m'en plaignis. Il est temps d'y aller, nous avons de la route à faire.

Oncle Linden était déjà assis sur le siège du passager, impatient de partir. Quelques minutes plus tard nous rebroussions chemin pour rejoindre l'autoroute et monter vers le nord, mettant le plus de distance possible entre la maison et nous. Comme il me semblait approprié d'avoir fait halte en vue de la navette spatiale. C'était tout à fait en accord avec ce que je ressentais. L'impression de faire le grand saut dans l'inconnu, chaque seconde qui passait nous détachant un peu plus de ce qui nous reliait à notre mère la Terre.

En traversant la Géorgie, nous nous arrêtâmes pour déjeuner, et pour chercher un magasin de fournitures pour artistes. Toute sa vie, depuis l'adolescence, Oncle Linden avait disposé d'un matériel de peinture. Même en clinique psychiatrique, où son art était considéré comme une thérapie. Mais parce que nous étions livrés à nous-mêmes, sans doute, sans règles à respecter ni comptes à rendre, il se comporta comme un petit garçon devant son premier train électrique.

Heyden et moi voyions bien qu'il rongeait son frein, impatient de s'atteler à ce qui serait son premier tableau du voyage. Aussi décidâmes-nous de quitter la route à la première occasion, pour pique-niquer à proximité de la rivière. Mais une fois l'endroit trouvé, Oncle Linden fut bien trop excité pour manger. Il planta son chevalet dans l'herbe et esquissa la composition de son tableau, dans lequel il comptait nous inclure.

— Vous deux, allez vous installer par là, ordonna-t-il en désignant une clairière toute proche. Étendez votre couverture par terre et profitez de votre pique-nique.

— Mais… et toi, Oncle Linden ? m'inquiétai-je.

— Je mangerai plus tard. Allez, filez ! Ne vous en faites pas pour moi.

Heyden et moi échangeâmes un sourire et, docilement, suivîmes les consignes d'Oncle Linden. Heyden avait emporté sa guitare, naturellement. Il faisait un temps radieux. Pendant que nous déjeunions, Oncle Linden travaillait non loin de là. Nous commençâmes à répéter, en cherchant quelles chansons seraient les plus adaptables à toutes sortes de circonstances. Quand nous en avions chanté une au moins deux ou trois fois, Heyden décidait si, oui ou non, nous la gardions dans notre répertoire.

— Il nous faut un bon assortiment, m'expliqua-t-il, de façon à plaire au plus large public possible.

Nous sélectionnâmes des chansons d'amour, des mélodies country, et ce que Heyden appelait des grands classiques. Nous travaillâmes longtemps, et si intensément qu'aucun de nous deux ne vit passer l'heure. Nous ne reprîmes conscience du temps que lorsque le soleil fut tout près de l'horizon. Nous avions même oublié Oncle Linden, qui n'avait pas chômé lui non plus.

— Nous ferions mieux d'y aller, déclara Heyden. J'espérais faire beaucoup plus de route, aujourd'hui. Oncle Linden, il est temps de partir ! appela-t-il.

— Parfait, répliqua mon oncle en commençant à ranger son matériel. J'ai travaillé plus que je ne l'espérais.

Je pliai la couverture, Heyden rassembla le reste et nous retournâmes au mobil-home, en nous arrêtant pour regarder le tableau d'Oncle Linden. Il l'avait laissé sur le chevalet tandis qu'il rangeait ses tubes et ses brosses.

Je trouvai le style très intéressant. Le paysage était traité de façon presque impressionniste, mais les deux personnages censés être nous étaient peints avec le plus grand réalisme.

Heyden vit la même chose que moi et chuchota :

— Je lui ressemble.

Je ne pus qu'approuver, d'un hochement de tête. C'était la même chose pour moi : je ressemblais à ma mère.

— Eh bien, s'enquit Oncle Linden. Que pensez-vous de ma première œuvre de peintre itinérant ?

— C'est incroyable comme vous travaillez vite, improvisa Heyden.

— C'est vraiment très beau, Oncle Linden.

— Je l'appellerai « par la fenêtre d'un mobil-home », ou quelque chose dans ce genre, plaisanta-t-il.

Heyden se chargea de son chevalet, et il porta lui-même le tableau, avec le plus grand soin. Il le mit en sûreté près du petit canapé.

— Nous avons du retard à rattraper, annonça Heyden. Je vais tâcher d'améliorer le rendement.

Nous repartîmes donc et, une fois sur l'autoroute,

Heyden roula nettement plus vite qu'avant. Je devais sans cesse lui rappeler de ne pas dépasser la vitesse limite.

— Évitons de nous faire arrêter par la police de la route, Heyden. Il y aurait trop de choses à expliquer. Ils pourraient même envoyer un message d'alerte aux autres patrouilles, si tu vois ce que je veux dire.

— Je sais, je sais, mais il se fait tard. Nous aurions dû faire plus attention à l'heure, grommela-t-il, fâché contre lui-même.

— Je croyais que nous n'avions pas d'horaire à respecter, fis-je observer gentiment. Pas de sonnerie pour couper la journée en tranches, n'est-ce pas ce que tu disais ?

— N'empêche qu'il faut quand même avancer, Hannah. Je veux que nous commencions à travailler le plus tôt possible, tu le sais.

— Alors c'est que nous sommes bel et bien soumis à un horaire, Heyden.

Il se radoucit un peu.

— Très bien. Je vois que je peux compter sur toi pour me remettre les pieds sur terre.

— Pas seulement à toi, Heyden, admis-je en souriant. À moi aussi.

À la limite nord d'une ville appelée Anderson, en Caroline du Sud, Heyden consulta la carte et décida de prendre ce qui semblait être un raccourci.

Quitter l'autoroute ne me rassurait pas plus que ça, mais il était certain que, de cette façon, nous trouverions plus facilement un bon endroit pour passer la nuit. Oncle Linden somnolait, ne sortant de sa torpeur que pour y retomber presque aussitôt. Il n'avait toujours rien mangé, ce qui m'inquiétait. J'aurais voulu que nous nous arrêtions pour pouvoir préparer le dîner. Cela faisait des heures que nous roulions, à présent.

— Encore quelques kilomètres, je t'en prie, ne cessait d'implorer Heyden.

La route était assez bonne, mais pas éclairée du tout. Et sans savoir où se trouverait le prochain virage ni s'il serait difficile, Heyden ne pouvait pas rouler trop vite.

— Tout va bien, ne cessait-il de répéter, ne t'inquiète pas.

Et soudain il y eut un affreux raclement métallique, aussitôt suivi d'un bruit grinçant, puis le moteur se tut. Heyden étouffa un juron.

— Nom de...

— Qu'est-ce qui se passe ? m'affolai-je.

— Je n'en sais rien. Le moteur m'a lâché d'un seul coup, et la direction ne répond plus.

Il se démena pour redresser tout en perdant de la vitesse. Oncle Linden bâilla et fouilla l'obscurité du regard.

— Un problème de moteur, le renseigna Heyden, laconique.

Le mobil-home s'arrêta pour de bon et je poussai un gémissement de détresse.

— Oh non, Heyden !

— Pas de panique, ce n'est peut-être pas si grave que ça. Un fil qui s'est déconnecté, sans doute. Bon sang ! s'exclama-t-il après avoir farfouillé dans la boîte à gants et les casiers de rangement. Nous n'avons pas de torche et nous avons oublié d'en acheter une.

— Mais qu'allons-nous faire, alors ? Nous ne pouvons pas craquer des allumettes au-dessus d'un moteur à essence !

— Tu crois que je ne le sais pas ? Laisse-moi réfléchir.

— J'ai faim, dit soudain Oncle Linden.

C'était tellement inattendu que je faillis éclater de rire.

— Il a raison, fit observer Heyden. Dînons tranquillement, et attendons demain.

— Ici, au beau milieu de la route ?

— Il y a largement la place pour que les autres voitures nous doublent. On nous verra. Nous laisserons nos feux allumés.

— Je mangerais bien un hamburger, déclara Oncle Linden.

Heyden me jeta un regard entendu. Il savait ce que je pensais : Oncle Linden ne faisait pas que se comporter, de temps à autre, comme un petit garçon ; par bien des côtés, c'était toujours un petit garçon. Presque tout au long de sa vie, quelqu'un avait pris soin de lui, jamais il n'avait eu à assumer de responsabilité. Ce mot n'avait pas vraiment de sens pour lui.

— Reste calme et tout ira bien, me rassura Heyden.

À demi convaincue, j'allai ouvrir le réfrigérateur pour prendre un peu de viande dans le casier congélateur. En voyant qu'il n'y avait pas de lumière à l'intérieur, je fus prise de panique.

— Heyden ! L'électricité ne marche plus.

— Oh, non ! gémit-il en se levant d'un bond, pour venir voir par lui-même. Quelle poisse !

— Toute la nourriture va être perdue, Heyden. Nous ne pouvons pas rester là.

— Je sais, répliqua-t-il. Je ne suis pas idiot.

J'étais au bord des larmes. Nous étions dans de beaux draps, c'était le moins qu'on puisse dire. Deux jeunes fugueurs, en panne en pleine nuit sur une route de campagne, avec un oncle kidnappé dans une maison de retraite ! Comment avions-nous pu être assez fous, assez naïfs pour nous croire capables de faire une chose pareille ? Je m'étais apitoyée sur moi-même, j'avais cédé à la colère. Je m'étais laissée dominer par mes émotions et elles m'avaient aveuglée.

Comme si ce n'était pas assez, un coup de tonnerre soudain me fit tressaillir. Ni Heyden ni moi n'avions pris garde au fait que le ciel se couvrait rapidement, ni pressenti l'orage qui s'approchait.

Les premières gouttes crépitèrent comme un avertissement, puis l'averse s'abattit sur nous, martelant le toit, l'avant et les côtés du mobil-home. Le vacarme était assourdissant. Je plaquai les mains sur mes oreilles et rentrai la tête dans mes épaules.

— Du calme, dit Oncle Linden d'une voix changée, comme s'il émergeait brusquement d'un profond sommeil. Tout ira bien, Willow. Je suis là.

Heyden se tourna vers moi, et je lus sur ses traits la terreur que je ressentais moi-même. Nous étions sous le choc.

Willow ?

Le coup de tonnerre suivant ébranla tout mon être. J'eus l'impression qu'il avait éclaté dans mon propre cœur.

11

Casa della Luna

Même sans torche, Heyden sortit dès la fin de l'averse pour voir s'il pouvait réparer l'avarie. J'étais bien trop nerveuse pour préparer un repas, et Oncle Linden s'était allongé sur son lit. Je décidai d'aller proposer mon aide à Heyden. Juste comme je venais de sortir, deux phares nous balayèrent de leur pinceau lumineux et une camionnette apparut, ralentit, s'arrêta. Il faisait trop sombre pour voir qui la conduisait. Je rejoignis Heyden et nous attendîmes, tandis que la portière s'ouvrait et se refermait. Un grand noir en salopette contourna l'avant de la camionnette. Il dépassait largement le mètre quatre-vingt-quinze et, sans être gras, devait bien peser dans les cent vingt kilos.

— Des problèmes ? s'enquit-il en regardant Heyden.

— Vous pouvez le dire, monsieur ! Nous avons été assez idiots pour partir sans emporter de lampe.

— J'oublie de plus en plus de choses, moi aussi, depuis quelque temps, répondit l'homme en palpant ses poches.

Il en extirpa une torche et l'alluma. Quand il s'approcha, je pus voir que ses cheveux étaient d'un blanc neigeux et sa barbe poivre et sel, presque rase. D'une stature colossale, il avait des mains énormes, telles que je n'en avais jamais vu.

— Comment est votre batterie ? demanda-t-il à Heyden.

— De ce côté-là, pas de problèmes.

— Bon. Faites tourner le moteur, que j'écoute ça.

Heyden me jeta un coup d'œil hésitant, où je lus sa crainte de me laisser seule avec un inconnu.

— Ne t'inquiète pas, chuchotai-je. Tout ira bien.

Il se hâta de remonter dans la cabine, et quelques secondes plus tard nous entendîmes gronder le moteur.

— Stop ! cria l'homme. Je vois ce que c'est. Quand on a bricolé ces trucs-là aussi longtemps que moi, le moindre petit bruit vous parle.

Heyden coupa le contact, sauta à terre et nous rejoignit.

— Alors ? Qu'en pensez-vous ?

— J'ai bien peur que ce soit un joint de culasse, en fait.

— C'est grave ? questionnai-je aussitôt.

— Plutôt, oui.

— Aïe ! fit Heyden. Ça va coûter cher à réparer, alors ?

— Ma foi... ça sera pas donné, pour sûr.

La mine de Heyden s'allongea.

— C'est que... nous sommes un peu serrés, avoua-t-il.

L'homme jeta un coup d'œil au mobil-home et hocha la tête. Il devait se dire que, pour voyager dans un véhicule aussi minable, il fallait vraiment ne pas pouvoir faire autrement.

— Je comprends, dit-il en remettant sa torche dans une de ses vastes poches. Remarquez bien... si j'avais les pièces, je pourrais vous arranger ça. C'est un vieux moteur que vous avez là, je l'ai vu tout de suite. La mécanique, ça me connaît.

— Vous pourriez vraiment le réparer ? s'enquit Heyden avec espoir.

— Sûr. On a tout ce qu'y faut pour ça à Casa della Luna.

— Casa della Luna ? répétai-je. Cela veut dire Maison de la Lune. Qu'est-ce que c'est ? Un hôtel ?

— Non, c'est juste une vieille ferme. C'est Mme Liliann Stanton qui l'a baptisée comme ça, dans le temps, et elle pique une vraie colère si on ne lui donne pas ce nom-là. C'est à deux petits kilomètres d'ici, je peux vous y emmener. Nous téléphonerons à un ami à moi, à Anderson, pour voir s'il peut nous dépanner. Il travaille dans la ferraille. Allez-y, embarquez !

— C'est que... il n'y a pas que nous, révéla Heyden.

— Vous dites ?

— Mon père est dans le mobil-home, expliquai-je. Il... il a été malade.

L'homme eut l'air désolé pour nous.

— C'est pas de chance, avec cette panne et tout ça...

— Je pourrai monter à l'arrière, suggéra Heyden. Toi, va chercher ton oncle.

Je me détournai pour lui murmurer :

— Nous ne pouvons pas transporter Oncle Linden comme ça, n'importe où.

— Tu as une meilleure idée ? riposta-t-il. Regarde où nous sommes et ce qui nous arrive !

— Dans l'état de confusion où il se trouve, quand même... m'appeler Willow au lieu de Hannah ! Cela pourrait le perturber encore plus.

— Ce serait toujours mieux pour lui que de rester planté là.

— Mais s'il se met à divaguer devant des étrangers ?

— C'est un risque à courir, Hannah. Nous n'avons pas vraiment le choix.

Je me retournai vers l'homme, qui devina mon hésitation.

— Vous voulez que je vous aide à le transporter ? offrit-il.

— Non merci, monsieur. Ça ira.

— Vous n'avez pas besoin de m'appeler « monsieur », les enfants. Mon nom, c'est Charles Anderson Dawson, mais tout le monde m'appelle Chubs. Sauf Mme Stanton, bien sûr. Pour elle, je suis Charles. Chubs, c'était le petit nom que ma mère m'avait donné quand j'étais bébé, il y a de ça quatre-vingt-un ans. Ça file vite, pas vrai ?

— Quatre-vingt-un ans ! m'exclamai-je.

— Oui, mam'selle. Et je peux vous nommer tous les présidents qu'y a eus dans toute ma vie.

— Allons chercher Oncle Linden, s'impatienta Heyden. Il peut se remettre à tomber des cordes d'une minute à l'autre.

Chubs leva un regard averti vers le ciel noir.

— Y a de grandes chances, en effet, monsieur... heu...

Nous nous aperçûmes brusquement que nous ne nous étions pas présentés. J'allais le faire, mais Heyden me devança.

— Heyden Reynolds, et voici ma cousine Hannah. Nous voyageons avec mon oncle Linden.

Chubs hocha la tête et j'allai rejoindre Oncle Linden, qui dormait toujours. Il ouvrit les yeux quand je lui touchai l'épaule, et me regarda d'un air si bizarre que, pendant un instant, je m'attendis à de nouveaux problèmes. Puis il sourit et demanda :

— C'est l'heure de dîner ?

Je relâchai mon souffle. Au moins, il ne m'avait pas appelée Willow, et il savait où il était.

— Non, Oncle Linden. Quelqu'un est passé par ici

et a proposé de nous aider à réparer. Il va nous emmener chez lui dans sa camionnette pour donner quelques coups de fil. Nous ne pouvons pas te laisser seul ici, surtout sans électricité.

Comme il me regardait sans mot dire, j'insistai :

— Tu comprends, n'est-ce pas ?

— Oh oui, bien sûr, acquiesça-t-il en se levant.

Je le retins par le bras.

— Attends une seconde. J'ai dû dire à cet homme que tu étais mon père. Il va falloir que je t'appelle papa devant lui, et devant tous les gens que nous rencontrerons, d'accord ?

— Naturellement, approuva-t-il avec enthousiasme.

Cela me mit légèrement mal à l'aise, mais j'avais hâte d'en finir avec tout ça. Il me suivit au-dehors et je le présentai à Chubs.

— Chubs, voici mon père, M. Montgomery.

— Enchanté, dit Chubs, dont la main faillit engloutir celle d'Oncle Linden. Nous allons essayer de vous tirer de là.

— C'est très aimable à vous, monsieur Chubs.

— Oncle Linden, vous...

Je donnai un coup de coude dans les côtes de Heyden, qui se souvint juste à temps qu'il faisait partie de la famille.

— Tu monteras devant avec Hannah, se reprit-il adroitement. Je me caserai derrière.

Je pilotai mon oncle jusqu'à la camionnette où il s'installa, grimpai à mon tour et fermai la porte. Heyden sauta à l'arrière et Chubs démarra. En partant, je me retournai sur le vieux mobil-home tout décati. L'ami de Chubs aurait sans doute estimé qu'il était bon pour la ferraille, lui aussi...

Apparemment, Chubs était ravi d'avoir de la compagnie.

— J'ai vécu ici toute ma vie, commença-t-il. J'ai travaillé pour le père de Mme Stanton dès que j'ai su tenir un marteau et une scie. Nous avions le plus grand verger de pêches de toute la région, en ce temps-là. Deux cent cinquante hectares, pas moins. Nous avions trois cueillettes, selon l'état de maturité des fruits, de mai à la fin juillet. Après la mort de M. Stanton, nous avons tenu le coup de notre mieux pendant un moment, mais pour finir on a dû vendre cent soixante-dix hectares à des promoteurs. C'est devenu de plus en plus dur, pour nous. Et comme il n'avait pas de fils pour prendre la suite, M. Stanton Junior a décidé d'abandonner. Il a encore vendu cinquante hectares.

Chubs s'interrompit, poussa un gros soupir et reprit son monologue.

— Ça m'a fait une drôle d'impression, vous savez. Comme si le monde se refermait sur nous de tous les côtés. Il a fallu nous séparer de tous les ouvriers agricoles, jusqu'à ce qu'il ne reste plus que moi pour m'occuper de la maison et du reste. Nous cultivons tous les légumes dont nous avons besoin, nous avons des poulets, quelques cochons et quelques vaches. Mais ce n'est plus comme dans le temps, conclut-il avec mélancolie.

— Casa della Luna est un nom curieux pour une ferme, fis-je observer.

L'intérêt d'Oncle Linden s'éveilla.

— C'est comme ça qu'on l'appelle ?

Chubs émit un petit gloussement de rire.

— Dans le bon vieux temps, M. et Mme Stanton faisaient tous les ans un petit voyage en Europe. Une année, en revenant d'Italie, elle s'est mis en tête de rebaptiser la ferme Casa della Luna. C'est à cause de la façon dont la pleine lune illumine la maison, paraît-il, une histoire comme ça. Quand elle a dit ça, M. Stanton m'a fait un clin d'œil et m'a dit d'aller fabriquer une pancarte. Il a toujours voulu lui faire plaisir, jusqu'à sa mort. Il se décarcassait pour donner l'impression qu'ils vivaient toujours comme avant.

» Vous venez d'où, vous autres ? s'enquit Chubs, sans même prendre le temps de souffler.

— De West Palm Beach, me hâtai-je de répondre. Nous étions censés prendre des petites vacances.

Chubs eut un sourire optimiste.

— Eh bien, c'est ce que ce sera quand la panne sera réparée, pas vrai ? C'est quoi au juste votre travail, monsieur Montgomery ?

Oncle Linden ouvrit des yeux ronds.

— Mon travail ?

— Mon père est artiste peintre, répondis-je à sa place.

— Artiste ? Sérieusement ? Vous peignez des tableaux pour les musées, ce genre de trucs ?

— Non, pas pour les musées, rectifia mon oncle. Pour des galeries.

— Ah bon ? fit Chubs d'un air perplexe, en se demandant visiblement ce qu'était une galerie. Enfin, tant que vous gagnez de quoi vivre en faisant ce qui vous plaît, vous êtes un homme chanceux, oui monsieur.

— C'est tout à fait vrai, approuva mon oncle. La plupart des gens qui ont fini où je suis ont tous la même raison d'être déprimés. Ils le sont parce qu'ils ont gâché leur vie.

L'effarement de Chubs redoubla.

— Où vous êtes, monsieur ? Où est-ce que c'est, au juste ? Et qui c'est, tous ces gens-là ?

— Oh, mon père veut parler de ses vieux amis. Des gens de son âge, expliquai-je hâtivement.

Chubs secoua tristement la tête.

— Des vieux amis… j'ai bien peur de plus en avoir, à présent ! Ils sont tous partis. Comme disait M. Stanton Senior, ils font pousser les pâquerettes, maintenant.

— Chubs a quatre-vingt-un ans, papa, dis-je à Oncle Linden.

— Quatre-vingt-un ans ! C'est remarquable. Quel est votre secret ?

— Aucun secret, s'esclaffa Chubs. Tous les matins je me lève et je dis : « Salut, soleil », même s'il ne fait pas beau.

— Le voilà, votre secret. Vous refusez le malheur et la morosité. Je ne m'étais pas senti comme ça depuis très, très longtemps, mais maintenant c'est ce que je ressens. Depuis que nous avons pris la route.

— Vraiment ? fit Chubs, épanoui. Eh bien, c'est une sacrée bonne chose, monsieur. Tant mieux pour vous. Eh, la voilà ! s'exclama-t-il. Casa della Luna, juste devant nous.

De loin, je vis une longue bâtisse à un étage, sans plus. Mais en approchant, j'aperçus les étables, la porcherie, les poulaillers. La maison elle-même semblait avoir été arrachée à une ville historique, comme Charleston, et transplantée dans ce domaine agricole. Avec son porche en terrasse et sa colonnade romaine, elle semblait déplacée dans cet environnement, trop élégante et raffinée. Elle eût été un décor parfait pour des réceptions brillantes, où des hommes en smoking s'inclinaient devant de belles jeunes femmes en robes longues. Je croyais presque entendre la musique, les rires légers, voir les serviteurs circuler avec les plateaux de hors-d'œuvre et de champagne. Je ne m'étonnais plus que Mme Stanton ait voulu nommer cette maison Casa della Luna.

De plus près encore, d'autres détails m'apparurent. Un grand pignon central, encadrant une fenêtre semi-circulaire, et un plus petit sur le côté. Les murs étaient enduits d'un badigeon vieux rose, fané par le temps. Une demi-douzaine de marches menaient au porche d'entrée.

— Nous y sommes, annonça Chubs en coupant le contact. Mme Stanton a ses habitudes, et elle est plus étourdie que jamais, c'est vrai. Mais pour ce qui est de l'hospitalité, c'est toujours la reine du vieux Sud, ça oui.

Nous descendîmes tous de la camionnette.

— Tout va bien ? murmura Heyden à mon oreille.

— Tout va bien.

Chubs nous précéda jusqu'à l'entrée principale.

— C'est moi qui ai fabriqué cette porte, se rengorgea-t-il en caressant le chêne sculpté.

Oncle Linden parut impressionné.

— C'est une véritable œuvre d'art.

— Merci, monsieur. Vu que vous êtes un artiste, pour moi ça veut dire quelque chose, se réjouit le brave Chubs.

Il souleva le marteau, une lourde boule de fer, le relâcha, et un son grave parut se propager dans toute la maison.

— J'aurais pu installer une de ces sonneries électriques, mais Mme Stanton veut rien que des choses à l'ancienne. Casa della Luna, commenta-t-il avec un bon sourire.

Il dut frapper encore, et quelques secondes plus tard la porte fut ouverte par une petite femme toute menue, au visage clair et aux grands yeux verts mouchetés d'ambre. Elle ne devait pas atteindre un mètre cinquante-cinq, mais ses traits délicats, sa grâce et son allure en imposaient. Ses cheveux gris étaient soigneusement relevés, en une élégante torsade à la française. Ses boucles d'oreilles, deux diamants sertis d'or blanc, brillaient à la lueur du lustre de l'entrée. Ces diamants, loin d'éblouir, rehaussaient discrètement l'élégance de sa personne. Et ils faisaient joliment valoir la simplicité de sa toilette, une robe d'été d'un vert profond, qui laissait voir ses épaules nues et s'accordaient à la nuance de ses yeux.

Elle nous accueillit d'un sourire avenant.

— Oh, des visiteurs !

— Oui, ma'am. Ces personnes sont tombées en panne à deux kilomètres d'ici, sur Peach Tree Road. J'ai pas voulu les laisser là, pendant que je chercherais si on a de quoi les aider à réparer.

— Bien sûr que non, Chubs, vous avez bien fait. Veuillez entrer, dit-elle en s'effaçant devant nous.

— Merci, madame. Je m'appelle Hannah. Voici mon père, Linden Montgomery, et mon cousin Heyden Reynolds.

— Charmée de vous connaître, tous les trois. Bienvenue à Casa della Luna. Le salon est à droite, je vous y rejoins tout de suite, le temps d'aller chercher des rafraîchissements. Charles, faites de votre mieux pour aider nos visiteurs.

— Oui, ma'am. J'y pensais. Je vais appeler Billy Donald.

— Ne me racontez pas ce que vous allez faire, Charles. Faites-le !

Chubs nous sourit, visiblement ravi de la façon dont cette petite femme le commandait.

— Oui, ma'am, approuva-t-il en s'éloignant.

Mme Stanton nous indiqua la première porte sur notre droite.

— Entrez, je vous en prie.

Seules deux petites lampes Tiffany éclairaient le grand salon, projetant une mosaïque de couleurs sur les murs vert céladon. Quand Mme Stanton alluma le lustre de cristal, un flot de lumière inonda la pièce, et ce fut comme si notre hôtesse rattrapait brusquement son âge. L'éclairage impitoyable révélait chaque ride, chaque outrage du temps. Et comme cette femme, la pièce elle-même se montrait telle qu'elle était réellement. Pleine de vieux meubles fatigués, de tapis élimés, de rideaux fanés.

Et pourtant, on voyait qu'elle avait été belle. Ses corniches et ses moulages en plâtre étaient l'œuvre d'habiles artisans. La cheminée de pierre avait grande allure. Sur le rebord du manteau, je remarquai une horloge de parquet miniature, dont les aiguilles marquaient midi, ou minuit, depuis de longues années sans doute. Le tableau accroché au-dessus du manteau représentait un couple, probablement les beaux-parents de Mme Stanton, à en juger par leurs vêtements. Ils dataient de l'époque 1900, et la femme ne ressemblait pas du tout à Mme Stanton. Elle était rousse, plus grande et plus vigoureuse que celle-ci.

D'autres tableaux représentaient des paysages, joliment encadrés d'or. Mais ce qui frappait surtout était l'abondance des statuettes, dispersées un peu partout sur des sellettes et des guéridons. L'une d'elles, plus grande que les autres, représentait une mère et sa fille se tenant par la main.

Mais l'aspect délabré de l'ensemble, les coussins dégarnis et les couleurs éteintes, tout donnait l'impression que la pièce était tombée dans l'oubli depuis longtemps, tout comme s'était arrêtée la pendule.

À gauche, en entrant, une porte ouverte donnait sur la salle à manger, plongée dans l'ombre. J'y jetai un coup d'œil, mais je ne pus qu'entrevoir une longue table, un haut miroir et une armoire vitrée chargée de porcelaines.

Notre hôtesse nous invita aimablement à nous asseoir.

— Mettez-vous à l'aise, je vous en prie. Je vais préparer du thé glacé à la menthe.

— Ne vous dérangez pas pour nous, protestai-je.

— Oh, le dérangement n'est pas grand, mon cœur ! Je n'ai que le couloir à traverser, dit-elle avec un rire léger, presque déroutant de jeunesse.

Heyden secoua la tête comme s'il n'en croyait pas ses sens.

— On se croirait dans un vieux film, *Autant en emporte le Vent ou* un truc comme ça !

— C'est tout à fait charmant, opina Oncle Linden.

Comme la veille, quand il avait découvert le mobil-home, il ne semblait pas voir – ou ne voulait pas voir –, ce qui pouvait être imparfait ou décevant. Il portait un regard nouveau sur les choses depuis que nous avions quitté la Floride, constatai-je, mais était-ce un bien ou un mal ? Cela, je l'ignorais.

Pour le moment, il paraissait perdu dans ses souvenirs.

— Je me souviens de Joya del Mar autrefois, évoquait-il. Tout y était beau, harmonieux, plein de grâce, comme ici. C'était avant que les Eaton s'y installent, avec tout leur luxe tapageur. Ces gens n'ont aucun goût, aucun sens de l'élégance.

Peut-être avait-il raison, m'avouai-je, en parcourant à nouveau du regard le décor qui m'entourait. Tout y portait la trace de l'âge et de l'abandon, sans doute, mais au moins ce lieu avait du caractère.

Nous venions de nous asseoir quand Chubs revint au salon.

— Eh bien, j'ai de bonnes et de mauvaises nouvelles, annonça-t-il. Billy a trouvé ce qu'il nous faut, mais il doit aller chez son fils pour un anniversaire. Nous n'aurons pas les pièces avant demain, j'en ai peur.

— Oh ! fit Heyden d'un ton lugubre.

Au même instant Liliann Stanton revint, portant un plateau d'argent où tintaient de grands verres de thé glacé.

— Ce ne sont pas de si mauvaises nouvelles, je trouve. Vous passerez tous la nuit à Casa della Luna, voilà tout.

— Merci, madame, mais nous pouvons très bien retourner dormir dans notre mobil-home, dit Heyden.

Je me penchai vers lui et murmurai :

— N'oublie pas que nous n'avons plus d'électricité.

— Nous pouvons la rétablir, quand même !

Apparemment, Chubs avait tout entendu.

— Vous avez des problèmes avec le courant, aussi ?

— Le réfrigérateur est en panne, reconnut Heyden. Pour le reste, je ne sais pas. Je n'ai pas vérifié.

— Toutes vos provisions vont être perdues, alors.

— Charles, comment avez-vous pu laisser les choses dans cet état ? intervint Liliann sur un ton de reproche.

— Il n'en savait rien, madame Stanton.

— Retournez vite là-bas chercher leurs provisions, vous entendez ? Nous verrons ce qui peut être sauvé.

— C'est très gentil de votre part, dit Oncle Linden avec gratitude. Il y a bien longtemps que personne ne s'est montré aussi bon envers moi.

Liliann Stanton rosit de plaisir.

— J'ai peine à le croire, monsieur. Où allons-nous si on ne peut plus se conduire décemment les uns envers les autres ?

— Je suis bien de votre avis, approuva mon oncle en buvant une gorgée de thé.

Il leva son verre et le fit tourner dans la lumière, tel un enfant fasciné par le chatoiement des reflets.

— Quel délicieux thé glacé. Je n'en ai pas bu d'aussi bon depuis des années.

— Je vous remercie, monsieur. C'était le préféré de mon mari, précisa Liliann.

Puis elle leva les yeux sur Chubs, qui n'avait pas bougé.

— Vous êtes encore là, Charles ?

— Je m'en vais, je m'en vais. Voilà ce qu'on pourrait faire, ajouta Chubs, en s'adressant directement à Heyden. On ne peut pas laisser ce mobil-home sur la route. Il faudrait le remorquer jusqu'ici, ce soir. On prendra le tracteur. Je pourrai réparer ici.

Heyden bondit sur ses pieds.

— Je ferai de mon mieux pour vous aider.

— Bonne idée, Heyden, approuvai-je. Si nous devons dormir ici, nous aurons besoin de certaines choses qui sont là-bas.

Oncle Linden ne voulut pas être en reste.

— Laissez-moi vous accompagner, je pourrai me rendre utile.

— Oh, ce ne sera pas nécessaire, monsieur Montgomery. Le jeune homme et moi, nous nous débrouillerons. Restez ici bien tranquillement, insista Chubs.

Juste à ce moment, des pas résonnèrent dans l'escalier. Chubs jeta un regard à Mme Stanton, et son expression soucieuse m'intrigua. Qui donc descendait ? Chubs et Mme Stanton avaient dit que M. Stanton était mort, et Chubs n'avait parlé de personne d'autre.

Qui que ce fût, la personne qui s'approchait n'entra

pas au salon. Elle passa directement dans la salle à manger, par la porte donnant sur le couloir. C'était une femme encore jeune, dont les longs cheveux blonds tombaient mollement sur les épaules. Même dans cet éclairage insuffisant, je pus me rendre compte que sa frange était beaucoup trop longue. Elle devait être obligée d'écarter ses mèches pendantes pour y voir clair. Vêtue d'une robe bleu marine, elle portait ce qui ressemblait à des mules d'homme en chevreau.

Elle se tourna lentement vers nous, avec le regard de quelqu'un qui rêve éveillé. Pendant un moment, elle resta totalement immobile et tout parut se figer. Puis elle leva les bras et s'écria :

— Rosemary !

Chubs ne pouvait pas la voir, mais il baissa instantanément les yeux. Mme Stanton haussa les sourcils, mordit les coins de ses lèvres, et laissa échapper un gémissement de désespoir.

En voyant la jeune femme s'avancer vers moi, Heyden se rapprocha de moi comme pour me protéger. À quelques pas de moi, elle s'arrêta. Elle était remarquablement jolie. Son teint de pêche formait un contraste étonnant avec ses yeux turquoise. Elle avait les pommettes hautes, des lèvres pleines au dessin parfait, et une légère fossette au menton.

Elle s'adressa tour à tour à moi et à Liliann Stanton.

— Quand es-tu rentrée, Rosemary ? Pourquoi n'es-tu pas montée directement me voir ? Grandma, pourquoi ne m'as-tu pas dit que Rosemary était à la maison ?

Je ne fus pas peu surprise d'entendre Liliann répliquer :

— Elle vient juste d'arriver, Bess.

— Où est Nolan ? s'enquit Bess en jetant un regard autour d'elle. Il est revenu, lui aussi ?

Mme Stanton secoua lentement la tête, les yeux assombris de tristesse. Ceux de Heyden reflétaient la perplexité la plus totale. Chubs s'était détourné. Oncle Linden arborait une expression pensive et émue.

— En tout cas, Rosemary est revenue ! s'exclama Bess en m'attirant dans ses bras.

Je perçus son discret parfum de lavande quand elle me serra contre elle, étroitement, presque avec violence. Je ne cherchai pas à me débattre mais je me retournai vers Liliann Stanton, qui semblait au bord des larmes.

Bess me relâcha enfin et me prit par les épaules, pour m'entraîner fermement à l'écart. Elle me dévisagea longuement et fronça les sourcils.

— Méchante, méchante petite fille ! Partir comme ça, avec ton père, en nous laissant fous d'inquiétude. Je devrais te gronder très fort, Rosemary, mais je ne le ferai pas.

Son expression sévère fit place à un sourire. Elle lâcha mon épaule, prit ma main et m'entraîna d'une poigne ferme.

— Je serai gentille, et je ferai tout pour que tu ne sois plus jamais malheureuse. Viens voir tous les embellissements que j'ai faits dans ta chambre. Allons, viens vite !

— Mais je ne suis pas Rosemary, protestai-je.

Bess s'arrêta mais me serra plus fort, et le froncement de sourcils reparut.

— Allons, Rosemary, ne recommence pas. Tu es qui tu es, quoi qu'on puisse te raconter. Pourquoi voudrais-tu être quelqu'un d'autre, d'ailleurs ?

— Mais...

— Dis-lui, Grandma.

Je me tournai vers Mme Stanton, qui respirait péniblement. Je voyais ses épaules monter et descendre avec effort. Ce qui se passait était si terrible qu'elle se contraignait à refouler ses larmes. Elle était livide, à croire qu'elle allait s'évanouir.

— Tout va bien, affirmai-je d'une voix calme, voulant lui faire entendre que je maîtrisais la situation.

Bess ne me semblait pas dangereuse. De toute évidence, elle avait subi un terrible choc affectif, je m'étais suffisamment occupée d'Oncle Linden pour le comprendre. Cette expérience m'avait donné la patience et la compréhension nécessaires pour traiter ce genre de problèmes, estimais-je. Et, que cela me plût ou non de l'admettre, j'étais la fille de ma mère.

— Tout va bien, répétai-je avec assurance.

Aussitôt, la couleur revint aux joues de Mme Stanton. Ses épaules se détendirent. Elle regarda Bess qui la fixait avec insistance, attendant impatiemment sa réponse. Je m'aperçus qu'elle retenait sa respiration.

— Tu es Rosemary, commença Mme Stanton comme si elle récitait une leçon. Tu es la fille de ta mère, mon arrière-petite-fille, et tu devrais être heureuse ici. Tu ne t'es jamais enfuie avec ton père.

Bess relâcha son souffle.

— Tu vois ? s'écria-t-elle en me tirant à nouveau par le bras. Viens, ne perdons pas une minute de plus.

Je la suivis, jetant au passage un coup d'œil à Heyden, qui paraissait effrayé pour moi. J'inclinai brièvement la tête pour lui indiquer que tout allait bien, puis je continuai à suivre Bess qui se hâtait vers l'escalier.

— Depuis que tu es partie, je n'ai pas arrêté de

faire des projets pour ton retour, déclara-t-elle en montant devant moi.

Au bas des marches, Heyden me suivait du regard, Chubs à son côté. Je les rassurai de mon mieux.

— Tout se passera bien. Allez chercher le mobil-home.

— Nous revenons aussi vite que possible, promit Heyden.

Je rejoignis Bess qui attendait sur le palier. Apparemment, elle avait encore beaucoup de choses à me dire.

— Je ne peux pas pardonner à ton père de t'avoir raconté une histoire pareille, Rosemary. Bien sûr que Nolan est ton père ! Il suffit de vous regarder pour voir à quel point vous vous ressemblez.

» Il a honte de ce qu'il a fait, j'en suis sûre. C'est pour ça qu'il n'est pas revenu. Je ne devrais pas lui pardonner de t'avoir enlevée à moi, mais je vais le faire. Nous nous pardonnerons tout les uns aux autres, et nous serons à nouveau une famille heureuse, n'est-ce pas ?

En bas des marches, Mme Stanton nous regardait avec inquiétude.

— Oui, répondis-je. Bien sûr que oui.

Bess battit des mains comme une enfant.

— C'est merveilleux, merveilleux ! Allez, viens, maintenant... non, attends. Ferme les yeux. Je veux que ce soit une vraie surprise. Allons, ferme les yeux.

J'obéis et elle reprit ma main. J'entrouvris les yeux, juste assez pour voir qu'elle m'entraînait dans le couloir vers une porte sur la droite. Elle s'y arrêta et quand elle se retourna, j'avais les paupières étroitement serrées.

— À trois tu pourras ouvrir les yeux, Rosemary. Prête ?

— Oui.

— Bien. Un… (je l'entendis ouvrir la porte), deux… et trois !

J'ouvris les yeux et regardai dans la chambre.

À ma grande surprise, elle était très belle et très bien entretenue. La première chose que je vis fut un lit à baldaquin tendu de cretonne, avec de gros oreillers moelleux et, en plein milieu de la courtepointe rose et blanche, une superbe panthère noire. Son pelage avait l'aspect d'un velours somptueux, et ses yeux verts étaient absolument lumineux.

Sur l'une des tables de nuit je vis un ravissant manège, et sur l'autre une jolie pendule, décorée de personnages du *Magicien d'Oz*.

Tout s'harmonisait à la perfection dans la pièce. Les bois blonds du lit et des tables de nuit, du bureau d'écolier avec son banc attaché à la table, de la longue coiffeuse avec son miroir ovale, s'alliaient avec fraîcheur aux rideaux blancs liserés de rose et au tapis coquille d'œuf. Sur la droite, à côté d'une grande armoire, un poste de télévision s'encastrait dans un meuble élégant. À ma gauche, sur des étagères, de longues rangées de livres alternaient avec des poupées de collection. Et sur les murs, joliment espacées, je remarquai des reproductions d'œuvres d'art et une affiche de cinéma. Je m'étonnai à peine de reconnaître celle du *Magicien d'Oz,* avec l'actrice Judy Garland.

Alors que le reste de la maison, pour ce que j'avais pu en voir, semblait appartenir à une autre époque, cette pièce aurait pu figurer dans un magazine de décoration. Les lampes, les poignées des tiroirs et des portes, les carreaux des fenêtres, tout étincelait. Les couleurs étaient fraîches et vibrantes. C'était comme passer d'un vieux film en noir et blanc à une superproduction en Technicolor.

Bess alla rapidement vers l'armoire et l'ouvrit.

— Regarde ! s'écria-t-elle en reculant.

Je m'approchai, stupéfaite. Tous les vêtements suspendus aux cintres étaient neufs, certains gardaient encore l'étiquette du magasin.

— Chaque fois que je vais à Anderson, j'achète quelque chose qui te plairait, Rosemary. Je savais que tu reviendrais, ma chérie, ma chère, chère petite fille. Je le savais ! s'attendrit-elle en me prenant les mains.

Ne sachant quelle contenance prendre, je murmurai :

— La chambre est très jolie, vraiment.

— Bien sûr, comme elle doit l'être et devrait le rester. Viens t'asseoir, maintenant, dit-elle en m'entraînant vers le lit, où elle s'assit à mon côté. Raconte-moi tout ce que tu as fait. Non, ne me dis rien ! se reprit-elle en posant le bout des doigts sur ma bouche. Je ne veux rien savoir de tout ça. C'est sans importance. L'important c'est que tu sois là, et que nous puissions être à nouveau une famille.

Elle eut une petite moue boudeuse.

— Comment as-tu pu le croire ? Tu n'aurais jamais dû ! Il était fâché contre moi, c'est tout, et pour lui c'était une façon de se venger. Vois-tu, les femmes ont quelquefois besoin de rester seules, Rosemary. Elles ont des problèmes personnels, différents de ceux des hommes et qu'ils ne comprennent pas. Ils ne peuvent pas comprendre. Ils sont égoïstes. Ils ne cherchent que leur plaisir et la satisfaction de leurs besoins.

» Je pensais que tu étais trop jeune pour tout ça, soupira-t-elle, mais je me trompais. Je me trompais complètement. Il ne faut pas m'en vouloir pour cela, Rosemary. Une mère ne veut jamais admettre que sa petite fille a grandi. Et ces petites filles devenues grandes n'ont pas envie de rester dans les jupes de leur mère, n'est-ce pas ? Une mère doit couper le cordon ombilical et laisser son enfant s'éloigner. Mais aucune mère n'aime cela, pas une vraie mère, une mère comme moi.

» Peux-tu le comprendre ? Le comprends-tu ? implora-t-elle.

Je la regardai sans mot dire. Oui, je pouvais comprendre. Mais cela ne faisait que me rappeler maman, et comment la naissance et la mort du petit Claude avaient servi, justement, à couper brusquement ce cordon entre maman et moi. Oui, je pouvais comprendre. Je pouvais aussi comprendre la souffrance de cette femme, même si j'en ignorais les raisons précises.

— Il t'a empoisonnée, dit-elle subitement.

Empoisonnée ? pensai-je avec terreur. Était-ce là ce qui s'était passé ici ? Je compris quand Bess reprit son monologue.

— Il t'a empoisonné l'esprit, montée contre moi. Il a fait de moi une espèce d'ogresse à tes yeux. Il était furieux contre moi, Rosemary. C'est pour ça qu'il t'a raconté cette histoire. Il t'a inoculé son poison pour que tu me quittes et le suives.

» Mais tu t'es rendu compte qu'il te mentait, n'est-ce pas ? Tu as compris que tout ceci n'était qu'un énorme mensonge, et c'est pour ça que tu m'es revenue.

Elle prit mon visage entre ses mains et le fit pivoter, de façon à ce que je me voie dans le miroir de la coiffeuse.

— Regarde-toi, regarde bien le contour de tes yeux, la forme de ton menton. Comment pourrais-tu ne pas être la fille de Nolan Simms ?

Elle retrouva soudain son air sévère.

— Un père qui essaie de dresser sa fille contre sa propre mère, de lui faire croire que sa mère a commis l'adultère, et de se servir de cela pour expliquer qu'elle ait refusé d'obéir à ses fantaisies, c'est ignoble. Absolument ignoble.

» Tu es assez grande pour savoir ce qu'il voulait de moi. Il voulait que je fasse des choses dégoûtantes. C'était un malade, Rosemary. Un pervers. Tu imagines, un homme adulte qui veut jouer au docteur ?

Elle sourit et dit d'une voix radoucie :

— Mais je ne devrais pas te parler de ces choses sordides. Tout cela est fini et nous sommes à nouveau réunies, et heureuses. Et Grandma ! s'exclama-t-elle. Comme elle va être heureuse, elle aussi. Elle a pleuré autant que moi quand tu es partie.

À nouveau, son visage changea ; son sourire fit place à une expression de colère.

— Elle m'avait mise en garde contre Nolan, pourtant, et dès le début, mais les jeunes femmes ne veulent jamais écouter leurs aînés. Toi non plus tu ne voulais pas, je le sais, et c'est bien naturel. Mais nous nous sentons tellement impuissants, quand nous voyons nos enfants commettre les erreurs qu'ils auraient pu éviter. C'est pourquoi je me suis montrée si sévère, pourquoi je t'ai interdit tant de choses... J'essayais de te protéger, ma chérie. Maintenant tu le sais, n'est-ce pas ? Tu le sais ?

Je lui donnai la réponse qu'elle attendait.

— Oui.

— Oh, tant mieux, tant mieux ! Ton corps a changé si vite... La nature n'a pas été juste envers toi. Tu es devenue femme bien trop vite, et j'ai dû veiller sur toi. J'ai dû empêcher tous ces garçons de t'approcher, tu comprends ? Ils ne veulent qu'une chose, tous autant qu'ils sont. Je n'arrêtais pas de te le répéter !

s'emporta-t-elle, mais cela ne voulait pas dire que je devenais folle. Ton père essayait seulement de te monter contre moi parce que je ne faisais pas ses sales caprices. Tu comprends ça, n'est-ce pas ? Bien sûr que oui, sinon tu ne serais pas là, se rassura-t-elle. Il a dû finir par l'admettre, je suppose.

Elle soupira longuement et regarda autour d'elle.

— C'était ma chambre quand j'étais enfant, tu sais. Maman en était très fière, et Grandma la grondait toujours parce qu'elle me gâtait trop. Mais en même temps, elle me donnait toujours des tas de choses en cachette. Grandma, Grandma, murmura-t-elle d'une voix qui vacillait. Oh, je suis si fatiguée tout à coup. N'es-tu pas fatiguée, Rosemary ?

— Si.

— Nous devrions aller nous reposer, toutes les deux. Demain matin… demain matin…

Sa voix s'éteignit, comme si elle avait oublié ce qu'elle était sur le point de dire. Elle se leva.

— Je vais me reposer un peu, à présent. Va te coucher, Rosemary, et n'oublie pas de te laver les dents, me recommanda-t-elle.

Puis elle me fixa longuement, avec tant d'insistance que je m'attendais à l'entendre accuser : « Vous n'êtes pas Rosemary. Qui êtes-vous ? »

Au lieu de quoi, elle marcha lentement vers la porte et, une fois là, plongea la main dans sa poche. Elle en retira une clé qu'elle brandit pour me la montrer.

— J'ai la clé, mais je ne t'enfermerai pas dans ta chambre. Je ne t'enfermerai plus jamais, Rosemary. Je te le promets.

Sur ce, elle remit la clé dans sa poche, me sourit et s'en alla. Je l'entendis s'éloigner dans le couloir, ouvrir une porte et la refermer, puis tout redevint silencieux.

Je me levai et balayai la chambre du regard. Quelque chose n'était pas normal. Quelque chose manquait, mais quoi ? Soudain, je compris ce qui n'allait pas : il n'y avait aucune photo de Rosemary, ni de ses parents. Il n'y avait pas de photos du tout.

Je quittai la chambre et descendis au salon. Mme Stanton s'y trouvait encore, avec Oncle Linden. Je voyais bien qu'ils avaient bavardé, et je me demandai ce qu'il avait pu lui dire. Elle paraissait très émue et leva aussitôt les yeux sur moi.

— Comment va-t-elle ?

— Elle est allée se reposer, me bornai-je à répondre.

— Je suis navrée de vous avoir mêlée à tout ceci, ma chérie, mais c'est un fardeau si lourd à porter. Vraiment si lourd...

— Tout s'est très bien passé, l'assurai-je.

— Tant mieux ! Je parlais justement avec votre père de cette tragédie. C'est un homme très patient et plein de compassion.

— Nous ferons tout ce que nous pourrons pour vous pendant notre séjour, Liliann, répliqua mon oncle, très sûr de lui.

Cette assurance et cette confiance en soi me laissèrent pantoise. L'oncle Linden que j'avais devant moi n'était plus le même homme.

Je me sentis autorisée à demander :

— Que s'est-il passé, madame Stanton ? Et pourquoi n'y a-t-il ici aucune photo de Rosemary ? Je n'en ai pas vu dans sa chambre non plus.

— J'ai jugé préférable de les enlever pour le moment.

Je n'étais pas beaucoup plus avancée.

— Je ne comprends pas. N'avez-vous aucune nouvelle d'eux ? Où sont Rosemary et son père ?

Liliann Stanton soutint mon regard, les lèvres tremblantes.

— Au ciel, j'espère, parvint-elle à répondre.

12

Filles et fantômes

Dès que j'entendis le bruit du tracteur, je me levai et sortis. Heyden et Chubs arrivaient, remorquant le mobil-home, qu'ils garèrent devant la plus vaste des granges. Assis à côté de Chubs, Heyden sauta du tracteur au moment où je courais vers eux.

— Tout va bien ? s'enquit-il dès qu'il m'aperçut.

— Oui, mais quelle histoire affreuse, si tu savais !

— Je sais. Chubs m'a raconté.

— Mais mentir à cette fille comme ça, pour la détacher de sa mère, et la pousser à s'enfuir avec lui !

— Ils n'ont pas été loin, commenta Heyden. Ils ont été tués tous les deux dans une collision avec un tracteur, sur Peach Tree Road. D'après Chubs, les tracteurs n'ont pas le droit d'emprunter cette route, qui est étroite et sinueuse. Mme Stanton n'a plus jamais voulu passer par là, paraît-il.

Chubs, qui avait entendu en partie notre conversation, se retourna.

— Le choc a été horrible, pour sûr. Je parie qu'il reste encore des morceaux de ferraille dispersés dans la nature. J'en ai ramassé le plus possible et je m'en suis débarrassé.

» Mme Bessie, elle est plus tout à fait comme avant, maintenant. C'est comme si son esprit était resté dans le passé. Elle a jamais voulu accepter la vérité. Depuis ce jour-là, elle a plus rien fait d'autre que d'attendre sa fille. Vous êtes la première jeune femme qui ait mis les pieds ici depuis l'accident, mam'selle Hannah. L'espoir et le chagrin, ça change votre façon de voir les choses, pas vrai ? Prendre une étrangère pour sa propre fille… quelle pitié !

— Mais pourquoi sa grand-mère n'a-t-elle rien dit ? s'enquit Heyden. Pourquoi a-t-elle fait comme si Hannah était bien Rosemary ?

— Mme Liliann, elle veut pas la tourmenter avec la vérité, voilà pourquoi. C'est plus facile de faire comme si c'était pas arrivé. Sans compter qu'elle est pas très solide, la pauvre.

— Mme Stanton ?

— Non. Bessie.

— Qu'est-ce qui ne va pas chez elle ? questionnai-je, intriguée.

Chubs parut très embarrassé. De toute évidence, il n'avait pas envie de bavarder là-dessus. Il jeta un regard bref en direction de la maison et marmonna :

— Je n'aime pas mettre mon nez dans les affaires des autres, vous comprenez. Quand on vit avec ses patrons comme j'ai vécu avec les Stanton, et depuis tout ce temps, on peut pas s'empêcher d'entendre des choses par-ci, par-là. Mais j'en profite pas pour cancaner.

— Bien sûr que non, approuva Heyden. Nous comprenons.

— Mais puisque Mme Stanton vous a mêlés à tout ça… vous devriez être un peu plus au courant, je trouve. Alors voilà, commença Chubs en s'adossant à la roue avant du tracteur. Mme Bessie, elle est née avec quelque chose au cœur. Ils l'ont emmenée voir des tas de médecins. En fait, à ce que j'ai compris, elle était pas censée avoir d'enfants.

Une fois de plus, il se tourna vers la maison, et je devinai à son expression qu'il revivait des événements passés.

— Personne n'osait élever la voix, ici, reprit-il. Tout le monde marchait sur la pointe des pieds ; on était tous aux petits soins pour Bessie, à l'empêcher de se fatiguer. La pauvre ! Elle n'avait pas le droit de faire ce que toutes les autres filles de son âge faisaient. Elle est jamais allée dans un parc d'attractions, jamais montée sur un grand huit. Et elle était pratiquement en âge de se marier quand elle a eu le droit de sortir avec un garçon.

— Comme c'est dommage ! m'exclamai-je, apitoyée.

— Et ce n'est pas le pire, attendez. Le premier homme avec qui elle a eu un engagement sérieux l'a mise enceinte. C'était M. Simms. Un bon à rien, vaniteux comme un paon, toujours en train de se vanter des gros coups qu'il allait réussir en affaires. Il avait des tas d'idées pour la propriété, qu'y disait. À cause de lui, M. Stanton a perdu des sommes folles, et quand le maître est mort il s'est considéré comme le patron. Pour être franc, j'ai eu plus d'une fois envie de m'en aller, ça oui, mais je voulais pas laisser Mme Stanton.

Cette sombre histoire m'intéressait de plus en plus.

— Et les parents de Bess ? demandai-je.

— La fille de Mme Liliann, Jessica, est morte quand Bess avait dix ans. Un cancer foudroyant, qu'ils appellent ça. Le père de Bess s'est remarié deux ans après. Il est parti vivre en Californie, et n'a plus donné beaucoup de nouvelles à la famille.

Chubs eut un haussement d'épaules fataliste.

— Sa nouvelle femme tenait pas tellement à hériter d'une famille toute faite, vous comprenez, surtout avec une enfant malade. Il avait promis qu'il l'enverrait chercher. Au début, il téléphonait de temps en temps, puis les coups de fils se sont faits rares et Mme Stanton a pris l'enfant en charge.

À mon tour, je me tournai vers la maison.

— Quel malheur pour cette pauvre Bess, vraiment !

— Pour ça oui, elle en a vu, la pauvre. Après ça, elle avait toujours peur que quelque chose d'horrible arrive sans prévenir, comme un chat sauvage qui lui sauterait dessus. Elle avait pas tellement tort, remarquez. Je me rappellerai toujours ce soir-là, quand M. Simms et Rosemary sont sortis avec chacun une valise, et elle avec cette espèce de gros chat noir sous le bras. Un jouet magnifique ! Il avait appartenu à sa grand-mère Jessica, et ensuite à sa mère. Je me suis dit que si elle emmenait ça de la maison, c'est que ça allait vraiment mal.

» M. Simms m'a regardé comme si j'étais moins que rien et il est parti, en faisant hurler ses pneus dans le tournant. Je me suis remis au travail, et le jour a baissé tout de suite, alors je suis rentré. Je me demandais ce que j'allais préparer pour dîner quand j'ai vu les lumières, et je suis sorti le premier. Le policier c'était Bobby Pine, un gars du coin, il était tout retourné. “C'est des mauvaises nouvelles, Chubs, qu'il m'a dit. Vraiment mauvaises.”

» Mme Bessie, elle a même pas été aux funérailles. Elle est restée une semaine dans sa chambre, et quand on allait la voir elle demandait : “Est-ce que Rosemary est revenue ?” Seigneur, je finissais par entendre ces mots-là dans mon sommeil. Vous avez bien fait de la laisser croire que vous étiez Rosemary, mam'selle Hannah. J'en connais beaucoup qui seraient parties d'ici au galop, ça c'est sûr.

— La mère de Hannah est psychothérapeute, expliqua Heyden, qui eut le bon sens de ne pas en dire plus.

Chubs haussa les sourcils.

— Ah bon ? Et ça ne marchait plus entre elle et votre papa, c'est ça ?

Quand quelqu'un se montre aussi ouvert avec vous que Chubs, on n'a pas envie de tricher avec lui. Je regardai Heyden, et je lus dans ses yeux que lui non plus ne supportait plus de mentir à ce brave homme. Je mis les choses au point.

— Mes parents sont divorcés, Chubs, mais l'homme qui est avec nous est mon oncle, pas mon père. Nous avons pensé que ce serait plus simple si les gens croyaient qu'il était mon père. Je regrette de ne pas vous avoir dit la vérité tout de suite.

— Plus simple ? releva Chubs. Pourquoi ça ?

— Eh bien… nous sommes deux jeunes gens dans un mobil-home.

Chubs nous regarda l'un après l'autre d'un air sagace.

— Vous faites une fugue, ou quelque chose comme ça ?

— Nous prenons simplement des vacances, répondit vivement Heyden avec un grand sourire.

Chubs opina gravement.

— Comme je disais, je ne fourre pas mon nez dans les affaires des autres. Je me contente de faire ce que je peux pour aider Mme Stanton à s'en sortir.

— Il n'y a personne d'autre dans sa famille qui aurait pu l'aider ?

— Il y a bien des vagues cousins, du côté de M. Stanton, mais ils n'ont pas grand-chose à voir avec elle. M. Stanton lui a laissé de quoi entretenir ce qui reste, mais guère plus. On fait aller, voilà tout. À notre âge on ne se plaint pas, de peur que le Tout-Puissant nous entende et décide de nous rappeler à lui. Aucun de nous deux n'est encore prêt pour le grand voyage.

— Vous êtes quelqu'un de bien, monsieur Dawson, dis-je avec chaleur.

Il haussa les épaules.

— Je suis comme je suis, pour le meilleur ou pour le pire. Demain, je me lèverai tôt et j'irai chercher les pièces qui nous manquent pour réparer, comme ça vous pourrez reprendre la route.

— Je pourrai vous accompagner ? demanda Heyden. Je serai prêt, vous n'avez qu'à me dire l'heure.

— C'est le coq qui nous la dira, mon gars. Moi, je vais me coucher. J'ai mon petit chez moi derrière la grange, avec tout ce qu'y me faut. Bonsoir à tous, dit-il en s'en allant.

— Quel chic type ! commenta Heyden en le regardant s'éloigner. Il a vraiment un cœur d'or.

Puis il se retourna vers la maison, l'air vaguement inquiet.

— Que peut bien faire Oncle Linden en ce moment ?

— Je l'ai laissé avec Mme Stanton. Elle semble beaucoup apprécier sa compagnie, et il était très à son aise. Tu serais surpris de l'allure assurée qu'il a. Je crois vraiment que devant les problèmes des autres, on oublie les siens.

— Pas moi, répliqua sèchement Heyden.

Je trouvai cela un peu égoïste, mais je ne lui en voulus pas. Il avait tellement de choses à assumer !

En rentrant, nous trouvâmes Oncle Linden avec Mme Stanton, mais dans la salle à manger, dont le lustre était allumé.

En nous voyant, Liliann Stanton fronça les sourcils.

— Votre père m'apprend qu'aucun de vous n'a

dîné ? Je suis fâchée que personne n'ait rien dit, nous reprocha-t-elle. Personne ne doit avoir faim sous le toit de Liliann Stanton. Asseyez-vous, tous les deux. J'ai du poulet, des boulettes et des haricots verts qui sont en train de réchauffer.

— Puis-je me rendre utile ? proposai-je.

— Mais oui, suivez-moi à la cuisine. Allons, jeune homme, ajouta-t-elle à l'adresse de Heyden. Allez vous rafraîchir si vous voulez, et revenez vite vous mettre à table.

— On ne discute pas avec Liliann Stanton, dit Oncle Linden comme s'il l'avait connue toute sa vie. Elle élève des cochons et des vaches, cultive un potager et fait la cueillette des pêches depuis sa lune de miel.

Je la suivis dans la cuisine où, tout en s'affairant, elle m'exprima toute sa sympathie pour mon oncle.

— Votre père est un homme charmant, vraiment, et aussi un artiste. J'aimerais beaucoup voir un de ses tableaux.

— Il en a commencé un, il est dans le mobil-home. Il vous le montrera peut-être.

— J'en serais ravie. Je voulais aussi...

Elle interrompit ce qu'elle était en train de faire et se retourna.

— Je voulais vous remercier pour votre aide, tout à l'heure. Vous avez fait preuve de tact et de sensibilité. Vous êtes une jeune femme remarquable.

— Je compatis sincèrement à tous vos malheurs, croyez-le.

— Personne ne peut rien contre cela. Nous devons accepter les épreuves que Dieu nous envoie, c'est tout, dit-elle d'un ton stoïque en retournant à ses préparatifs.

Je la regardai aller et venir dans la cuisine, alerte et efficace malgré son âge, toujours élégante et digne dans le malheur. D'où tirait-elle sa force ? De sa foi ? De son orgueil ? Ou d'une détermination innée, un refus de se laisser vaincre par le sort ? J'avais vu tant de gens, bien plus jeunes qu'elle, se lamenter et s'apitoyer sur eux-mêmes...

Brusquement, cela me remit en face de mes propres problèmes et de ma fugue. Avais-je choisi la solution de facilité ? M'étais-je montrée faible, et égoïste ? Liliann Stanton se serait-elle enfuie pour quelques tensions et conflits passagers ?

— Après le dîner, déclara-t-elle, vous aurez ce dont vous avez le plus besoin : un lit. Vous dormirez dans la chambre de Rosemary, bien sûr. Votre père et votre cousin pourront prendre les chambres d'amis, au rez-de-chaussée.

— Oh, je ne pourrai jamais faire ça ! me récriai-je. Ce serait...

J'allais dire : un sacrilège, mais je n'osai pas.

— Qu'est-ce que vous me chantez là ? C'est une belle chambre et vous y serez très bien. Pourquoi ne s'en servirait-on pas ? Pour vous dire la vérité, cela me ferait du bien de la voir occupée à nouveau.

— Mais...

— Ne vous inquiétez pas pour Bess, me coupa-t-elle, devinant ma pensée. Elle sera endormie quand vous monterez vous coucher. Demain matin, elle vous aura peut-être oubliée. Charles arrivera sûrement à vous dépanner, c'est un ouvrier hors pair. Mon mari disait qu'il avait l'instinct de la mécanique. Il n'y a rien dans cette ferme qu'il ne soit capable de réparer. Franchement, je ne sais pas ce que je deviendrais sans lui. C'est mon meilleur ami, en fait.

Elle balaya l'air devant elle, comme pour chasser

une mouche, et ajouta d'un ton qui se voulait désinvolte :

— Oh, n'allez pas croire que nous échangeons des confidences, non. Mais il sait ce que je ressens et je sais ce qu'il ressent, combien il nous est dévoué, combien il l'a toujours été. Je l'ai averti que s'il osait mourir avant moi, je ne le lui pardonnerais jamais, dit-elle en souriant. Mais assez jacassé, allons nourrir ces hommes affamés.

Oncle Linden se répandit en éloges sur ses boulettes.

— Je n'ai pas fait un repas comme celui-ci depuis… je ne sais pas combien de temps, en fait.

— Oh, voyons, monsieur Montgomery. C'est bien peu de chose.

— Pour vous, peut-être, ma chère Liliann, mais certainement pas pour moi.

— Vous vivez seul, n'est-ce pas ? devina-t-elle.

Heyden et moi échangeâmes un coup d'œil, puis nous regardâmes Oncle Linden. Il était très capable d'oublier notre histoire. Et si c'était le cas, comment réagirait Mme Stanton ?

— J'ai longtemps vécu seul, mais c'est fini à présent. Ma mère était une très bonne cuisinière, ajouta-t-il, changeant de sujet à notre vif soulagement.

Il parla de Grand-mère Grace et de son enfance à Palm Beach.

— Tout le monde avait un cuisinier, mais pas nous.

— J'ai toujours aimé la mer, dit rêveusement Liliann Stanton. Nous allions dans des stations balnéaires magnifiques en Europe, quand nous voyagions. Mais depuis la mort de mon mari, je n'ai pas quitté cette ferme plus de quelques heures d'affilée, pour aller faire des courses.

Oncle Linden eut l'air sincèrement navré.

— Je suis désolé de l'apprendre, chère amie.

Quand nous serons chez nous, peut-être nous ferez-vous le plaisir de venir nous voir ?

— Oh, l'époque des visites est finie pour moi, depuis longtemps. Désormais, mon horizon se limite à cette petite propriété, déclara-t-elle avec un rien de mélancolie.

Elle insista pour nous offrir de sa tarte aux pêches, un pur délice, puis Heyden et moi l'aidâmes à débarrasser et à faire la vaisselle. Quand tout fut en ordre, elle montra leurs chambres aux deux hommes, les y installa, puis monta avec moi jusqu'à celle de Rosemary. Une fois là, elle s'arrêta près de moi et demeura un long moment immobile, les yeux fermés. Puis elle les rouvrit et dit comme si elle s'excusait :

— Je sais que cela peut paraître stupide, mais quand j'entre ici, je sens parfois quelque chose de très familier, comme si Rosemary venait juste de sortir. Vous savez comment c'est, quelquefois, quand on entre dans une pièce que quelqu'un vient de quitter. C'est comme si cette personne y avait laissé un peu de sa chaleur, de sa présence. On peut même avoir une vision fugitive de son image, comme un reflet dans un miroir, ou percevoir l'écho de son pas. Et quand on a aimé cette personne, qu'elle vous manque autant que Rosemary me manque... on ferme les yeux et on accueille toutes les chimères, toutes les images et tous les souhaits.

» C'est pourquoi je comprends si bien ma petite-fille et la laisse avec ses illusions, soupira Liliann. Il y a des choses, dans cette chambre, que personne d'autre que Rosemary n'a touchées. Elles sont toujours à la place exacte où elle les a laissées.

» Mais n'ayez pas peur d'y toucher, surtout, s'empressa-t-elle d'ajouter. Il est grand temps de laisser le passé en paix. Votre venue ici est un bienfait plus grand que vous ne pouvez l'imaginer. Ce doit être le ciel qui vous envoie.

Malgré moi, mon regard se fixa sur la magnifique panthère noire.

— Elle a l'air toute neuve, fis-je observer.

Liliann Stanton eut une moue contrite.

— Elle est toute neuve, avoua-t-elle. Dieu me pardonne, mais je suis allée en acheter une autre, exactement semblable à celle qu'avait emportée Rosemary ce soir fatal. Je savais que Rosemary ne supporterait pas de ne plus la voir sur ce lit.

— Vous avez bien fait, je trouve. Ce n'est jamais un tort de vouloir protéger quelqu'un du malheur, madame Stanton.

Elle me sourit avec gratitude.

— Vous êtes une jeune femme adorable, ma chérie. Puis-je me permettre de vous embrasser ?

— Mais bien sûr !

Elle se pencha et m'effleura la joue d'un baiser.

— Bonne nuit, ma chérie. Que le matin vous trouve fraîche et dispose, murmura-t-elle.

Et je sus, avec une quasi-certitude, qu'elle avait dû dire ces mots des milliers de fois à Rosemary en lui souhaitant le bonsoir.

— Merci, madame Stanton. Bonne nuit à vous.

Elle sortit en souriant, ferma doucement la porte derrière elle. Aussi doucement qu'eût pu le faire, en se retirant, l'esprit dont elle avait perçu la présence.

Maintenant que je connaissais l'histoire de Rosemary, je pouvais imaginer combien elle avait dû se sentir seule, et effrayée. Je l'imaginais couchée sur ce lit, ou assise à sa coiffeuse, se demandant si tout ce que lui avait dit son père était vrai. Je savais qu'elle n'avait pas du tout envie de se retourner contre sa mère, j'en étais sûre et certaine. Et curieusement, quand je pensais à elle, ce n'était pas une étrangère que je voyais. Je me voyais moi-même, vulnérable, solitaire. Les jeunes filles comme elle et moi savions mal dissimuler nos sentiments, il était facile de lire en nous et de tromper nos cœurs ingénus. Nous avions tellement besoin de croire en nos parents ! Privés de cette confiance, nous nous sentions partir à la dérive dans le monde mensonger et cruel des adultes. Notre chambre devenait un refuge, plein de rêveries et de doux souvenirs. Là, nous n'étions pas seules. Nous pouvions oublier déceptions et mensonges, nous faire croire que le lendemain serait meilleur. Et nous endormir sans redouter le sommeil.

Il me fallut du temps pour me décider à me coucher dans ce lit superbe. Les draps sentaient bon la fraîcheur. Bessy devait prendre soin de cette chambre comme elle le faisait du temps où Rosemary vivait, et l'habitait. Mais en me glissant dans ce lit, j'eus l'impression de me glisser dans les rêves d'une autre.

Une trouée s'ouvrit dans les nuages, un rayon de lune perça les rideaux, projetant des ombres sinistres sur les murs. Lutins et elfes, ogres et nymphes, toute une cohorte de créatures entamèrent une danse cauchemardesque. J'aurais voulu fermer les yeux, ne plus les voir, mais ce me fut impossible. Ils étaient trop puissants et voulaient être vus.

Était-ce ainsi que s'endormait Rosemary, chaque soir ? Écoutait-elle les bruits de la maison ? Guettait-elle des chuchotements, des pleurs étouffés, pour s'apercevoir qu'elle n'entendait rien d'autre qu'elle-même ?

Je ne pouvais m'empêcher de penser que nous avions bien des points communs, elle et moi. Comme elle, j'avais entendu mes parents se dénigrer l'un l'autre. On m'avait répété sur tous les tons que je n'étais pas vraiment la fille de mon père ; que je ne devais pas souhaiter être sa fille ; ce qu'il y avait de meilleur en moi, me disait-on, ne venait pas de lui. Comme Rosemary, j'avais été trompée, trahie. Et comme elle, je me sentais perdue, seule et désemparée. Où aller, maintenant ? À qui me confier ?

J'avais l'étrange sensation, tout à coup, que le temps s'était arrêté, que le vent avait cessé de souffler, que les nuages étaient soudain collés sur le ciel d'encre. Le monde retenait son souffle. La terre elle-même avait cessé de tourner sur son axe. Moi seule pouvais bouger, mais c'était comme si je me déplaçais dans un décor de théâtre. Je pouvais toucher les choses et les gens mais sans rien ressentir. Je ne pouvais même pas crier : mon cri serait rentré en moi-même. Je ne pouvais que trembler.

Sur le point de céder à la panique, je m'obligeai à respirer profondément. Soudain, comme sous l'effet de mon souffle, la porte s'ouvrit, laissant entrer la lumière du couloir. Et dans cette lumière apparut Bess, en chemise de nuit et les bras croisés sous les seins. Elle s'approcha du lit sur la pointe des pieds et s'arrêta à mon chevet.

— Rosemary, chuchota-t-elle, tu es réveillée ?

Devais-je répondre ? Je n'eus pas le temps de m'interroger. Ma langue prit la décision pour moi et je m'entendis murmurer :

— Oui...

— Ah, tant mieux. Je n'arrivais pas à m'endormir, moi non plus.

Elle s'assit au bord du lit, se pencha pour caresser mes cheveux et, comme elle l'avait fait un peu plus tôt, se lança dans un long monologue.

— J'ai éprouvé un tel choc quand tu m'as appris que tu avais ton premier cycle menstruel, ma chérie !

Je ne comprends pas pourquoi nos corps sont si pressés de grandir. À quoi sert à une enfant de douze ans de pouvoir faire des bébés, quand elle est encore un bébé elle-même ?

» J'ai à peine eu le temps de t'expliquer ces choses, de te mettre en garde contre les garçons. Ils n'ont qu'une idée en tête, tu sais. Ils sont exactement comme les animaux. C'est plus fort qu'eux, je suppose, mais ce n'est pas une raison pour que nous soyons leurs victimes, n'est-ce pas ? Bien sûr que non !

» Et le fait d'être mariées ne nous met pas à l'abri de ces choses-là, Rosemary. Les hommes se moquent pas mal de nous gâcher la vie, ce sont les plus égoïstes des créatures de Dieu. Oh, je sais qu'ils ne peuvent pas s'en empêcher, qu'ils ont des besoins, ils le répètent assez. Mais nous avons tous des besoins, et ce n'est pas une raison pour ne pas respecter ceux des autres.

» Si je suis malade ou fatiguée, je ne devrais pas être obligée de le satisfaire, n'est-ce pas ? Il ne devrait pas m'en vouloir, ni te raconter que je suis égoïste, n'est-ce pas ?

Elle soupira.

— Si seulement nous pouvions tous nous entendre ! Si chacun pensait d'abord au bonheur des autres, le monde serait plus heureux, non ? Bien sûr que si.

» Dors et ne t'inquiète pas, dit-elle en caressant à nouveau mes cheveux. Maman arrangera tout. Le fait que tu deviennes une jeune fille n'est pas la fin du monde. Ou du moins, c'est peut-être la fin d'un monde, mais pas forcément une mauvaise chose.

» Garde bien ce que tu as de plus précieux, ma chérie. Garde ton trésor sous clé. Si tu ne le fais pas, un garçon te le prendra et après il te quittera. Oh, il te jurera que non, mais il le fera, car il pensera déjà au prochain trésor à voler. C'est toi qui perdras tout, Rosemary, comme j'ai tout perdu.

» Est-ce que tu as toujours ces crampes ? Sais-tu pourquoi cela fait si mal ? Parce que c'est un avertissement, ma chérie. Chaque douleur est un signal d'alarme. Sois sur tes gardes. Protège bien ton trésor.

» Voilà, je t'ai confié certains secrets, de ceux que seules une mère et une fille peuvent partager. Un jour, toi aussi tu auras une fille et tu les lui confieras, je l'espère, acheva Bess.

Elle détourna les yeux du côté de la porte et baissa encore un peu plus la voix.

— Il m'attend, maintenant. Il m'a fait toutes sortes de nouvelles promesses, comme toujours. Les promesses sont des contrats signés avec de la rosée, vois-tu ? Dès que le soleil se lève, elles s'évanouissent.

» Mais ne sois pas troublée par toutes ces choses, ma chérie. Chasse-les de ton esprit. Demain nous irons nous promener au bord du lac, toutes les deux. Et comme d'habitude, nous chercherons des fleurs rares, nous lancerons des cailloux dans l'eau et nous écouterons chanter les oiseaux. Rien n'a changé, enfin pas vraiment. Tu es toujours ma petite Rosemary, dit Bess en se penchant sur moi.

Elle m'embrassa sur le front et se leva.

— S'il veut partir, il partira. Mais tu ne me quitteras jamais, n'est-ce pas ?

— Non, l'assurai-je, voyant qu'elle attendait une réponse.

— Tant mieux. Dors bien, mon trésor. Dors bien.

Elle s'en alla lentement, déjà reprise par ses rêves, et referma la porte derrière elle. Les nuages qui s'étaient un instant écartés se refermèrent, occultant la lumière de la lune. Je me retrouvai dans le noir. Je n'avais pas fait un seul mouvement.

Comme mes yeux s'accoutumaient à l'obscurité, je crus voir l'ombre s'épaissir du côté de la salle de bains, dans l'embrasure de la porte, et prendre peu à peu la forme d'une jeune fille. *Ton esprit te joue des tours,* tentai-je de me persuader. Mais la silhouette s'attardait, et quand j'eus fermé puis rouvert les yeux, elle était toujours là.

Une voix chuchota, sur un ton de commandement : « Arrête ! »

L'inventai-je, ou l'entendis-je vraiment ? Ma gorge se noua. La voix parlait encore.

— Arrête de me maintenir en vie. Qu'elle me laisse partir, il le faut. Il faut qu'elle me pleure, car même les morts ont besoin d'amour. J'attends dans ces ombres où je suis prisonnière, piégée par son refus de croire, d'accepter. Tu ne m'aides en rien. Tu n'as pas le droit d'être moi, de te revêtir de moi comme d'une nouvelle robe, d'adopter mes sentiments et mes peurs à seule fin de te sentir mieux.

» Elle n'est jamais allée sur ma tombe, fit la voix désolée, qui commençait à se dissoudre. Jamais allée sur ma tombe, sur ma tombe, sur ma tombe...

Puis tout se tut. Je relâchai mon souffle, me tournai sur le côté, fermai les yeux et m'ordonnai mentalement de mettre fin à ces fantasmes. Finalement, je m'endormis.

Mais mon sommeil fut peuplé de cauchemars, dans lesquels se mêlaient Bess et Mme Stanton, maman et Miguel, et même papa. Mes rêves m'éveillèrent et je me retrouvai en larmes. Je pensai à Bess, et forcément à maman. Était-elle en train d'arpenter ma chambre, en ce moment même, elle aussi ? J'avais le cœur si lourd qu'il me fallut des heures pour me rendormir, mais d'un sommeil troublé qui ne m'apporta aucun repos. Le lendemain, quand Heyden revint avec Chubs, il s'inquiéta et vint voir si tout allait bien.

Il dut frapper plusieurs fois à ma porte avant que je n'entende. Pendant un moment, je me demandai où j'étais, puis tout me revint d'un coup.

— Oui ? fis-je d'une voix pâteuse.

— C'est moi, Heyden. Je peux entrer ?

— Mmmoui, dis-je en me frottant les yeux, avant de m'asseoir dans mon lit.

Heyden passa la tête dans l'embrasure.

— Salut, belle endormie ! J'espérais te trouver en bas, en train de prendre le petit déjeuner avec Mme Stanton et Oncle Linden.

— Quelle heure est-il ?

Je parcourus la pièce du regard, à la recherche d'une pendule, puis me souvins que j'avais posé ma montre sur la table de nuit. Je la consultai d'un coup d'œil.

— Dix heures !

— Eh oui ! s'esclaffa Heyden en entrant. Mme Stanton dit qu'elle est venue voir comment tu allais, et que tu dormais si bien qu'elle t'a laissée tranquille.

— Et Bess ?

— À ce que j'ai compris, elle se lève encore plus tôt que Chubs et va se promener dans la nature, quand il ne pleut pas.

— C'est curieux qu'elle ne soit pas d'abord entrée ici, observai-je. Ça m'étonne.

— Toi, peut-être, mais pas Mme Stanton. Bess paraît avoir oublié tout ce qui nous concerne, ce qui ne la surprend pas. C'est lié à sa santé mentale, paraît-il.

— Elle ne m'en avait rien dit.

— Ton oncle et elle sont en train de discuter de

tout ça, justement. Comme tous ceux qui ont ce genre de problèmes, il en parle en expert, et je parie qu'il en sait long sur les traitements. Mme Stanton n'a pas encore dû faire le rapport, mais ça ne devrait pas tarder. Il va forcément dire quelque chose qui le trahira. Le mieux que nous ayons à faire, c'est d'aider Chubs et de partir d'ici au plus vite. Au fait...

» Pourquoi as-tu dormi si longtemps, s'enquit-il. Tu étais vraiment aussi fatiguée que ça ?

— Oh, Heyden ! J'ai passé une nuit épouvantable. Pour commencer, Bess est venue me voir hier soir quand je venais de me mettre au lit, et elle m'a parlé comme si j'étais Rosemary, mais Rosemary quand elle avait douze ans. Elle m'a raconté des tas de choses, qui m'ont fait comprendre quel genre de vie Rosemary avait menée ici. Une vie vraiment pas drôle.

— Je veux bien le croire, même si cette chambre est super, dit-il en parcourant la pièce du regard. Tout a l'air flambant neuf, ici.

— Certaines choses le sont. La penderie est pleine de vêtements qui ont encore les étiquettes du magasin !

— Oui, eh bien, ce n'est pas notre problème. Habille-toi, va manger un morceau, et nous partirons dès que possible. La réparation va nous prendre toute la journée, j'en ai peur.

Je le dévisageai avec consternation.

— Pourquoi as-tu l'air si contrariée, Hannah ? Tout s'arrange. Cela nous coûte moins cher que je ne le craignais, et Chubs va tout remettre d'aplomb. Nous le paierons, bien sûr, mais ce sera au moins quatre fois moins cher que dans un garage.

— Je ne m'en fais pas pour l'argent, Heyden.

— Alors pour quoi ? Qu'est-ce qui ne va pas ?

— La nuit dernière...

J'hésitai à poursuivre, puis je me repris et achevai :

— J'ai vu Rosemary. Elle était ici.

— Quoi ! La fille ? Tu veux dire qu'elle est vivante ?

— Non. C'était seulement… son esprit, ou quelque chose comme ça. Elle était en colère contre moi, parce que j'encourageais Bess à fantasmer sur elle, à refuser de croire à sa mort. Elle a dit qu'elle voulait être pleurée, que sa mère devait faire son deuil. Elle voulait aussi qu'on l'aime dans la mort, qu'on la libère. Elle voulait s'en aller, Heyden.

Il accueillit mes propos d'un sourire.

— Je suis sérieuse, Heyden !

— Ton imagination t'a joué des tours, voilà tout. Dans un endroit pareil, avec des gens aussi givrés, c'est normal. C'est pour ça que je tiens à partir le plus vite possible.

— Ce n'était pas mon imagination.

— Oh, voyons, Hannah ! Un esprit ? Un fantôme ? Tu te sens coupable d'avoir joué le jeu, et ça t'a fait rêver ces trucs bizarres, c'est tout. Pas besoin d'avoir étudié la psychologie pour le comprendre. Oublie ça et habille-toi.

— Je ne peux pas oublier, protestai-je. Au contraire, je veux les aider.

— Et comment les aiderais-tu ? Nous avons assez de problèmes comme ça, non ? Ton oncle peut à tout moment se comporter de façon bizarre, Hannah. Il parle d'installer son chevalet ici et de se remettre à peindre. Descends t'occuper de lui jusqu'à ce que nous soyons prêts. Voilà ce que tu peux faire, si tu veux vraiment te rendre utile ! lança-t-il d'un ton rogue.

— On ne peut pas se servir des gens, accepter leur hospitalité et se sauver, Heyden. Ce serait vraiment très égoïste.

— Et qu'est-ce qu'on est censés faire ? Laisser un pourboire ? Sois réaliste, Hannah Eaton !

Je sentis les larmes me monter aux yeux.

— J'ai déjà tous ces problèmes sur le dos, et maintenant tu viens me parler de fantômes qui viennent se plaindre à toi, maugréa-t-il. Je vais donner un coup de main à Chubs. J'espère que tu feras ce que je t'ai demandé, ajouta-t-il d'un ton rageur.

Et il sortit en claquant la porte.

Ce n'était pas exactement la réaction que j'avais espérée de sa part. J'étais déçue, mais je mis cela sur le compte de l'inquiétude. Il devait avoir peur que nous ayons commis une terrible erreur, c'était sûrement cela. Et il s'efforçait de tout arranger, pour que tout se passe comme prévu.

Je me levai pour faire ma toilette et m'habiller. Heyden avait raison. Il fallait que je m'occupe d'Oncle Linden.

Avant de quitter la pièce, je jetai un coup d'œil par la fenêtre donnant à l'est et je l'aperçus. Il avait installé son chevalet dehors, en effet, mais ce qui m'étonna le plus ce fut Bess. De ma place, je pouvais voir qu'il s'apprêtait à faire un portrait d'elle, et apparemment elle était tout à fait consentante.

Mais qu'allait-il peindre ?

Qui allait-il peindre ?

Peut-être les fantômes étaient-ils en nous-mêmes, finalement. En nous tous. Je retins mon souffle et me précipitai au-dehors, sachant trop bien que nous n'étions pas au bout de nos surprises, que d'autres révélations nous attendaient.

Elles nous guettaient, je le sentais, tels des rapaces prêts à fondre sur leurs proies.

13

Le portrait de Rosemary

— Il a dit que ce serait sa façon de nous remercier pour notre hospitalité, m'expliqua Mme Stanton, quand je lui parlai du portrait. L'idée vient entièrement de lui. En regardant par la fenêtre, il l'a vue passer dehors et m'a déclaré qu'il la trouvait très belle, qu'il souhaitait faire son portrait. Puis il est sorti chercher son matériel, sans même me laisser le temps de répondre.

» J'en suis encore plus étonnée que vous, ajouta-t-elle. Non que je ne trouve pas Bess jolie : elle l'est. Mais ce qui me surprend le plus, c'est qu'elle ait consenti à poser. Elle a toujours été timide ; et depuis la tragédie, elle a fermé son cœur à tout ce qui peut apporter du plaisir. Je dois dire que votre père a des manières charmantes, Hannah. C'est un homme très délicat et très bon.

— Oui, c'est vrai, acquiesçai-je en souriant.

Comment se faisait-il que les étrangers découvraient tout de suite la vraie nature d'Oncle Linden ? Bien plus vite que ceux qui le connaissaient depuis des années, en tout cas, et surtout papa.

— Que diriez-vous d'œufs au maïs grillé ? proposa Liliann Stanton. J'ai aussi du pain frais, cuit à la maison.

— Je n'ai pas très faim, je vous remercie. Un jus de

fruits me suffira, l'assurai-je, pressée d'aller rejoindre Oncle Linden.

Plus que jamais, à présent, je craignais qu'il ne dise ou fasse quelque chose de bizarre. Ajouter une déception à la tension qui pesait déjà sur Mme Stanton, et plus encore sur la fragile Bessie, m'aurait été insupportable.

— Allons donc ! se récria Liliann. Ce n'est pas bon de sauter un repas, quand on a votre âge. Asseyez-vous et laissez Grandma Stanton vous préparer un bon petit déjeuner. Allez, obéissez ou j'ordonne à Chubs de cesser son travail sur votre véhicule, menaça-t-elle en plaisantant.

Je n'avais pas le choix, et d'ailleurs je voyais quel plaisir je lui ferais en me laissant gâter par elle. Depuis des années, son univers n'était que grisaille et chagrin. Pour une journée ou deux, les nuages noirs qui pesaient sur la maison venaient de s'entrouvrir, un rayon de soleil la ramenait à des jours meilleurs. Si je pouvais contribuer à ce miracle, j'en serais très heureuse moi aussi.

Mme Stanton s'étendit sur les beaux jours d'antan, quand son mari et sa fille étaient encore en vie. Le seul fait d'en parler lui causait une telle joie qu'elle en devenait toute rose. Elle semblait rajeunir à vue d'œil, comme si elle retrouvait l'âge qu'elle avait alors. Je l'écoutais, médusée, à peine consciente du sourire qui s'étalait sur mon visage. Ses bons souvenirs réveillaient ceux que, moi aussi, je gardais d'un temps plus heureux. J'entendais le rire de maman ; je les voyais se taquiner, Miguel et elle ; je revivais nos promenades et nos pique-niques sur la plage, nos sorties en mer, nos soirées en musique, et les repas que la famille de Miguel prenait tant de plaisir à préparer, et à partager avec nous.

Un tel bonheur était presque impossible à garder. Il était comme l'oiseau perché sur une branche, l'espace d'un instant, qui s'envolait si l'on s'en approchait trop. « Aimez-moi tel que je suis, disait-il, mais n'essayez jamais de me retenir ou de me mettre en cage. Vous pouvez garder mon image dans vos albums, enregistrer mon chant, l'écouter tant qu'il vous plaira, mais ne me demandez pas de rester. J'ai d'autres lieux à visiter, d'autres gens à qui apporter un peu de joie. Je suis le bonheur, un oiseau qui passe, insaisissable et sans prix. »

Je savais cela, maintenant, me dis-je avec un serrement de cœur. Oh oui, je le savais !

Mme Stanton, après m'avoir servie, vint s'asseoir à table en face de moi.

— Vous ne m'avez encore rien dit de votre mère, ma chérie. Parlez-moi d'elle.

— Ma mère est psychothérapeute, madame. Elle est très connue et très estimée. Son cabinet se trouve à West Palm Beach, mais nous vivons à Palm Beach.

— Mais... n'est-ce pas extrêmement coûteux de vivre là-bas ?

— Nous avons hérité la propriété, expliquai-je.

— Je vois. Ce doit être difficile pour vous, je suppose, de ne pas pouvoir vivre avec vos deux parents. Je suis vraiment triste pour tous ces enfants de foyers désunis, qui doivent passer les fêtes et les anniversaires tantôt chez l'un, tantôt chez l'autre. Est-ce le cas pour vous ?

— Quelquefois, mais vous avez raison. Ce n'est pas facile, bien que ma mère se soit remariée avec un homme charmant. Il est professeur d'Université, et je m'entends très bien avec toute sa famille.

— C'est une bonne chose. Mais toutes ces personnalités qui se côtoient, tous ces gens qui réclament votre attention et votre amour... non, ce ne doit pas être facile.

— En effet, avouai-je. La jalousie a trouvé place sous mon propre toit. Il m'arrive de sentir que je ne dois pas montrer mes sentiments trop ouvertement.

Liliann Stanton eut un sourire empreint de nostalgie.

— Nous avons été mariés cinquante et un ans, mon mari et moi. Les gens nous demandaient toujours comment nous avions fait, comme si c'était un phénomène surnaturel ou un tour de magie.

Je lui rendis son sourire.

— Il devait quand même y avoir quelque chose. Vous aviez sûrement un secret.

— Ni secret ni magie, se défendit-elle. Nous respections les vœux que tout le monde prononce, tout simplement. Peut-être les gens sont-ils de plus en plus nombreux à les prononcer sans y penser, de nos jours, ou même sans en comprendre le sens. Voyez-vous...

Elle se tut un instant, comme plongée dans ses souvenirs, puis reprit le fil de ses confidences.

— J'avais une jeune sœur qui était toujours jalouse de moi. Je le savais, mais je faisais semblant de l'ignorer. Je faisais tout ce que je pouvais pour la rendre heureuse. Elle ne s'est jamais mariée, et elle est morte seule, dans son lit. Un jour où elle n'arrêtait pas de me parler de ma chance d'avoir un si bon mari, je lui ai dit tout net : « Mattie, tu sais aussi bien que moi que tu es trop égoïste pour aimer quelqu'un d'autre que toi. Tous les hommes s'en rendent compte, et ça les fait fuir. Tu veux que je te dise ce que c'est que l'amour ? »

Liliann Stanton sourit pour elle-même et poursuivit :

— « L'amour, c'est reconnaître que la personne

qu'on aime n'est pas parfaite, et le lui pardonner. C'est espérer qu'elle vous pardonnera vos imperfections, à vous aussi. C'est la tolérance et le compromis, et cela exige du désintéressement, le contraire de l'égoïsme. En fin de compte, on comprend qu'on ne pourra jamais être heureux si la personne que l'on aime ne l'est pas. Si cela ne compte pas pour nous, c'est que l'on n'aime pas, et que tôt ou tard cela finira mal. »

— Et qu'a répondu votre sœur ?

Pendant tout le temps où Liliann avait parlé, je n'avais pensé qu'à maman et à moi, à la nécessité de nous pardonner l'une à l'autre. J'attendais avidement la réponse à ma question.

— Mattie ? Elle m'a regardée comme si je perdais la tête, puis s'est écriée : « Quelle absurdité ! Ce ne sont que des niaiseries sentimentales, tout ça. Quand j'en voudrai, je regarderai un feuilleton à l'eau de rose. » Alors j'ai pensé : « Mais oui, Mattie, regarde. Tu ne feras jamais rien d'autre que ça : regarder. »

Liliann appuya le bout de ses doigts sur la table et s'absorba dans une longue rêverie.

— Au mieux, dit-elle au bout d'un moment, la vie n'est qu'un délicat équilibre entre le bonheur et le malheur, n'est-ce pas ?

Elle soupira, m'évitant de répondre, et j'en profitai pour me lever.

— Tout était délicieux, madame Stanton. Laissez-moi vous aider pour la vaisselle, proposai-je.

— Oh non, ma chérie. Allez rejoindre votre famille et profiter de ce beau soleil. Il n'y a pas grand-chose à faire et cela m'occupe.

Sur le point de passer la porte, je m'arrêtai brusquement.

— Madame Stanton... mon cousin m'a dit que Bess avait tout oublié, à propos d'hier soir.

— C'est vrai. Comme je m'y attendais, elle a fait ce matin ce qu'elle fait tous les jours, et il est possible qu'elle ne vous voie plus comme Rosemary. Je ne sais même pas si elle se rappelle que vous êtes là. Les occasions pour qu'une confusion comme celle d'hier soir se produise sont rares, inutile de vous le dire. Aucune des camarades de classe de Rosemary n'est jamais venue ici. Elles venaient déjà si peu de son vivant... Vous êtes notre plus jeune visiteuse depuis la tragédie.

— Bess suit-elle une psychothérapie, ou en a-t-elle suivi une ?

Liliann Stanton secoua la tête.

— Le temps est le meilleur thérapeute qui soit, ma chérie. Ce n'est pas toujours facile de partager ses problèmes avec des étrangers.

Elle se détourna, les épaules soudain fléchies, me laissant toute songeuse. Quelle différence entre tout ceci et l'univers qui était le mien ! Ici, la psychothérapie éveillait encore la méfiance, alors que chez nous elle était monnaie courante. En suivre une était presque valorisant, et personne n'aurait considéré cela comme une honte.

— De plus en plus de gens sont mal dans leur peau, avait dit un jour maman à Miguel. Ils sont en quête d'identité, d'une image d'eux-mêmes qui leur paraisse acceptable. Combien d'entre eux ne voient qu'un étranger dans leur propre miroir... ou en tout cas quelqu'un qu'ils préféreraient ne pas voir ?

— Ne t'en plains pas, avait répliqué Miguel en riant. Ce sont eux qui te font vivre.

— Je n'en sais rien, Miguel. Je ne sais pas combien de temps je pourrai continuer à faire ça. Je me demande comment mon père y est arrivé, sa vie durant, sans que cela le détruise. Il avait le don de laisser tout cela derrière lui, quand il rentrait à la maison. Je ne possède pas sa force.

— Alors cesse d'essayer d'être lui, avait conseillé Miguel à maman. Sois toi-même.

Je me souviens de m'être demandé s'il n'avait pas raison à propos de maman, et si je ne faisais pas moi-même quelque chose de semblable : essayer d'être elle. J'étais assez mûre pour comprendre tout ce que cela impliquait. Allais-je me comporter comme les gens qui la consultaient ? Lutter sans fin pour découvrir mon identité ?

N'était-ce pas ce que j'étais précisément en train de faire : me sauver pour trouver une autre Hannah Eaton à l'extérieur, un autre moi plus heureux et plus satisfait de lui-même ? Peut-être n'était-ce qu'une illusion, finalement. La même que celle dans laquelle s'était réfugiée Bess.

Je sortis et vis Heyden et Chubs devant la plus vaste des granges, en plein travail. Avec leurs manches retroussées, leurs visages, leurs mains et leurs avant-bras maculés de graisse, ils avaient l'air d'émerger d'un bain d'huile d'auto. Mais je pouvais voir que, loin d'être dégoûtés par leur tâche, ils bavardaient avec un plaisir évident. Heyden me fit signe et pointa le menton vers un coin du pré, sur ma droite. C'est là que se tenait Oncle Linden, debout devant son chevalet. En face de lui, assise sur un gros bloc de pierre, Bess avait pris la pose. Je m'approchai d'eux, le cœur battant. Qui allait-elle voir en moi ?

Je ne tardai pas à le savoir.

— Rosemary ! s'écria-t-elle quand je ne fus plus qu'à une douzaine de mètres d'eux.

Oncle Linden se tourna vers moi et sourit.

— La voilà ! Je n'ai plus besoin de sa photo, maintenant, dit-il en glissant une photographie dans sa poche.

Bess m'appela d'une voix joyeuse.

— Viens vite, Rosemary ! Tu seras dans le tableau, toi aussi. M. Montgomery est en train de te peindre, en se servant de ma plus récente photo de toi, celle que j'ai toujours sur moi.

Il existait donc des photographies, m'étonnai-je. Mais comment pouvait-elle les regarder, me voir moi-même et continuer à me prendre pour sa fille ?

Bess était toujours en robe de chambre et pas encore coiffée. Ses cheveux dénoués flottaient au vent, qui les agitait en tous sens. Elle avait l'air d'une sauvageonne, ainsi, mais elle était très belle, d'une beauté naturelle et pleine d'innocente fraîcheur.

Elle tapota l'espace libre à côté d'elle.

— Viens t'asseoir, Rosemary. C'est facile de poser, on peut bouger quand on veut, n'est-ce pas, Linden ?

Je haussai les sourcils. Linden ? Comment étaient-ils devenus intimes aussi rapidement ? Oncle Linden s'empressa d'approuver.

— Bien sûr qu'on peut. Je n'ai besoin que de quelques coups d'œil de temps en temps. Ce sont comme des instantanés que je range là, précisa-t-il en se frappant la tempe de l'index. Je ne veux pas dire que vous pouvez danser sur cette pierre, non, mais vous n'êtes pas obligée de rester figée comme une statue.

— Dépêche-toi, me pressa Bess. Nous allons avoir notre portrait peint par un artiste célèbre.

— Oh, pas si célèbre que cela, Bess ! J'ai vendu quelques tableaux, c'est tout.

— Vous êtes le plus célèbre peintre qui se soit jamais arrêté *ici,* insista-t-elle, ce qui les fit rire tous les deux.

Comme ils s'entendaient bien, constatai-je. Quelqu'un de cynique n'aurait pas manqué de citer l'adage « qui se ressemble, s'assemble », et il est vrai qu'ils avaient les mêmes problèmes affectifs et psychologiques. Mais peut-être était-ce justement cela qui leur donnait cette intuition si fine, l'un vis-à-vis de l'autre. Ils partageaient le même besoin d'affection, d'attention, de compréhension. Et en cela, ils n'étaient en rien différents du commun des mortels, après tout.

— Grandma t'a-t-elle servi un bon petit déjeuner ? s'enquit Bess quand je l'eus rejointe.

— Oui, très bon.

— Elle adore te préparer ce que tu aimes, Rosemary. Elle adore s'occuper de toi. Tu es sa préférée, je le sais bien, mais je ne suis pas jalouse. C'est normal pour une arrière-grand-mère de chérir son arrière-petite-fille. Quand j'étais petite, elle me préférait à ma mère, qui s'en plaignait : « Tu la gâtes trop, maman, beaucoup trop ! » Et Grandma lui répondait toujours : « Je t'ai gâtée, toi aussi. C'est son tour. »

Bess rit et promena autour d'elle un regard émerveillé.

— N'est-ce pas une journée magnifique, Rosemary ?

— Si, acquiesçai-je.

C'était vrai. Le ciel était d'un bleu de cobalt, à peine moucheté de quelques vapeurs blanches. Bess libéra un soupir de plaisir.

— Nous avons eu tant de beaux jours comme celui-ci, n'est-ce pas, Rosemary ? Je parlais justement à M. Montgomery de notre lac. Il voudrait le voir, il pourrait même le peindre. Après le déjeuner, nous irons nous y promener tous ensemble, n'est-ce pas, Linden ?

— Si vous le souhaitez, Bessie, j'en serais ravi.

Bess rayonnait.

— N'est-ce pas l'homme le plus délicat, le plus attentionné qui soit, Rosemary ? Un vrai gentleman du vieux Sud !

— Pour tout dire, je suis de Palm Beach, plaisanta Oncle Linden. Est-ce considéré comme le Sud ? Pour moi, les gens de là-bas ne sont pas des Sudistes, ce sont des snobistes.

— Oh, quelles adorables sornettes vous débitez ! s'extasia Bess. Vous n'êtes qu'un idiot, un délicieux idiot.

— Appelez-moi comme vous voulez, j'ai entendu pire. Je ne me fâcherai pas, sauf...

Oncle Linden brandit son pinceau comme s'il la menaçait du geste et acheva :

— ... sauf si vous m'appelez en retard pour le dîner.

Bess éclata de rire. Et subitement, sans aucun avertissement, elle m'attira contre elle, me serra dans ses bras et couvrit mon front de baisers.

— N'est-elle pas ravissante, Linden ?

— Je ne la peindrais pas sans cela, répliqua-t-il. Tout comme je ne vous peindrais pas si vous n'étiez pas si belle. C'est contre mes principes de représenter ce qui offense la beauté.

Le sourire de Bess fit place à la rougeur de l'embarras.

Comme Oncle Linden savait se montrer charmant, m'étonnai-je. Avait-il raison d'agir ainsi ? Pour moi, qui ne pouvais oublier ce qui s'était passé la veille dans la chambre, c'était comme s'il prolongeait la tragédie, en nous y faisant jouer un rôle.

— Tournez-vous légèrement vers la droite, s'il vous plaît, Bessie, ordonna-t-il d'un ton professionnel.

Elle me relâcha et fit ce qu'il lui demandait.

— Bien, très bien, la félicita-t-il. Vous avez déjà posé, j'imagine.

— Moi ? Certainement pas.

— Vous n'avez jamais posé pour un artiste ? C'est difficile à croire, commenta-t-il en se remettant à l'ouvrage.

Je ne l'avais jamais vu peindre avec un tel plaisir, j'étais heureuse de l'observer. Puis je me souvins de l'inquiétude manifeste de maman, du trouble qu'elle avait montré en apprenant qu'il m'avait demandé de poser pour lui. C'était différent cette fois-ci, me rassurai-je. Ce n'était pas moi qu'il peignait, je n'étais là que comme substitut de Rosemary. Non, cela n'avait rien à voir.

Vraiment rien ? Et si tout cela ne faisait qu'attiser les fantasmes qui l'habitaient, renforcer la démence qui l'avait dominé pendant la plus grande partie de sa vie, et si…

Si j'en étais la seule responsable ?

Nous avions été trop sûrs de nous, pensai-je en regardant Heyden. Nous avions été trop loin. Beaucoup trop loin.

Et pourtant Oncle Linden ne s'était jamais montré aussi communicatif, aussi drôle. Il était intarissable d'anecdotes amusantes sur Palm Beach, et plus Bess riait, plus il bavardait. Comme il avait dû être frustré, dans sa retraite, de n'avoir personne à qui parler ainsi, personne pour stimuler son esprit ou encourager sa créativité. Même si cela ne devait pas durer toujours, tentais-je de me rassurer, cela resterait pour lui un merveilleux interlude. Cela ne pouvait pas être entièrement négatif, maman elle-même serait forcée d'en convenir.

Nous nous arrêtâmes à l'arrivée de Mme Stanton, qui nous apporta de la citronnade fraîche. Pendant cette pause Oncle Linden parla de sa jeunesse, au bord de la mer, passée à rêver qu'il s'embarquerait un jour pour de merveilleux pays lointains.

— Pour être franc, je ne me suis jamais éloigné de plus de vingt kilomètres de chez moi, ou guère davantage. Mais parfois... parfois les rêves nous suffisent, acheva-t-il.

Bess l'approuva sans réserves.

— Oui, c'est vrai. Parfois, ils peuvent nous combler.

Je gardai le silence. Je n'étais plus qu'une simple observatrice, maintenant. Ils semblaient avoir oublié ma présence, et je ne voulais pas leur gâcher ce moment magique.

Nous reprîmes la pose, Oncle Linden se remit à l'œuvre avec ardeur. Des heures avaient passé, depuis le moment où je les avais rejoints, quand un son de cloche se fit entendre.

— Grandma nous appelle pour déjeuner ! s'écria Bess.

Oncle Linden reposa son pinceau.

— C'est parfait, je suis littéralement affamé. Cela fait des années que je n'étais pas resté aussi longtemps au grand air. Rien de tel pour stimuler l'appétit, souligna-t-il. Tous les appétits.

Je faillis dégringoler de mon perchoir, tant l'allusion galante était claire. Bess rougit et se leva d'un bond. Oncle Linden couvrit son chevalet avant que nous n'ayons pu voir son travail, et nous prîmes tous les trois le chemin de la maison. Heyden et Chubs étaient toujours penchés sur le moteur. Mais quand Chubs nous vit revenir, il dit quelque chose à Heyden qui s'essuya les mains et s'approcha de nous. Je ralentis le pas et me laissai distancer, sans que ni

Bess ni mon oncle, qui discourait toujours, ne s'aperçoivent de rien.

— J'ai l'impression que ton oncle n'est pas pressé de repartir, s'égaya Heyden. Mme Stanton croit toujours qu'il est ton père, n'est-ce pas ?

— Oui, mais je ne trouve pas ça correct du tout, Heyden. Nous sommes tout simplement des imposteurs.

Il s'arrêta, les poings aux hanches.

— Certainement pas. Nous rendons service à la vieille dame, il n'y a pas de mal à ça. Regarde comme cette femme est heureuse, renchérit-il en me montrant Bess. Tu veux aller lui dire que tout ceci n'est qu'une imposture ? Tu crois vraiment que c'est la chose à faire ? Tu te sentiras mieux après ça ?

— Non, mais...

— Alors pas de « mais », tu veux ? Allons manger un morceau, et je retournerai travailler. Nous avançons. Encore quelques petites heures et je pense que nous pourrons reprendre la route. Tu n'auras plus à te sentir coupable de faire quelque chose de mal, alors que ce n'est pas le cas.

Je détournai la tête et regardai en direction du chevalet.

— Je ne sais pas si j'ai envie de reprendre la route, Heyden.

— Quoi ? Mais qu'est-ce que tu racontes ?

— Je n'ai pas encore appelé ma mère, depuis notre départ.

— Et alors ? Je n'ai pas appelé la mienne non plus. Et à quoi t'attends-tu, quand tu leur auras téléphoné ? À ce qu'ils te disent : « Nous espérons que tu t'amuses bien, n'oublie pas d'envoyer des cartes postales » ?

Oncle Linden et Bess entrèrent dans la maison, bavardant et riant toujours. Heyden reprit avec véhémence :

— Je vais te dire ce qu'ils te répondront, moi. Ils te diront que tu ferais mieux de rentrer au bercail et vite fait, avant qu'ils envoient la police à nos trousses. Et ta mère te passera un savon parce que nous avons emmené ton oncle avec nous.

— Peut-être pas, Heyden. Peut-être que...

— Que quoi ? vociféra-t-il, exaspéré.

Je me retenais tellement de pleurer que je n'y voyais plus clair. C'était comme si j'avais ouvert les yeux sous l'eau.

— Peut-être qu'elle est aussi malheureuse que Bess ! m'écriai-je en fondant en larmes.

Il me fixa d'un air effaré.

— Mais qu'est-ce qu'il t'arrive, Hannah ? C'était toi qui étais malheureuse, tu te souviens ? C'était toi qui te sentais indésirable, et coupable de vivre dans cette maison. C'est vrai, oui ou non ?

— C'est vrai, mais...

— Mais quoi encore ? Nous ne sommes pas partis en pique-nique, Hannah. Nous avons fait sortir ton oncle de sa maison de retraite. Nous avons utilisé son argent. Nous l'avons emmené à la banque pour qu'il vide son compte. Nous avons pris une décision, fait des choix. À nous de les assumer.

— Nous n'avons rien fait qui ne puisse être réparé, fis-je observer.

— Réparé, dis-tu ? *Réparé ?* Tu parles comme si nous avions fait quelque chose de mal. Nous n'avons rien fait de mal.

Je ramenai mon regard sur la maison.

— Mme Stanton croit que notre arrivée chez elle est une bénédiction. C'en est peut-être une pour nous tous, en effet, et spécialement pour moi. Tu penses que j'ai imaginé tout ce qui s'est passé hier soir, dans la chambre de Rosemary. Je le sais, et peut-être as-tu raison. Mais c'est arrivé quand même, d'une façon ou d'une autre, et cela m'a fait réfléchir à tout ça, Heyden.

» Bess a perdu sa fille dans des circonstances tragiques. Rien ne peut changer cela. Ma mère a perdu le petit Claude, et rien ne peut changer cela non plus. J'ai vu ce que la perte de sa fille avait fait à Bess. Perdre Claude a été un traumatisme pour ma mère, et maintenant…

— Et maintenant elle te perd, toi, c'est ça ?

— Oui, Heyden. Sauf que je peux y changer quelque chose.

— Génial, grinça-t-il. Tu m'entraînes dans cette histoire. Tu me laisses croire que nous pouvons y arriver. Tu fais tout un plat au sujet de la musique. Tu me donnes de l'espoir, et d'un seul coup tu casses tout et tu te mets à pleurnicher. « Je ne sais pas. Peut-être que c'est une erreur. Nous devrions rentrer » – Non mais je rêve !

— Je m'en veux à mort, Heyden. Tout ce malheur, cette histoire si tragique… cela m'a fait comprendre les choses et je m'en veux terriblement.

— Dommage pour moi, vraiment.

— Ne le prends pas comme ça, je t'en prie. Tu peux toujours continuer, non ?

Il détourna la tête et je le vis serrer les dents.

— Pour ça oui, je vais continuer ! Je n'ai pas de palace ni de voitures de luxe qui m'attendent, moi. Palm Beach ! cracha-t-il en se retournant vers moi. Peut-être que c'est ta place, finalement. Peut-être qu'au fond de toi, tu appartiens vraiment à tout ça.

— Ce n'est pas vers cela que je retourne, Heyden. Je pense à ma mère, c'est tout.

— Bien. Parfait. Merci pour tout ! lança-t-il en s'en allant.

— Heyden !

Il ne s'arrêta pas. Je le suivis des yeux quelques instants, ravalai mes larmes et rentrai dans la maison.

Quand j'arrivai dans la salle à manger, tout le monde riait autour de la table. Seule à être debout, Mme Stanton servait une salade au poulet froid, avec son thé glacé et son pain maison. Oncle Linden dévorait comme un loup affamé. À la résidence, je l'avais toujours vu picorer du bout des lèvres, sans vraiment trouver de goût à rien.

Le bonheur de la vieille dame sautait aux yeux. Elle rayonnait en les regardant, Bess et lui. Et chaque fois que Bess mangeait quelque chose ou riait, sa joie grandissait encore. En m'apercevant, elle me lança gaiement :

— Dépêchez-vous avant que ces deux-là n'aient tout englouti !

— J'ai pris mon petit déjeuner beaucoup plus tard qu'eux, madame Stanton. Je n'ai pas si faim que ça.

— Asseyez-vous quand même, ma chérie, et mangez quelque chose.

J'obéis, et j'entendis Oncle Linden déclarer :

— Être modèle est plus difficile que tu ne crois, Rosemary.

Mon sang se figea dans mes veines. Jusque-là, il avait évité de m'appeler ainsi, me donnant l'impression qu'il jouait le même jeu que moi, par pitié pour la pauvre Bess. Mais l'expression que je lui voyais maintenant me rappelait certains épisodes passés, à la résidence, quand il m'appelait Willow et s'adressait à moi comme si j'étais ma mère.

Il se retourna vers Mme Stanton.

— Les gens ne se rendent pas compte que lorsqu'ils sont très concentrés, ils brûlent autant de calories que dans l'effort physique. Inutile de labourer un champ ou de courir un kilomètre pour se creuser l'appétit.

— Comme c'est vrai, approuva-t-elle gravement.

— Mais votre cuisine est si savoureuse, madame, que j'aurais eu faim même sans avoir rien fait, ajouta-t-il.

Le sourire qui éclaira les traits de Liliann Stanton lui ôta dix années d'un coup.

— Merci infiniment, monsieur. C'est très aimable à vous.

Elle s'assit et se tourna vers moi pour demander :

— Où donc est Heyden ?

— Il est allé se laver avant de passer à table, improvisai-je, en souhaitant que ce fût vrai.

Elle crut devoir me rassurer.

— Ne vous en faites pas pour lui. Même si ces deux-là ont fait un sort à ma salade, il y en a en réserve à la cuisine.

— Vous n'auriez pas dû nous le dire, madame. Nous pourrions en redemander, menaça Oncle Linden. D'ailleurs, nous avons besoin de forces pour la promenade.

— Quelle promenade ? Où comptez-vous aller ?

— Jusqu'à votre superbe lac, annonça mon oncle, tandis que je me servais une portion de salade. N'est-ce pas, Bess ?

Le sourire de Liliann Stanton s'envola.

— Tu sais bien que tu ne vas plus jamais au lac, Bess. L'aurais-tu oublié ?

— Bien sûr que si, je vais au lac, Grandma. Rosemary et moi y avons justement été hier, n'est-ce pas, Rosemary ?

Je cessai de mâcher et levai les yeux vers Mme Stanton.

— Oui, approuvai-je après un temps d'hésitation.

— Là, tu vois bien ?

— Je croyais que tu m'avais promis de ne plus y retourner, Bess. Tu ne devais plus y emmener Rosemary, tu te souviens ?

Les lèvres de Bess tremblèrent.

— Il n'y a pas de danger, M. Montgomery sera là. Et il souhaite peindre le lac, Grandma.

— Mais... il est entouré d'une clôture, maintenant, Bess. Rappelle-toi, c'est Charles qui l'a construite pour nous. Avec cette clôture, le paysage n'est plus assez attrayant pour être peint, ajouta-t-elle à l'intention d'Oncle Linden.

— C'est fort possible, en effet, madame Stanton.

— Mais si, s'obstina Bess. Il est toujours aussi beau.

— Il y a tellement d'autres jolis endroits sur la propriété, Bess ! Pourquoi ne montrerais-tu pas notre dernier verger à M. Montgomery ?

— Ce n'est pas la même chose, répliqua Bess avec humeur. Je veux lui montrer le lac.

Liliann Stanton évita son regard et me sourit.

— Je vais refaire un peu de salade, ma chérie. Vous en prendrez ?

— Volontiers, merci.

Elle se leva, prit le saladier, et tout en s'éloignant me jeta un coup d'œil par-dessus son épaule. Je compris et me levai à mon tour.

— Laissez-moi vous aider, Grandma, dis-je en la suivant à la cuisine.

Une fois là, elle se retourna vivement vers moi.

— Elle ne va plus jamais là-bas, m'expliqua-t-elle. D'ailleurs ce n'est pas vraiment un lac, juste un grand étang, et c'est moi qui ai demandé à Charles de le clôturer.

— Et pourquoi ?

Liliann Stanton exhala un long soupir.

— Quelquefois, Bess fait des cauchemars où elle voit toutes sortes de choses arriver à sa fille et… elle se conduit comme si c'était vrai. Un matin, elle s'est levée de très bonne heure et elle est allée à l'étang, parce qu'elle avait rêvé que Rosemary se noyait. Par chance, Charles l'a vue traverser le pré dans sa hâte d'y arriver, et il l'a suivie. Au bord de l'étang, elle s'est mise à crier et s'est jetée à l'eau. Elle appelait sa fille à grands cris en se démenant comme une folle. Charles s'est rendu compte qu'elle ne nageait pas mais s'efforçait de se maintenir à flot, et il est allé la chercher. Il l'a repêchée juste à temps.

» Après ça, nous avons décidé de condamner l'accès à l'étang. La barrière est fermée par une chaîne solide, Bess ne peut pas s'approcher de l'eau. Si elle va se promener là-bas, il est possible que son esprit lui joue des tours et qu'elle ne voie pas cette barrière. Mais au moins, elle ne risque plus de se noyer.

Liliann Stanton avait les larmes aux yeux, maintenant, mais elle se domina et poursuivit :

— Un jour elle a disparu pendant des heures, et on l'a retrouvée à des kilomètres d'ici. Elle avait rêvé que Rosemary s'était perdue et elle était partie à sa recherche. Maintenant, dès qu'elle sort et même s'il est occupé, Charles la suit et la surveille. Quelquefois, elle ne fait que tourner en rond en parlant toute seule. Quand il pense devoir le faire, il la rejoint et la ramène à la maison. J'ai décidé que si jamais…

Elle happa une serviette de table et se tamponna les yeux.

— Si jamais quelque chose arrivait à Charles, ou s'il nous quittait pour une raison quelconque, je la mettrais dans une maison spécialisée, pour sa propre protection. Mais jusque-là, je fais de mon mieux en priant Dieu que rien ne lui arrive, qu'elle ne se fasse aucun tort à elle-même. Un jour, peut-être, elle se réveillera en voyant les choses telles qu'elles sont, et capable d'affronter la vérité.

» Chacun de nous doit s'éveiller un jour à la vérité, si déplaisante soit-elle, ma chérie. Tout ce qu'il nous reste à espérer, c'est d'être assez forts pour la supporter, en plus des autres fardeaux que la vie nous a mis sur les épaules.

Liliann prit une profonde inspiration et posa sur moi un regard bienveillant.

— Mais vous êtes trop jeune pour vous soucier de ces choses, mon trésor, dit-elle en effleurant ma joue d'un doigt léger. Bientôt, votre véhicule sera réparé, vous pourrez laisser tout cela derrière vous. Merci pour tout ce que vous avez fait, mon enfant. Et remerciez votre père de ma part, s'il vous plaît.

Je fus sur le point d'avouer que ce n'était pas mon père, de lui révéler toute la vérité. J'en avais besoin, je voulais être honnête envers elle. Mais j'avais peur qu'elle ne voie dans tout cela qu'une trahison de plus, une déception de plus dans un monde déjà si sombre, où pour un bref instant seulement le soleil avait brillé. Pouvait-on faire un tel cadeau à quelqu'un, et le lui reprendre aussi vite ?

De la salle à manger nous parvint l'écho joyeux d'un double éclat de rire. Le visage de Liliann Stanton s'illumina.

— N'est-ce pas merveilleux ? Il y a si longtemps que nous n'avons pas entendu cela !

— Oui, murmurai-je d'une voix presque inaudible.

Mme Stanton s'empara du saladier.

— Je ferais mieux de le remplir, je crois. Votre cousin doit être à table, à présent.

— Et Charles ? Il ne vient pas ?

— Oh, il ne mange jamais beaucoup au déjeuner. Quelques fruits, c'est tout. Depuis le temps qu'il est chez nous, il ne se sent toujours pas à l'aise dans cette salle à manger un peu trop formaliste. Il y vient pour les anniversaires, bien sûr, et pour les grandes occasions. Mais il préfère manger sur place, en travaillant, et il sait qu'il sera toujours le bienvenu. Je ne l'ai jamais forcé.

» On tient à ses habitudes en vieillissant, voyez-vous ? L'âge rétrécit votre horizon, et vous cloue là où vous êtes. Changer n'est jamais facile, mais à nos âges c'est presque impossible. Le seul changement qu'il nous reste, c'est la tombe. Or, comme vous pouvez le voir, j'ai encore beaucoup à faire avant cela. Et si vous me permettez d'ajouter un mot...

Elle eut un sourire émouvant de douceur.

— Laissez-moi vous transmettre une miette de sagesse, ma chérie. Avant de prendre une décision, de faire un choix déterminant, prenez votre temps. Réfléchissez quand vous arrivez à un carrefour. Car si vous prenez le mauvais chemin, vous ne pourrez pas revenir en arrière. Aucune décision n'est insignifiante. Vivez comme si le moindre de vos actes pouvait changer le monde, sinon pour vous, du moins pour quelqu'un que vous aimez.

» Et voilà, déclara-t-elle abruptement. J'en ai fini pour aujourd'hui avec mes discours de grand-mère. Profitez-en. Et, au fait : dites à votre cousin que j'arrive tout de suite !

Spontanément, je l'embrassai sur la joue.

— Merci, madame Stanton.

— Dieu vous bénisse, mon enfant, murmura-t-elle en rosissant de plaisir.

Je me hâtai d'aller prévenir Heyden que j'avais

décidé de rentrer, mais sur le seuil de la salle à manger je m'arrêtai net : il n'était pas là.

— Où est Heyden ? demandai-je à Oncle Linden.

Plongé dans une conversation avec Bess, il leva la main pour me faire signe d'attendre. En fait, il lui racontait une histoire drôle dont je saisis les derniers mots.

— Alors l'opératrice lui dit : « Vous obtenez le signal "occupé" parce que vous avez composé votre propre numéro, monsieur. » Et le schizophrène répond : « Puisque vous êtes si maligne, madame, dites-moi pourquoi c'est quelqu'un d'autre qui a répondu au téléphone… »

Bess rugit de rire avec lui, et je fis une nouvelle tentative.

— Et Heyden ?

Oncle Linden secoua la tête avec un soupçon d'impatience.

— Nous ne l'avons pas vu, renvoya-t-il brièvement, avant de se lancer dans une nouvelle histoire drôle.

Je courus jusqu'au perron et regardai en direction du mobil-home : ni Heyden ni Chubs n'étaient visibles, et de ce côté-là tout était silencieux. Saisie d'une inquiétude soudaine, je dégringolai les marches et m'approchai rapidement du véhicule.

— Heyden ! appelai-je. Heyden !

J'eus beau tendre l'oreille : pas de réponse. Je contournai la grange, appelai encore. Une porte s'ouvrit et Chubs en émergea, tout étonné.

— Quelque chose qui ne va pas, mam'selle ?

— Je cherche Heyden. Il n'est pas venu déjeuner et je ne le trouve pas. Il est chez vous ?

— Non, mam'selle. Moi aussi je croyais qu'il était allé déjeuner. Vous avez regardé dans le mobil-home ?

— Non.

Un sursaut d'espoir balaya ma panique. Je courus ouvrir la porte de l'habitacle et y grimpai d'un bond, mais Heyden n'était pas là non plus. Chubs attendait au-dehors, et je n'eus pas à lui annoncer qu'il n'y avait personne. Il suffisait de me voir pour le comprendre.

— Hmm ! fit-il en s'avançant de quelques pas, pour parcourir les alentours d'un regard circulaire. Il a pu aller se promener n'importe où, vous savez.

Cela aurait dû me rassurer, mais ce ne fut pas le cas. Quelque chose d'indéfinissable me titillait l'esprit, quelque chose à quoi s'associa bientôt une image, puis un son. Je retournai en courant à l'intérieur du mobil-home, regardai dans tous les coins, et ma crainte prit forme sans laisser la moindre place au doute.

La guitare de Heyden avait disparu.

Il est peut-être allé quelque part pour être seul et jouer, pensai-je avec espoir. Il aimait exprimer ses sentiments par la musique. Je sortis de la caravane et, à nouveau, j'écoutai. D'un champ de fleurs sauvages montait un bourdonnement d'abeilles. Le grondement d'un avion fit vibrer l'air. À part cela je n'entendis rien, rien qui ressemblât à de la musique.

Chubs consulta sa montre.

— Il a emporté sa guitare, me désolai-je.

— Il voulait se remettre au travail dans les dix minutes. Je suis sûr qu'il va revenir, affirma Chubs. En attendant, moi j'y retourne.

Il reprit son travail sur le moteur, et j'allai m'asseoir à l'ombre pour surveiller les champs et la route, mais Heyden n'apparut pas. Au bout d'un moment, j'entendis une porte-moustiquaire s'ouvrir et se refermer, puis je vis Oncle Linden et Bess sortir de la maison. Ils marchèrent jusqu'au chevalet, où

Bess s'attendait de toute évidence à me trouver. Elle s'arrêta brusquement et regarda autour d'elle.

— Rosemary ! appela-t-elle, avec la même note de panique dans la voix que j'avais perçue dans la mienne, un peu plus tôt. Rosemary !

Je me levai et lui fis signe de la main.

— Je suis là.

— Ah ! Reviens vite, M. Montgomery veut finir son travail, et ensuite nous irons nous promener.

— J'arrive tout de suite, criai-je, en lançant un regard fébrile dans toutes les directions.

Chubs s'extirpa du moteur et se tourna vers moi. Je répondis à sa question muette.

— Il n'est pas rentré, Chubs !

Il secoua la tête, et une pensée nouvelle me traversa l'esprit. Je retournai précipitamment dans le mobil-home, recommençai mon examen des lieux et mon cœur chavira.

La guitare de Heyden n'était pas le seul objet qui manquait. Sa taie d'oreiller et son contenu n'étaient plus là non plus.

Mes pires craintes se réalisaient.

Heyden était parti sans nous.

14

La bonne décision

Jamais je ne m'étais sentie aussi seule, aussi perdue qu'en cet instant. Ni aussi déçue par quelqu'un, en plus du reste ! Comment Heyden avait-il pu faire ça ? Comment pouvait-il être aussi emporté, aussi égoïste ?

Chubs me dévisageait, les yeux ronds.

— Qu'est-ce que vous allez faire, mam'selle ? s'enquit-il quand je lui eus dit ce que je croyais vrai.

— Je n'en sais rien, Chubs.

Je ravalai mes larmes et mon regard suivit le ruban de la route. Une partie de moi-même aurait voulu courir, courir jusqu'à l'épuisement. Une autre part ne souhaitait que sangloter, sangloter, sangloter sans fin. Je passai de la peur à l'apitoiement sur moi-même, puis à la colère, et enfin à un affreux sentiment de défaite qui me laissa faible et désemparée. Chubs dut lire tout cela sur mon visage, et le sien trahit un désarroi presque égal au mien.

— En tout cas, j'ai presque fini, annonça-t-il. Dans un rien de temps vous pourrez partir où vous voudrez.

— Partir ?

Comment ? Pour aller où ? Et qui conduirait cet engin ? Moi ? Pouvais-je compter sur Oncle Linden ? Il y avait des années qu'il n'avait pas conduit une voiture, alors une pareille carcasse ! Nous risquions de nous retrouver dans un fameux pétrin, si nous reprenions la route.

— Rosemary ! appela Bess, en gesticulant de plus belle pour m'inviter à la rejoindre.

Arrête ça tout de suite, me cria une voix intérieure. *Arrête ça maintenant, avant que les choses n'aillent plus loin.*

Oncle Linden s'arrêta de peindre et se tourna vers moi, lui aussi, écartant les mains comme pour me demander ce qui se passait. Je ne savais plus à quel saint me vouer.

Je m'avançai vers eux, l'esprit en déroute et l'air égaré, ce qui dut faire croire à Bess que je boudais. Elle tenta de me dérider.

— N'aie pas l'air si triste, Rosemary. Nous n'allons pas rester là bien longtemps, n'est-ce pas, Linden ?

— Encore dix ou quinze minutes, je n'en demande pas plus, confirma-t-il.

Je le fixai d'un œil perplexe. Le jeu s'arrêtait là, il fallait que je le lui fasse comprendre, mais sans risquer d'affoler Bess.

— Heyden est parti, lui murmurai-je, en espérant qu'elle n'entendrait pas, et surtout ne percevrait pas ma panique.

— Parti ?

— Oui, en emmenant toutes ses affaires. Vraiment parti.

Les paupières d'Oncle Linden battirent précipitamment. Je croyais presque voir la réalité s'infiltrer dans sa merveilleuse journée d'illusions. Son regard dériva vers Bess, puis revint se poser sur moi.

— Parti ? répéta-t-il sans comprendre, ou refusant de comprendre. Mais... le mobil-home va bientôt être réparé, non ?

— C'est presque terminé.

— Alors pourquoi est-il parti ?

C'était le moment ou jamais de parler net, ce que je fis.

— Je lui ai dit que je voulais rentrer, mon oncle. Que nous ferions mieux de rentrer.

— Ah.

Il eut un long regard pour Bess, qui offrait son visage à la caresse du soleil. J'en eus le cœur serré pour lui.

— Je suis désolée, Oncle Linden. Nous n'avons plus vraiment le choix, maintenant. Nous devons rentrer.

— Laisse-moi terminer, alors, plaida-t-il en désignant Bess. Donne-moi juste un peu de temps.

À quoi bon ? faillis-je demander. Mais en voyant comment il regardait Bess, si innocente et si vulnérable, je compris. C'était une chose qu'il devait terminer, un présent qu'il devait offrir.

Je la rejoignis sur le siège de roc et il se remit à l'œuvre. Il travaillait plus intensément, à présent, avec une détermination accrue. Je lançais sans arrêt des regards furtifs du côté de la route, en espérant voir apparaître Heyden, revenu à la raison, mais cet espoir fut déçu.

— Très bien, dit Oncle Linden, à qui mon agitation n'avait pas échappé. J'ai ce qu'il me faut. Merci, mesdames.

Il se leva, s'avança vers nous, prit la main de Bess et lui baisa le bout des doigts.

— Je vous serai éternellement reconnaissant, dit-il en s'inclinant devant elle.

Elle eut ce petit rire léger, cristallin, qui évoquait le tintement d'un lustre. Puis nous entendîmes le bruit d'un moteur qu'on met en route, et quelques instants plus tard il tournait à plein régime. Chubs s'approcha, tout joyeux.

— Oh, mon carrosse est réparé, plaisanta Oncle Linden. Irons-nous l'inspecter ensemble, mesdames ?

Bess sourit, mais parut tout à coup moins sûre d'elle-même. Elle me jeta un coup d'œil bref, puis se retourna et contempla le champ derrière elle, comme si quelque chose l'y attirait. Je regardai à mon tour, mais ne vis que quelques nuages d'insectes tournoyant au soleil.

— M'accompagnerez-vous, Bess ? poursuivit Oncle Linden. Cela ne nous prendra que quelques minutes.

À nouveau, elle coula un regard de mon côté, puis une expression d'effroi passa sur ses traits.

— Non, je... il faut que j'aille me promener.

Déconcerté par cette réponse, Oncle Linden masqua sa perplexité sous un sourire.

— Nous irons nous promener, Bess, dès que j'aurai parlé à M. Dawson.

Une fois encore, le manège recommença. Elle me regarda d'un air apeuré, en secouant la tête, et cette fois je crus comprendre. Le mobil-home représentait un danger, pour elle. Il la ramenait à la réalité, car il allait m'emmener, et Rosemary disparaîtrait à nouveau.

— Il faut que je marche un peu, insista-t-elle en s'éloignant déjà.

— Bess !

Elle ne se retourna pas à l'appel d'Oncle Linden et poursuivit son chemin.

— Nous devons lui dire la vérité, Oncle Linden. La vérité sur tout.

— Je sais, acquiesça-t-il. La malheureuse, elle est si fragile...

C'était vrai, mais à mes yeux c'était une raison de

plus de nous en tenir à la vérité. Pour Oncle Linden comme pour elle. Je le ramenai à des préoccupations bien réelles.

— Nous devons payer Chubs pour son travail, Oncle Linden. J'espère que tu n'as pas donné tout ton argent à Heyden.

— Non, non. Il n'a pris que ce dont nous avions besoin, chaque fois que c'était nécessaire. C'est cela, payons Chubs. Tu as tout à fait raison, c'est ce qu'il faut faire.

Bess n'était pas allée bien loin. À moins de cinquante mètres de nous, elle s'était mise à tourner en rond, comme si le mouvement des insectes lui en avait donné l'idée. Nous nous dirigeâmes vers le mobil-home, juste au moment où la porte de la maison s'ouvrait. Mme Stanton sortit sur le seuil, regarda du côté de Bess et, même à cette distance, je pus lire l'inquiétude sur son visage.

Que devais-je faire ? J'espérais encore que Heyden était caché quelque part, et qu'en entendant tourner le moteur il se montrerait. Mais il n'en fut rien. Il était bel et bien parti.

Chubs vint à notre rencontre en s'essuyant les mains.

— Il marche aussi bien qu'il peut marcher, dit-il fièrement. J'ai fait tout ce que je pouvais.

— Nous vous en sommes très reconnaissants, monsieur Dawson. Combien nous devons-vous ? s'enquit Oncle Linden en tirant son portefeuille de sa poche.

— Vous ne me devez rien, monsieur. Vous avez été très bons pour Mme Liliann et pour Bess, la jeune dame et vous, c'est bien assez comme paiement. Merci à vous.

— Bess ! appela Mme Stanton d'une voix angoissée.

Je me retournai. Bess tournait toujours en rond

mais de plus en plus vite, la tête basse et en marmonnant toute seule.

— Qu'est-ce qu'elle fait ? m'écriai-je.

Bess s'arrêta, changea de direction et repartit dans l'autre sens, encore plus vite et marmonnant toujours.

— Charles ! hurla Mme Stanton.

Chubs s'élança, Oncle Linden dans son sillage, et je les suivis sans me hâter.

— Allons, allons, mam'selle Bess, dit Chubs d'une voix apaisante en s'approchant d'elle.

Bess ne s'arrêta de marcher que lorsqu'il fut assez près pour lui prendre le bras. Pendant quelques secondes elle tituba, ses jambes marquant toujours le rythme de la marche, puis elle s'affaissa, pliée en deux comme une marionnette dont on aurait soudain coupé les fils. Chubs ne la laissa pas toucher le sol. D'un ample mouvement souple, il la cueillit au vol et la souleva dans ses bras, pour l'emmener vers la maison aussi aisément que s'il portait un enfant.

Oncle Linden s'arrêta, les suivit des yeux, et je m'empressai de le rejoindre.

— Elle allait si bien, dit-il tristement. Elle allait si bien et elle était heureuse ! Elle était heureuse, n'est-ce pas, Hannah ?

— Oui, Oncle Linden, mais tu savais que cela ne pouvait pas durer.

— Pauvre petite…

Il fit quelques pas vers la maison puis s'arrêta et se retourna vers moi, l'air hésitant.

— Que faisons-nous ? demanda-t-il, se rappelant brusquement ce que je lui avais dit à propos de Heyden.

— Je n'en sais rien, Oncle Linden.

— Moi non plus, répondit-il d'un ton absent, moi non plus.

Puis il reprit le chemin de la maison.

Autant ranger tout de suite son matériel dans le mobil-home, décidai-je en regardant son chevalet. D'une façon ou d'une autre, nous n'allions plus rester ici très longtemps.

Je remis soigneusement ses pinceaux en place, fermai sa boîte à peintures et ôtai le tableau du chevalet. L'étoffe qui le recouvrait tomba, et la stupeur me figea sur place. On ne distinguait aucune forme précise sur la toile, rien qui ressemblât à Bess ou à moi, ou même à une copie de photographie. Tout était traité de façon abstraite, et encore... je n'aurais pas juré que cela méritait ce nom. Il n'y avait là qu'un fouillis de lignes, de cercles et de surfaces colorées. Tout au plus aurait-on pu décrire cela comme les divagations d'un artiste fou, un cauchemar de formes et de couleurs, d'ombres et de lumières. Oncle Linden y voyait-il réellement quelque chose ? Croyait-il que d'autres le pourraient ? Ou n'était-ce pour lui qu'une sorte d'aide-mémoire, des notes qu'il comptait plus tard transformer en images ?

Je n'osais pas imaginer ce que penserait Mme Stanton si elle voyait cela. Je recouvris promptement la toile et la pris sous mon bras, repliai le chevalet, saisis la poignée de la boîte. Chargée comme je l'étais, le trajet jusqu'au mobil-home fut plutôt pénible, mais je parvins tant bien que mal à y porter le tout. Quand je revins à la maison, je trouvai Oncle Linden en train d'arpenter le hall.

— Que se passe-t-il, mon oncle ?

— Ils l'ont emmenée là-haut, elle était toujours inconsciente. Que pouvons-nous faire ?

Ce que nous pouvions faire ? J'avais envie de répondre que nous avions assez de nos propres problèmes, mais je ne voulais pas me conduire comme Heyden.

— Elle a besoin de soins médicaux, Oncle Linden, dis-je simplement.

Sur ces entrefaites, Chubs apparut en haut de l'escalier.

— Comment va-t-elle ? lui demandai-je aussitôt.

— Elle respire normalement. Elle est juste... comme elle a toujours été depuis que... vous savez bien. Elle tombe souvent dans un sommeil profond. Peut-être qu'elle est mieux comme ça.

— Pouvons-nous la voir ? s'enquit vivement Oncle Linden.

— J'en sais rien. Je sais pas si ça lui ferait du bien. Mme Liliann est avec elle. Vous pouvez monter et frapper à sa porte, je suppose. Paraît qu'il va pleuvoir, ajouta-t-il en se massant les reins. C'est toujours comme ça quand ça me fait mal ici. Mes douleurs, c'est plus sûr que la météo.

Nous le regardâmes descendre et quitter la maison en clopinant, puis Oncle Linden fit observer :

— Nous pourrions au moins aller voir comment elle va, avant de décider quoi que ce soit.

— Entendu, acquiesçai-je en le suivant dans l'escalier.

Nous pouvions entendre Mme Stanton chantonner ce qui semblait être une berceuse, dans la chambre de Bess. Oncle Linden s'arrêta près de la porte ouverte et cogna au chambranle. Bess était couchée sous les couvertures, les cheveux répandus sur l'oreiller, pâle comme si elle ne mettait jamais les pieds dehors. Assise au bord du lit, Mme Stanton lui tenait la main.

— Comment va-t-elle ? demanda Oncle Linden à mi-voix.

Liliann Stanton eut un sourire forcé.

— Bien. Elle va très bien.

— Qui est-ce, Grandma ? s'enquit Bess en se tournant vers nous. Ces gens sont venus pour les pêches ?

— Oui, ma chérie. Ils sont venus pour les pêches. Je vais m'occuper d'eux et je remonte tout de suite. Tu voudras du thé glacé ?

— Oh oui, cela me ferait plaisir. Merci, Grandma.

Mme Stanton se leva, mais Bess la retint par le bras.

— Dis à Rosemary de rentrer, Grandma. C'est bientôt l'heure de son bain. Elle est restée assez longtemps dehors.

— Je le lui dirai, ma chérie. Repose-toi et tout ira bien.

— Oui, tout ira bien, répéta Bess en se retournant dans son lit.

Mme Stanton remonta sa couverture, repoussa légèrement ses cheveux, l'embrassa sur le front et sortit.

— Tout cela semble avoir été un peu trop pour elle, je le crains, dit-elle comme en s'excusant. C'est ce que je redoutais. Vous m'en voyez désolée, monsieur Montgomery, ajouta-t-elle en souriant. Vous avez été très gentil. Votre présence a apporté un souffle de fraîcheur dans toute cette tristesse. Je vous en suis reconnaissante à tous les deux.

» Charles dit que votre véhicule est réparé. Vous allez nous quitter, j'imagine ?

— Non, répliquai-je un peu trop vite.

Cette promptitude lui fit hausser le sourcil.

— Non ? Que voulez-vous dire, ma chérie ?

— Heyden est parti. C'était le seul qui savait conduire cet engin.

Elle pressa le pas pour s'éloigner de la chambre.

— Ô mon Dieu ! Pour quelle raison est-il parti ?

Je jetai un coup d'œil à Oncle Linden. Il était toujours tourné vers la chambre et regardait fixement la porte, comme s'il n'entendait rien de ce qui se disait. Je compris que je ne devais pas compter sur lui.

— Il faut que je vous parle, madame Stanton. Nous ne vous avons pas dit toute la vérité, j'en ai peur.

Elle parvint à garder son sourire avenant, mais son regard s'assombrit.

— Je vois. Descendons, je veux faire du thé frais pour en monter à Bess, déclara-t-elle sans autre commentaire.

Je saisis le bras d'Oncle Linden.

— Viens, Oncle Linden. Laissons-la se reposer.

Il m'emboîta le pas et nous descendîmes ensemble. Mme Stanton était déjà en bas, et se hâtait vers la cuisine. J'eus l'impression qu'elle m'évitait, qu'elle me fuyait dans la crainte de nouvelles déceptions, de nouvelles tromperies, de nouveaux mensonges. Je conduisis Oncle Linden au salon, l'y fis asseoir, et il me promit de n'aller nulle part avant que je revienne. Je lui trouvais à nouveau l'air fatigué, l'esprit moins clair, et mon cœur battait à grands coups quand j'allai rejoindre Liliann Stanton.

Elle faisait chauffer de l'eau pour le thé. À mon entrée, elle jeta un coup d'œil par-dessus son épaule mais se retourna aussitôt vers la cuisinière, comme si elle avait besoin de surveiller sa bouilloire.

Je pris mon courage à deux mains.

— Je suis désolée, madame Stanton. Je pensais que nous pourrions partir dès que le moteur serait réparé, mais avec le départ de Heyden je ne sais vraiment plus quoi faire.

M'avait-elle écoutée, seulement ? Elle éteignit le feu sous la bouilloire et versa l'eau dans la théière.

— Linden n'est pas mon père, annonçai-je.

Elle leva les épaules, comme pour se protéger d'un coup sur la nuque. Puis elle se retourna lentement et me dévisagea, sans dissimuler la colère qui montait en elle.

— Pas votre père ? Je ne comprends pas. Qui est-il, alors ?

— C'est mon oncle. Heyden n'est pas mon cousin. C'est mon ami. Nous avons fait une fugue, avouai-je précipitamment.

Je crois que si je ne l'avais pas dit très vite, je n'aurais pas eu le courage de le dire du tout.

La fureur de Liliann Stanton céda la place à la curiosité.

— Une fugue ? Et pourquoi ? Que cherchiez-vous à fuir ?

— Nous n'avions pas les mêmes raisons, lui et moi, ni les mêmes problèmes. Heyden a suggéré l'idée du mobil-home, et Oncle Linden avait de l'argent, celui qu'il a gagné en vendant ses tableaux. Il vivait dans ce qu'on appelle un foyer-résidence. C'est un intermédiaire entre une clinique psychiatrique, où il a vécu pendant des années, et ce qu'il est convenu d'appeler le monde extérieur. Je déteste dire le monde normal, ajoutai-je.

Mme Stanton se laissa tomber sur la chaise la plus proche.

— Une clinique psychiatrique ? Qu'est-ce qui ne va pas, chez lui ?

— Au début, on a diagnostiqué une psychose maniaco-dépressive aiguë, mais j'ai entendu ma mère dire qu'il présentait des symptômes classiques de paranoïa. Je ne connais pas toutes ces subtilités médicales. Quand j'ai été assez grande pour aller lui rendre visite toute seule, il m'a paru aller très bien. Il était toujours très gentil, plein d'égards pour moi et attendait impatiemment mes visites. Nous sommes devenus très proches, à tel point qu'à la fin c'est moi qui m'occupais le plus de lui.

Liliann Stanton secoua la tête avec effarement.

— On ne se douterait jamais de tout ça, quand on lui parle.

— C'est vrai. En général il va bien et il a l'esprit clair. De temps en temps ses idées s'embrouillent et il ne sait plus où il en est, mais il n'a jamais été aussi charmant qu'ici, avec vous. Je crois qu'il aime beaucoup Bess et qu'il est très sensible à sa souffrance.

» Mais c'est comme l'aveugle conduisant l'aveugle, madame Stanton. Je ne peux pas laisser cela continuer. Je me sentirais responsable en cas de nouveaux problèmes. Je *serais* responsable. C'est moi qui l'ai amené ici.

Liliann Stanton eut une moue perplexe.

— Quelque chose m'échappe, dans tout ceci. Pourquoi vous êtes-vous enfuie de chez vous, et ce jeune homme de chez lui ?

— Nous voulions nous produire comme chanteurs, mais ce n'est pas pour cela que je suis partie.

Je me rapprochai de la table et m'assis en face de Liliann.

Par où commencer ? me demandai-je. Comment expliquer tout ceci à une femme comme elle, sans qu'elle me voie comme une enfant gâtée, ou aussi déséquilibrée que sa petite-fille ?

— Je vous ai dit la vérité sur ma vie de famille, commençai-je.

Puis je poursuivis à grands traits, jusqu'à la grossesse de maman et les changements survenus dans notre vie, ou tout au moins dans la mienne. Quand j'en arrivai à la mort du petit Claude, à la responsabilité implicite que je sentais peser sur moi, aux reproches non exprimés qui m'accablaient, Liliann fut bouleversée.

— Ô mon Dieu, mon Dieu, mon Dieu... murmura-t-elle comme une litanie.

Sur quoi, je me hâtai d'achever :

— Alors quand Heyden m'a parlé de son projet, et que nous avons vu à quel point Oncle Linden désirait sortir de ce foyer, nous nous sommes décidés, voilà.

Sans un mot, Mme Stanton se leva et alla chercher sa bouilloire. À l'aide d'une passoire, elle versa le thé dans une carafe presque remplie de glace, toujours sans prononcer un mot. Finalement, elle se retourna.

— Ma pauvre Rosemary ne peut pas revenir pour consoler sa mère, mais vous pouvez aller retrouver la vôtre, mon enfant. Je suis sûre qu'elle souffre terriblement, elle aussi.

— Je sais. C'est ce que je voulais faire. Je suis désolée de ne pas vous avoir dit la vérité dès le début, mais Heyden ne pensait pas que nous resterions si longtemps et... je ne m'attendais pas à ce qui allait se passer avec Bess. Et puis, Oncle Linden semblait s'entendre si bien avec elle ! Je n'ai pas voulu gâcher cela, ni risquer de vous créer de nouveaux problèmes.

Elle hocha la tête, compréhensive.

— Ainsi, Heyden est parti parce que vous vouliez rentrer chez vous et qu'il s'est senti trahi ?

— Oui. J'espérais qu'il changerait d'avis et reviendrait, mais il ne l'a pas fait. Il était trop fâché contre moi.

— D'après le peu que j'en sais, il ne semble pas qu'il ait grand-chose à retrouver s'il rentre chez lui, observa-t-elle.

— Non. Et il a dû se débrouiller seul pendant presque toute sa vie.

Un nuage traversa le regard de Liliann.

— Je suis en quelque sorte emprisonnée ici par notre tragédie familiale, commença-t-elle d'une voix rêveuse. Il m'arrive de m'apitoyer sur moi-même, c'est inévitable. Je n'ai pratiquement plus aucune vie sociale, depuis que mon mari est mort. La plupart de mes amis sont partis, eux aussi.

» Je ne regarde pas souvent la télévision, j'ai plutôt tendance à m'endormir devant. Mais quand je vois tout ce qui se passe maintenant, ce que les gens se font les uns aux autres, je n'en crois pas mes yeux. Je ne veux pas dire qu'autrefois tout était parfait, non. Le mal a toujours existé en ce monde, je le sais bien. Mais maintenant, c'est comme s'il y en avait beaucoup, beaucoup plus. Et quand j'y réfléchis, je me dis que ce n'est pas si mal de vivre à l'écart de tout, finalement. Au moins, je n'ai que mes propres problèmes à régler.

— Je suis désolée d'avoir introduit les nôtres chez vous, madame Stanton.

Elle abandonna son air pensif et me sourit.

— Je n'ai pas eu cette impression, ma chérie. Je continue à croire que vous nous avez fait beaucoup de bien. La pauvre Bess a connu un moment de répit dans son chagrin. Que comptez-vous faire à présent ?

— J'envisageais d'appeler d'abord mon père, pour voir s'il peut nous aider.

— Excellente idée, approuva-t-elle, tout en remplissant deux verres de thé glacé qu'elle posa sur un plateau. Je veillerai à ce que votre oncle Linden boive un peu de ceci, je sais qu'il adore ce rafraîchissement. Il m'est très sympathique, vous savez. J'espère que tout ira bien pour lui.

J'essuyai quelques larmes qui roulaient sur mes joues.

— Moi aussi, madame Stanton.

— Tout va s'arranger, vous verrez. Rentrez chez vous, allez retrouver votre maman. Quoi que vous puissiez penser, votre départ lui a fait beaucoup de peine, j'en suis sûre. Servez-vous de thé, me recommanda-t-elle en s'en allant avec le plateau. Buvez-en autant que vous voulez.

J'avais la gorge serrée, au point que je n'étais pas sûre de pouvoir téléphoner. Je bus un peu de thé glacé, respirai à fond et me levai pour aller appeler papa. Mes doigts tremblaient en composant le numéro de son bureau. Je jugeais préférable de m'adresser à lui en premier. C'était un homme d'action, qui me semblait capable de déplacer des montagnes. Il connaissait des gens influents, il avait même été invité à la Maison-Blanche. Il lui suffirait de claquer des doigts pour résoudre tous mes problèmes, j'en étais certaine.

Je fus accueillie par la voix familière de Mme Gouters, aussi froide qu'à l'ordinaire. Si mon père l'avait mise au courant de ma fugue, elle n'en laissa rien paraître.

— Il est à Miami pour raisons professionnelles, m'informa-t-elle. Je vais voir si je peux vous brancher sur son portable.

J'attendis, assez longtemps pour commencer à m'angoisser. J'avais l'impression qu'une courroie me serrait la poitrine et m'empêchait de respirer. Enfin, j'entendis la voix de papa.

— Hannah ? Mais où diable es-tu ?

— En Caroline du Sud, papa, près d'une ville qui s'appelle Anderson.

— En Caroline du Sud ? Mais comment es-tu arrivée là-bas ?

— Nous avons loué un mobil-home. Il est tombé en panne et...

— Un mobil-home ? Une idée de ce cinglé de Linden, je suppose ?

— Non, répliquai-je.

— Eh bien, tu ferais mieux de rentrer chez toi, et en vitesse. Tu me déçois beaucoup, surtout après le numéro que tu as fait chez nous avec tes frères. Danièle est encore sous le choc.

— Ce n'était pas ma faute, papa. Si seulement j'avais pu m'expliquer...

— Bon, finissons-en avec ces inepties, veux-tu ? Rentre chez toi, et sans traîner.

— Je ne peux pas ! hurlai-je dans l'appareil. Papa ?

Silence sur la ligne. Avait-il déjà raccroché ? J'agitai fébrilement la fourche et finis par comprendre que c'était bien le cas. Il avait raccroché.

Affolée, je rappelai aussitôt son bureau.

— Ne venez-vous pas de lui parler ? s'enquit Mme Gouters d'un ton revêche.

— Nous avons été coupés.

Il y eut un silence, puis elle reprit la ligne.

— Votre père ne peut pas vous parler maintenant. Il vient d'entrer dans la salle d'audience.

— Mais je n'ai pas eu le temps de lui expliquer quoi que ce soit ! protestai-je.

— Il m'a dit de vous dire de rentrer chez vous, et de ne pas le rappeler avant d'y être.

— C'est ce que j'essaie de faire, justement. Mais je n'ai personne pour conduire le mobil-home, alors comment...

— C'est ce qu'il a dit. J'ai un autre appel, maintenant, conclut-elle, toujours aussi aimable.

Sur quoi, elle raccrocha aussi abruptement que papa.

Je restai là, récepteur en main, comme un astronaute en détresse dont la longe de sécurité vient de se rompre. Je me sentais flotter dans l'espace, impuissante et désemparée. J'avais tant espéré ne pas devoir appeler maman et Miguel ! Ils avaient bien assez de soucis comme ça, et ce ne serait pas facile de m'expliquer par téléphone. Maintenant, je n'avais plus le choix.

Ce fut Lila qui répondit, et je perçus son excitation de m'avoir au bout du fil. J'avais décidé de demander d'abord Miguel, en espérant qu'il serait là. Il était là.

— Hannah, dit-il avec un soulagement intense. Dieu soit loué ! Où es-tu ?

Entendre sa voix, et sentir sa joie d'entendre la mienne faisait un tel contraste avec ce que je venais d'endurer, avec papa et sa secrétaire, que je fondis en larmes.

— Miguel, articulai-je péniblement, j'ai besoin de toi.

— Seigneur ! Que se passe-t-il ? Où es-tu ?

J'inspirai une grande gorgée d'air et me lançai dans les explications, si rapidement qu'il dut avoir du mal à tout comprendre.

— Un mobil-home ? s'effara-t-il, quand j'eus terminé. Mon Dieu ! Et Linden, dans tout ça ?

— Il va bien, Miguel. Vraiment bien. Et... et maman ?

— Celui qui a dit : « Médecin, guéris-toi toi-même » ne devait pas connaître les maladies psychologiques, fut sa réponse.

— C'est dans l'Évangile de saint Luc. Je m'en suis servie dans une dissertation, l'année dernière.

Miguel rit de bon cœur.

— Tu nous as tellement manqué, Hannah !

— Vous aussi, murmurai-je à travers mes larmes. Je regrette tellement, Miguel.

— Bon, nous verrons ça plus tard. Pour l'instant,

occupons-nous de vous ramener sains et saufs, Linden et toi. Tu es sûre que Heyden est parti pour de bon ?

— J'en ai peur, oui.

— Donne-moi le numéro de téléphone de là où tu es. Je vais voir ce que je peux faire et je te rappelle.

Le numéro était inscrit sur une étiquette collée sur l'appareil. Je le lus à Miguel, et il promit de me rappeler le plus tôt possible.

Je me sentis infiniment soulagée, quand j'eus raccroché. Miguel était professeur d'Université. Il n'avait ni les relations ni l'influence de papa, et pourtant c'était lui qui se chargeait de trouver une solution au problème. J'avais conscience de l'ironie des faits, mais cela ne m'empêchait pas d'être déçue. Je me jurai de ne plus jamais commettre une telle erreur de jugement, en espérant ne pas me montrer trop optimiste.

Là-dessus, Mme Stanton revint dans la cuisine, rayonnante et comme délivrée d'un grand poids.

— Votre oncle a voulu absolument voir Bess, et il a tellement insisté que j'ai accepté. En ce moment, il est assis près d'elle et lui parle très gentiment. Quand je les ai quittés, il lui tenait la main et elle l'écoutait en souriant, comme une petite fille à qui on raconte une histoire. Il a l'art et la manière, comme on dit. Vous êtes sûre qu'il n'était pas dans cette clinique en tant que médecin, plutôt qu'en tant que patient ?

— Si seulement c'était vrai !

Liliann Stanton eut un signe de tête compréhensif.

— Les gens qui souffrent savent s'entraider, souvent mieux que les autres, je crois. Avez-vous pu joindre votre mère ou votre père, ma chérie ?

— Mon beau-père. Il rappellera dès qu'il aura une solution pour nous ramener, avec le mobil-home bien sûr.

— Parfait, approuva-t-elle. En attendant, je vais préparer le dîner. J'ai une excellente recette de poulet aux pêches, qui me vient de ma mère. Vous m'en direz des nouvelles.

— Nous ne voulons pas abuser de votre hospitalité, madame Stanton.

— Vous n'abusez pas, ma chérie. Cela fait du bien de se sentir utile. Les gens de mon âge sont trop souvent mis à la retraite, pour ne pas dire au rancart.

— Cela ne vous arrivera jamais, protestai-je avec élan.

— Non, mon trésor. Pas si je peux l'empêcher, je le jure.

Nous échangeâmes un long regard ému, puis elle m'attira dans ses bras.

— Tout s'arrangera, ma chérie, vous verrez. Vous avez pris la bonne décision.

Comment pouvait-elle encore s'occuper des autres, avec tout ce qu'elle supportait déjà ? Cela m'émerveillait, et je n'en regrettais que plus vivement les ennuis que j'avais causés à tout le monde. J'en aurais pleuré, mais je refoulai mes larmes et la remerciai. Puis je montai à l'étage et m'approchai sans bruit de la chambre de Bess, pour épier Oncle Linden.

— C'est ma grand-mère qui a encouragé mon talent, expliquait-il à Bess. Quand j'étais petit, je gribouillais sur tout et n'importe quoi, et même quelquefois sur les nappes. Elle me grondait, bien sûr. Mais après cela elle me donnait un bloc de papier blanc et un crayon, et m'envoyait dehors pour lui faire un dessin.

» J'avais neuf ans quand ma mère m'a offert mon premier matériel de peinture. Un ensemble déjà très perfectionné, pour un enfant. J'avais un chevalet, des peintures à l'huile et des flacons d'acrylique, les pinceaux qui convenaient pour chaque technique... cela n'avait rien d'un jouet. Et quand j'ai eu douze ans, elle a engagé un professeur d'arts graphiques, pour qu'il vienne une fois par semaine à la maison me donner des leçons.

» Les Eaton regardaient ça d'un œil méprisant, je m'en souviens. Thatcher et ses amis n'arrêtaient pas de se moquer moi, de façon stupide et grossière. C'étaient de vrais fantoches et ils le sont restés, malgré leur âge et leur fortune. Ils font leurs singeries sur une plus grande échelle, c'est tout ! ajouta Oncle Linden avec véhémence. Mais Willow...

Il se tut un instant, et quand il reprit son récit sa voix s'était apaisée.

— Willow était différente, et cela dès le début. Elle aimait mon travail et m'a permis de la peindre, tout comme vous l'avez fait, Bess. Plus tard, comme je vous l'ai dit, j'ai vendu quelques toiles à des bourgeois de Palm Beach, pour qui l'argent ne comptait pas. Je ne tenais pas à vendre mon art à des gens comme eux, et je ne crois pas qu'ils l'appréciaient. Pour eux, c'était juste quelque chose de plus à ajouter à leurs possessions, si vous voyez ce que je veux dire.

Il se tut à nouveau, longuement cette fois, et comme je n'entendais plus sa voix, je risquai un coup d'œil dans la chambre.

Il était assis au chevet de Bess et lui tenait la main, mais elle avait les yeux fermés. De toute évidence, elle s'était endormie, ce qui me fit sourire car cela ne dérangeait pas du tout Oncle Linden.

Il reprit son discours, parla de son amour de l'art et de certains de ses tableaux, tout cela sans lâcher la main de Bess.

Puis j'entendis sonner le téléphone, et presque aussitôt après Mme Stanton m'appela.

— C'est pour vous, ma chérie.

Je descendis en hâte et courus jusqu'au téléphone. C'était Miguel. Il alla droit au but.

— Bien, voilà le plan. Je prends l'avion jusqu'à l'aéroport le plus proche d'Anderson, c'est-à-dire à une cinquantaine de kilomètres. Nous louerons une voiture et nous irons vous chercher, Linden et toi.

— Nous ? répétai-je, pleine d'espoir. Maman viendra aussi ?

— Non. Cela ne servirait à rien de lui imposer un pareil voyage. Ricardo m'accompagne, il ramènera le mobil-home. Toi, Linden et moi reviendrons en voiture à l'aéroport, où nous attraperons le dernier avion. Nous ferons le voyage de retour en plusieurs vols bout à bout, ce qui nous fera arriver à Palm Beach vers le matin, mais c'est le moyen le plus rapide. Et nous tenons à ce que tout soit fini très vite, Hannah, conclut-il fermement.

— Entendu.

— Dès que j'ai la voiture, je te rappelle. Fais en sorte qu'il y ait quelqu'un près de toi pour m'indiquer le chemin de la ferme Stanton, d'accord ? Il faudra que tout soit prêt pour repartir tout de suite, c'est bien compris ?

— Oui, Miguel.

— Comment va Linden ?

— Tout à fait bien, le rassurai-je.

— Un voyage pareil aurait pu lui causer un véritable traumatisme, Hannah.

— Cela ne s'est pas produit. Vous n'avez pas à vous inquiéter, vraiment pas.

J'aurais voulu ajouter qu'Oncle Linden allait bien mieux que moi, mais je m'en abstins. Miguel parut soulagé.

— Tant mieux. J'espère être là-bas d'ici trois ou quatre heures, Hannah.

— Entendu. Je suis désolée, Miguel.

— Moi aussi, répliqua-t-il. Moi aussi. Attends-moi et prends bien soin de toi.

Je venais de raccrocher quand j'entendis Mme Stanton descendre en toute hâte. Elle était hors d'haleine en entrant dans la cuisine.

— Que se passe-t-il ? m'alarmai-je.

— Vous devriez monter voir votre oncle, mon petit. Tout de suite !

15

Un tout autre anniversaire

Oncle Linden se tenait à la porte de la chambre de Bess, à présent fermée, l'oreille collée au panneau.

— Que fais-tu, Oncle Linden ? questionnai-je avec douceur.

Il se retourna lentement, et l'étrangeté de son regard me fit froid dans le dos. Un regard absent, presque celui d'un aveugle s'efforçant de deviner d'où provenait ma voix. Il posa un doigt sur ses lèvres.

— Chuut ! Willow dort. Elle a besoin de repos.

— Ô mon Dieu ! murmura Mme Stanton, restée sur la dernière marche à quelques pas derrière moi. Pourquoi l'appelle-t-il Willow ?

J'évitai de répondre, j'étais aussi effrayée qu'elle.

— Est-ce toi qui as fermé la porte, Oncle Linden ?

— Bien sûr. Nous devons la laisser dormir. Une femme enceinte a besoin de sommeil.

— Vous voyez, gémit Liliann Stanton. Il dit des choses incohérentes. Je vais chercher Charles.

— Attendez, l'arrêtai-je. Laissez-moi voir ce que je peux faire, d'abord.

— Mais ma pauvre Bess pourrait prendre peur.

— Je crois qu'elle dort encore. Elle ne sait probablement pas que la porte est fermée, ni qu'il est toujours là.

J'éloignai prudemment mon oncle de la porte.

— Tu ne peux pas rester ici, Oncle Linden. Descendons, maintenant. Nous allons bientôt rentrer chez nous.

— Non, je dois rester pour monter la garde. Thatcher pourrait revenir l'ennuyer.

— Thatcher ne peut pas revenir, il est parti pour de bon. Ne t'inquiète pas, Oncle Linden. Viens. Il faut nous reposer un peu avant le dîner, nous avons un long voyage devant nous. Je t'en prie, viens, insistai-je en lui prenant la main.

Il essaya de se dégager, mais je maintins fermement ma prise.

— Réfléchis, Oncle Linden. Reprends tes esprits, implorai-je en lui tiraillant le bras, dans l'espoir de l'arracher à sa transe. Tu es ici, à la ferme Stanton ; avec moi, Hannah. Tu n'es pas à Joya del Mar. Bien des années ont passé, Oncle Linden. Je suis née depuis ce temps-là, j'ai grandi. Regarde-moi, Oncle Linden ! Regarde-moi ! m'obstinai-je, en imprimant une nouvelle secousse à son bras.

Une fois encore son regard changea, comme pour s'ajuster à une vision nouvelle.

— Hannah ?

— Viens, Oncle Linden. Tu es fatigué. Tu as besoin de repos, toi aussi. Nous avons fait un long voyage, rappelle-toi. Allons, viens, répétai-je sans lâcher sa main.

Très lentement, son visage reprit des couleurs, ses yeux perdirent leur expression lointaine. Il parut enfin me reconnaître.

— Hannah ?

Je respirai, un peu détendue.

— Oui, c'est Hannah. Je suis là, près de toi. Viens, Oncle Linden. Tout va s'arranger, pour tout le monde.

— Notre Hannah ?

— Oui, Oncle Linden.

Ses paupières battirent à un rythme rapide. Il se frotta le front de sa main libre et regarda autour de lui.

— J'ai fait un si mauvais rêve... Où sommes-nous ?

— Chez Mme Stanton, en Caroline du Sud. Tu te souviens ? Notre mobil-home est tombé en panne, et elle a eu la bonté de nous offrir l'hospitalité.

— Ah oui, bien sûr ! J'ai dû m'endormir. J'ai l'impression de sortir d'une crise de somnambulisme.

Je soupirai de soulagement.

— C'est ce qui a dû se passer, Oncle Linden. Viens, allons nous reposer en bas. Il va bien, maintenant, murmurai-je à l'intention de Liliann Stanton.

Je l'entraînai doucement et il me suivit sans protester, puis il aperçut Mme Stanton.

— J'espère que je ne vous ai pas causé d'ennuis, s'excusa-t-il sur un ton plein d'égards. J'ai dû faire un mauvais rêve.

— Aucunement, monsieur Montgomery, mais vous avez besoin de repos. Allez vous détendre au salon. Je vais nous préparer un bon petit dîner.

— Merci, madame. Ne retardons pas notre charmante hôtesse, Hannah, ajouta-t-il à mon adresse, comme si j'étais la cause de ce contretemps.

Je fus obligée de sourire.

— Tu as raison, Oncle Linden.

Je le conduisis au salon, où Liliann nous rejoignit un peu plus tard. Elle était allée voir comment allait Bess et m'apprit qu'elle dormait paisiblement. Elle ne s'était rendu compte de rien.

— Il va bien ? s'enquit-elle à voix basse, en désignant Oncle Linden renversé dans son fauteuil, les yeux fermés.

— Oui. Je suis désolée pour cet incident, madame Stanton.

— Cela m'a un peu effrayée, sans plus. Je suis sûre qu'il va mieux, à présent. Je vais m'occuper du dîner.

J'étais loin de partager sa confiance, et plus impatiente que jamais de voir arriver Miguel, maintenant. C'était une erreur d'avoir fait sortir Oncle Linden de la résidence, et une injustice envers lui. Comment avions-nous pu espérer, Heyden et moi, qu'il suffirait de lui faire quitter cet endroit – en le privant de toute assistance médicale – pour qu'il se réadapte au monde et que tout s'arrange ? C'était impossible, maman avait raison. Elle avait toujours raison.

Jusqu'à ce que Liliann Stanton commence à mettre la table, je restai aussi près que possible d'Oncle Linden. Il somnola, s'éveillant de temps à autre pour regarder autour de lui d'un air égaré. Dès qu'il me voyait il se rassurait, fermait les yeux et se rendormait.

J'offris mon aide à Liliann Stanton, qui ne voulut rien entendre.

— Ce n'est pas nécessaire, ma chérie. Je vois bien à quel point tout ceci vous inquiète. Restez donc près de lui.

Je m'aperçus qu'elle mettait la table pour quatre, mais ce n'était pas parce qu'elle espérait voir Bess descendre pour dîner. Elle alla demander à Chubs de se joindre à nous. Je compris qu'elle se sentait mieux en sa compagnie et je ne lui en voulus pas pour ça. J'étais dans le même cas.

Malgré ma nervosité, je fis honneur au succulent repas de Mme Stanton. Oncle Linden, qui avait retrouvé son humeur affable, la complimenta sur tout avec son charme habituel. On aurait pu croire que c'était moi, et non lui, qui avais fait un mauvais rêve. Il parvint même à entraîner Chubs dans une grande discussion sur la culture des pêches.

Nous avions fini de dîner depuis une heure environ, et Oncle Linden était allé prendre le frais sur la galerie, quand Miguel appela. Je le mis en communication avec Chubs, qui lui fournit toutes les indications nécessaires pour trouver facilement la ferme Stanton.

— Il devrait être là dans une petite heure, m'informa-t-il.

J'allai aussitôt rejoindre Oncle Linden, qui leva sur moi un regard perplexe.

— Qui attendons-nous, déjà ?

— Miguel, le mari de maman.

— Ah oui. Un homme très sympathique. Il est professeur d'Université, c'est ça ?

— Oui, c'est ça, confirmai-je.

Par quel mécanisme mental était-il ainsi ballotté entre ses souvenirs et le présent, tel un homme tombé à l'eau qui se débattrait pour remonter à la surface ? J'ignorais encore tant de choses sur notre passé familial ! Mais après une journée passée ici, où j'avais pu voir les effets de la souffrance et du malheur, je n'étais plus aussi certaine de vouloir savoir. Peut-être l'amnésie sélective était-elle une bonne chose pour moi, finalement, comme pour Oncle Linden.

Je n'avais jamais été aussi heureuse de voir quelqu'un que de voir arriver Miguel, quand Ricardo et lui stoppèrent devant la ferme Stanton. Quand j'étais petite, il n'avait jamais hésité à me prendre dans ses bras pour m'embrasser ; mais en grandissant, j'avais senti s'installer une certaine réserve de sa part. En cet instant, je ne désirais qu'une chose : qu'il m'ouvre les bras et me serre contre lui, ce qu'il fit de grand cœur.

— Tu vas bien, Hannah ?

— Oui, le rassurai-je.

Il tendit la main à mon oncle.

— Bonjour, Linden. Comment allez-vous ?

— Bien. J'espérais que Willow vous accompagnerait, ajouta Oncle Linden, avec un coup d'œil pour la voiture de location.

— Elle est impatiente de vous voir, elle aussi, mais elle n'était pas en état de faire un pareil voyage, en ce moment. Je suis sûr que vous comprendrez.

— Naturellement, affirma mon oncle d'un air entendu.

Sur ces entrefaites Liliann Stanton sortit, et je fis les présentations. Presque aussitôt, Ricardo et Chubs s'éloignèrent en direction du mobil-home.

— Merci d'avoir offert l'hospitalité à ma fille, dit Miguel avec chaleur.

Il avait renoncé depuis longtemps à employer le terme « belle-fille », et jamais je n'en avais été aussi heureuse qu'en cet instant.

— C'est une jeune fille charmante. Je suis certaine que tout va s'arranger.

— Moi aussi, madame, répondit Miguel, avant de se tourner vers mon oncle. Pouvons-nous partir, Linden ?

Oncle Linden sursauta.

— Pardon ? Oh, oui. Je… je pense que oui.

Il se leva, hésita, jeta un coup d'œil en direction de la porte d'entrée puis s'adressa à Mme Stanton.

— J'aimerais dire au revoir à Bess, madame. Si vous voulez bien.

Liliann Stanton me regarda, l'air à la fois surprise et inquiète. Je ne m'attendais pas plus qu'elle à cette demande, pour tout dire.

— Je l'accompagnerai, la rassurai-je.

Elle hocha la tête, nous précéda dans la maison et jusqu'à la chambre de Bess. Elle ouvrit elle-même la porte, puis s'effaça devant Oncle Linden. Il s'approcha lentement du lit.

— Je dois partir à présent, Bess, dit-il simplement.

Elle regardait droit devant elle mais tourna la tête vers mon oncle. Je reculai d'un pas dans l'ombre du couloir, ce qui me permettait de voir et d'entendre en restant hors de vue.

— J'espère que vous allez très vite vous rétablir, dit Oncle Linden avec douceur. Je tenais à vous remercier d'avoir posé pour moi. Je vous promets de finir le portrait et de vous le faire parvenir.

Elle le fixa longuement, le visage inexpressif.

— Peut-être pourrai-je revenir un jour, et nous ferons cette promenade, vous voulez bien ?

Elle fit signe que oui, et mon cœur s'alourdit dans ma poitrine. Ils se regardaient comme à travers un abîme, où faisait rage une véritable tempête d'émotions. En chacun d'eux, quelque chose cherchait désespérément à rejoindre l'autre, mais il y avait tant d'obstacles sur ce chemin. *Comme c'est triste, comme c'est injuste,* me désolai-je.

Oncle Linden s'agenouilla près d'elle et l'embrassa furtivement sur la joue, puis se releva et revint vers la porte.

— Arrêtez ! cria Bess.

Oncle Linden se retourna.

— N'oubliez pas, dit-elle encore.

— Non. Je n'oublierai pas, je vous le promets. Et je suis de ceux qui tiennent leurs promesses, ajouta-t-il fièrement.

Il quitta la chambre et je lui emboîtai le pas, suivie de près par Liliann Stanton. Nous descendîmes sans échanger un mot, mais devant la porte d'entrée elle m'attira dans ses bras.

— Dieu vous bénisse, ma chérie, murmura-t-elle avec tendresse.

Je la retins longuement contre moi, puis j'allai rejoindre Oncle Linden dans la voiture. Au moment où Miguel se glissait derrière le volant, mon oncle s'écria :

— Attendez ! Mon tableau !

— Il est dans le mobil-home, le rassurai-je. C'est moi qui l'y ai rangé.

— Ah bon ?

— Ricardo ramènera toutes vos affaires, Linden, dit Miguel. Il reconduit le mobil-home chez son propriétaire, l'adresse figure sur les papiers du véhicule.

— Vous en êtes sûr ?

— Absolument, et je lui ai donné des instructions pour ça.

— J'espère bien. Je ne voudrais pas perdre ce tableau.

Une fois de plus, je me demandai ce qu'il y voyait mais je gardai mes réflexions pour moi. Ricardo était déjà parti. Je fis des vœux pour qu'il n'oublie pas la consigne.

Comme Miguel faisait demi-tour pour repartir, Chubs s'avança et nous adressa de grands signes d'adieu. Je me penchai à la fenêtre et lui criai :

— Merci, monsieur Dawson. Prenez bien soin d'elles !

Un grand sourire éclaira son visage. L'instant d'après il avait disparu dans les ténèbres, avec la maison, le domaine et tout ce qui s'y était passé.

Comme l'avait annoncé Miguel, le voyage de retour fut loin d'être une partie de plaisir. Nous faillîmes manquer l'une des correspondances, et un problème d'horaires nous valut deux heures de retard sur le dernier tronçon du trajet. Je somnolai à bord de chaque avion, et je dormais pour de bon quand nous atterrîmes à West Palm Beach. Oncle Linden, lui, avait dormi tout le temps, même dans les salles d'attente des aéroports.

Miguel jugea préférable de le ramener d'abord au foyer-résidence.

— Laissons-le se réadapter, Hannah. Mme Robinson l'y aidera, et nous irons le chercher d'ici un jour ou deux. Je te le promets, ajouta-t-il avec conviction, en me voyant hausser un sourcil sceptique.

Contre toute attente, Oncle Linden parut ravi de se retrouver à la résidence. Il descendit avec une telle hâte qu'il faillit oublier de me dire au revoir.

— Et n'oublie pas de venir me voir, ajouta-t-il quand ce fut fait.

Mme Robinson l'accueillit avec effusion, et les autres pensionnaires aussi. Nous assistâmes aux retrouvailles et, aussitôt après, nous reprîmes la route.

— Nous avons trouvé ta lettre, me dit Miguel. Willow l'a gardée avec elle pendant tout ce temps. Elle l'a lue si souvent que le papier commence à s'effriter ! Tu n'imagines pas dans quel état nous étions, elle surtout.

J'avalai péniblement ma salive.

— Est-ce qu'elle m'en veut beaucoup, Miguel ?

— Pas du tout, bien qu'elle soit aussi fragile que cette femme dont tu m'as parlé, à la ferme. Vous devrez avoir beaucoup d'égards l'une pour l'autre, Hannah. C'est le seul conseil que j'aie à te donner.

Malgré tous les recoins d'ombre qu'abritait encore Joya del Mar, mon cœur se gonfla d'allégresse quand je la revis devant moi, car c'était mon foyer, ma demeure. Plus belle que jamais avec ses buissons éclatants de fleurs, ses pelouses et ses fontaines, j'eus l'impression qu'elle me souriait quand nous approchâmes de la grande maison.

Je descendis lentement de voiture, physiquement à bout de fatigue, et dans un état émotif proche du point de rupture. Lila m'accueillit à la porte, rayonnante de joie.

— Je vous ai préparé un bon déjeuner chaud, pour quand vous serez prête, annonça-t-elle avec un grand sourire.

Je la remerciai, mais je voulais avant tout voir maman. Elle n'était pas dans sa chambre, comme je l'avais espéré, ni dans aucune autre pièce de la maison. Miguel était parti à son bureau, ne voulant pas jouer le rôle de témoin. Fort sagement, estimai-je.

Finalement, je sortis sur la terrasse du fond et vis maman assise non loin de la piscine, le visage tourné vers l'océan. Elle portait le châle qu'elle avait jadis offert à sa mère. La brise marine jouait avec ses cheveux, ce dont elle ne semblait pas s'apercevoir, ou en tout cas pas se soucier. Elle était totalement immobile et, comme je la voyais de dos, je supposai qu'elle s'était endormie.

Je marchai sans bruit jusqu'à elle et restai là, silencieuse, cherchant par où commencer. Je ne sais comment, car elle n'avait pas pu m'entendre, elle sut que je me tenais à côté d'elle. Quand j'entendis sa voix, ce fut comme si elle se parlait à elle-même.

— Je me souviens de la première fois où j'ai rencontré ma mère en tant que telle, quand mon identité a été révélée, dit-elle sans détourner les yeux de l'océan. J'avais envie de lui crier : « Comment as-tu pu me laisser ? Comment as-tu pu fermer la porte et m'oublier ? Comment peut-on oublier quelqu'un qui a fait partie de vous-même, qui vient de votre chair et de votre sang, de votre souffle ? » Je voulais l'aimer, et en même temps je voulais la haïr.

Maman inspira une longue bouffée d'air et la relâcha lentement, comme si elle soupirait.

— Sa première réponse vint de ses yeux, reprit-elle. Ils exprimaient toute l'intensité de sa souffrance. Après ce qui s'était passé ici, et à la clinique ensuite, elle avait peur de ne pas savoir s'occuper d'un bébé, bien sûr. La naissance de Linden l'avait à nouveau fait sombrer dans la dépression. Ensuite, elle avait eu peur pour mon père, peur des conséquences possibles de leur amour interdit. Elle se consolait en pensant qu'il serait mon père, sinon de nom, du moins par sa présence et tout ce qu'il ferait pour moi. Elle se disait qu'il veillerait sur moi. Elle n'avait aucune idée de l'enfer que ma belle-mère allait inventer pour moi.

» Ce que j'ai compris soudain, avec toute la force de l'évidence, c'est qu'en dépit de ses erreurs ou de ses fautes, elle était ma mère et moi sa fille. Et qu'à la fin, aux tout derniers moments de sa difficile existence, nous n'échapperions pas à cette vérité, nous ne voudrions pas la renier. Nous ne cesserions jamais d'avoir besoin l'une de l'autre. Nous pourrions nier ce besoin, prétendre que nous étions au-dessus de tout cela. Mais aussi vieux jeu que cela puisse paraître, nous savions que ce lien ne pouvait pas être brisé. Ce que nous avons compris, elle et moi, c'est que le pardon était tout. Que l'amour en vivait, grandissait avec lui et ne subsistait que par lui.

Maman se tut un bref instant, puis se tourna enfin vers moi pour demander :

— Nous nous causons tant de souffrances les uns aux autres, ne crois-tu pas ?

Elle ne semblait pas triste. Elle n'avait pas pleuré. Elle m'apparut telle qu'elle avait toujours été pour moi : forte, sage, sûre d'elle. Ma mère le médecin. Maman.

— Parfois nous nous faisons mal délibérément, reprit-elle. Nous ne pouvons pas dominer totalement notre égoïsme. Nous ne sommes qu'humains, après tout, avec nos désirs et notre orgueil. Nous pouvons aussi blesser sans le vouloir, sans nous en rendre compte, par insouciance ou par négligence. Nous commettons des maladresses par anxiété, ou par précipitation, et nous le regrettons. Parfois encore, nous ne pouvons pas nous empêcher de faire du mal aux autres, parce que nous avons hérité certaines tendances, certaines pulsions que nous ne comprenons pas nous-mêmes.

» Mais en fin de compte, quand nous nous retrouvons devant nous-mêmes, quand nous voulons être honnêtes avec nous-mêmes, nous savons ce que nous avons fait, et nous avons désespérément besoin d'être pardonnés.

» Je t'ai rendue responsable de la mort du petit Claude, Hannah. C'était facile de faire porter la faute sur toi, et cela m'aidait à lutter contre mon chagrin. Ironie du sort, la colère m'apportait un certain soulagement. C'était stupide, bien sûr. Mais je n'étais pas dans un bon état d'esprit, et je ne voulais pas l'être.

» Je ne voulais ni comprendre, ni expliquer, ni justifier quoi que ce soit. Je voulais haïr Dieu, haïr le sort, haïr tous ceux que je pouvais et tout ce que je pouvais haïr. Je me suis haïe moi-même, je me suis vue comme une victime de cette malédiction, encore une fois. J'en ai accusé ma propre hérédité. Le pauvre petit Claude ne pouvait que subir le même sort.

» Naturellement, quand j'ai repris mes esprits, j'ai compris à quel point tout cela était absurde et faux, mais il était trop tard. Je t'avais éloignée de moi.

— Maman, protestai-je, mais elle m'arrêta d'un geste de la main.

— Non, Hannah, c'est vrai. Je ne le nie pas et je ne veux pas que tu te fasses d'illusions à ce sujet. Ce que tu as ressenti était bien réel. Ta fugue m'a aidée à en prendre conscience.

» J'étais fâchée que tu aies emmené Oncle Linden avec toi, naturellement. Vu les circonstances, j'ai trouvé cela particulièrement provocant.

— Je n'aurais pas dû, je le reconnais.

— Bien sûr que non, mais pas à cause de ce que je t'avais dit ou interdit. Vois-tu, Hannah...

Maman hésita un instant avant d'achever :

— Je n'ai jamais voulu que tu t'attaches à ton oncle Linden comme tu l'as fait.

— Mais pourquoi ?

Elle se détourna vers la mer.

— Il y a longtemps, comme tu le sais, Linden a éprouvé pour moi des sentiments contre nature et s'est inventé une relation imaginaire avec moi. La dépression nerveuse dont nous t'avons parlé a été bien plus grave que nous te l'avons dit. Pour finir, Linden a tenté de me séquestrer ici même, dans cette maison. J'aurais pu mourir avant de te mettre au monde. Ce fut très éprouvant, crois-moi. C'était de la folie pure, et il a fallu toutes ces années de traitement pour obtenir l'amélioration à laquelle il est parvenu.

» Mais je ne m'en suis jamais remise comme je l'aurais dû. Je ne lui ai jamais pardonné, même si je l'ai prétendu. J'ai dissimulé cela sous toutes sortes de termes médicaux et psychiatriques, mais je lui ai retiré mon affection. Et je ne me suis jamais occupée de lui comme j'aurais dû le faire. Je le sais, maintenant, et c'est en quelque sorte grâce à toi. Parfois, je me demande...

Elle laissa un instant sa phrase en suspens, comme si ce qu'il lui restait à dire lui coûtait un peu.

— Je me demande si, pendant toutes ces années, je n'ai pas eu peur de Linden. Peur, non seulement de lui mais de quelque chose en moi-même. D'être responsable de ce qui lui est arrivé, peut-être. Je ne cesse pas de m'interroger, de passer en revue mes souvenirs, de me demander si je ne l'ai pas encouragé, par une sorte de jalousie fraternelle, sans doute. Ma mère l'aimait de toute son âme, et j'enviais cet amour.

» Alors tu vois, je dois demander pardon à Linden, moi aussi. Je ne sais pas s'il comprendra jamais pourquoi, mais moi je comprends, à présent, et j'ai besoin de le faire.

— Il ne pourra jamais t'en vouloir, affirmai-je.

— Peut-être pas, ou peut-être que si mais sans savoir pourquoi. Je sais que tout ça peut sembler n'être que du jargon de psychiatres, et peut-être n'est-ce rien d'autre en effet. Peut-être que les choses sont bien plus simples que nous ne le pensons ; et qu'un jour nous serons ici tous ensemble, à nous aimer en toute innocence et profiter de la vie en toute simplicité.

La voix de maman avait changé, elle était presque rêveuse à présent. Et c'est avec une pointe de mélancolie qu'elle reprit, le regard au loin :

— C'est pour cela, je suppose, que nous regrettons notre enfance. Le temps où le bleu était simplement bleu, où les étoiles n'étaient que des étoiles, où les rires et les sourires n'avaient pas d'autre objet que de nous rendre heureux.

» Maintenant, tout cela est fini pour toi aussi, Hannah, mais cela peut nous être rendu, il existe des moyens pour cela. Il suffit de trouver quelqu'un qui vous aide à vous aimer à nouveau vous-même. Est-ce que mes paroles ont un sens pour toi, Hannah ?

— Oui.

— Pour moi, tu es ce quelqu'un, Hannah. Tu peux m'aider à regagner ce que j'ai perdu. J'ai besoin que tu m'aimes. J'ai besoin que tu me pardonnes.

— Je t'aime, maman. Je ne peux pas m'en empêcher.

Elle tourna enfin la tête et me sourit.

— Moi non plus, je ne peux pas m'empêcher de t'aimer, dit-elle en se levant de son fauteuil. Alors... commençons par nous pardonner ?

Elle me tendit les bras et je m'y jetai. Pendant un long, très long moment nous restâmes ainsi, serrées l'une contre l'autre. C'était comme si le temps était revenu en arrière.

Puis maman desserra son étreinte et me prit la main.

— Maintenant, allons marcher un peu au bord de l'eau, suggéra-t-elle. Tu pourras me parler de cette sottise que tu as faite, et de ce qui s'est passé en cours de route.

Nous descendîmes vers la plage et j'entamai mon récit.

***

Quand j'eus raconté mon histoire, je révélai à maman que j'avais appelé papa le premier, pour lui demander son aide. J'expliquai ce qui s'était ensuivi, et elle ne s'en montra pas surprise. Mais elle estima que je devrais téléphoner à papa le soir même pour lui annoncer mon retour.

Il n'était pas chez lui et, par chance, mes deux frères non plus. Le maître d'hôtel alla prévenir Danièle qui prit la communication. Elle promit d'avertir mon père, mais la tristesse de sa voix me frappa. Elle devait toujours penser au pénible incident qui avait eu lieu ce soir-là, le jour de l'anniversaire des jumeaux, et m'en rendre responsable. Je tentai à nouveau de me justifier, mais elle m'interrompit.

— Tu n'as rien à m'expliquer, ma chérie. Je connais la vérité, à présent, comme je connais mes fils.

Sa voix se fêla, et je lui demandai si elle allait bien. Elle m'assura que oui, et promit de prévenir mon père de mon retour à la maison.

J'espérais qu'il téléphonerait dans la soirée, ou au moins le lendemain, mais il n'en fit rien. J'appelai son bureau, pour apprendre qu'il n'était pas en ville. Mme Gouters affirma qu'elle lui transmettrait le message ; mais la journée passa sans qu'il donne signe de vie, et je renonçai à tenter de le joindre.

Miguel tint parole et, deux jours après notre retour, alla chercher Oncle Linden pour déjeuner avec nous à Joya del Mar. Je vis bien que cela rendait maman un peu nerveuse, mais Oncle Linden n'était pas nerveux du tout, lui, au contraire. Il était d'humeur très communicative. Il s'installa sur la terrasse du fond et fit toutes sortes de commentaires sur la propriété, ce qui s'y était passé, aussi bien chez nous que dans la maison de la plage. Je croyais qu'il avait oublié tout ce qui avait trait à notre équipée, mais il n'en était rien. Peu avant de partir, il me demanda de passer le voir dès que j'en aurais l'occasion, car il souhaitait me montrer le portrait de Rosemary et de Bess. Maman et moi échangeâmes un regard inquiet. Elle lui promit que nous irions le voir à la fin de la semaine, et prit ses dispositions pour cela.

Il y avait longtemps que nous n'étions pas allées ensemble à la résidence, et nous trouvâmes Oncle Linden assez surexcité. Mais pas parce que maman m'accompagnait, comme je l'avais pensé tout d'abord, non. Il avait achevé son tableau et brûlait d'impatience de nous le montrer. J'avais préparé maman à cela, en lui décrivant ce que j'avais vu en portant la toile dans le mobil-home. Nous étions prêtes à faire semblant de trouver un sens à ce que nous verrions.

Notre surprise fut totale en découvrant le tableau dans la chambre d'Oncle Linden, sur son chevalet. C'était un portrait remarquable, si ressemblant que je croyais presque entendre le rire fragile et cristallin de Bess, déceler sa vulnérabilité dans ses yeux. Ce qui m'intéressa le plus, cependant, fut le personnage de Rosemary. La petite fille ne me ressemblait en rien, sinon peut-être par la couleur des cheveux. Et elle paraissait heureuse, ce qui me fit penser que la photo remise à Oncle Linden par sa mère datait d'avant les mauvais jours, avant que son père n'ait monté la fillette contre Bess. Je retrouvais certains traits de sa mère dans ceux de l'enfant ; et même une vague ressemblance avec Liliann Stanton, qui était sans doute la contribution personnelle de mon oncle.

Dans toutes ses œuvres récentes, le fond avait quelque chose d'abstrait, mais les couleurs étaient naturelles et vibrantes, estimai-je.

Maman n'eut pas à se forcer pour le complimenter.

— C'est un portrait magnifique, Linden.

— Merci. J'aimerais que tu m'aides à le faire parvenir à Bess.

— Nous pouvons le faire tout de suite. Je le ferai emballer par un professionnel et expédier en express, c'est promis.

— Parfait, approuva-t-il, en se reculant pour admirer son œuvre.

— Et tu as peint la petite fille d'après une photo ? s'enquit maman, visiblement impressionnée.

Il se détourna du chevalet pour la regarder.

— Oh non, Willow. Elle était là, je l'ai vue. N'est-ce pas qu'elle était là, Hannah ?

Je répondis avec un sourire ému :

— Oui, Oncle Linden. Elle était là.

Un peu plus tard, on nous servit le thé sur la galerie. Oncle Linden avait décidé Mme Robinson à acheter du thé à la menthe. Mais il tint à nous faire observer, toutefois, que celui-ci n'avait pas la saveur du thé de Liliann Stanton. Il croyait savoir pourquoi.

— Elle a des recettes secrètes pour tout, j'imagine. La prochaine fois, je lui ferai du charme pour qu'elle me donne celle-là.

Je trouvai encourageant qu'il puisse envisager une autre visite là-bas. Maman pensait que c'était très sain pour lui d'avoir un objectif comme celui-là, de souhaiter revoir quelqu'un. Il finit par nous révéler qu'il écrivait chez les Stanton.

— Eh bien, quand tu te sentiras prêt, Linden, tu devrais faire le voyage, suggéra maman.

Il l'approuva sans hésiter.

— Oui, je devrais le faire. Quand je serai prêt.

En partant, nous emportâmes le tableau, et maman alla directement chez un transporteur pour le faire emballer et livrer. Après quoi, nous échangeâmes nos impressions sur cette visite et tombâmes d'accord sur un point : c'était un des meilleurs moments que nous ayons passés avec Oncle Linden.

— Je me demande encore comment il a fait ce portrait, maman. Qu'est-ce que c'était que toutes ces lignes, tout ce chaos que j'ai vu ?

— Sans doute ce que tu avais supposé : des notes de travail. Linden a toujours eu une mémoire visuelle, véritablement photographique. Il a pris des sortes d'instantanés, qu'il a mémorisés en même temps que les couleurs, et les a restitués sur la toile. C'est étonnant, je l'avoue. Peut-être finira-t-il par sortir de cet endroit un de ces jours, hasarda-t-elle.

Puis elle me regarda en souriant et ajouta :

— Mais pas dans un mobil-home qui tombe en ruine, j'espère !

Je ris de bon cœur avec elle. Le temps était un magicien, philosophai-je. Il changeait en bons souvenirs les problèmes et les ennuis, au point que nous finissions par les trouver drôles. Mais j'avais beau faire, je ne pouvais pas prendre à la légère la conduite de Heyden, ni en rire, ni même en sourire.

La semaine suivante, un après-midi, j'appelai chez lui sans grand espoir, au cas fort improbable où il s'y trouverait. Il n'avait pas reparu au lycée, où son absence était *le* centre d'intérêt de la semaine. Un intérêt qui mourut de lui-même, et bientôt ce fut presque comme s'il n'avait jamais été élève dans notre école. Mes amies cessèrent de me poser des questions sur lui, surtout quand elles découvrirent que je ne détenais pas les réponses. Je n'avais strictement rien à dire.

Chez lui, personne ne répondit au téléphone. J'essayai donc encore une fois, un soir, et je tombai sur sa mère. Je demandai de ses nouvelles, pour apprendre qu'elle ignorait où il se trouvait. Elle se souvenait de moi, bien sûr. Après une brève hésitation, je demandai des nouvelles d'Elisha.

— Elle est dans un de ces établissements pour délinquants juvéniles, m'apprit-elle avec des sanglots dans la voix.

Puis elle s'arrêta net et ajouta :

— C'est aussi bien pour elle.

Je lui souhaitai bon courage et raccrochai.

La semaine suivante, il m'arriva une ou deux fois de feuilleter les chansons de Heyden, dont je possédais les textes. J'en chantai même quelques-unes, mais au bout d'un moment je rangeai les feuillets. J'aurais aimé pouvoir mettre aussi facilement mes souvenirs de côté, du moins les mauvais. Mais aucune image n'était plus vivace dans ma mémoire que le visage furieux de Heyden, quand il m'avait accusée de l'avoir trahi.

L'avais-je trahi ?

M'étais-je aussi trahie moi-même ?

Pardonner, avait dit maman. Tout commence avec le pardon.

Pendant cette période, je m'appliquai plus que jamais à mon travail scolaire. Je naviguai avec maman et Miguel, et nous allâmes plus souvent au restaurant de ses parents. Je fis quelques nouvelles connaissances dans sa parenté, et nous eûmes quelques merveilleuses réunions de famille. Au cours de l'une d'elles, on me demanda de chanter une chanson cubaine qui, je le savais, était l'une des préférées de Miguel.

Ce que j'ignorais, c'est qu'ils projetaient une grande fête pour mon dix-septième anniversaire. Il tombait pendant le week-end suivant, et ils avaient décidé de fermer le restaurant pour me consacrer la soirée entière. Ceux de mes amis qui avaient été invités avaient réussi, je ne sais comment, à garder le secret. Maman et Miguel, quant à eux, m'avaient fait croire que nous allions simplement dîner là-bas pour l'occasion. Mais à notre arrivée au restaurant, toute la famille de Miguel et le groupe de mes amis nous accueillirent aux cris de « *Surprise ! Bon anniversaire !* ».

Je fus transportée de joie, mais mon regard chercha papa, Danièle et les jumeaux.

— Je les ai invités, me certifia maman quand je lui posai la question. Je me suis assurée que Mme Gouters notait la date sur l'agenda de ton père, et, pour ce que j'en sais, ils vont venir. Ils sont peut-être déjà en route, en fait. C'est tout à fait dans le style de ton père d'arriver en retard. Mais ne nous faisons pas de souci pour ça, Hannah, et profitons de cette soirée.

Ce que nous fîmes. Il y eut de la musique, des plats et des desserts délicieux, et une pile de cadeaux aussi haute que celle de mes frères. À ceci près que les présents étaient moins coûteux, naturellement. Je me levai et chantai avec les cousins de Miguel. Mes amis du lycée, qui au début avaient eu tendance à faire bande à part, se détendirent peu à peu sous l'effet de la cuisine savoureuse et de la musique. Ils se réchauffèrent sensiblement. Avant la fin de la soirée, ils vinrent me dire combien ils s'étaient amusés et combien la fête leur avait plu. J'en vis même qui semblaient un peu jaloux. Moi, l'enfant d'un mariage brisé, qui subissais le contrecoup de toutes sortes de problèmes entre adultes, voilà que j'avais une famille aimante, qui m'entourait et me comblait d'égards ? L'ironie de la situation ne risquait pas de m'échapper.

Je me souvins d'une réplique du *Jules César* de Shakespeare :

L'œil ne peut se voir lui-même, sauf par réflexion.

Comme c'était vrai. Nous ne nous voyons jamais vraiment tels que nous sommes, à moins d'interroger le visage des autres, qui nous renvoie notre propre image.

Comme je me sentais comblée, comme j'aimais

maman et Miguel ! Tout se passait si bien ! J'en avais oublié que papa et sa famille n'étaient pas venus. Mais la raison de leur absence nous fut révélée en fin de soirée par une amie de maman, Morgane Williams, qui avait son portable sur elle.

Je crois qu'on peut réellement pressentir les événements importants, surtout quand ils concernent nos proches. Nous étions en train de dire bonsoir à des parents de Miguel, quand j'entendis Mme Williams appeler maman. Il y avait une note dramatique dans sa voix, qui me frappa. Sa façon de crier le nom de maman était comme un appel au secours. Le sourire de maman s'évapora et elle se retourna, soudain alarmée.

— Morgane ?

Mme Williams s'avança vivement vers nous.

— Ô mon Dieu, Willow !

Miguel se retourna, lui aussi, et nous attendîmes tous les trois, côte à côte.

— Courtney Lucas vient de m'appeler, commença Morgane d'une voix hachée. Un terrible accident de navigation s'est produit en début de soirée. Une collision entre deux hors-bord. Les fils de Thatcher pilotaient l'un d'eux.

— Et ?

La question de maman resta comme suspendue en l'air. Instinctivement, elle avait saisi la main de Miguel, et je m'étais rapprochée d'elle.

— L'un des jumeaux a été tué, articula Morgane. Cade.

Épilogue
Pardonner

Un destin cruel avait dû décider, je suppose, que Cade mourrait le jour de mon anniversaire. L'ironie amère de cette coïncidence ne manqua pas d'impressionner maman, elle aussi. Mais nous refusâmes de nous attarder là-dessus, et elle s'empressa de souligner que je ne devais aucunement me sentir responsable de tout cela.

C'est d'abord pour Danièle, bien sûr, que je fus le plus profondément peinée. Mais pendant les funérailles et après cela, malgré la façon dont il m'avait traitée toute ma vie, j'éprouvai une grande compassion pour Adrian. Il était comme amputé, privé de la moitié de lui-même. Il faisait tout avec une sorte d'hésitation, d'incertitude, que ce soit parler ou simplement se tenir debout. Je le voyais chercher son frère à son côté, comprendre, avec chaque fois le même choc, qu'il était parti, disparu à jamais. Que chacune de ses phrases resterait inachevée, chacun de ses rires en suspens. Les mots que l'on dit à un autre soi-même, en qui on a toute confiance, resteraient informulés. Partout où il irait, l'espace lui semblerait trop vaste. Chaque son qu'il émettrait trouverait un écho dans ce vide.

Au cimetière, il avait l'air bien plus jeune que son âge, petit garçon accroché à la main de Danièle, terrassée par le chagrin. C'est à ce moment-là que papa perdit son air impassible : il semblait hébété de douleur. À l'église, il était resté maître de lui-même. Il avait ensuite accueilli les gens venus présenter leurs condoléances, avec la distinction parfaite, courtoise et professionnelle qui était la sienne. Ce fut seulement quand il croisa le regard de maman que je vis ses lèvres trembler. L'accolade qu'ils échangèrent me parut s'éterniser, jamais je ne les avais vus rester si longtemps dans les bras l'un de l'autre. Et je me dis alors que c'était plutôt curieux, quand même, de voir ses parents s'étreindre avec affection et de trouver cela si surprenant. Il sourit en me voyant et me tapota la main, comme si c'était moi qui avais éprouvé la plus grande perte, et non lui ou Danièle.

Ma non-famille donna des signes d'impatience pendant la cérémonie. Je vis mes cousins se tortiller sur leur siège, comme s'ils s'y trouvaient mal à l'aise. Asher Eaton, le père de papa, d'allure toujours aussi distinguée, paraissait sincèrement peiné. Il jetait de temps en temps un regard dans ma direction, et je crus même le voir me sourire. Bunny Eaton gardait les yeux fermés, comme si elle se tenait sur le fauteuil de son dentiste et attendait que la séance finisse. Elle ne vint pas au cimetière. J'entendis certains membres de ma non-famille chuchoter qu'elle n'avait jamais mis les pieds dans un cimetière de sa vie. Et que lorsqu'elle se rendait quelque part en voiture, si elle en apercevait un de loin, elle changeait instantanément de direction si elle était au volant, ou alors fermait les yeux.

Plus tard, nous apprîmes de quelle façon ils avaient surmonté leur chagrin : en prenant l'avion pour Paris afin de piller les boutiques de luxe. Je n'entendis personne exprimer à voix haute ce que presque tout le monde pensait : *Si Bunny n'avait pas outrageusement gâté les jumeaux, l'accident n'aurait pas eu lieu.* Ils étaient trop jeunes pour posséder et piloter un bateau d'une telle puissance. Ils n'avaient pas la maîtrise de soi nécessaire.

Sur ces entrefaites, comme si un démon pervers jetait du sel sur les blessures encore ouvertes, l'histoire sordide de l'infidélité de papa parvint jusqu'à nous par la rumeur publique.

— Le mariage de ton père n'en a plus pour longtemps, Hannah, me prévint maman peu de temps après. Il n'était pas assez solide pour surmonter cette épreuve, il ne survivra pas à ces nouvelles complications.

En fin de compte, Adrian partit pour la France avec sa mère, pour aller vivre dans la famille de Danièle. Je n'eus pas l'occasion de leur dire au revoir. Comme toutes les nouvelles concernant cette famille, celle-ci me fut transmise par des amies, bien mieux intégrées que moi aux cercles mondains de Palm Beach. Je fus vraiment triste de n'avoir pas pu faire mes adieux à Danièle. Je l'aimais bien. Peut-être aurais-je la chance de les revoir un jour, quelque part, Adrian et elle. Ne rien savoir de l'avenir permettait au moins d'espérer. C'était toujours ça.

Malgré mon attirance pour une carrière musicale, ou peut-être à cause de cela, je suivis les conseils de maman et décidai de faire, d'abord, des études artistiques plus générales. J'entrais en terminale, et maman et moi commençâmes à réfléchir aux universités qui me conviendraient. Ma vie prenait forme. Je me sentais projetée en avant, comme une fusée qui vient de larguer son propulseur et trace sa route, avec un sens précis de l'objectif à atteindre.

Je continuai à rendre visite à Oncle Linden, bien

sûr, aussi souvent que possible, et maman et Miguel le reçurent plus fréquemment à Joya del Mar. Mme Stanton lui avait écrit, pour lui dire à quel point Bess avait apprécié le tableau. Je l'appelai, et elle m'apprit que l'état de Bess s'améliorait. Qu'à la suite de notre visite, elle avait pris des dispositions pour que Bess reçoive une aide appropriée, et que le traitement lui réussissait. Elle s'était même rendue au cimetière.

En automne, maman fit en sorte qu'Oncle Linden rende visite aux Stanton. C'était son cadeau d'anniversaire pour lui, et elle se chargea de tout ce qui concernait son voyage. Il téléphona le lendemain de son arrivée là-bas, surtout pour m'annoncer qu'il avait fait avec Bess cette fameuse promenade au lac. Il ajouta que cela lui avait inspiré un tableau, malgré la clôture, que Chubs ne devait d'ailleurs pas tarder à abattre.

— Je suis comme Bess, me dit-il. Je ne vois pas la clôture mais seulement la surface argentée du lac, les canards et les reflets du feuillage dans l'eau.

— J'ai hâte de voir ce tableau, Oncle Linden, répondis-je, ravie par la nouvelle.

Il me promit que je serais la première à le voir... après Bess, naturellement.

Un après-midi d'octobre, en revenant du lycée, je trouvai une lettre pour moi sur la table du hall. Elle ne portait au dos que les initiales H.R., et une adresse à La Nouvelle-Orléans. Dès que j'y jetai les yeux, mon cœur battit la chamade, mais je ne l'ouvris pas tout de suite. Je descendis sur la plage, me laissai tomber sur le sable et, les doigts tremblants, déchirai l'enveloppe. Il s'en échappa d'abord une coupure de journal, illustrée d'une photographie. On y voyait Heyden avec sa guitare, sous le titre : *Quelque chose d'original à La Nouvelle-Orléans*. L'article parlait de ses créations personnelles, qu'il chantait dans un night-club ; il mentionnait en outre qu'il participait désormais aux concerts de son père, où il se produisait pendant les entractes et commençait à se faire connaître.

Je tirai la lettre restée dans l'enveloppe et la dépliai.

Chère Hannah,

J'ai mis du temps à t'écrire, car je n'osais pas croire que tu prendrais la peine d'ouvrir une enveloppe venant de moi. J'ai hésité à y inscrire mon nom et mon adresse, mais je me suis dit que je ne saurais jamais si tu l'avais reçue, et que ce serait une lâcheté de plus.

Ce que je t'ai fait en Caroline du Sud était la chose la plus lâche et la plus égoïste que j'aie jamais faite, et j'espère que tu me croiras si je te dis que je n'ai pas passé un seul jour sans le regretter.

Je n'ai aucun argument valable à présenter pour ma défense. Je peux seulement te répéter ce que je t'ai dit ce jour-là, que je n'avais rien vers quoi revenir, rien de comparable à ce que tu avais, toi. Et à propos de ça, je dois encore t'avouer une chose.

Quand tu es venue me parler de tes problèmes, je savais au fond de moi que tu ferais mieux de rester où tu étais, que tu résoudrais ces problèmes parce que tu avais une mère aimante, un beau-père charmant qui t'aimait, lui aussi. Si je ne t'ai pas découragée quand nous avons envisagé cette fugue, c'est parce que je cherchais moi-même un moyen de m'en aller.

Cependant, tu dois me croire quand je te dis que nous aurions fait une merveilleuse équipe, toi et moi. Nous aurions réussi, je le sais, je le sens. Mais j'ai été très égoïste en faisant passer mes désirs avant ton bonheur.

Comme tu le vois, je commence à faire mon chemin dans le métier. Ce n'est pas la gloire, mais c'est un début, et cela m'a beaucoup rapproché de mon père. Nous sommes désolés pour Elisha, tous les deux, et nous espérons qu'un jour elle nous rejoindra à La Nouvelle-Orléans. Ma mère semble soulagée d'être débarrassée de tous ces tracas. Peut-être n'était-elle pas faite pour être mère, après tout. Je ne l'en aime pas moins pour ça, mais je ne vois pas ce que je peux y faire, et je sais qu'elle n'aimerait pas me voir gâcher ma vie à essayer de l'aider.

J'ai écrit une chanson sur toi. Pour l'instant je la peaufine, mais j'espère la chanter bientôt. Peut-être qu'un jour elle sera enregistrée, que tu l'entendras ; et que tu penseras aux bons moments que nous avons vécus ensemble, et non aux mauvais. C'est tout ce que je peux espérer, et te demander.

Comme tu le sais, ton nom signifie « Grâce », aussi ai-je appelé ma chanson : « Par la grâce de son sourire ».

« Par la grâce de son sourire elle éclaire mes jours,
Par la grâce de son sourire elle chasse la nuit.
Par la grâce de son sourire elle m'ouvre le cœur
Et dans l'éclat de son sourire, je sens jaillir en moi une nouvelle vie. »

C'est juste le début, je ne t'écris pas tout ici. Je veux que tu l'entendes. La musique compte tellement, déjà, et je voudrais te laisser quelques surprises.

Je me demande si tu souris, ou si tu vas chiffonner cette lettre et la jeter à la poubelle. Je ne pourrai pas t'en vouloir si tu le fais. Je peux seulement espérer que tu ne le feras pas, mais il n'y a pas si longtemps, bien que cela semble si loin, tu m'as appris à espérer.

Heyden

Je ne chiffonnai pas la lettre et ne la jetai pas non plus. Je la repliai, la remis dans l'enveloppe que je rangeai dans un tiroir de ma commode, et l'y laissai dormir pendant un certain temps. Puis un jour, je descendis sur la plage et m'avançai sur la jetée. Je m'arrêtai à l'endroit même où, m'avait dit maman, ma grand-mère Grace venait la nuit scruter l'océan, guettant les feux du bateau qui lui ramènerait mon grand-père. Je restai là, immobile, en plein vent. Je contemplai les brisants, je vis les nuages accourir à travers le ciel bleu, et je me souvins des paroles de maman. Elle avait raison, pensai-je alors.

Le pardon.

C'est là où tout commence.

Je fis demi-tour et remontai vers la maison pour écrire une lettre.

Impression réalisée sur CAMERON par

BRODARD & TAUPIN

GROUPE CPI

La Flèche

pour le compte des Éditions France Loisirs
en avril 2005